모리스 씨의
눈부신 일생

모리스 씨의 눈부신 일생

앤 그리핀 장편소설 │ 허진 옮김

복복서가

제임스와 애덤을 위해

차례

구함

에드워드 8세 기념주화 1파운드짜리 금화, 1936년.

최고가 지불 의향 있음. 상태 무관.

희망 금액을 적어서 런던 피넬 웨이 3번지

토머스 돌러드에게 보내시오.

〈국제 주화 수집가 잡지〉 51호(1977년 5-6월) 개인 광고란에서

1장

2014년 6월 7일 토요일

오후 6시 25분

아일랜드 미스 카운티 레인스퍼드

레인스퍼드 하우스 호텔 바

내가 이상한 거냐, 이 가게 스툴이 낮아지는 거냐? 키가 줄어서
그런가. 사람이 팔십사 년을 살면 그렇게 되지, 귀에 털도 나고.

아들아, 거기 미국은 몇시지? 한시, 두시? 넌 에어컨이 돌아가
는 사무실에서 노트북에 달라붙어 열심히 뭔가를 쓰고 있겠지. 물
론 너희 집 포치에서 팔걸이가 건들거리는 그 리클라이너 소파에
앉아 있을지도 모르고. 네가 다니는 신문사의 신문을 들고 네가
쓴 최신 기사를 읽으면서 말이다. 신문 이름이 뭐였더라⋯⋯? 세
상에, 얼른 생각이 안 난다. 하지만 네가 인상을 쓸 때 잡히는 주
름이, 집중한 모습이 보이는구나. 애덤이랑 커트리나는 네 관심을
끌려고 난리를 피우고 있겠지.

여긴 조용하다. 사람이 하나도 없어. 나 홀로 혼잣말을 하면서
첫 모금을 기대하며 바 카운터를 정신없이 두드리고 있다. 주문을

받아줘야 마실 수 있겠지만 말이야. 케빈, 네 할아버지가 손가락 두드리기 선수였다고 내가 말했나? 탁자, 내 어깨, 검지만 놓을 수 있으면 뭐든 두드려서 자기 말을 강조하고 주의를 집중시켰지. 울퉁불퉁한 내 손가락은 아버지만큼 재능이 없는 것 같구나. 누구의 주의도 끌지 못하니 말이다. 저기 바깥의 프런트 직원을 빼면 주의를 기울여줄 사람도 없지만. 직원은 내가 여기 있다는 걸 뻔히 알면서도 멋지게 무시하고 있다. 이 동네에서는 사람이 갈증으로 죽을 수도 있겠어.

물론 다들 카운티 스포츠 시상식 준비로 아주 바빠. 레인스퍼드 같은 곳이 호텔이 두 군데나 있는 던캐셜에서 이 요란한 행사를 빼앗아오다니 정말 대단한 성과였지. 이 호텔 지배인─아니 주인이라고 해야겠구나─에밀리의 공이야. 호텔에 도움이 된다면 누구든 달콤하게 꼬드길 수 있는 여자란다. 내가 그런 감언이설을 많이 들었다는 건 아니지만.

그런데도 난 여기 앉아 있다. 이유가 있단다, 아들아. 내 나름의 이유가.

지금 내 앞에 있는 저 거대한 거울을 네가 봐야 하는데. 어마어마한 녀석이야. 바 카운터랑 똑같은 길이의 거울이 한 줄로 늘어선 각종 술병 위에 걸려 있어. 원래부터 저택에 있었던 건지는 잘 모르겠구나. 저걸 달 때 열 명은 필요했을 거야. 내 뒤쪽에 놓인 소파와 의자가 다 보인다. 바로 이 순간 사람들이 외출 준비를 하며 멋진 옷에 밀어넣고 있을 엉덩이가 자기 위에 앉아주길 간절히 기다리고 있구나. 그리고 한구석에 내가 있다. 머리가 술에 전 빌어먹을 멍청이 같은 내가. 머리 꼴도 얼마나 가관인지. 요즘 나는 거울을 잘 안 본다. 네 엄마가 살아 있을 때는 좀 노력했지만, 이제는 그런다고 뭐가 달라지겠냐? 내 얼굴을 보기가 힘들어. 볼 수가 없어—날이 서 있잖아, 무슨 말인지 알지—넌 지금까지 그 날선 표정을 보는 쪽이었으니.

그래도 말이다. 깨끗한 흰색 셔츠, 빳빳한 옷깃, 남색 타이에 그레이비 흘린 자국 하나 없다. 네 엄마가 죽기 전에 크리스마스 선물로 사준 초록색 스웨터, 정장, 반짝반짝 빛나게 닦은 구두. 요즘도 사람들이 구두를 닦나? 이제 그런 솜씨를 부리는 건 나밖에 없나? 세이디는 자랑스러워했을 거다. 말쑥하게 차려입은 남자니까. 여든네 살이지만 아직 풍성한 머리카락과 짧은 턱수염을 자랑하니까. 하지만 만지면 꺼끌꺼끌해—꺼끌하지. 점심때만 되면 철수세미 같아지는데 왜 아침마다 면도를 해야 하는지 모르겠다.

난 한창때에도 잘생겼다고 말할 정도는 아니었지만 그나마 괜찮았던 부분도 이미 오래전에 도망간 것 같다. 피부는 남쪽을 향해 경주라도 하는 것 같고. 하지만 그거 아니? 목소리는 아직 그대로다.

"모리스, 넌 그 목소리로 빙산도 녹일 수 있을 거야." 네 할머니가 자주 하던 말이지.

내 목소리는 아직도 첼로소리 같단다—낮고 매끈해. 사람들의 이목을 끌어. 저기 프런트에서 바쁜 척하는 직원을 큰 소리로 한번만 부르면 내 잔을 당장 채워줄 거다. 하지만 필요 이상으로 문제를 일으키지 않는 게 좋겠지. 나중에 할일도 있고, 오늘밤은 길

테니까.

다시 그 냄새가 나는구나. 너도 여기서 같이 이 냄새를 맡으면 좋겠다. 미스터 신.* 기억나니? 토요일마다 이 냄새가 온 집안에 진동했잖니. 네 엄마가 청소하는 날이었으니까. 뒷문으로 들어가자마자 그 독한 냄새가 코를 찔렀어. 나는 그날 밤 내내 요란하게 재채기를 했다. 그리고 금요일. 금요일은 바닥에 광을 내는 날이었어. 왁스, 집에서 만든 감자칩, 훈제 대구 냄새가 솔솔 나면 마음이 따뜻해지고 미소가 떠올랐지. 근면함과 일용할 양식—최고의 조합이야. 요즘은 바닥에 광을 낸다는 이야기를 들을 수 없단다. 왜 그럴까 궁금해.

드디어 갈증에 시달리는 날 구해줄 사람이 바 뒤쪽 문으로 들어오는구나.

"이제야 왔군." 내가 에밀리한테 말해. 그녀는 아름다움과 유능함이 완벽하게 어우러진 사람이야. "내가 술을 직접 가져다 마시는 부끄러운 짓을 하지 않도록 구해주러 왔나? 저기 바깥의 도움 양**한테 부탁해야 하나 생각중이었어."

"그럼 제가 딱 맞춰 왔네요, 해니건 씨." 에밀리가 살짝 미소를 지으며 카운터에 종이를 한 무더기 내려놓고 맨 위에 놓인 핸드폰을 슬쩍 보면서 말해. "해니건 씨가 그 매력적인 성격으로 우리

---

* 청소용 세제 상표.

** 엉뚱 씨, 꽈당 씨, 골치 양 등 사람의 성격을 나타내는 인물이 등장하는 영국 동화작가 로저 하그리브스의 『리틀 미스』 시리즈의 등장인물. 여기서는 프런트 직원을 가리킨다.

직원을 당황하게 만들길 바라는 사람은 없으니까요." 에밀리가 고개를 들고 나를 보며 눈을 빛내더니 다시 핸드폰 화면을 향해 고개를 숙인다.

"아주 멋지군. 조용히 한잔하러 온 사람을 이렇게 대접하다니."

"스베틀라나가 곧 올 거예요. 오늘밤 행사 때문에 잠깐 회의를 했어요."

"음, 마이클 올리리*가 따로 없군."

"기분이 좋으신가보네요." 에밀리가 내 앞에 와서 서더니 나한테만 집중하며 말해. "오시는 줄 몰랐어요. 어쩐 일로 여기까지 발걸음을 하셨어요?"

"내가 늘 미리 전화를 하는 건 아니네만."

"아니죠, 하지만 그것도 좋은 생각이네요. 직원들한테 미리 경고할 수 있잖아요."

나왔다―저 미소, 따뜻한 애플타르트에 올린 커다란 크림처럼 보기 좋게 말려올라가는 입술. 그리고 호기심으로 반짝이는 저 눈.

"부시밀스 위스키 드려요?" 그녀가 잔으로 손을 뻗으며 말해.

"일단 시작으로 흑맥주 한 병 줘. 냉장고에서 꺼낸 거 말고."

"일단 시작으로요?"

나는 에밀리의 목소리에 서린 걱정을 무시해.

"나중에 같이 한잔할까?" 대신 이렇게 묻지.

---

* 아일랜드 저가항공사 라이언에어의 CEO.

에밀리가 손을 멈추고 나를 한참 바라본다.

"무슨 일 있어요?"

"에밀리, 그냥 술 마시러 온 거야."

"제가 카운티 시상식 유치한 거 아시죠?" 에밀리가 허리에 손을 얹고 말해. "베일에 싸인 VIP 예약도 있어요. 전부 완벽해야만 해요. 오늘밤을 위해서 정말 열심히 일했거든―"

"에밀리, 에밀리. 오늘밤에 깜짝 놀랄 일은 없을 거야. 당신이랑 같이 앉아서 한잔 마시고 싶을 뿐이야. 이번에는 고백할 것도 없어, 약속하지."

나는 카운터 위로 손을 뻗어 에밀리를 달랜다. 지금까지 내 이력을 생각하면 날 못 믿는다고 뭐라 할 순 없어. 에밀리의 얼굴에서 미소가 사라지고 있어. 나와 돌러드가※ 사이의 일을 너랑 네 엄마에게 전부 다 설명한 적은 없지, 안 그러냐? 아마 그것 역시 오늘밤에 해결해야겠지.

"짬이 날지 모르겠어요." 에밀리가 내 앞에 서서 여전히 의심스러운 눈빛을 보내며 말해. "하지만 다시 오도록 노력해볼게요."

에밀리가 몸을 살짝 숙여 물건이 가득찬 하부 장에서 한 병을 능숙하게 꺼내―하프 모양 라벨을 당당하게 드러내며 깔끔하게 진열된 병을 보면 감탄밖에 안 나와. 에밀리의 솜씨란다. 에밀리는 사업을 아주 질서정연하게 운영해.

가냘픈 아가씨가 나와서 에밀리 옆에 서는구나.

"잘됐다." 에밀리가 그녀에게 말해. "이제 여긴 당신이 맡아요. 자, 해니건 씨가 기절하시기 전에 이거 드리고." 에밀리가 길고 사랑스러운 손톱으로 나를 가리키며 이어 말해. "잘해주세요. 스베틀라나는 신참이에요." 이렇게 경고한 다음 자기 짐을 들고 사라져.

스베틀라나는 맥주병을 들고 내 손가락이 가리키는 대로 바 밑에서 병따개를 찾은 다음 술병과 잔을 내 앞에 내려놓고 서둘러 저쪽 구석으로 갔어. 나는 크림 같은 거품이 기울인 술잔 가장자리에 닿을 때까지 맥주를 따른 다음 가만히 둬. 주변을 둘러보며 오늘 하루를, 올해를, 사실은 네 엄마가 없었던 지난 이 년을 생각하자 피곤하고, 솔직히 말하자면 두려워. 떠오르는 크림을 보면서 손으로 턱수염을 다시 쓰다듬어. 그런 다음 기침을 하고 신음을 내뱉으며 걱정을 몰아낸다. 이젠 돌이킬 수 없다. 아들아. 돌이킬 수 없어.

내 왼쪽으로 난 바닥까지 닿는 길쭉한 창문 너머로 지나가는 자동차를 바라본다. 두 대는 알아보겠어. 아우디 A8은 던캐셜의 브레넌이야, 시멘트 공장 사장이지. 왼쪽 바퀴의 허브가 빠진 스코다 옥타비아는 믹 모런일 거다. 라빈은 신문판매소 바로 앞에 낡은 차를 세워놨어. 골동품 같은 빨간색 포드 피에스타. 난 그 자리가 비어 있어 차를 세울 때마다 정말 신이 났어.

"여기 주차하면 안 돼, 해니건." 한번은 어딘가에 다녀온 라빈이 운전석 차창 밖으로 고개를 내밀고 외쳤어. "이제 배달도 다니지 말라는 거야, 응?" 그가 대걸레처럼 헝클어진 머리를 미친듯이 위아래로 깐닥거렸지. 라빈이 이중 주차를 한 탓에 뒤에 차가 꽉 밀려 있었어. "표지판 안 보여? 낮이든 밤이든 주차금지라고."

물론 나는 판매소 벽에 기대서서 신문을 읽고 있었지.

"흥분하지 마, 라빈." 내가 신문을 부스럭거리며 말했어. "응급 상황이었어."

"요즘은 조간신문 읽는 것도 응급 상황인가?"

"난 언제든지 다른 데서 사도 돼."

"참도 그러겠다. 해니건. 참도 그러겠어."

"요즘 던캐셜 신문판매소에는 커피머신도 있다던데."

"그러면 그 빌어먹을 지프 얼른 빼서 거기로 가든가."

"난 커피를 안 마시거든." 나는 말한 다음 문을 열고 차에 올라 후진했다.

중요한 건 사소한 것이란다, 아들아. 사소한 것.

쇼핑객이 빠져나가는 시간인가보다. 손을 흔들고 경적을 울리는구나. 운전석 창문을 내리고 창틀에 팔꿈치를 걸친 채, 트렁크 가득 물건을 싣고 집으로 돌아가 텔레비전 앞에서 밤을 보내기 전에 마지막으로 수다를 떠는 거야. 물론 몇 명은 번쩍번쩍하게 차려입고 나중에 다시 나올 거다. 새 옷이랑 머리를 자랑하고 싶어 안달나서.

나는 잔을 들고 맥주를 다시 가득 따라 마지막 거품을 가라앉힌다. 검고 갈라진 틈마다 굳은살이 박인 손가락으로 잔 옆면을 톡톡 치면서 빨리 가라앉으라고 응원하지. 마지막으로 거울을 보면서 거기 비친 나 자신을 향해 술잔을 들어 보이고 소중한 첫 모금을 마셔.

흑맥주 크림 거품의 깊이는 아무것도 못 따라가. 육체에 일용할 양식을 제공하고, 내려가는 길에 성대를 어루만져. 내 목소리에 특징이 하나 더 있는데, 바로 나이보다 젊게 들린다는 거야. 암, 그렇고말고. 전화로 통화하면 무수한 잔주름이나 자기의지를 가진 틀니의 존재를 아무도 몰라. 기품 있고 잘생기고 괜찮은 사람인 줄 알아. 무시할 수 없는 사람 말이다. 그건 틀린 말이 아니지. 누구한테 물려받았는지 모르겠다―가족 중에 이런 재능을 가진 사람은 나밖에 없거든. 타지의 부동산업자도 이 목소리로 끌어들인 거야. 우리 농장은 미스와 더블린 경계 지역에서도 위치가 아주 좋아 다들 부러워했으니 별로 설득할 필요도 없었지만.

우리 농장이 얼마나 넓고 큰지 설명하자 멋진 타이를 매고 반짝거리는 구두를 신은 업자들이 무척 탐을 냈단다. 뒷좌석에 탄 개처럼 고개를 끄덕였어. 나는 확신이 있었기에 그들을 시험해봤다. 노력하지 않으면 내 돈을 땡전 한푼 그냥 주지 않았어. 다들 구두가 원래 무슨 색인지 알아볼 수 없을 때까지 내 땅을 걸어다녔다. 땅을 사고 싶어서 하나같이 안달이었지. 우리 아버지의 표현처럼, 그들은 호락호락하게 굴지 않았어. 결국 난 업자 중에서 제일 높은 가격을 제시한 앤서니 패럴에게 내 작은 왕국을 팔기로 결정했다. 그 사람을 고를 수밖에 없었어. 딱히 인상에 남을 만큼 말을 잘해서는 아니었다. 언변은 다들 비슷비슷했지. 그의 입술 모양이 보기 좋아서 그런 것도 아니야. 그냥 네 큰아버지 토니랑 이름이 같아서였다.* 칠십 년 전에 죽은 형은 아직도 내 우상이야.

---

* 토니는 앤서니의 애칭이다.

젊은 앤서니는 내 선택이 옳았음을 증명했어, 두둑한 돈을 받고 우리집과 내 사업을 넘길 때까지 열심히 뛰어다녔지. 나는 어젯밤에 우리집을 폐쇄했다.

작년 내내 방을 하나씩 정리하고 짐을 쌌다. 매일 조금씩 했지. 상자에 뭐가 들었는지 네가 알 수 있게 하나하나 이름을 적었어. 모리스, 세이디, 케빈, 노린, 몰리―몰리의 상자가 제일 작았지. 짐을 싸고 나르느라 죽을 뻔했다. 앤서니가 보내준 청년들이 없었으면 못했을 거다. 지금은 이름이 생각나지 않는구나. 데릭이었나, 데스였나, 아니면…… 그래, 이제 와서 그게 무슨 의미가 있겠냐? 나는 대충 돕는 척만 했어. 지휘감독관에 가까웠지. 다들 아주 유능했다. 요즘은 젊은이한테 그런 걸 별로 기대하지 않는데.

생필품은 따로 빼놨다가 오늘 아침 앤서니가 자기 차에 마지막 상자를 실을 때 같이 보냈다. 전부 다 실어 보내려니 기분이 이상하더구나. 조수석에 실린 마지막 상자는 정말 작았어. 귀중품은 아니었다. 주전자랑 라디오, 내 옷가지 몇 벌, 면도용품―어떤 건지 대충 알겠지. 나머지는 잡역부를 고용해서 버렸다. 마지막으로 버린 건 〈미스 크로니클〉이었어. 지역 경제 뉴스나 게일 스포츠* 경기 결과를 확인하려면 〈미스 크로니클〉이 꼭 필요했지. 일요일에 직접 경기를 봤어도 꼭 확인했어. 난 지역과 카운티 경기에 관심이 제일 많았거든. 내가 늘 앉는 소파 옆자리에 육 개월 치는 쌓

---

* 아일랜드의 게일스포츠연합(GAA)이 주관하는 운동경기로, 게일릭 풋볼, 하키와 유사한 헐링, 게일릭 핸드볼, 야구와 비슷한 라운더스가 있다.

아났기 때문에 결국 폭포수처럼 흘러내리는 거대한 더미가 되었지. 물론 세이디가 살아 있을 때는 꿈도 못 꿀 일이었어. 하지만 자리만 잘 정하면 찻잔을 놓기 딱 좋은 높이가 되었지. 대신 절대로 갑자기 움직이면 안 돼. 요즘은 소파에서 민첩하게 일어나지 못하니까 그럴 위험도 없지만.

짐은 앤서니가 자기 사무실 근처에 보관해두기로 했다. 우리 인생을 이제 더블린에 보관한다니―믿기 힘들구나. 나머지 중요한 물건은 내가 가지고 있다. 가슴 안주머니에 지갑이랑 펜, 메모지가 있어. 요즘 자꾸 깜빡깜빡하거든. 겉주머니에는 무겁고 단단한 호텔방 열쇠, 갈색과 검정색이 섞인 아버지의 파이프―내가 피운 적은 한 번도 없지만 엄지로 계속 문질러서 매끈매끈하고 반짝거린단다―랑 사진 몇 장, 영수증 한 뭉치, 안경, 네 엄마의 머리핀 파우치, 내 핸드폰, 고무줄 몇 개, 종이 클립과 옷핀―음, 언제 필요할지 모르니까―이 있다. 보이지는 않지만 네가 준 위스키도 물론 있고. 던스 스토어 봉투에 싸서 발치에 놓았지.

우리가 키우던 개 기어스틱이 어떻게 됐는지 궁금하겠지. 우리 집을 청소해주던 베스가 데려갔다. 애덤과 커트리나가 조금 화를 낼지도 모르겠구나. 우리집에 오면 기어스틱이랑 잘 놀았는데. 애들은 목줄을 채우려 했지. 기어스틱은 평생 목줄 근처에도 안 가봤는데. 그래도 얌전히 받아들이고 너희가 머무는 일주일 동안은 아이들을 따라 산책했어. 기어스틱보다 더 온순한 동물은 없을 거다.

내가 기어스틱을 처음 데려왔을 때 네 엄마가 뭐라고 했는지 기억하니? 하긴, 그때 넌 이미 멀리 떠나고 없었지. 네 엄마는 "저 불쌍하고 귀여운 애를 기어스틱이라고 부를 순 없어"라고 했다. 그 녀석이 집으로 오는 내내 기어스틱을 씹었는데.

내가 말했다.

"괜찮아, 저 녀석이 뭘 알겠어?"

녀석이 집에 들어온 건 그때가 처음이자 마지막이었다. 몇 달 전부터 나는 기어스틱을 집안으로 들이려고 뒷문을 열어놨었어. 녀석은 마지못해 문지방을 넘어 뒤쪽 복도로 들어와 부엌문으로 고개를 들이밀었지만, 자기가 거기 있다고 알려주려는 것뿐이었지. 녀석은 헐떡거리면서 산책이나 뭐 그런 걸 기대하며 기다렸어. 캐럴 슬라이스햄이나 베이컨 지방으로 아무리 꾀어도 그 이상은 들어오지 않았지. 내가 텔레비전을 볼 때 기어스틱이 옆에 앉아 있었으면, 아니 저녁식사를 할 때 식탁 밑에 누워만 있었어도 참 좋았을 텐데. 하지만 녀석은 꿈쩍도 하지 않았어. 그동안 내가 기어스틱에게 몽둥이를 서슴없이 들었으니 녀석은 혹시 모를 위험을 감수하고 싶지 않았던 게지. 결국 기어스틱은 흙투성이 매트에 엎드려 멀리서 들려오는 나의 생활 소음에 귀를 기울이며 잠들었지.

베스가 기어스틱을 데리러 온 날, 남편과 세 아이까지 온 가족이 같이 왔다. 다들 서로 미소를 지으며 서 있었어. 나는 좋은 인상을 주려고 애썼고, 우리는 고개를 끄덕이며 서로 말을 알아듣는 척했지. 그들은 필리핀 출신이야. 적어도 내가 알기론 그래. 어쨌든 어디 외국에서 왔어. 아이들은 마당에서 기어스틱과 잠시 뛰어다녔어. 기어스틱도 같이 펄쩍펄쩍 뛰면서 어울렸고.

"뭐 먹어요?" 베스가 물었다.

"잔반 아무거나."

"잔반?"

"저녁식사요."

"저녁식사를 먹여요?"

"남은 거요. 우유에 적신 빵도 조금 주고."

베스는 내가 방귀라도 뀐 것처럼 눈썹을 찌푸리며 나를 쳐다봤어. 기운이 쭉 빠지더군.

"아무거나. 아무거나 먹여요." 그만 벗어나고 싶었어. 난 기어스틱의 귀를 어루만지면서 머리가 기울어지고 눈이 감기는 녀석의 모습을 마지막으로 봤다.

"착하지. 이제 가." 내가 베스 쪽으로 밀면서 말했지만 녀석은 꿈쩍도 안 했어. 비단결 같은 기어스틱의 머리를 톡톡 두드린 다음 턱밑으로 손을 넣자 녀석이 숨을 헐떡이면서 혀를 옆으로 빼고 나를 올려다봤지. 그 순간 눈앞에 모두의 모습이 스쳐갔어. 너, 애덤, 커트리나, 세이디. 기어스틱과 함께한 기억의 아주 작은 단편. 내 모습도 보였다―여러 해 동안 졸래졸래 따라오는 기어스틱과 함께 들판을 산책하던 모습이. 안 되겠다고 말할 뻔했어. 베스한테 우릴 그냥 두고 차를 돌려서 돌아가라고 말할 뻔했다. 난 기어스틱에게 상황을 더 힘들게 만들지 말라고 눈빛으로 호소했지만 내가 조금씩 물러설 때마다 녀석은 다가왔어. 이 충성스러운 개한테 내가 뭘 기대했을까. 내가 버린 것처럼 녀석도 나를 버릴 거라고? 나의 배신이 목에 걸려 넘어가지 않고 헛기침을 해도 사라지지 않았다. 결국 난 집으로 들어가서 문을 닫을 수밖에 없었어. 문에 등을 기댔지, 기어스틱이 바로 밖에서 고개를 들고 문손잡이가 돌아가길 기다리며 지켜보리란 걸 알았으니까. 해치백 자동차에 기어스틱을 태우느라 소란스러웠지만 나는 창밖을 내다보고 싶은 유혹을 뿌리치고 부엌을 서성였다. 중얼거리고 계속 움직이면서 지친 내 삶의 또다른 끝, 또다른 상실의 무게를 못 본 척하려 애썼어.

집이 어딘지는 안 물어봤다. 시내에 산다는 것만 알아. 담으로 막힌 뒷마당이 있는 집이거나, 사정이 안 좋은 경우라면 아파트일 거야. 기어스틱 같은 사역견을 키우는 게 어떤 건지 베스가 잘 알까 모르겠다. 베스 아니면 보호소였어. 어쩌면 보호소에 보내는 게 나았을지도 모르겠다. 동네 사람 아무한테나 줘도 된다는 건 알아. 기어스틱처럼 좋은 개를 주면 고마워하겠지. 하지만 그러면 무슨 일이 있다는 걸 사람들이 알아차릴 거다. 안 그러냐. 마침내 베스가 차를 몰고 떠나자 나는 거실에 앉아 눈을 감고 멀어지는 엔진소리를 들으며 기어스틱이 얼마나 혼란스러울까 상상했지. 난 한 손으로 얼굴을 쓸며 입을 크게 벌리고 눈이 따끔거리는 걸 꾹 참았다.

물론 넌 전부 처음 듣는 얘기일 거다―집도, 땅도, 사업도 넘겼다는 거. 난 그냥, 음…… 그냥 네가 말릴까봐 말할 수가 없었어. 그건 안 될 일이다, 아들아.

스베틀라나가 바를 점검하는구나. 병을 하나씩 살펴보고 냉장고 안을 확인하면서 손으로 각 브랜드를 지나칠 때마다 손가락으로 라벨을 짚어. 고개를 끄덕이고 소리 없이 입 모양만으로 읽으면서 외우네. 스베틀라나는 바를 둘러보다 가끔 나와 시선이 마주쳐. 그러면 입술을 굳게 다문 채 미소를 보내고 나는 그녀를 향해 잔을 살짝 들어올리지. 그녀가 바 뒤에서 행주를 들고 나와 또 청소를 하는구나. 미스터 신 냄새가 안 나나? 원을 그리며 이미 반짝이는 테이블에 광을 내는 그녀의 손이 거울을 통해 보인단다. 그녀는 스툴을 한쪽으로 몇 센티미터 옮겼다가 다시 제자리로 옮겨. 정말 대단한 일벌이야.

　오늘 아침 앤서니가 떠난 뒤 나는 로버트 티머니의 사무실에 갔다. 나는 그가 믿을 수 있는 변호사라고 항상 말해. 술집에 앉아서 소문이나 퍼뜨리는 사람이 아니라고. 자기 아버지랑 똑 닮았어. 로버트 시니어는 고객의 일이 다른 사람과 상관없는 그만의 일이라는 것을 잘 알았지. 난 로버트에게 계획을 전부 알려주지도 않았어. 앤서니가 더블린에서 변호사를 구해주었기 때문에 이번 일은 로버트에게 맡길 필요가 없었어. 내가 집을 파는 걸 이상하게 여겨 너에게 전화라도 하면 어쩌나 우려되기도 했고. 그래서 로버트에게는 호텔방을 예약해달라는 부탁만 했다.

　"로버트 있나?" 아까 그의 사무실에 갔을 때 내가 접수대 직원에게 물었어. 직원은 히니라고. 너도 알 거다. 네 친구였던 도널의 여동생이야.

　"금방 오실 거예요. 여기 앉으세요."

　나는 나란히 놓인 검정색 쿠션 의자 네 개를 봤어. 변화가가 내려다보이는 창가에 놓여 있었지.

"나한테 무슨 일이 생겼다고 온 세상에 광고하라는 거야? 사무실에 올라가서 기다리지." 나는 이미 계단을 오르고 있었다.

"거긴 개인 공간이에요, 해니건 씨!" 히니가 날 따라오면서 말했어. 그녀의 발소리가 내 발소리의 메아리처럼 울렸지. 계단이 좁아서 나를 앞지를 수는 없었어. 나는 차분하게 계속 올라갔다.

"어차피 잠겨 있어요." 히니가 계단을 다 오른 다음 잘난 척하며 덧붙였어.

"괜찮아." 내가 문틀 위로 손을 뻗어 열쇠를 찾아서 보여줬지. "다 해결됐군." 내가 말하고 활짝 미소를 지으며 문을 닫자 히니의 성난 얼굴이 사라졌어.

"아시겠지만 이건 무단침입이에요. 경찰을 부르겠어요." 문밖에서 히니가 소리쳤다.

"그거 잘됐네." 나는 로버트의 의자에 앉아서 대답했어. "나도 히긴스한테 볼일이 있으니 일석이조군."

히니가 아무 말도 덧붙이지 않기에 난 고개를 뒤로 젖히고 그녀가 쿵쾅쿵쾅 내려가는 소리에 귀를 기울이면서 기분좋게 선잠에 빠졌지.

"편하게 계신 걸 보니 좋네요, 모리스." 오 분도 안 돼서 로버트가 싱글싱글 웃으며 들어와 손을 내밀었다. "물론 저는 린다를 종일 달래야겠지만요."

젊은 린다는 바로 지금 집에서 저녁식사를 하며 자기 아버지한테 똑같은 이야기를 하고 있겠지. 린다가 늘어놓는 험담을 개 아버지는 아주 좋아할 거다.

"로버트, 반갑네."

나는 자리에서 일어나 그리 편안하지 않은 의자로 옮기려고 테이블을 빙 돌아 나갔다.

"아니에요. 앉으세요, 앉으세요." 로버트가 더 저렴한 의자에 앉으며 대답했어. "분부대로 했습니다. 하루도 안 늦었어요. 여기 열쇠요."

그가 테이블에 서류가방을 내려놓고 연 다음 묵직한 옛날식 열쇠를 건넸고, 나는 그걸 주머니에 넣었지.

"예약자가 나라는 걸 호텔에서도 아나?"

"VIP라고만 말했어요. '꼭 허니문스위트여야 합니다' 그랬죠." 로버트가 웃었다. "누군지 알아내려고 에밀리가 별짓을 다 하더군요."

"좋아, 잘됐군. 이봐, 로버트." 나는 평소보다 약간 주저하며 말했어. "내가, 음, 킬보이 쪽 요양원에 들어가게 됐어. 비용을 충당하느라 집이랑 농장을 팔았네. 케빈의 도움을 받아서 말이야. 케빈이 미국에서 구매자를 찾아줬어."

이 사기극에 널 끌어들인 걸 용서해주겠지, 아들아.

"뭐라고요?" 로버트가 물었어. 목소리가 어찌나 높던지 개들 귀에만 들릴 것 같았다. "언제 그렇게 된 거죠?"

"지난번에 케빈이 왔을 때 얘기를 꺼냈어. 난 별생각이 없었고, 솔직히 말하면 케빈도 잊어버린 줄 알았어. 그런데 육 개월쯤 전에 난데없이 전화를 하더니 구매자를 찾았다는 거야. 고향의 정취를 느끼고 싶어하는 미국인이었지. 이제 은행 계좌도 두둑하고 짐도 다 쌌네. 케빈이 자네한테 전화를 안 했다니 이상하군. 한다고 했는데. 사실 요즘 일이 산더미처럼 쌓여 있거든, 오바마케어인지 뭔지 때문에. 하지만 곧 연락할 거야."

"뭐, 글쎄요." 로버트가 대답했어. 자기한테 일을 맡기지 않아서 약간 기분이 상한 눈빛으로 날 보더군. "저야 상관없죠. 합법적이고 공명정대하고 모리스 씨가 사기만 당하지 않으면."

"그럴 일 없어. 서명하고 봉인해서 전달했네."

"요양원에는 절대로 안 들어가실 거라고 생각했어요, 모리스." 로버트가 말했어. 쉽게 놓아주지 않더군.

"그래, 아니지. 하지만 케빈이 징징거리는 소리를 더이상 견딜 수가 없어서 말이야. 이제 좀 편하게 살고 싶다는 생각도 들고. 세이디가 떠난 후로 충분히 힘들었거든." 심금을 건드리면 항상 통하는 법이란다, 아들아.

"그렇죠, 암요. 편할 수가 없죠, 모리스. 세이디가 어…… 떠난 지 얼마나 됐죠?"

"오늘로 이 년째야."

"그래요?" 로버트가 정말 걱정하는 표정으로 말했어. "그렇게 오래된 것 같지 않은데."

"나는 평생이 지난 것 같아."

로버트가 나에게서 시선을 돌리고 노트북을 켰어.

"그러실 거예요. 저도 요양원에 가고 싶어요." 그가 말했다. "이본에게 예약해두라고 했어요. 솔직히 말하면 빨리 들어가서 보살핌을 받고 싶네요."

마흔 살에 집에서 아내와 두 아이가 기다리는 안락한 삶을 살면 이런 말을 얼마든지 할 수 있지.

"그럼 허니문스위트에 묵는 건 레인스퍼드에 마지막 작별인사를 하는 셈이군요. 그래서 호텔을 예약하신 거예요?"

"그렇다고 할 수 있지." 나는 길 건너에서 찬란하게 햇볕을 담뿍 받고 있는 호텔을 빤히 보면서 대답했다.

너도 알겠지만 나는 이곳을 호텔로 개조한다는 이야기가 나오기 훨씬 전이었던 1940년부터 여기서 일했다. 그때는 아직 돌러드 가문의 저택이었지. 시골 대저택치고는 특이하다고들 했어. 현관문을 열고 나오면 더블린의 광장 같은 동네 번화가가 바로 있거든. 저택의 원래 주인들은 마을이 바로 앞에 있다는 게, 언제든지 자기네 시중을 들 수 있게 말 그대로 문 앞에서 대기하고 있다는 게 마음에 들었을 게다. 커다란 대문도, 기나긴 진입로도 없었어―그런 건 다 저택 뒤쪽에 있었지. 저택의 정면 양옆으로는 나무가 무대 위 커튼처럼 줄 맞춰 늘어서서 그 뒤로 길고 넓게 펼쳐진 돌러드가 땅의 경계를 표시했다. 이제 그 나무들은 대부분 사라지고 번화가는 더욱 발달해서 오른쪽에는 호텔이, 왼쪽에는 가게들이 늘어서 있어. 마을 확장을 위해 땅을 사들였던 시의회가 아직 사지 않은 땅도 있지만, 다들 알고 있듯이 더이상 돌러드가의 땅은 아니야.

돌러드가 사유지에서 농장 일꾼으로 일하기 시작했을 때 나는 겨우 열 살이었다. 우리 땅, 아니 우리 아버지의 땅이라고 해야겠지. 아무튼 정말 얼마 안 되는 땅이 돌러드가의 땅과 붙어 있었어. 그 집에서 일하던 시절이 그렇게 행복하지는 않았어. 너무 힘들었기 때문에 육 년 뒤 그곳을 떠날 때 두 번 다시 그 집 앞엔 얼씬도 않겠다고 맹세했어. 너와 로절린이 여기서 결혼식을 올리기로 하지만 않았어도 그 맹세를 지켰을 거다. 나는 너의 집착을, 그리고 세이디의 집착을 이해할 수 없었어. 세이디가 더 심했어. 호텔이 얼마나 웅장한지, 방이 얼마나 호화로운지 끝도 없이 이야기를 늘어놓았다. 끝없는 허니문스위트 이야기로 날 미치게 만들었지. 나는 웨딩 페어에서 세이디가 무슨 발작이라도 일으키는 줄 알았어. 물론 전부 연기였을지도 모르지, 시큰둥한 나를 대신해서 일부러 말이다. 나는 가식적인 행동은 못하거든.

"리모델링 전에는 원래 주인이었던 어밀리아와 휴 돌러드가 쓰던 안방이었습니다." 호텔 관리지배인이 아주 대단한 일이라는 듯이 얼굴을 빛내며 말했지.

그 말을 듣고 나는 너에게 전부 맡기고 호텔 바로 직행했다. 바로 이 자리에 앉아서 저택의 몰락에 건배하며 위스키를 마셨지. 그때는 누가 주문을 받았는지 모르겠구나, 지금 이 아가씨가 아닌 건 확실한데. 스베틀라나가 유리잔을 잔뜩 들고 비틀거리며 들어온다. 이미 카운터 밑에 잔뜩 쌓여 있는데 어디 놓으려는 건지 모르겠구나. 내 평생 그날만큼 술독에 푹 빠진 적은 없었다. 나는 이곳이 어디인지 인정하기 싫어서, 돌러드가 사람이 있다면 누구라도 보기 싫어서 고개를 들지 않았어. 내 머리는 목이 부러진 줄 알았을 거다. 복도든 방이든 사방 벽에 걸려 있는 사진이 역사를 뽐내며 덩치가 커진 나를 비웃었지.

마침내 다 같이 나를 찾으러 왔을 때 나는 술을 한 잔, 아니 여러 잔 사면서 너희가 연회장의 샹들리에와 허니문스위트에서 보이는 풍경에 대해 떠드는 말을 들었다.

"내 땅 풍경 말이냐?" 내가 말했지.

그 당시 호텔을 둘러싼 땅의 대부분이 내 소유였으니까.

"그러니까 여기가 딱 맞는 장소 아니겠어? 우리의 멋진 농장이 전부 내려다보이잖아. 울퉁불퉁 펼쳐진 당신의 멋진 땅이, 모리스." 세이디가 내 손에 자기 손을 포개며 말했지. 난 네 엄마가 그때 꽤 취한 상태였다고 맹세할 수 있다.

너와 네 엄마는 감상을 늘어놓았지, 체감상 몇 시간은 지난 것 같았어. 그동안 나는 술잔을 빙글빙글 돌리면서 두 사람의 말을 듣지 않으려 애썼다. 그때 로절린의 가족이 도착해서 나만 빼고 다 같이 다시 호텔을 둘러보러 갔지. 난 지겨워서 그냥 나왔어. 바보처럼 취한 채 집으로 돌아와서 어둠 속에 앉아 있었다.

하지만 정말 놀랍게도 네가 드디어 결혼식을 올렸을 때 나는 꽤 즐거웠다. 네가, 그리고 세이디가 너무나 행복해하는 모습을 봐서였겠지. 로절린과 부부로서 첫 춤을 추러 플로어로 나가는 널 보면서 자랑스러웠다. 우리 모두—나와 로절린의 어머니, 세이디와 로절린의 아버지—춤추러 나갔고, 나는 네 엄마가 둥실둥실 떠다니듯 내 곁을 지나칠 때 그 미소와 웃음을 보았지. 그날 밤 세이디는 날 설득해서 허니문스위트를 한번 더 보러 갔어.

"정말 웅장하지 않아, 모리스? 우리도 이런 데서 결혼식을 올릴 수 있었다면 난 뭐든 내놓았을 거야. 지금 우리 좀 봐, 귀족 흉내를 내는 평민 같잖아."

나는 세이디와 온 방을 돌아다니며 춤을 추다 하마터면 화장대에 부딪혀 침대로 넘어질 뻔했어. 우린 둘 다 취했어. 하지만 내 입맞춤은 술김에 나온 행동이 절대 아니었다. 세이디가 나에게 불러일으킨, 우리가 함께한 세월 동안 넘쳐흐르던 사랑으로 가득했지. 우리가 완벽한 부부였다는 말은 아니야. 그러나 너도 알겠지만 우린 나쁘지 않았다. 굳건하고 흔들림 없었지. 적어도 나는 그렇게 생각했어. 물론 세이디에게는 한 번도 물어본 적이 없지만.

"다음에 예약하지. 언젠가 우리 둘이서 허니문스위트를 독차지하자고, 내가 약속할게." 나는 침대에 누워서 세이디를 보며 말했어. 난 약속을 지킬 수 있을 거라 확신했다. 하지만 세이디도 그랬을까? 그래놓고 이제야 여기 왔구나, 빌어먹을 이 년이나 늦게.

세이디는 자다가 죽었어. 그녀는 자기 차례가 되면 그렇게 떠나고 싶다고 항상 말했지. 자기 여동생이 그랬던 것처럼 병의 징후도, 신체적인 이상도 없이. 죽기 전날 밤 세이디는 내 뺨에 입을 맞추고 돌아누웠어. 헤어롤러를 말고 낡은 내 손수건으로 묶은 머리가 꼭 후광 같았지. 세이디는 아주 곧은 직모라 매일 밤 헤어롤러로 빡빡하게 말았어. 그럴 때면 나는 침대에 누워 화장대 앞에 앉은 세이디를 보면서 귀찮게 뭐하러 저럴까 생각했다. 비단같이 매끄럽고 긴 머리, 난 매일 아침 아주 잠깐밖에 못 보는 그 머리가 어때서? 하지만 그거 아니? 화장대 거울에 비친 세이디를 딱 한

번만 더 볼 수 있다면 난 지금 당장 숨을 거둬도 좋다. 나는 요리조리 움직이는 세이디의 손에 감탄하면서 움직임 하나하나를 감상할 거다.

그날 아침, 나는 면도를 이미 끝내고 라디오를 켜놓은 부엌으로 들어간 다음에야 세이디의 슬리퍼 소리도, 늘 부르던 콧노래도 들리지 않는다는 사실을 깨달았다. 주전자를 불에 올렸는데도 세이디가 나타나지 않자 무슨 일이 생겼다는 걸 직감했어. 그래서 복도를 되짚어 걸어갔어, 아나운서의 목소리가 뒤따라왔지. 믹 월리스의 탈세. 침실 문 앞에 서서 내가 침대에서 나올 때와 똑같은 모습으로 세이디가 누워 있다는 사실을 깨달았을 때 내 머릿속에는 숱이 적은 백발에 분홍색 셔츠를 입은 믹 월리스의 이미지가 얼어붙어 있었지.

빌어먹을 믹 월리스.

세이디의 얼굴을 만지자 죽음의 냉기가 느껴졌다. 바로 무릎이 휘청거렸어. 나는 침대 가장자리에 무너지듯 쓰러져 세이디의 얼굴을 가까이 들여다봤어. 흡족한 얼굴이었다. 걱정 하나 없이. 뺨은 아직 불그스레했는데, 내 상상에 지나지 않았을까? 나는 손끝으로 세이디의 부드러운 눈가 주름을 어루만지고 담요 밑으로 손을 넣어 세이디의 손을 찾았지. 나는 양손으로 세이디의 손을 꼭 잡고 따뜻하게 데우려고 했어. 내 뺨에 대고 문질렀어. 내가 세이디를 살릴 수 있다고 생각한 건 아니었다, 단지…… 모르겠다, 그냥 그렇게 했어. 세이디가 춥지 않기를 바랐나보다. 추운 걸 싫어했으니까. 세이디의 죽음과 장례식에 관해 생각나는 건 그것뿐이다―아무도 없는 나와 세이디 단둘만의 조용한 시간. 그뒤에 어떻게 됐는지, 누가 오고 누가 무슨 말을 했는지는 묻지 마라, 전부 흐릿하니까. 난 그저 거실의 내 의자에 앉아서 마음속으로 세이디의 손을 계속 잡고 있었다―나의 세이디를.

물론 너한테 전화했지. 몇 달 뒤에 내가 기억이 잘 안 난다고 털어놨을 때 네가 해준 말대로라면. 너와 로절린과 아이들이 세이디에게 작별인사를 하러 왔을 때 난 널 위해서 괜찮아야만 했다. 현관문에 서 있는 나를 안으려고 네가 팔을 들었다가 내 표정을 보고 다시 내렸던 일은 기억난다. 넌 포옹 대신 손을 내밀었지. 너는 내 손을 단단하게 잡았고 나는 네가 놓을 때까지 얽혀 있던 우리의 손을 뚫어져라 보았어. 그런 다음 네가 내 어깨를 툭툭 치고 현관으로 들어왔지. 아직도 어깨에 그 느낌이 남아 있다, 네기 조문을 온 그저 아는 사람이 아니라는 유일한 징표지. 정말 유감이야. 널 끌어안고 네 어깨에 기대어 울었으면, 또 너에게도 그럴 기회를 주었으면 좋았을 텐데 하는 생각이 이제야 든다. 하지만 아니다, 나는 내 슬픔에 네 슬픔까지 감당할 여유가 없었던 것 같구나.

게다가 네가 내 걱정까지 끌어안고 뉴저지의 집으로 돌아가게 할 순 없었지. 하지만 난 이겨낼 수 없었다. 그때는 자리에서 일어날 수도 없었어. 그저 거실의 내 의자로 가기 위해서만 겨우 침대에서 일어날 수 있었지. 거기에 세이디와 함께 앉아서 우리가 함께한 삶을 되새기고 있으면 갑자기 차 한 잔이 눈앞에 나타나 원하지도 않는 홀아비 신세인 현실로 나를 억지로 끌어냈지. 로버트가 나를 살펴보겠다고, 무슨 문제라도 생긴 것 같으면 바로 전화하겠다고 설득하지 않았다면 넌 장례식이 끝나고 그렇게 빨리 미국으로 돌아가지 않았으리라는 걸 나도 안다.

너희는 다음 크리스마스 때 돌아왔어. 우린 네 처의 집에. 로절린의 가족 집에 가서 저녁식사를 하기로 했지. 좋은 사람들이야, 내가 딱히 친하게 지내려고 애쓴 적은 없지만. 나는 집을 나서기 직전에 안 가겠다고 했어.

"눈을 뗄 수 없는 게 너무 많아." 내가 말했지.

삼십 분 거리밖에 안 되는 건 알지만 나는 세이디를 두고 갈 수가 없었다. 첫번째 크리스마스에 그럴 수는 없었어. 그러면 안 될 것 같았다. 그래서 넌 로절린과 아이들만 보내고 나와 같이 집에 남았지. 우리가 뭘 먹었는지도 기억이 안 난다. 아마 찬장에 있던 수프를 먹었겠지. 로절린과 아이들은 두어 시간 뒤에 아이들 선물로 가득한 검정색 봉지 두 개와 알루미늄호일로 덮은 크리스마스 요리 몇 접시를 가지고 돌아왔어.

그해에 내가 애들에게 선물을 사줬던가? 선물을 사는 건 늘 네 엄마 몫이었는데.

그때가 처음이었다. 요양원 이야기가 나온 건. 음, 그러니까 내가 있는 자리에서 그 이야기를 꺼낸 건 그때가 처음이라는 뜻이야. 물론 내 귀에 들어오기 전까지 그 문제로 수많은 대화를 나누었겠지. 언젠가는 그렇게 될 줄 알았다. 혼자 사는 홀아비나 과부 중에서 그 이야기가 언제 나올까 두려워하지 않는 사람이 있을까?

"말도 안 되는 소리 하지 마라." 나는 단도직입적으로 말했지.

"농장에서 소떼를 돌보는 대신 카디건을 걸친 늙은 여자들 틈에 앉아 텔레비전 빙고나 하고 있으면 얼마나 바보 같아 보이겠냐?"

넌 웃었지. 자신감 넘치는 함박웃음―어쩌면 내 목소리를 너도 조금은 물려받았을지 모르겠다.

"알았어요, 아빠." 네가 내 무릎에 손을 얹으며 말했지. "우린 그냥 아버지가 거기 들어가면 더 안전하겠다고 생각했을 뿐이 에요."

"더 안전해? 더 안전하다니 무슨 뜻이냐?"

"음, 요즘 그런 사람들이 있다잖아요. 사유지에 침입해서―"

"그래서 이 멋진 물건이 있는 거 아니겠냐?" 내가 충실한 윈체 스터 라이플총에 손을 올리며 말했지.

넌 당황한 표정이었어. 하지만 난 제대로 준비되기 전까지는 삶을 포기할 생각이 없었다.

이런 말은 듣기 거북할지도 모르지만 어떤 면에서는 네가 지금 처럼 멀리 살아서 다행이라고 생각한다. 내가 걱정거리라는 걸 끊 임없이 상기시키는 건 견딜 수가 없거든. 너의 가장 큰 걱정은 어 느 멍청한 등산객이 자기도 모르게 내 땅에 들어왔다가 내 총에 맞는 거겠지.

사소한 위안거리이겠지만 네가 집에 왔을 때 내가 적어도 깔끔 하게는 살았다는 걸 알아보면 좋겠구나. 그 방면으로는 완벽하게 해냈다. 난 냄새도 안 나, 당장 떠오르는 몇몇 사람들이랑은 달라. 나이가 들었다는 게 하늘을 찌를 듯한 악취의 평계가 될 순 없어. 나는 반짝반짝 빛이 난다, 매일 아침 깨끗이 세수하고 당연히 일주일에 한 번 목욕도 하거든. 오 년 전에 안전 손잡이인지 뭔지를 설치해놨더니 욕조에 들어갔다 나오는 게 맥주 첫잔을 드는 것처럼 쉬워. 샤워는 안 해. 그건 절대 익숙해지지가 않더라. 샤워기를 보기만 해도 추워서 네 엄마가 아무리 항의해도 설치하지 않았지.

최근의 가장 큰 발견은 내가 내놓은 빨랫감을 가져갔다가 사흘 뒤에 갖다주는 던캐셜의 세탁소일 거다. 동네 세탁소랑은 달라. 훨씬 도움이 되더구나. 매주 프리스틴 피트가 빨래를 해줘. 세이디가 빤 것보다 훨씬 더 깨끗하고 빳빳한 셔츠를 돌려주지만, 그렇게 말하는 건 모독이겠지.

게다가 베스가 청소를 해줘. 일주일에 두 번, 절대 빠지는 일이 없어. 집을 쓸고 닦아 다시 완벽하게 돌려놓지. 네 엄마도 베스를 좋아했을 거다.

"일을 매우 잘하고 영어는 못하는 사람으로 부탁해요." 나는 더블린의 직업소개소에 이렇게 말했어. "동네 사람은 안 됩니다. 이런저런 소문을 내고 다니지 않을 신중한 사람이면 좋겠어요. 필요하면 기름값을 추가로 내겠소."

베스는 요리도 해. 일주일 동안 먹을 스튜를 몇 그릇 끓여놔. 세이디의 스튜랑은 맛이 전혀 다르단다. 사실 베스의 스튜가 뭔지는 나도 잘 모르겠다. 익숙해질 때까지 시간이 좀 걸렸어. 마늘, 마늘이 많이 들어가는 건 분명해. 하지만 베스의 스튜가, 특히 닭고기 스튜가 기대되기 시작해서 나도 놀랐다. 지금까지 베스가 날 보살펴주었는데 로버트가 말도 안 되는 소리를 하더구나. 청소부에게 주는 돈을 보건국에서 받을 수 있다고. 게다가 노인을 위한 식사

배달 서비스도 있다고 말이다.

"미쳤나?" 내가 말했지. "난 평생 뭐든 공짜로 받은 적이 없어. 이제 와서 그러진 않겠네."

스베틀라나가 어슬렁거리며 다가오는군. 점검과 청소를 끝내고 잔도 다 쌓았어. 지난 몇 분 동안 손님을 기다리며 바에서 서성였지.

"여기 이따 저녁 먹으러 와요?"

이름이 마음에 들어. 스베틀라나. 올곧고 날카로우면서도 아름다움이 있어. 스베틀라나에게 난 어떻게 보일까? 분명 정신 나간 사람 같겠지. 여기 앉아서 멍하니 생각에 잠겨 가끔 이상한 말이나 중얼거리니 말이야. 스베틀라나는 카운터 위로 몸을 숙이고 무슨 일이든 일어나기를 바라고 있어. 바에 앉은 늙은이와의 시시한 대화도 괜찮은 모양이야.

"아니." 내가 말해. 보통은 이 정도에서 그쳐. 하지만 오늘밤은 평범한 밤이 아니니까. "오늘이 첫 근무인가?" 내가 물어.

"두번째예요. 어젯밤에도 근무했어요."

나는 고개를 끄덕이고 잔에 남은 술을 빙빙 돌리다가 꿀꺽 마신다. 이제 다섯 번 중에서 첫번째 건배를 할 준비가 됐다. 다섯 번의 건배, 다섯 명의 사람, 다섯 개의 기억. 내가 빈 병을 카운터 맞은편에 있는 그녀를 향해 밀어. 스베틀라나가 할일이 생겨서 기뻐하며 병을 들고 돌아설 때 내가 숨죽여 혼잣말을 하지.

"난 여기 기억하러 왔어. 지금까지 겪었고 다신 겪지 않을 모든 일을."

2장

오후 7시 5분

첫번째 건배: 토니를 위하여

흑맥주

호텔 로비가 소란스럽구나. 화려하게 차려입은 남자들이 슬슬 들어오기 시작하는 모양이야. 바를 독차지할 수 있는 시간도 이제 얼마 남지 않은 것 같다.

"흑맥주 한 병 더." 첫날처럼 긴장한 스베틀라나에게 내가 말해. "내 자리 좀 지켜줘요. 다른 사람 못 앉게. 이 가게에서 제일 좋은 자리니까."

화장실에 갈 시간이다. 여든네 살의 장점 중 하나는 화장실에 왔다갔다하느라 저절로 다리운동이 된다는 거지.

"병째로요?" 내가 자리에서 일어나는데 스베틀라나가 말해.

"전문용어도 잘 아는군." 나는 너무 늦게 일어난 게 아닌가 걱정이 들지만 티내지 않으려고 발걸음을 재촉하며 말해. "병째로든 아니든 상관없으니 선반에서 꺼낸 것으로만 줘."

"이거요?" 스베틀라나가 나의 탈출을 막으며 말해.

내가 다급한 게 안 보이나?

"으응." 나는 다시 걸어가면서 말해.

"잔은요?"

아이고 맙소사.

"필요 없어, 빨대만 하나 꽂아줘요." 내가 다시 소리쳐.

"농담이죠?"

나는 손을 저으면서 얼른 사라졌지.

우리 가족은 애가 넷이었어. 당시 아일랜드에서 사남매는 적은 편이었을 거다. 주변에 구남매, 십남매, 그 이상도 많았지. 우린 이상해 보였을 거야. 침실 두 개짜리 집에 어른 둘과 애 넷이 사니까. 사치나 마찬가지였어. 토니 형이 첫째고 그다음에 메이 누나와 제니 누나, 내가 막내였지. 우린 한두 살 터울이었어.

넌 큰아버지인 토니를 모르지. 네가 태어났을 때 토니는 이미 죽은 지 오래였으니까. 토니는 날 '덩치'라고 불렀어. 결국은 그 이름에 걸맞게 컸지, 키가 190센티미터에 몸집이 집채만하니까. 하지만 그 별명을 처음 붙여줬을 때 나는 덩치와는 아주 거리가 멀었다. 네 살이었던 나는 우뚝 솟은 거인 토니에 비하면 아주 작았어, 적어도 내 눈에 토니는 거인 같았거든. 토니 옆에서 종종거리며 길을 걷거나 농장 주변을 돌아다니던 내 모습이 떠오르는구나. 따라잡으려면 늘 뛰어야 했지, 토니의 한 걸음이 내 보폭으로는 세 걸음이었어. 우리가 닭에게 모이를 주거나 엄마의 작은 텃

밭에 당근을 심거나 도랑을 치울 때면 토니는 항상 나에게 설명해 줬어. 형은 아버지만큼이나 땅을 사랑했지. 나는 토니를 올려다본 채 넘어지지 않으려 애쓰며 이야기를 열심히 들었어. 잊지 않으려고, 나도 할 수 있다는 걸 보여주려고 최선을 다하며 형의 칭찬에 기뻐했어.

"잘하는데." 토니가 말했어. "다 컸네."

나는 뒤처지지 않으려고 최선을 다했지만 어쩔 수 없이 넘어지기도 했어. 형처럼 되려고 나한테는 너무 큰 양동이를 들다가 다치기도 했고. 그러면 토니가 돌아와서 내 옆에 쭈그리고 앉았어.

"너도 크면 잘하게 될 거야." 토니가 옷을 털어주면서, 아마도 끌어안아주면서 이렇게 말한 다음 내 짐을 조금 덜어주고 잠시 걸음을 늦추던 장면이 떠오르는구나. 토니가 나를 보살펴주던 모습을 봤으면 나보다 열 살 넘게 많은 줄 알았을 거다. 하지만 토니는 겨우 다섯 살 위였어.

허락만 받았다면 나는 토니랑 같이 밤까지 일했을 거야. 하지만 어머니가 중간에 날 데리러 오셨지.

"나도 금방 갈게." 어머니가 데리러 왔을 때 내가 반항하면 토니는 말했어. 나는 형을 향해서 양손을 쭉 뻗었지만 날 아기라고 생각할까봐 울음을 꾹 참았지. 지금 날 봐라, 아직도 눈물과 싸우고 있구나.

나는 부엌 창가에 앉아서 토니를 기다렸어. 어머니가 아무리 혼내도 형이 아버지와 함께 하루 일을 끝낼 때까지 긴 의자에서 일어났다 앉았다 했지.

몰로이 신부님이 우리집에 방문하셨을 때가 기억나는구나. 어른들이 다 그렇듯 신부님은 나에게 커서 뭐가 되고 싶으냐고 물었지. 나에게는 너무 이상한 질문이었어. 대답은 너무 뻔했으니까.

"토니요." 내가 말했어.

신부님과 부모님이 내 대답에 왜 그렇게 웃는지 이해할 수 없었다. 나는 좋은 찻잔을 앞에 두고 무척 즐거워하는 세 사람을 남겨놓고 부엌을 나왔어.

'덩치'라는 별명은 학교에 다닐 때 얻었다. 몇 년 전부터 토니가 다니던 800미터쯤 떨어진 교실 하나짜리 학교에 나도 같이 다니게 됐지. 정문 아치에 '레인스퍼드 국립학교'라고 새겨져 있었어. 등교 첫날 내가 그 밑을 당당하게 통과할 때 토니가 읽어주었지. 학교까지 걸어가는 동안 토니는 동네 아이들이 한곳에 모여 있으니 얼마나 재미있겠냐면서 계속 바람을 넣었어. 나 역시 전날 밤에 한숨도 못 자긴 했지.

"토니." 나는 한 침대에 누운 토니에게 속삭였어. 방을 나누는 커튼 뒤에서 자고 있을 제니랑 메이를 깨우고 싶지 않았거든. "패트릭 스탠리도 그 학교에 다녀?"

"당연하지."

"메리랑 조 브래디도?"

"그럼, 걔들이 거기 아니면 어딜 다니겠어?"

"제니랑 메이도?"

"장난 그만 치고 얼른 자. 이러다가 내일 우리 아무데도 못 가겠다." 토니가 팔꿈치로 나를 장난스럽게 쿡쿡 찌르며 말했지.

다음날 나는 제일 먼저 일어나 똑같은 질문을 또 던졌다. 그날 난 말 그대로 토니의 신발을 신고 학교에 갔어. 토니가 물려준 신발. 토니는 누구 신발을 신었는지 모르겠구나. 나는 학교 현관으로 성큼성큼 들어가서 나를 형처럼 똑똑하게 만들어줄 곳을 감탄하며 둘러보았지.

"음. 누가 왔나 볼까?" 내가 교실에 들어가자 우레 같은 목소리가 들렸어. "또 한 명의 해니건이구나? 이리 와라. 자세히 좀 보자."

더건 선생님이 나를 번쩍 들어 교실 앞쪽 책상 위에 올렸어.

"덩치 좀 봐라. 정말 크구나. 응? 이 덩치랑 그 똑똑한 머리에 맞는 커다란 책상이 우리 학교에 있어야 할 텐데."

그때부터 난 '덩치'가 됐다.

나는 선생님의 환영이 자랑스러워서 활짝 웃었어. 토니를 보니 형은 친구들을 팔꿈치로 찌르면서 웃고 있었지. 책상과 칠판, 내 뒤쪽 교탁에 쌓여 있는 책을 보았어. 이제 내 세상의 일부가 된 장소와 물건들이 따스하게 느껴졌지. 나는 정말 잘하고 싶었어, 선생님 말씀이 맞다는 걸 증명하고 싶었지. 난 기대에 차서 발을 옮겼고 곧 내가 올라섰던 책상 앞에 앉았다.

그후 며칠 동안 선생님은 칠판에 온갖 그림을 그렸어. 우리는 ABC를 큰 소리로 외쳤지만 나는 우리가 외우는 게 선생님이 칠판에 흰 분필로 쓴 것과 무슨 관계가 있는 건지 전혀 몰랐어. 다른 애들, 심지어 나보다 삼 개월 어린 조 브래디도 얼마 안 가 이해한 것 같았지만 나는 몰랐어. 하지만 처음에는 별로 신경쓰지 않았어.

내가 정말로 사랑하고 매일 아침 등굣길을 달려가게 만든 것은 오직 축구뿐이었어. 쉬는 시간이면 선생님이 소매를 걷고 골대 사이에 서서 공을 기다리며 몸을 숙였어. 공이 오지 않을 때면 골대 양옆으로 왔다갔다하며 외쳤지.

"그 공 좀 찰래?"

"쟤 막아. 막아."

"패스해!"

여학생들은 공이 닿지 않는 뒷문 밖에서 줄넘기를 했어. 그애들의 웃음소리와 축구를 제대로 못하는 애들을 야단치는 소리가 들려오는 가운데 나는 땀투성이가 되어 너무나도 신나게 운동장을 뛰어다녔지. 난 그때까지 축구를 해본 적이 거의 없었어. 집에서 헐링은 했지만 축구는 선생님의 경기였거든. 난 모든 걸 쏟아부었어. 태클을 잘했지. 몸을 던지는 걸 아무렇지도 않게 생각했거든. 토니가 공을 잡으면 음, 형에게 달라붙어 팔다리를 전부 써서 마구잡이로 형을 잡아당겼어.

"그만 좀 할래?" 토니는 웃었어. 비행기를 손으로 쳐내는 킹콩 같았지. 손바닥으로 내 이마를 밀었어, 제길. 내가 가까이 오지 못하게 팔을 쭉 뻗어 나를 잡았어. 그래도 나는 팔을 휘둘렀어. 백 번도 넘게 넘어졌고. 피도 나고 멍도 들었지. 하지만 아무렇지도 않았어. 그런 걸로 내 열정을 꺾을 순 없었다.

"잘한다, 해니건. 일어나. 바로 그 정신이야." 골대에서 선생님이 소리쳤어.

임시 운동장에서 달릴 때면 선생님의 응원을 아무리 들어도 지겹지 않았다. 교실에서는 내가 아무리 애를 써도 말없이 실망하는 모습만 봤는데 그 변화가 반가웠어. 어떤 글자가 '비$_b$'이고 어떤 글자가 '디$_d$'인지 선생님이 아무리 가르쳐줘도 난 흥미를 느끼기는커녕 기억도 못했다. 책에 대한 열정은 흘러내린 무릎 양말처럼 뚝 떨어져 금세 사라졌지. 수업시간이면 그저 물결무늬 나무 책상이라는 피난처에 엎드려 오랜 세월에 걸쳐 바니시를 덧바르고 손끝에 닳아 반질반질해진 표면을 느끼며 눈을 감고만 싶었어.

운동장에서 선생님이 과장되게 칭찬해주면 정말 기뻤지. 나는 다칠 수도 있다는 건 조금도 신경쓰지 않고 다시 돌진했어. 하지만 선생님이 시간이 다 됐다고 외치며 공을 들고 뒷문을 향해 걸어가면 절망의 나락에 빠졌다. 교실 안의 암흑을 생각하면 우울해질 뿐만 아니라 가슴이 철렁 내려앉았어.

모두가, 특히 토니가 애를 썼지만 내 읽기 실력은 몇 년 동안 거의 나아지지 않았다. 나는 거의 매일 정신이 몽롱했고, 칠판이나 책에 적힌 내용을 따라가거나 이해할 수 없었어. 숫자는 그나마 나았지. 이해가 됐거든. 나는 덧셈과 뺄셈을 할 수 있었고 나중에는 곱셈도 했어. 내가 향상되는 모습을 본 토니는 더욱 밀어붙였지. 우리는 등하굣길에 계속 연습했어. 토니는 내가 엄마 아빠와 더건 선생님에게 혼나지 않도록 돈과 시간 계산하는 법을 게임처럼 만들어 알려주었다. 글도 가르치려고 했고.

"'비$_b$'가 공$_{ball}$을 앞에 놓고 선 막대 인간이라고 생각해봐. '디$_d$'는 공을 뒤에 숨긴 **멍청이**$_{dumbo}$고."

난 '공은 앞에, 멍청이는 뒤에'라고 열심히 머리에 새겼어. 그 방법이 통하긴 했지만, 알파벳이 단어 중간이나 끝이 아니라 혼자 있을 때만 그랬지. 단어 중간이나 뒤에 들어가는 순간 칠판이나 책장의 모든 글자가 갑자기 헤엄치기 시작했고, 나는 글자나 소리의 제자리를 찾을 수가 없었어.

한번은 하굣길에 토니가 끈덕지게 가르치려 들어 내가 주먹을 날린 적도 있다.

"네가 멍청하다는 소리 좀 그만해, 덩치. 넌 누구 못지않게 잘할 수 있어."

"저리 꺼져." 나에게 얻어맞아 몸을 웅크린 토니에게 내가 소리쳤어. "난 너무 멍청하다고." 그러고는 당시 우리집 앞에 있던 숲으로 달려갔어.

솔직히 나는 울면서도 내가 형을 쓰러뜨렸다는 사실에 깜짝 놀랐다. 하지만 나무 사이로 낙엽을 밟으며 달리는 동안 부끄러움이 나를 덮쳤어. 나는 기운이 빠졌고, 결국 서쪽으로 돌러드가의 땅과 맞닿은 공터에서 멈춰 섰다. 나는 화가 나서 크게 소리를 질렀어. 그 우렁찬 소리는 분명 들판을 건너고 언덕을 넘어 저 멀리 던캐셜까지 닿았을 거다.

그날 저녁 나는 어둑해져서야 집으로 향했다. 집으로 들어가자 달그락달그락 찻잔 소리가 들렸는데, 내 뱃속에서 여섯시쯤 됐다고 알려주더군. 내가 식탁 앞 긴 의자 끄트머리에 슬쩍 앉자 잡담을 나누던 가족들이 조용해졌지. 하지만 어머니는 아무 일도 없었다는 듯이 찻잔을 계속 채웠어. 나는 감히 고개를 들지 못하고 다들 너그럽게 나를 모른 척해주기만 바랐지. 내가 무릎에 놓은 손만 열심히 비비적대고 있는데 내 접시에 나이프 부딪치는 소리가 들렸다. 고개를 들어보니 소다빵 한 조각이 내 접시에 놓여 있었어. 토니였어. 보지 않아도 알 수 있었지만, 그래도 나는 시선을 들어 토니의 미소와 윙크를 보았다.

더건 선생님이 나쁜 건 아니었어. 그건 인정해야 해. 당시 아이들이 어떤 일을 겪었는지 요즘 들어보면, 난 온몸에 시커멓고 퍼렇게 멍이 들도록 맞거나 더 심한 일을 당하지 않았으니 운이 좋은 거야. 시간이 흐르면서 우리는, 그러니까 선생님과 나는 서로를 이해하게 되었고 내가 말썽만 부리지 않으면 선생님은 질문을 하지 않았어. 절대 나에게 뭔가를 강요하거나 무안을 주지 않았지. 나를 곤란하게 만들거나 게으르다고 말한 적도 없었어. 선생님은 그저 날 어떻게 해야 할지 몰랐던 것 같아. 그 점에 대해서는 우리 의견이 일치했지. 나는 거의 항상 화장실에 가도 되느냐고 물었어. 우리 학교에는 화장실도 없었지만 그 말은 우리 둘만의 암호가 되어 선생님은 나에게 휴식이 필요하다는 걸 눈치챘지. 난 학교 뒤뜰이나 담 너머 들판을 이리저리 쏘다니며 저 아래 시골 풍경을 감상하고 이웃 사람들이 일하는 모습을 지켜보았어. 그렇게 한참 동안 미스의 신선한 공기를 마신 다음 교실로 돌아가 다른 아이들이 한데 어울려 열심히 공부하는 소리에 귀기울이고 그 모습을 지켜보았다.

아마 일곱 살 때쯤이었을 거야. 어느 날 점심시간에 나는 이제 그 정도면 됐다고 결론을 내렸어. 삼 년이나 같은 단계에서 애를 먹었거든. 토니가 학교를 다닐 날이 몇 달밖에 남지 않았을 때였지. 형은 열두 살이었고, 6월이 되면 학교를 떠나 아버지와 같이 전업으로 농사를 지을 예정이었어. 그날은 축구가 유난히 잘됐어. 난 아주 멋진 경기를 했지. 기억하기로는 내가 골을 전부 다 넣고 결정적인 태클도 매번 성공시키고 토니한테서 한두 번 공을 빼앗기도 했어. 난 천재였지. 그때 선생님이 경기를 중단시키고 전부 교실로 들어가라고 했어. 난 그 순간만큼은 들어갈 수 없었다. 머리에 무거운 추가 달려 꼼짝할 수 없는 느낌이었어. 나는 학교 경계 역할을 하는 낮은 담장에 앉아 숨을 몰아쉬면서 교실로 달려들어가는 아이들의 흘러내린 양말과 멍든 다리를 멍하니 지켜보았어. 나를 바라보는 선생님이 보였지. 하지만 선생님은 움직이지 않았어. 대신 토니를 불러서 뭐라고 속삭이더군. 두 사람이 나를 쳐다보았고, 곧 선생님은 교실로 들어가고 토니가 나에게 다가왔어.

"괜찮아, 덩치? 이제 들어가야지."

"집에 가고 싶어." 내가 말했어.

"안 돼. 가자, 선생님이 기다리셔." 토니가 말하고 다시 교실로 향했어.

나는 아무 말도 하지 않았고, 움직이지도 않았다.

"내 말 들어봐." 토니가 돌아와서 내 등을 떠밀어 담장에서 내려오게 하더니 완력으로 앞장세우며 말했어. "하루가 거의 끝나가잖아. 눈 깜짝할 새에 학교에서 나갈 거야."

토니가 떠미는 바람에 나는 교실 문 앞에서 넘어질 뻔했어. 나는 천천히 책상을 지나치면서 손가락으로 하나하나 쓸어보았고,

기나긴 오후 내내 잔뜩 심통 난 얼굴로 내 자리에 앉아 있었지.

"정말 싫어." 나는 집으로 가는 내내 반복해서 말했어.

"나아질 거야."

"그래, 그렇겠지. 그러면 왜 나는 등교 첫날이랑 똑같이 멍청한 걸까."

난 그게 토니의 잘못이라도 되는 양 형을 앞질러 달렸어. 집까지 쉬지 않고 달렸어. 부엌으로 뛰어들어간 나는 입을 떡 벌린 어머니를 못 본 척하고 어머니가 날 붙잡아 세울 새도 없이 먼지 뭉치가 굴러다니는 침대 밑으로 기어들어갔어. 아무리 불러도 안 나갔지. 거기 누워서 나는 차가운 콘크리트 바닥을 반쯤 덮은 닳아빠진 깔개를 뜯으며 걸쇠가 달린 나무문의 널빤지 틈으로 새어들어오는 숨죽인 이야기에 귀를 기울였어.

"무슨 일이니, 토니?" 마침내 형이 들어오자 엄마가 물었어.

"아무 일도 아니에요. 진짜로. 아무 일도 없었어요. 왜 저러는지 저도 모르겠어요. 제가 해결할게요."

토니는 우유와 버터 바른 소다빵을 나에게 가져다주고 침대 옆에 앉았어. 우리가 매일 방과후에 아버지가 우리 몫으로 정해둔 일을 하러 가기 전에 어머니는 항상 소다빵을 만드셨지. 토니가 내 접시 옆에 자기 접시를 놓았어. 내가 나올 기미가 없자 내 접시를 침대 밑으로 조금 더 밀어넣었어. 나는 최대한 무시하며 버티다가 배고픔을 더는 참을 수 없어 빵을 조금 먹으려고 손을 뻗었지. 결국에는 빵 접시를 밀어내고 밖으로 나와서 토니 옆에 앉았다. 우린 아무 말도 하지 않았어. 묵묵히 빵만 먹으면서 맞은편에 놓인 누나들의 침대를 빤히 보았지. 완벽하게 정리되어 있었어. 베개 하나 담요 하나도 제자리에 놓이지 않은 게 없고, 지난겨울에 제니와 메이가 코바늘뜨기로 만든 덮개가, 밤이면 몸을 묵직하게 누르며 따뜻하게 해주는 덮개가 제일 위에 반반하게 펼쳐져 있었어.

"우리도 저런 거 하나 만들어야 하나?" 토니가 말했어. "저런 덮개 말이야." 나는 미친 사람 보듯이 토니를 봤지. "저런 건 여자가 잘하지만 우리도 못할 건 없잖아. 겨울에 진짜 따뜻할 텐데."

"난 뜨개질 안 해, 더 놀림거리만 될 테니까."

"잠깐, 덩치. 그런 뜻으로 한 말이 아니야."

"맞아, 그런 뜻이잖아. 나한텐 여자나 하는 일이 어울린다는 말이잖아."

"잠깐, 모리스. 그런 말이 전혀 아니야. 그리고 아무도 널 우습게 생각하지 않고."

"당연히 비웃는다고. 어제 내가 철자를 틀렸더니 조 브래디가 나더러 바보라고 했어."

"그래서 때렸구나." 토니가 감탄하듯 웃었어. "걔도 천재라고 할 순 없는데. 빌어먹을 신발 끈도 묶을 줄 모르잖아. 그리고 걔귀 봤어? 귀가 그렇게 튀어나온 사람은 다른 사람을 바보라고 부를 자격이 없어."

나도 모르게 미소가 떠올랐어.

"왜 그래, 덩치. 우리 같이 해결하자, 알겠지? 너랑 나랑 둘이서 말이야. 너랑 나랑 같이 세상에 맞서는 거야, 응?" 토니가 팔로 내 목을 아주 살짝 감싸더니 내 머리카락을 흩트렸어. "넌 괜찮을 거야."

하지만 난 괜찮지 않았다. 그뒤로 매일 아침 가족들은 소리를 지르며 발길질하는 나를 침대에서 억지로 끌어내야 했어. 드문 일이었는데 아버지의 인내심이 한계에 다다랐지.

"이 자식, 얼른 나와."

아버지는 침대 다리를 꽉 잡고 버티는 나를 끌어당겼고, 결국 나는 굴복했어. 나는 잠옷 차림으로 서서 엉엉 울었지. 고래고래 소리를 지르면서 절대 학교에 가지 않겠다고 했어. 어머니는 있는 대로 몸에 힘을 주고 버티는 나에게 옷을 입혔지. 난 빵 부스러기 하나도 먹지 않으려 했고, 쫄쫄 굶은 채 반항하며 학교로 갔어.

토니는 매일매일 내 옆에서 같이 걸으며 나에게 용기를 주려고 애썼다. 부모님은 나를 달래서 학교에 보내는 것을 이미 오래전에 포기했지만 토니는 내가 정말 대단한 사람이라고 끊임없이 말해주었어. 그 시절에는 그런 사람이 아무도 없었단다. 용기를 주고 응원해주는 사람 말이야. 정해진 길을 가라고 윽박지르기만 했지. 하지만 토니가 해준 말 덕분에 나는 매일 학교에 가서 그 암흑을 견딜 수 있었다. 답을 몰라 머릿속은 텅 빈 느낌이었지만 말이다. 짐작하겠지만, 난 토니를 실망시키고 싶지 않았어. 나도 내가 정말 멍청하다는 걸 잘 안다고 토니에게 알릴 수는 없었어.

토니는 학교를 마친 후에도 매일 내 침묵을 견디며 학교까지 같이 가주었어. 안 그랬으면 난 학교에 안 갔을 거다. 토니가 먼저 나서서 아버지에게 이십 분만 시간을 주면 나를 매일 데려다주겠다고 했어. 나는 교실에서 절대 고개를 들지 않았고 목소리도 내지 않았어. 자리에 푹 파묻혀 앉으면 교실 뒤쪽에 서서 보더라도 내가 전혀 안 보일 거라고 굳게 믿었어.

삼 년이 더 지난 다음에야 선생님은 우리 농장을 방문하기로 결심했어. 방과후라 난 이미 집에 돌아와 분주하게 닭을 돌보고 있었지. 나는 마당에 들어서는 선생님을 보고 닭장 뒤로 숨었어. 어머니가 걱정스러운 표정으로 앞치마에 손을 닦으며 나왔지. 두 사람이 잠시 이야기를 나누더니 어머니가 아버지와 토니가 일하는 저 아래쪽 밭을 가리켰고, 선생님은 그리로 갔어. 곧 토니가 올라왔다.

"왜 오셨대?" 나는 닭장 뒤에서 나와, 집 뒷문을 향해 저벅저벅 걸어가는 토니를 옆에서 쫓아가며 물었어.

"나도 몰라. 집에 올라가서 차를 마시라는 말밖에 못 들었어."

"차? 아직 마실 시간 아니잖아. 나 때문이지, 맞지?"

"말했잖아, 모리스. 난 아무 말도 못 들었다고. 배고파 죽겠다. 금방 나올게. 닭장에 다시 가 있어."

나는 시키는 대로 닭장으로 돌아가 나무 살에 기대어 서서 온갖 가능성을 생각했어. 최악은 땀을 뻘뻘 흘리면서 책 한 줄도 못 읽는 사람들을 수용하는 시설에 보내지는 거였지. 나는 닭장에서 뱅뱅 돌며 감히 내 앞을 막는 닭이 있으면 발로 차버렸어.

"걱정 마, 덩치. 괜찮을 거야." 잠시 후 토니가 밖으로 나와 말했어. 어머니가 만든 소다빵 부스러기가 아직 입가에 묻어 있었지. 하지만 아무리 미소를 지어도 눈에 담긴 걱정은 숨길 수 없었어.

"모리스. 선생님이 뭐라고 하시든 아무 문제 없어. 너도 알잖아. 우리가 같이 해결할 거야, 그렇지?"

나는 차마 시선을 들고 토니를 볼 수 없어서 지푸라기만 발로 찼다.

"괜찮아, 덩치. 내가 너한테 항상 하는 말이 뭐지?"

나는 계속 침묵하며 다시 발길질을 했지.

"너랑 나랑 같이 세상에 맞서는 거야. 그렇지? 말해봐, 덩치. 네가 직접 말해보라고."

"형이랑 나랑……" 나는 고개를 숙인 채 중얼거리며 신발 밑창으로 땅을 문질렀어. 토니가 늘 되풀이하는 말을 지금은 따라 하고 싶지 않았거든. 사실 이 전쟁에는 '형이랑 나'는 없고 나랑 내 멍청함뿐이었으니까.

"……**세상에 맞서는 거야.**" 토니가 노래하듯 말했어. "바로 그거야." 토니는 힘내라는 듯 내 어깨를 툭 쳤지.

우리는 아버지와 선생님이 보일 때까지 닭장에서 기다렸어. 두 어른은 진지한 대화를 나누며 언덕을 천천히 걸어올라왔지. 그러다가 있으나 마나 한 담장에 멈춰 서서 내용은 모르겠지만 하던 이야기를 마무리했어. 아버지는 고개를 끄덕이고 모자를 살짝 기울여 인사한 다음, 선생님이 떠나는 모습을 지켜봤다. 그런 다음 토니를 보더니 고개를 살짝 끄덕여서 불렀어. 아버지는 나를 보지도 않고 돌아서서 내 운명을 질질 끌고 밭으로 돌아갔어. 토니가 내 어깨에 손을 얹고 속삭였다.

"내 말 기억해, 너랑 나랑." 그러고는 아버지를 따라갔어.

한 시간 뒤, 온 가족이 차를 마시려고 기다란 부엌 식탁에 둘러앉았어. 토니는 다 아는 이야기를 다시 들어야 했지만 귀찮다는 내색도 하지 않았지.

"더건 선생님은 네가 농사를 짓는 게 최선일지도 모른다고 생각하신다는구나, 모리스." 아버지가 말씀하셨어. "네가 덩치도 크고 튼튼하게 자랐으니 형처럼 훌륭한 농부가 될 거라고. 네 생각은 어떠냐? 어차피 공부는 안 맞잖아. 안 그러냐?"

나는 입에 있던 빵을 삼키고, 그것이 목구멍을 넘어가 구덩이 같은 위에 가라앉는 상상을 하며 시간을 잠시 흘려보냈어.

"맞아요." 나는 접시에서 시선도 들지 않고 웅얼웅얼 대답했어. 몸을 구부정하게 숙이고 접시에 얼굴을 거의 처박고 있었지.

"음, 좋아. 그럼 그렇게 하자. 네 엄마가 돌러드가 농장에 일손이 필요한지 물어볼 거다. 내일부터는 학교에 안 가도 된다. 일이 확실히 정해지기 전까지는 우리랑 같이 일하면 되고."

가족들 사이에 나의 수치심이 떠돌았어, 찻주전자와 우유 주전자, 완숙 달걀이 담긴 그릇 위를 맴돌았지. 난 더는 아무것도 삼킬 수 없었어. 그래서 눈을 감고 차를 꿀꺽꿀꺽 마시며 수치심을 먹어치웠다.

"덩치." 나중에 어둠 속에서 우리가 침대에 누워 있을 때 토니가 속삭였어. "잘된 거야. 학교가 모두에게 맞는 건 아니니까. 농사는 완전히 다른 세계야. 네 손을 봐, 농사일을 하기 위해서 만들어진 손이야."

나는 칠흑 같은 어둠 속에서 양손을 눈앞에 들고 살펴보려 애썼지. 이번만큼은 토니의 말이 맞는다는 걸 알았지만, 여전히 난 무엇보다도 토니를 위해 더 대단한 사람이 되고 싶었어.

사람들은 돌러드가의 저택이 아름답다고 말했지만 우리 어머니한테는 아니었어. 알다시피 우리 어머니도 그 집 부엌에서 일했단다. 처음 일하러 간 열 살짜리 남자아이에게는 그저 섬뜩한 저택이었지. 어머니는 나를 그 집에 데려가면서 내내 이야기를 해주셨다. 나는 밭을 가로지르는 길을 따라 드문드문 서 있는 밤나무에 정신이 팔려 제대로 듣지 못했어. 더 구체적으로 말하자면 안에서 껍데기가 열리기만 기다리는 열매에 정신이 팔린 거였지만. 조 브래디의 보잘것없는 밤을 격파할 완벽한 밤이었지. 그래도 몇 마디는 들었어. '예의범절'과 '존중'. 나는 농장 관리인인 리처드 버크의 감시하는 듯한 시선을 받고서야 앞으로 달라질 삶을 실감했지. 엄격한 남자, 휴 돌러드가 굳게 믿는 남자, 저택의 우두머리. 나는 그의 밑에서 일한 육 년 동안 두 사람이 머리를 맞대다시피 딱 붙어 앉아서 속삭이는 모습을 자주 봤다. 열 살 때 나는 키가 많이 자라서 엄마와 거의 비슷했어, 157센티미터였지. 토니만큼이나 어깨가 떡 벌어지고 힘이 셌다. 버크는 주저 없이 날 받아줬어.

어머니는 오전에 요리사를 도와 빵 굽는 일을 하셨다. 하루에 열 덩이를 구웠는데, 거의 일꾼들 몫이었어. 돌러드가를 위해서는 애플타르트와 스콘을 만들었고, 손님이 올 때는 훨씬 더 고급스러운 빵을 만들었지. 밭을 가로지를 때면 어머니는 항상 노래를 불렀다. 〈잘 자요, 아이린〉을 제일 좋아하셨어. 나도 따라 불렀지. 어머니는 내 노랫소리를 듣는 게 정말 좋다고 하셨어. 몇 년 전에 나를 몰로이 신부님의 합창단에 입단시켰지. 나는 신입 단원들이랑 같이 제단에 섰는데, 전부 여자애들이었어. 난 단 한 음도 내뱉지 못했지. 사람들 앞에서 뭔가를 한다는 생각에 돌처럼 뻣뻣하게 굳었거든. 그래서 난 집으로 돌려보내졌고, 합창단에는 두 번 다시 안 갔어. 그래도 어머니랑 같이 있을 때면 언제든 노래를 불렀어. 난 모르는 노래가 없었어. 〈불라보그〉〈엄마한테 말할 거야〉〈맥너마라의 밴드〉. 나중에는 이 재능으로 세이디를 감탄시켰지. 한두 번은 세이디가 너 때문에 쩔쩔맬 때 내가 대신 자장가를 불러준 적도 있다. 내가 머리를 쓰다듬어주면 넌 잠들었어. 요즘은 세이디의 무덤 앞에서 바람을 향해 노래해.

우리 어머니는 말을 조곤조곤 했어. 요점만 말했고. 불필요한 말은 안 했어. 미소를 짓는 일도 별로 없었다. 내가 어머니의 웃음을 기억하는 건 여간해선 안 웃었기 때문이야. 조용하고 사랑스럽고, 방해해서 부끄러운 듯한 웃음이었지. 한번은 어머니의 남동생인 존 삼촌이 런던에서 바나나를 가지고 왔어. 우리는 바나나를 난생처음 봤다. 삼촌은 어머니의 버드나무 무늬 접시에 바나나를 올려놨어, 너도 그 접시 기억하지? 네가 어렸을 때는 아직 있었을 거야. 아무튼 바나나는 귀중한 보석처럼 식탁 한가운데에 놓였지. 어머니가 그걸 보고 웃었어. 개똥지빠귀의 울음소리처럼 맑고 듣기 좋은 소리였다. 우리 가족이 한 명씩 집에 돌아와 그 독특하게 생긴 과일을 볼 때마다 어머니는 다시 웃음을 터뜨렸어. 나는 어머니의 웃음이 멈추지 않게 다른 가족이 빨리 오기를 간절히 바랐어. 어머니의 행복을 느끼고 맛보려고 최대한 가까이 다가갔어. 어머니 앞치마에 머리를 파묻고서 어머니가 기뻐하는 소리를 듣고 어머니의 몸이 떨리는 것을 느끼려고 눈을 감았던 기억이 난다. 불가항력이었지. 하지만 집에서는 어머니의 웃음소리를 들을 기회라도 있었지만 일터에서는 전혀 가망이 없었어.

돌러드 집안사람들은 일꾼한테는 물론이고 서로에게도 다정하지 않았다. 아버지는 지난 오십 년 동안 재산과 권세가 서서히 줄어들었기 때문에 그렇게 된 거라고 굳게 믿었어.

"돌러드는 지대地代가 그리운 거야. 그 사람들은 이제 우리한테도 땅이 있다는 사실을 받아들이지 못해."

돌러드가 저택에는 토지법에 따라 이제 소농이 제한적이나마 자기 소작지를 소유할 권리가 생긴 것에 대한 실망감이 묵직하게 떠돌았다. 집안이 특히 그랬어, 아무튼 내가 본 바로는 그랬지. 빨강은 정말 화려했고 그때에도 가장 짙은 색깔 같았다. 최악은 가족의 초상화였어. 장례식장이라고 해도 이상하지 않은 회색과 검정색 배경에 검정색과 갈색 옷을 입은 불행한 사람들을 그린 거대한 그림. 난 어머니가 일주일에 엿새나 오전마다 그 그림을 접해야 하는 것이 걱정됐지.

"우린 돈이 필요해, 모리스." 그 문제에 대해 어머니는 이렇게만 말씀하셨어.

내가 열두 살쯤 되었을 때가 생각나는구나. 그래, 열세 살은 절대 아니었어. 난 팻 컬리네인을 도와 난로에 피울 장작을 집 뒤쪽 복도로 옮기고 있었지. 부엌에서 활기차게 외치는 소리가 들렸다.

"그러고 있다가 주인님한테 들키면 큰일난다." 팻이 부엌을 향해 외쳤어.

"외출하셨어." 요리사가 부엌에서 나와 문틀에 몸을 기대고 대답했지.

"고양이가 자리를 비웠다 이거야?"

"음, 기회가 자주 오는 건 아니잖아. 너도 낄래?"

팻이 매트에 발을 닦는데 누가 저택의 중심부로 이어지는 문을 주먹으로 쾅 치더니 벽에 부딪힐 정도로 활짝 열어젖혔어.

"웃으라고 월급 주는 거 아니야." 그가 어찌나 크고 무섭게 말했는지 나는 장작을 끌어안은 채 그 자리에 얼어붙었지.

돌러드 씨였어. 외출하지 않은 게 확실했고 고주망태라는 것도 확실했지. 그는 문간에서 휘청거리다가 팔로 문틀을 잡고 그 힘을 이용해 안으로 들어왔어. 다들 말없이 바닥만 보았어. 복도에 숨은 팻과 나는 아주 희박하지만 도망칠 기회가 있었어. 하지만 팻이 뒷걸음치다가 나한테 부딪히는 바람에 빌어먹을 장작을 떨어뜨리고 말았지. 돌러드가 우리 쪽으로 몸을 돌렸어. 그는 늙고 뚱뚱하고 태산 같았지만 마치 젊고 늘씬한 청년처럼 돌진했다. 어머니의 눈에 떠오른 공포가 보였어. 어머니는 나에게 다가오려 했지만 요리사가 밀가루 묻은 손가락으로 어머니의 팔꿈치를 꽉 잡았어. 돌러드가 내 뺨을 요란하게 후려쳤고, 나는 장작더미에 그대로 쓰러졌다.

"쓸모없는 놈."

나는 머리가 멍했지만 어머니를 붙잡은 요리사의 하얀 손만 찾았어. 휘청거리는 돌러드의 다리 사이로 어머니가 손으로 입을 막는 모습이 보였지. 하지만 다행히도 어머니는 움직이지 않았어. 나는 고개를 숙이고 돌러드한테 맞은 뺨을 문질렀다, 그의 묵직한 힘이 계속 느껴졌어. 그때 거대한 남자의 뒤에서 나보다 나이가 많아 보이지 않는 남자애가 한 걸음 나왔어. 물론 나는 보자마자 알았지, 그애가 왕의 아들이자 계승자인 토머스 돌러드라는 걸. 직접 본 건 처음이었어.

"주워. 당장!" 토머스가 장작을 가리키며 외쳤어.

그의 침이 내 얼굴과 손에 튀고 그의 말이 내 머릿속을 뒤흔들었다. 나는 커다란 바윗덩이처럼 굳어버렸지. 몸을 일으켰지만 너무 무서워서 토머스의 발치에 넘어지고 말았어. 그가 발로 걷어차는 바람에 나는 갈비뼈를 정통으로 맞았다.

"멍청한 자식. 빨리 움직여."

나는 최선을 다해 몸을 지탱하며 일어섰어. 떨어진 장작을 모아서 다른 장작과 함께 쌓았지. 용기를 내서 어머니를 슬쩍 보니 요리사가 이끄는 대로 등을 돌리고 싱크대 앞에 서 있었다.

"우리 아버지 재산을 망가뜨리는 꼴이 다음에 또 눈에 띄면 어떻게 될지 잘 알겠지."

"토머스!" 돌러드가 꼬인 혀로 말했다. "이 집 주인은 나다. 넌 가서 그렇게 좋아하는 인형놀이나 해. 고맙지만 여긴 내가 알아서 할 테니까."

"인형 아니에요, 아버지. 병사예요." 아버지의 모욕적인 말에 토머스의 목소리가 떨리고 눈이 휘둥그레졌지.

"내가 보기엔 인형이던데."

토머스가 눈을 깜빡거렸어. 마음에 상처를 입고 최면을 거는 듯 느릿한 깜빡임이었지. 나는 그 눈빛에 속아서 토머스가 나에게로 관심을 돌린 걸 깨닫지 못했다. 흔들림이 사라진 그의 눈이 나를 빤히 보았지. 나는 다시 날아올 주먹에 대비했어. 하지만 토머스는 그냥 돌아서서 가버렸어, 부엌으로 사라졌지. 돌러드 씨는 내가 안심했다는 걸 알아차리고 멱살을 잡아 높이 들어올렸어 ─ 내 얼굴이 그의 얼굴 바로 앞까지 올라가고 허공에서 다리가 버둥거렸어. 역한 입냄새 때문에 나는 눈을 감았지. 하지만 빌어먹을 놈이 날 그대로 떨어뜨렸지 뭐냐. 고개를 들어보니 돌러드 씨가 몸을 떨며 비틀거렸어. 한 손으로 눈을 가리고 한 손으로는 벽을 짚어 몸을 지탱했지. 그는 빠르게 눈을 깜빡이면서 여기가 어딘지 모르겠다는 듯 부엌을 보고 다시 나를 봤어. 아직 바닥에 쓰러져 있던 나는 당황한 그에게서 고개를 돌렸다. 잠시 후 그가 냄비 몇 개에 부딪치면서 부엌을 가로지르는 소리가 들렸어. 안쪽에서 문이 쾅 닫혔지. 잠시 쥐죽은 듯 정적이 흘렀고, 겁에 질린 어머니가 어느새 나를 내려다보며 서 있었어.

"모리스, 모리스, 나 좀 볼래?" 어머니가 바닥에 무릎을 꿇더니 양손으로 내 얼굴을 잡고 다친 곳은 없는지 살폈다.

"그만하세요, 엄마. 난 괜찮아요. 제대로 때리지도 못하던걸요." 내가 말하며 일어섰어.

하지만 엄마는 날 부엌 의자에 앉히고 애를 태우며 구석구석 살펴보았고, 결국 보다 못한 팻이 그만 좀 하라고 했어.

"걘 이제 괜찮아요. 자, 이제 여기나 좀 치우자고."

그 이후로 돌러드 씨의 아들 토머스는 나를 가만히 내버려두지 않았다. 정말 죽도록 팼어. 나는 몇 년이나 맞으면서 지냈지. 물론 토머스는 다른 일꾼들한테도 큰소리를 치고 자기가 저택 주인이라도 되는 양 이런저런 명령을 내렸어. 미키 드와이어에게 오후 내내 건초더미를 마당 한쪽에서 반대쪽으로 옮기라고 한 다음 다시 제자리로 옮기게 한 적도 있었다. 그날은 버크조차 참다못해 토머스에게 한소리 했지. 하지만 나는 토머스가 아버지에게 무시당하는 모습을 목격했기 때문에 특별 취급을 당했어. 일꾼 중에서 제일 어리다는 게 도움이 되지도 않았고. 사실 난 토머스를 한 방에 끝장낼 수 있었지만 절대로 맞서 싸우지 않았다. 비웃어도 절대 달려들지 않았지. 토머스가 주먹을 날려도 대응하지 않았어. 어머니와 나의 일자리를, 어머니의 안전을 위험에 빠뜨릴 수는 없었으니까. 그게 어머니의 제일 큰 걱정이었거든.

돌러드 씨가 토머스를 때린다는 사실이 나한테는 그다지 위안이 되지 않았어. 우리는 모두 알고 있었다. 그 집에서 지내는 사람은 누구나 알았지. 창문 앞을 지나갈 때면 토머스가 아버지에게 혼나는 소리가 자주 들렸어. 난 토머스가 애원하는 소리를 견딜 수 없었다. 돌러드 씨의 폭력보다 그게 더 기분 나빴어. 한심했지. 난 절대로 하지 않을 행동이었다. 가끔 토머스의 여동생 레이철이 끼어들어서 오빠 대신 애원하는 소리도 들렸지.

"안 돼요, 아빠. 하지 마세요!"

나는 토머스를 후려치는 돌러드 씨의 나무둥치 같은 팔에 레이철이 매달리는 모습을 상상했다. 내 기억에 토머스의 어머니 어밀리아도 남편을 말렸지만 자주는 아니었어.

"휴! 그만 놔줘요. 이건 불공평해요, 당신도 알잖아요." 여기 내 눈 바로 밑의 이 흉터가 생긴 날, 어밀리아가 애원했지. 그때 난 열다섯 살이었어. 나는 일층의 열린 창문 앞을 지나가고 있었다. 여름 바람에 레이스 커튼이 굽이치자 토머스의 얼굴이 슬쩍 보였어. 빨갛더구나. 입술이 벌어졌는데 이를 악물고 있었어. 돌러드 씨가 팔로 토머스의 목을 단단히 감고 있었어. 토머스의 어머니는 조금 떨어진 곳에 서서 손만 비비적댔고.

"나한테 불공평하다는 소리 하지 마, 어밀리아." 돌러드 씨가 소리쳤어. "감히 나한테 공평함에 대해 설교하지 말라고!"

난 충분히 보고 들었기 때문에 급히 자리를 피했다. 버크가 날 가로막고 착유실을 청소하라고 보내지만 않았어도 무사히 빠져나갔을 거야. 내가 마당 한가운데 서서 토머스한테 날 잡아보라고 소리친 거나 마찬가지였어. 토머스는 그게 가능한가 싶을 정도로 순식간에 말채찍을 들고 내 뒤에 섰지. 내가 돌아서자 토머스는 채찍을 휘둘렀고, 끝에 달린 금속조각이 내 뺨을 벴어. 내가 얼굴을 감싸며 쓰러지자 토머스는 내 배를 발로 차고 차고 또 찼지. 새삼 더욱 강한 힘으로 그 어느 때와도 다르게. 나는 모든 발길질을, 그의 입에서 떨어지는 침 한 방울 한 방울을 전부 견뎠다. 내 입에서는 신음 한번 새어나오지 않았어.

"토머스, 그만둬!"

레이철이 착유실 문 앞에서 애원하는 소리가 들렸어.

나는 몸을 웅크린 채 한 손으로 얼굴을 가리고 한 손으로는 몸을 보호하려 애썼고, 토머스는 감히 쳐다보지도 못했다. 위쪽에서 힘이 빠져 씩씩거리는 숨소리가 들렸어. 토머스가 아버지에게 맞은 상처에서 난 피가 내 손으로 뚝뚝 떨어졌다. 나는 기다렸어. 레이철도 기다렸지. 하지만 발길질은 더이상 날아오지 않았어. 토머스의 신발이 뒤로 돌더니 문으로, 여동생에게로 가는 것이 보였어. 피 묻은 토머스의 손이 레이철의 손을 잡았지. 레이철은 토머스를 낯선 사람처럼, 같이 가도 괜찮은지 모르겠다는 듯이 보았다. 두 사람이 착유실에서 나가기 전에 레이철이 나를 흘깃 쳐다봤어. 그들이 가고 나자 나는 손을 뻗어 지푸라기를 쥐고 토머스의 침과 피를 최대한 닦아냈어.

버크가 상처를 꿰매주었다. 마취제도 소독약도 없이. 내가 쓰러진 그 자리에 앉아서 바늘로 내 얼굴을 꿰맸어. 그런 다음 집으로 돌려보냈지. 죽도록 맞고 흉터를 얻은 보상으로 두 시간을 빼주더군. 흉터는 한쪽 눈을 잃지 않아서 얼마나 행운인지 일깨워주는 증표였어. 어머니가 내 상처를 씻고 최대한 깨끗하게 닦아주셨다. 나중에 내가 아랫방 침대에 누워 있는데 부엌에서 부모님이 숨죽여 이야기를 나누는 소리가 들렸어, 내 이야기라는 걸 바로 알았지. 토니는 닫힌 문에 몸을 기대고 침대 발치에 서 있었다.

"그 자식은 쓰레기 같은 놈이야, 모리스." 토니가 말했어. "나한테 걸리기만 해봐, 일주일은 지나야 정신을 차릴 정도로 패줄 테니."

"토니, 지금은 아무 짓도 하지 마. 일자리도 생각해야 하고―"

"일자리 따위가 무슨 상관이야, 모리스. 그 누구도 너한테 이런 짓을 할 권리는 없어."

아버지가 침실 문을 두드렸어. 토니는 아버지가 들어올 수 있게 옆으로 비켜섰지.

아버지는 방으로 들어와서 우리 둘을 보았어. 침울하고 심각한 표정이었다.

"그런 얘기는 이제 그만해라." 마침내 아버지가 토니를 빤히 보면서 말했어. 토니는 바닥만 쳐다볼 뿐 고개를 들려고 하지 않았지. 자기가 아무리 욕하고 위협해도 돌러드 가족은 변하지 않는다는 걸 잘 알았거든. 그리고 다음날 나는 머리의 절반을 붕대로 감은 채 침대에서 일어나 평소처럼 밭을 가로질렀다.

몇 달 뒤, 내가 저택 뒤 방목장으로 가는데 또다시 돌러드 씨의 고함소리가 들렸다. 정말이지 심장이 철렁 내려앉았어. 난 최대한 소리 없이 걸음을 재촉했지. 이번에는 토머스가 위층에서 열린 창문을 등지고 서 있었어. 뒷짐을 진 양손은 주먹을 쥐고 있었지. 내가 창문 바로 밑을 지나갈 때 토머스가 한쪽 손을 벌려 뭔가를 놓았고, 그게 바로 내 앞에 떨어졌다.

"하지만 아버지. 제가 가져가지 않았어요. 제가 안 그랬어요!" 토머스의 애처로운 목소리가 들렸어.

나는 별생각 없이 손을 뻗어 돌멩이 사이에서 반짝이는 그것을 집은 뒤 주머니에 넣고 아무 일도 없었다는 듯이 가던 길을 계속

갔다. 그 행동이 토머스뿐만 아니라 돌러드가 사람들의 인생을 몇 세대에 걸쳐 망치리라는 걸 알았다면 내가 그 끌림을, 그 위력을 무시하고 그냥 지나쳤을까. 하지만 그때 나는 복수밖에 몰랐어. 주머니에 들어 있는 물건이 뭔지 몰라도 이 작은 도둑질로 굴욕을 당하며 얻어맞던 그 고통스러운 순간을 토머스에게 조금이라도 되갚을 수 있다면 난 그럴 자격이 있다고 합리화했지.

거리가 점점 멀어지는데도 무슨 물건이나 사람이 바닥에 부딪치는 소리, 고함을 지르는 소리, 토머스가 겁에 질려 대답하는 소리가 여전히 들렸어. 난 돌아보지 않았다. 안전하다 싶을 만큼 멀어졌을 때 나무 뒤로 몸을 숨기고 그것을 주머니에서 꺼내 처음으로 보았어─금화였다. 어떤 남자의 얼굴이 새겨져 있었지만 난 누구인지 몰랐고, 뭐라고 쓰였는지 굳이 알려고도 하지 않았어. 묵직하고 단단하고 아주 인상적이었지. 나는 주변을 살피며 금화를 뒤집고 또 뒤집어 봤어. 한두 번 금화를 던졌다가 받은 다음 주머니에 다시 넣고 혼자 씩 웃었지.

다섯 시간 후, 내가 같은 길로 돌아가는데 팻이 다가왔어.

"저 미친 놈 좀 봐." 그가 말했다. 토머스가 아까 그 창문 밑에서 허둥대고 있었어. "아버지의 금화인지 뭔지를 잃어버렸대. 돌러드 씨는 머리끝까지 화가 나서 원래대로 돌려놓지 않으면 상속권을 빼앗겠다고 하던데. 일부러 훔쳤다고 생각하나 봐."

우리는 지나가다 토머스와 눈이 마주쳤어. 내가 우위에 있다는 낯선 느낌이 들었지만 난 늘 그렇듯이 시선을 피했지. 토머스의 시야에서 벗어나자 나는 혼자 미소를 지으며 주머니에 행복하고 아늑하게 들어 있는 금속 물체를 엄지로 어루만졌어.

아, 물론 일꾼들은 덤불과 화분 밑을 전부 찾아보고 주머니와 가방을 다 뒤졌어. 그날 저녁 일을 마치고 집으로 돌아가기 전에 일꾼을 전부 한 줄로 세웠지. 하지만 난 바보가 아니었어. 우리 땅과 경계를 이루는 담장 근처 나무 밑에 미리 숨겨놓았지. 그래도 줄을 선 내게 버크가 점점 다가올 때는 겁이 났다. 그는 내 흉터를 빤히 보았어. 버크가 주머니를 뒤지고 온몸을 더듬을 때는 다 털어놓을 뻔했다. 하지만 나는 굳세게 버티며 한마디도 하지 않았어. 실망한 버크는 미키 드와이어에게 갔지.

다음날, 어머니와 부엌에서 일하는 사람 대부분이 토머스의 방과 부자가 다투었던 방을 이 잡듯이 뒤지라는 명령을 받았어. 다른 일꾼들은 마당을 수색하라는 명령을 받았고. 우리가 돌과 흙과 풀 사이를 네 발로 기어다니며 절대 찾지 못할 것을 찾아 헤매는 동안 세상이 멈추었다. 토머스는 두 무리의 일꾼 사이를 뛰어다녔어.

"아직 못 찾았어?" 그가 내 옆에 서서 머리를 쥐어뜯으며 울음기 가득한 목소리로 신음하듯 말했어.

"어떻게 생겼어요?" 내가 쪼그리고 앉은 채 토머스를 올려다보았지.

"금이야, 멍청아. 금화라고. 버크, 도대체 얼마나 모자란 놈을 일꾼으로 쓰는 거야?"

토머스가 대답이라도 들으려는 것처럼 농장 관리인을 뒤쫓아갔어. 나는 3펜스짜리 은화를 발견하고 토머스에게 달려갔지.

"토머스 님. 토머스 님. 찾았어요." 내가 말했어. 죄책감은 콩알만큼도 없었지.

그의 얼굴에 떠오른 안도의 표정은 참 볼만했다. 하지만 내가 내민 주화를 본 토머스가 다시 어찌나 비참한 표정을 지었는지, 버크에게 머리를 세게 얻어맞았는데도 억울하지 않을 정도였어. 토머스는 나에게서, 버크에게서 달아나 집안으로 뛰어들어갔어.

그뒤 며칠 동안 우리는 끊임없이 취조를 당했지만—일꾼들은 버크에게, 하녀들은 돌러드 씨에게 직접—확신을 가지고 묻는 것 같지는 않았다. 돌러드 씨는 토머스가 훔쳤다고 생각했고, 다들 그 사실을 알았어. 그는 토머스에게서 손을 뗀 것 같았지. 며칠 뒤 돌러드 씨는 토머스를 멀리 보내고 자기가 말했던 대로 상속권을 빼앗았다. 당시 나는 경찰에 신고하지 않은 것이 이상하다고 생각했어. 나중에 알고 보니 돌러드 씨가 금화를 입수한 경위 때문에 신고할 수가 없었던 거야. 하지만 그때는 그 사실을 몰랐지.

그뒤로 몇 주 동안 나는 사람들이 우리집으로 찾아와서 샅샅이 뒤질까봐 잔뜩 겁에 질렸어. 하지만 토니가 예전에 내 수많은 걱정을 해결해주었던 것처럼 이 문제 역시 해결해주었지. 금화를 자기 베개 밑에 두었으니 절대 못 찾을 거라고 장담했어.

"당연하지, 내가 결핵인 걸 알면 누가 가까이 오겠어?"

토니는 그해 초에 폐결핵에 걸렸다. 형의 기침이 곧 겨울이 온다고 알려주는 평범한 신호와 다르다는 걸 나는 꿈에도 몰랐어. 늘 그렇듯 우리를 덮치는 오한과 콧물, 인후통 같은 거 말이다. 몇 주가 지나도 기침이 멎지 않았지. 변하지도 않고 심해지지도 않았어. 그저 낮이고 밤이고 계속 콜록거렸어. 가끔 나는 토니의 기침 소리에 깨기도 했지만 대체로는 형 혼자서 앓고 나는 벽을 보고 돌아누워 꿈을 꾸었다. 당시 나는 늘 잠을 푹 잤어. 내 몸이 알아서 깰 때까지 모든 것을 잊은 채 세상 모르고 잤다. 내가 선잠을 자는 사람이었다면 이 년 전 세이디가 마지막 숨을 내쉬는 순간 그녀를 붙잡아 내 곁에 돌려놓을 수 있었을까? 이제 그런 생각이 드는구나.

"엄마, 토니의 기침 좀 어떻게 할 수 없어요?" 어느 날 메이가 불평했어. "그 소리 때문에 자꾸 깨요. 제가 만든 빵 좀 보세요, 엉망이잖아요. 너무 피곤해서 그래요."

하지만 토니가 쇠약해졌다고 어머니에게 알려줄 필요는 없었다. 며칠이나 토니를 지켜보는 어머니의 모습을 봤거든. 마당을 평소보다 느릿느릿 가로지르고, 저녁 식탁에서 기침을 하고, 차를 마신 뒤에 안락의자에서 그대로 잠드는 토니를.

"오늘은 우리 방에서 자렴, 토니." 토니가 가슴을 움켜쥔 날 어머니가 말했다.

"엄마, 전 괜찮아요. 엄마가 만들어주신 꿀차가 잘 듣는 것 같아요."

"그래도. 네가 윗방에서 자. 우리가 네 방에서 잘게. 모리스, 너는 부엌에서 의자를 붙여놓고 자렴."

토니가 죽고 나서 알게 된 사실인데, 어머니는 남동생 지미가 같은 병으로 죽는 걸 지켜봤다고 하더구나. 당시 사람들은 그런 이야기를 잘 안 했어. 죽음과 병은 신성하고 고요한 것이라 부추기고 들쑤시면 안 되거든. 하지만 어머니는 오랫동안 경계를 늦추지 않고 우리가 기침을 하거나 감기에 걸리면 당장 덤벼들 태세로 지켜봤던 것 같아. 어머니가 제일 예뻐하던 남동생을 빼앗아간 악마와 싸울 준비를 하고서. 그런데 이제 토니를 위해 싸워야 할 때가 온 거야.

그날 어머니는 우리 침대 시트와 이불을 빨았다. 시트와 이불이 마를 때까지 부모님은 옷을 다 입은 채 담요 한 장만 덮고 잤어. 나는 부엌에서 의자 두 개를 서로 마주보게 붙여놓고 담요와 어머니의 겨울 외투를 덮고 잤다. 부엌에서 처음 자던 날은 잠들기까지 시간이 좀 걸렸어. 나는 토니의 기침소리를, 끊임없이 부르는 소리를 들으면서 이렇게 잠자리를 바꾼 것이 무엇을 의미하는 건지 이해하려 애썼지.

다음날은 아마 일요일이었을 거다. 날이 채 밝기도 전에 아버지가 이륜마차를 타고 나가 두 시간 뒤에 의사 로시 선생님과 함께 돌아왔어. 나는 두 사람이 집으로 들어가는 모습을 헛간에서 지켜봤다. 토니의 운명이 어떻게 될지 들으려고 형의 방 창가로 달려갔어. 곧 제니와 메이가 밖으로 나왔지. 집에서 쫓겨난 우리 셋은 쏟아지는 비를 맞으며 서서 기다렸다.

"틀림없어." 제니가 메이에게 속삭였어. 우리는 물이 뚝뚝 떨어지는 초가지붕 밑에 모여 서서 창틀에 몸을 최대한 딱 붙이고 있었지.

"그런 말 하지 마, 제니. 꼭 그렇게 되기를 바라는 것 같잖아."

"그런 거 절대 아니야. 윌이 그것 때문에 죽었는데, 키티 말로는 이런 식으로 시작했대. 그래서 하는 말이야."

"조용히 해, 제니. 토니가 듣겠어."

나중에 우리는 의사 선생님을 집에 모셔다드리느라 평소와 달리 동네 성당이 아닌 던캐셜 성당에서 미사를 드렸다. 그 먼 곳까지 우리를 모두 태우고 가야 하는 말이 불쌍했지. 토니는 집에 남았어. 우리는 가는 내내 침묵을 지켰다. 나는 신자석에 앉아서 열심히 기도드리는 부모님을 봤어. 어머니는 주름이 짙게 잡힐 만큼 눈을 질끈 감았고, 두 손을 모아 바삐 움직이는 입술에 갖다댔어.

집에 돌아오자 침묵이 우리를 감쌌다. 제니와 메이와 나는 부모님이 비밀을 알려주길 기다리며 서성거렸어. 토니가 자고 있는 위층 방은 문이 굳게 닫혔고 우리는 그 근처에 얼씬도 하지 않았어. 누나들과 나는 우리 침실과 부엌 사이를 오가다 결국 25게임[*]을 했는데, 내 기억에 그렇게 맥없는 카드 게임은 처음이었다. 그런 다음 누나들은 저녁식사를 준비하는 어머니를 도우러 갔고 아버지는 일요신문에 파묻혀 한 번도 고개를 들지 않았어.

"토니가 폐결핵에 걸렸다." 나중에 우리가 저녁 식탁에 앉아 접시를 빤히 보고 있을 때 아버지가 말했다. "하지만 사람들한테 절대 말하면 안 된다. 알겠니? 밖에서는 토니가 밭에서 넘어져 다리가 부러졌다고 해. 무슨 말인지 알지?"

우리 세 남매는 서로 흘깃거리다가 알겠다며 고개를 끄덕였어.

"의사 선생님은 아무한테도 말하지 않으실 거다. 선생님이 토

---

[*] 아일랜드식 카드 게임.

니를 위쪽 헛간으로 옮기라고 하시더구나. 우리한테 병이 옮을 수도 있다고. 하지만 우린 토니를 집안에서 보살필 거야. 저 바깥으로 내보낼 수는……" 아버지가 말을 끊더니 두 주먹을 꽉 쥐고 주머니 깊숙이 찔러넣었어. "엄마가 일하러 가는 아침나절에는 메이랑 제니가 토니를 보살펴라." 잠시 후 아버지가 말을 이었어. "어떻게 해야 하는지 의사 선생님이 엄마한테 가르쳐주셨어. 휴식이 최고의 약이라고 하시더구나. 우린 토니를 잃지 않을 거다. 저애를 잃지 않을 거야."

토니의 다리가 부러졌다는 소문이 퍼졌다. 마을 사람들이 사실을 알면 우리는 끝장이었어. 결핵은 소문만큼이나 전염성이 강했거든. 우리는 돌러드가에서 당장 해고당했을 거야. 결국 우리 가족은 아무도 옮지 않았지만 내 생각에는 어머니에게 약간 영향이 있었던 것 같아. 그래서 나중에 그렇게 갑자기 돌아가신 거야. 비밀을 지키는 건 힘들었다. 사람들이 찾아왔지. 문병하러 말이야. 자주는 아니지만 이웃 사람들이 불쑥불쑥 들렀어. 누가 오면 제니나 메이가 얼른 마당으로 달려나가 집에 들어오기 전에 온갖 핑계를 댔지.

"오늘은 상태가 별로 안 좋아요. 이렇게 찾아와주셨는데 죄송해요."

"지금 통증이 심한가봐요. 오셨다고 전할게요. 이렇게 생각해주시는 걸 토니가 알면 정말 기뻐할 거예요."

"의사 선생님이 가르쳐주신 운동을 하는 중인데, 많이 힘든가봐요. 어떤지 잘 아시잖아요."

분명 나중에는 사람들도 의심했을 거야. 하지만 아무도 우리에게 묻지 않았다.

토니는 온 가족이 미사를 보러 가는 일요일에만 혼자 있었어. 겨우 두 시간 정도 떨어져 있는 것이었지만 그동안에도 다들 토니만 생각했지. 나는 성체를 입에 물고 토니를 살려달라고 기도드렸다. 내 왼쪽과 오른쪽에서 다른 가족들도 분명 똑같은 기도를 드렸을 거야.

의사 선생님은 토니에게 '영양가 높은' 음식을 주고 철분 섭취를 위해 매일 흑맥주를 먹이라고 했어. 토니는 아주 좋아했지. 하지만 당연히 그건 다 돈이었어. 당시 영양가 높은 음식이라고 하면 붉은 고기와 야채를 뜻했다. 우리는 텃밭에 당근과 양배추, 감자를 길렀어. 그것만 먹을 때가 많았지. 닭 몇 마리가 마당에서 뛰어다녔으니 흰 고기는 문제없었다. 너무 늙어서 더이상 알을 낳지 못하면 음, 그 닭은 결국 우리 식탁에 올라왔어. 하지만 붉은 고기는 구하기가 힘들었다. 그래도 가끔 어딘가에서 조금 구할 수는 있었어. 우리는 토니를 전혀 시샘하지 않았지만, 그게 화덕에 고기를 굽는 동안 입맛을 다시지 않았다는 뜻은 아니야. 어느 날 저녁 내가 토니의 방에 갔더니 형이 무슨 음모라도 꾸미듯 문을 닫으라고 했어.

"자, 덩치. 이거 먹어." 내가 걸쇠를 걸자마자 토니가 말했어. 토니의 손에, 형의 손수건에 소고기 한 점이 놓여 있었어.

저녁식사를 할 때 싸놓은 것이 분명했지.

"아, 토니. 형 걸 뺏어먹을 순 없어."

"무슨 소리야, 난 배가 터지도록 먹었어. 고기가 얼마나 컸는데. 접시 위에 암소 한 마리가 통째로 올라앉은 것 같더라. 먹어. 너 주려고 남겨놨어."

"가족들한테 혼날 거야."

"다들 조금씩 맛은 봤을걸. 제니가 가져다줬을 때 구멍이 하나 뚫려 있었어, 진짜야." 토니가 나에게 미소를 지으며 말했어. "모리스, 넌 그 집에서 돌아와서 아버지랑 또 일해야 하니까 두 사람 몫을 하는 거잖아."

내가 토니의 얼룩덜룩한 손수건에 놓인 그 고기를 먹는 모습을 봤으면 아일랜드의 모든 의사가 심장마비를 일으켰을 거다. 하지만 그 한 점은 정말 천국의 맛 같았어. 찌부러지고 차갑게 식었지만 정말 맛있었지.

몇 년 동안이나 매일 나를 학교에 데려다주면서 힘내라고 응원해줬던 토니를 매일 아침 내버려두고 돌러드가 저택에 가자니 죄를 짓는 기분이었어. 나는 토니가 컨디션이 좋을 때면 늘 같이 수다를 떨고 장난을 치면서 결국 엄마가 문밖으로 끌어낼 때까지 버티다가 돌러드가로 갔어. 마음이 정말 무거웠지. 신발에 묵직한 돌이 가득 들어서 토니로부터 멀어지는 발걸음을 붙드는 기분이었다. 내 마음대로 할 수만 있었다면 난 토니에게 식사를 가져다주고, 토니가 내장을 다 토해낼 것처럼 기침할 때 그릇을 들고 옆에 서서 지키고, 아침 볼일을 보려고 침대에서 내려와 요강에 앉을 때 시중을 다 들었을 거야. 세상이 아무리 나를 비웃고 놀려도, 허락만 하면 그 모든 걸 하고 더한 것도 했을 거다.

난 토니의 간병을 누나들과 엄마에게만 맡기지 않았어. 일이 끝나면 집으로 달려와서 다른 사람이 하기 전에 얼른 쟁반을 들고 토니에게 식사를 가져다주었지. 이미 한참 전에 집에 와 있던 엄마가 뭐라 말할 틈도 주지 않고 얼른 갔어. 하지만 빙긋 웃는 얼굴이 얼핏 보인 걸로 보아 엄마도 반대하지 않는다는 걸 알 수 있었지. 나는 토니의 방문 앞에서 한 손으로 쟁반을 받쳐들고 다른 손으로 문을 두드렸어.

"들어와." 토니가 장원의 영주처럼 말했어. 물론 형은 나라는 걸 알았어. 집에 돌아왔을 때 침실 창문을 나만의 방식으로 다섯 번 두드려서 신호를 보냈거든.

"그 게으름뱅이는 아직도 안 일어났어?" 나는 복도에서 모자를 걸며 토니에게도 들릴 만큼 큰 소리로 말하기도 했지.

토니가 대답하면 나는 미소를 지으며 걸쇠를 열었어. 하지만 정말이지 볼이 쏙 들어간 형의 얼굴은 볼 때마다 충격이었다. 늘, 항상, 꼭 처음 보는 것 같았어. 그러면 웃음기가 가시고 어색한 미소만 남아서 정말 사랑하는 형에게 아무 문제도 없는 척, 기침을 한번 더 한다고 우리를 떠나지는 않을 거라는 척하는 데 내가 얼마나 서툰지 드러날 뿐이었지.

"덩치." 토니가 말했어. 아니 뿜어냈어.

"아직도 아픈 척하네."

나는 침대 옆에 있는 어머니의 의자에 앉았어. 어머니가 결혼할 때 외할머니가 사준 의자였지. 토니가 기운이 좀 있을 때는 무릎에 쟁반을 얹어주면 직접 먹었어. 하지만 시간이 지나면서 토니는 몸을 일으키지도 못하게 되었지. 그래서 내가 빵을 잘라서 베개를 약간 높게 받치고 누운 토니에게 먹여주었다. 토니가 장난을 받아줄 기분이면—자주 있는 일은 아니었어—나는 빵을 형의 입근처만 빼고 아무데나 놔줬지. 그러고는 둘이 같이 웃었어. 지금 생각하면 그렇게 웃길 것도 없지만 그때 우리에게는 그게 전부였다.

토니는 기운이 너무 없어서 밤에 내가 그날 하루를 어떻게 보냈는지 이야기해줄 때 가만히 있는 경우가 많았어. 난 경계 담 너머에서 무슨 일이 일어나는지 형에게 말하는 내 목소리에 익숙해졌지.

"토니, 진짜 말도 안 되는 건, 우리 밭이 그 집 밭이랑 별로 다를 게 없잖아. 그런데 오늘 내가 캐낸 돌이 얼마나 큰지 형이 봤어야 해. 완전 바위였다니까, 바위. 그걸 캐느라 허리가 부러질 뻔했어."

토니는 거의 항상 가만히 누워서 듣기만 했어. 늘 대답할 수 있는 상태는 아니었거든.

"돌러드 씨가 점점 심해지고 있어. 어떻게 그럴 수 있나 몰라. 토머스를 쫓아낸 이후로 가시덤불처럼 굴어. 토머스의 어머니랑 여동생도 나을 게 없고. 요리사가 그러는데 셋 다 이제 말을 안 한대. 난 모르겠어, 빌어먹을 금화 하나 때문에 상속권을 빼앗다니!"

나 때문에, 형의 머리 밑에 놓인 금화 때문에 토머스가 사라졌다는 죄책감은 없었다. 나는 토머스가 나에게 한 짓을 토니에게만 말했어. 구타. 맞을지도 모른다는 끝없는 두려움. 나는 흉터를 훤히 드러내고 다녔지만 아무도, 어머니나 아버지나 누나들조차도 어떠냐고 묻지 않았어. 그런데 그거 아니? 나 역시 아무도 묻지 않기를 바랐다. 만약 그랬다면 아직도 얼마나 따끔거리는지 모른다고 답하는 나 자신이 완전 바보처럼 느껴졌을 거야. 하지만 가끔 토니가 잠결에 아파서 얼굴을 찌푸릴 때면 나는 그 일을 되새겼지.

"모리스." 한번은 토니가 콜록거리며 말했어. 난 형이 자는 줄 알았기 때문에 소스라치게 놀랐지. "언젠가, 콜록콜록…… 언젠가 그 자식은 벌을 받을 거야."

"진정해, 토니. 자, 물 좀 마셔. 나 때문에 이렇게 흥분하면 엄마가 싫어하실 거야. 형 들으라고 한 말도 아니었어."

토니는 물을 마신 다음 잔을 든 내 손을 잡았어. 그리고 숨을 헐떡이며 내 눈을 봤지.

"모리스…… 다 잘될 거야. 두고 봐."

침대 옆 의자에 앉아 있으면 잠든 토니가 힘겹게 숨쉬는 소리가 들렸어. 하루하루 지날수록 숨소리는 더욱 힘겨워졌지. 나는 움푹 들어간 토니의 가슴이 오르락내리락하는 것을 앉아서 지켜보며 폐가 정신을 차리고 빨리 낫기만을 바랐다. 그 의자에 앉아서 내가 기도를 얼마나 많이 했는지 어머니가 알았으면 자랑스러워하셨을 거야. 난 눈을 살짝 감고 묵주기도를 몇 단이나 드리면서 하느님께 기적을 내려달라고 빌었어. 내가 그 자리에 앉은 채 잠들면 아버지가 어깨를 두드려 깨워서 낮 동안 혼자서는 할 수 없었던 일을 하러 가기 전에 뭘 좀 먹으라고 부엌으로 보냈지. 그러면 난 자리에서 일어나 토니의 어깨에 손을 올렸고, 마지막 인사는 항상 똑같았어.

"형이랑 나랑 같이 세상에 맞서는 거야, 알겠지? 형이랑 나랑 같이."

일요일 저녁마다 우리는 어김없이 토니의 방에 모였어. 물론 저 멀리에서는 이미 몇 년째 전쟁중이었지. 그리고 1946년이 되자 신문에선 온통 전쟁의 여파가 어떤지, 세상이 어떻게 바뀔지, 그리고 어떻게 하면 독일에서 일어난 끔찍한 일이 두 번 다시 일어나지 않을지 떠들어댔다. 유럽에서는 책임 떠넘기기와 재건 계획 세우기가 한창이었는데, 아버지가 일요일 미사가 끝나면 신문을 사서 우리 모두에게 읽어주셨지. 우리는 부엌에서 의자를 가져와 토니의 방에 옹기종기 모여 앉아 우리와 거리가 먼, 그리고 꽁꽁 숨긴 토니의 병과 거리가 먼 이야기를 읽어주는 아버지의 목소리에 귀를 기울였다. 우리는 각자 들은 이야기를 요약하고 의견을 내놓으며 서로 반박하거나 데벌레라*의 행동이 옳았다고 다 같이 동의하거나 이의를 제기했지. 토니도 상황이 될 때는 끼어들었어. 하지만 우리 목소리를 들으며 잠들고 싶을 때가 더 많았던 것 같아.

우리는 토니가 죽어가고 있다는 걸 알았다. 토니는 침대 속으로 점점 가라앉는 것 같았어, 심하게 말랐고. 형이 우리 눈앞에서

---

* 아일랜드의 정치 지도자로, 수상과 대통령을 여러 차례 역임했다.

사라지고 있었어. 우리도 의사 선생님도 할 수 있는 일이 아무것도 없었다. 토니의 생명은 우리의 웃음과 우리의 보살핌으로부터 서서히 멀어졌지. 너무 무섭고 가끔은 아무리 참으려 해도 눈물이 떨어졌지만, 그래도 나는 토니의 곁을 계속 지켰어.

"아, 모리스. 덩치 큰 대장부가 아니라 아가씨였네." 어느 날 저녁 잠에서 깬 토니가 눈이 벌게진 채 옆에 앉아 있는 나를 보고 헐떡이며 말했어. 아주 작게 킬킬 웃었지만 숨이 넘어갈 것 같았지. 나는 큰 소리로 호탕하게 웃었다. 그러고는 다시 둘이 함께 깔깔 웃으며 슬픔을 날려버렸어.

토니가 죽기 전 몇 주 동안 어머니는 비쩍 말랐다. 그런 모습은 그전에도 그후에도 보질 못했어. 어머니는 밤새 토니 옆에 앉아서 괴로워하는 토니를 지켜보며 쪽잠을 잤고, 새벽이 밝자마자 일어나셨어. 그런 다음 토니를 구할 사치스러운 음식을 살 돈을 벌러 나와 함께 밭을 가로질러갔다. 어머니가 하루만 쉬게 해달라고 부탁한 날은 토니가 죽은 날뿐이었어.

"오늘은 당신이 없으면 절대 안 돼, 해나!" 어머니가 복도에서 기다리다 불렀을 때 어밀리아 돌러드가 꽃을 만지작거리며 말했지, 시선 한번 들지 않고 말이야. "말했잖아, 토머스가 로런스 가족과 함께 집에 온다고. 토머스 학교 친구랑 그 부모님이야. 지금까지 토머스한테 정말 잘해줬어, 주말에도 데리고 있어주고. 그러니까 토머스를 실망시킬 순 없어. 불쌍한 토머스―토머스를 자주 보지도 못하는데 마침 휴가 집을 비웠으니…… 토머스가 집에 올 수 있는 건 지금뿐이야. 해나의 애플타르트가 없으면 절대 안 돼.

충분히 만들어놨지?" 어밀리아 돌러드는 질문이라기보다 요구에 가까운 말을 남긴 채 성큼성큼 걸어갔고, 혼자 남겨진 어머니는 앞치마를 두른 배 앞으로 꽉 맞잡은 손만 내려다보았어.

난 어머니를 부르고 싶었다. 현관문이 열려 있어서 나도 다 들었거든. 나는 정원사를 도와서 집 앞쪽 창가의 화분을 돌보라는 지시를 받았지. 하지만 일은 안 하고, 어머니가 눈물을 삼키려고 고개를 뒤로 젖히며 돌아서서 부엌으로 돌아가는 모습을 지켜봤다. 나중에 어머니가 산더미 같은 빵을 다 굽고 집에 가려고 외투를 입을 때 제니가 찾아왔어. 그날 저녁에 들으니 뒷문 앞에서 만났다고 했어. 어머니의 울음소리가 들렸어. 울부짖는 소리가 지붕까지 솟아올라 타일을 긁고 벽을 타고 내려와, 현관문 양옆의 나무를 다듬는 내 머리와 어깨를 두드렸지. 난 토니 때문이라는 걸 알았어. 다리가 휘청거려서 가지를 붙잡고 버텼다. 바로 그 순간 저택 앞에 자동차가 한 대 섰다. 나는 누구인지 바로 알았기 때문에 고개를 돌리지 않았지. 토머스가 요란하게 차에서 내려 현관문을 열면서 자랑하는 소리가 들렸어.

"아마 1700년대일걸? 정확하지는 않지만 아버지는 아실 거야. 유감스럽게도 오늘은 안 계셔. 런던에 가셨거든. 알잖아, 사업 때문에. 이쪽이야, 이쪽."

토머스는 나를 보고도 알은체하지 않았어. 그건 참 고마웠다. 토머스가 내 쪽으로 숨만 쉬었어도 결국 한 대 날렸을 테니까. 현관문이 닫히자 나는 토머스가 서 있던 땅에 침을 뱉고 전부 지옥에나 떨어지라고 저주했어. 그러고는 집으로 갔다. 반쯤 정신이 나간 나는 어머니나 누나를 앞질러 가고 싶지 않아서 먼 길로 둘러 달려갔지. 나는 현관문을 박차고 들어가 토니의 방으로 갔어.

"안 돼, 모리스." 내가 침대로 다가가자 아버지가 나를 막으려 애쓰며 외쳤어. 아버지가 팔을 붙들었지만 나는 홀린 사람처럼 비틀거리며 다가갔어. 결국 아버지를 벽으로 밀치고 토니의 몸 위로 쓰러졌어. 뼈밖에 없었어, 살도 힘센 근육도 없었어. 하나도. 아주 작은 조각도 남지 않았어. 나는 뼈밖에 없는 토니의 팔을 붙잡고 누워 내 분노를 형의 영혼과 함께 위로, 저 위로 올려보냈고, 마침내 가련한 중얼거림만 남았어. 내 입에서 나오는 소리 같지도 않았어.

어머니가 들어오는 소리가 들리자 아버지와 메이가 나를 떼어냈어. 살아남은 자식들이 나란히 서서 방으로 들어오는 어머니를 보았지. 어머니가 우는 모습을 보는 건 끔찍한 일이란다. 치유할 수도, 달랠 수도, 반창고를 붙여줄 수도 없으니까. 정말 가혹해. 나는 그 고통을 뜯어내고 싶었어. 집을 뛰쳐나가 그 나쁜 놈들을, 어머니가 작별인사도 못하게 만든 나쁜 년과 그년의 소중한 아들을 욕하며 밭을 달려가지 않기 위해 자제력을 마지막 한 방울까지 짜내야 했어. 아버지가 한 손은 어머니의 어깨에, 한 손은 등에 올리고 곁에 서 있었어. 핏줄이 튀어나오고 거칠거칠한 그 손은 오후 내내 어머니의 슬픔에 보조를 맞춰 위아래로 움직였어, 단 한 순간도 쉬지 않고. 자신의 슬픔은 묻어둔 채. 세월이 흐르고 혼자 남겨졌을 때 아버지는 토니를 잃었다는 무거운 상실감에 밭에서 일을 멈추고 쪼그려앉았을까? 부당하다는 생각에 들썩이는 몸을 가누려 손으로 땅을 짚었을까? 하지만 그날 저녁엔 어머니의 울음소리만이 집안을 가득 채웠다. 몇 시간이고 끊이지 않는 울음이 어머니의 작은 몸을 내리쳤고, 신부님이 오시기 전까지는 물러갈 생각을 하지 않았지. 신부님이 오신 후에도 기도소리가 들릴 정도로만 잦아들었을 뿐이야.

그날 밤은 내가 겪은 어느 밤보다 길었다. 나는 잠을 이루지 못했고, 가끔 선잠이 들어도 사나운 꿈속에서 무언가 또는 누군가로부터 계속 도망쳤어. 깜짝 놀라서 깰 때마다 가슴에는 공포가 가득찼고, 어디에 있는지도 모른 채 벌떡 일어나보면 화덕 옆에 놓인 어머니의 의자였어. 집이라는 사실을 마침내 깨닫고 나면 의자 등받이에 다시 기대어 어둠을, 나의 의지이자 반석이었던 토니가 없는 텅 빈 삶을 멍하니 바라보았지.

다음날 장례 준비를 했던 기억은 나지 않는다. 우리 가족이 어떻게 그처럼 깔끔하게 차려입었는지 전혀 모르겠어. 너도 예상했겠지만 장례식은 조용하고 엄숙했어. 나무로 된 신자석과 우리의 상복에 눈물이 떨어졌다. 우리의 슬픔이 속삭임보다 커지는 일 없이 기도가 끝났고, 우리는 토니를 무덤에 안장하러 가기 위해 일어섰다. 아버지와 내가 자리에서 일어서는데 어머니가 어찌나 절망스럽게 신음을 내뱉는지, 그 소리가 나에게 밀려드는 순간 무릎이 꺾여 좌석 등받이를 꽉 잡아야 했어. 어머니는 제니와 메이의 부축을 받으며 일어났어. 한 명은 뒤에, 한 명은 앞에 서서 어머니를 어색하게 잡고 있었지. 어머니는 좌석과 장궤틀 사이에 갇힌 채 나올 준비를 하고 있었어. 우리가 당신 아들을 높이 들고 통로를 지나가면 그 뒤를 따라가려고. 우리가 관을 들고 성당 문을 나서는데 자갈 깔린 진입로에서 자박거리는 바퀴 소리가 들렸다.

돌러드 가족이었어.

자동차가 내 뒤에 섰다. 발소리가 다가오자 경악스럽게도 몰로이 신부님이 행렬을 멈춰 세웠어. 방금 도착한 사람을 향해 재빨리 고개를 숙이는 신부님이 보였지.

"신부님." 어밀리아 돌러드가 말했다.

자박거리는 소리가 이어지더니 내 뒤에서 멈췄어. 또다시 어머니와 아들 사이에 끼어들다니 간도 크지. 나중에 누나들에게 들으니 어밀리아는 어머니의 축 처진 손을 잡고 자신에게 정말 중요한 일이라는 듯이 꼭 쥐었다더군. 하지만 어머니는 고개를 들지도, 손을 꽉 맞잡지도 않았지. 근육 하나 움직이지 않았어. 그동안, 내 뒤에서 어밀리아 돌러드가 뭐라 중얼거리는 동안 나는 아버지를 생각했다. 형의 관에 머리를 기댄 아버지의 모습을 상상했어. 이 여자의 둔감함과 당황스러운 행동을 보지 않으려고 눈을 감고서 아들의 엷은 머리카락을 마지막으로 쓰다듬을 수 있길 바랐을, 죽음의 무게에 팔이 아프고 옹이진 손이 빨개진 아버지를. 나는 그 여자에게 꺼지라고, 위로하는 척하지 말고 위선은 집어치우라고 소리지르고 싶었다. 잠시 후 그 여자는 그렇게 그냥 갔어. 시동을 걸더니 가버렸지. 몰로이 신부님이 신호를 보내자 우리는 다시 움직였어.

우리가 미스의 열기 속에서 토니를 묻었을 때 나는 열여섯 살이었다. 우리는 기도에 귀기울이다가 필요할 때는 묵주기도를 같이 중얼거리면서 땅이 토니를 데려가는 광경을 지켜보았어. 그러고는 자리를 떴다.

그날부터 어머니는, 한때 어머니의 것이었던 그 다정한 영혼은 거의 남아 있지 않았다. 어머니는 돌러드가 저택으로 돌아가지 않았고 나도 마찬가지였어. 우리는 돌러드의 돈 없이 살았다. 나는 아버지와 함께 우리 땅에서 농사를 지었어. 어머니는 집에서 거의 나가지 않으셨지. 우리의 결혼식만이 예외였다. 메이의 결혼식, 제니의 결혼식, 내 결혼식. 하지만 결혼식에서 한마디도 하지 않았어, 미소 한번 짓지 않았고. 지금 그 사진들을 다시 보면 지치고 텅 빈 어머니의 얼굴이 보여. 그 얼굴을 만지고 싶구나, 위로하고 싶어. 아버지는 보통 어머니 옆에 차분하게 서 있어. 어머니의 좁은 등에 한 손을 얹고 한 사람이 빠졌음을 알아달라는 듯이 사진기를 빤히 바라보지. 나는 토니가 떠난 뒤 부부 사이에 어떤 대화가 오갔을까 종종 궁금했단다. 네가 우릴 두고 죽어서 기억의 고리에 영원히 갇혀버렸다면, 세이디와 나는 어떤 말로 너의 미래를 꾸며내고, 네가 절대 알지 못할 모든 것에 대해 한탄했을까? 어쩌면 침묵이 내려앉았을지도 모르지―그건 우리를 하나로 묶어주고, 삶과 죽음의 추하고 끔찍한 진실로부터, 그 벌어진 상처와 지독한 냄새로부터 우리를 감싸주는 얇은 보호막이 됐을 거야.

최고의 친구를 잃는다는 건 언제든 힘든 일이지만 그렇게 어린 나이에는 더욱 잔인한 일이란다. 나는 열여섯 살에 내 삶을 시작한 참이었다. 그 소중한 여러 해 동안 토니와 함께 걸었지만 이제 가장 중요한 시기를 혼자 용감하게 헤쳐나가야 했지. 토니의 길잡

이도, 응원도, 혹평도 없이. 가능할 것 같지 않았다.

"토니는 항상 여기에 있을 거다, 모리스." 우리가 토니를 땅에 묻고 돌아온 날 아버지가 나에게 말했다. 우리 둘은 토니의 방문 앞에 서서 텅 빈 침대를 바라보고 있었지. 아버지는 가슴에 손을 얹고 있었고, 아버지가 부엌에 모여 있는 어머니와 누나들에게 가자 나도 가슴에 손을 얹었다. 토니에게 닿으려고, 토니와 나를 연결해줄 스위치를 켜려고 애쓰며 가슴을 최대한 세게 눌렀어.

"덩치, 이 멍청아."

토니가 요란하고 또렷하게 내 안으로 들어왔지.

나는 눈을 감으며 웃었다. 토니를 찾아낸 내 손가락에도, 신발 속에도 웃음이 스며들었어. 쭈글쭈글하고 메마른 손으로 이 술병을 쥐고 여기 앉아 있는 지금까지 토니는 한 번도 내 곁을 떠나지 않았다.

토니가 죽었으니 땅을 물려받을 사람은 나였어. 같이 일하면서 아버지에게 배운 최고의 가르침은 변화를 받아들이라는 것이었다. 나는 전쟁이 시작되기 전에 아버지가 경계 담을 치우고 경작지로 바꾸는 것을 보았다. 전쟁이 끝나자 이번엔 얼른 방목지로 만들었다. 그때 아버지는 낙농업에 집착했어. 아버지에게는 암소의 가죽 한 장 한 장이, 암소에게서 짜내는 우유 한 방울 한 방울이 전부 파운드 기호로 보였지. 예전에 돌러드가에서는 소를 어떻게 치더냐고 질문을 퍼부어서 내 가슴을 아프게 했다. 난 그때를 정말 떠올리고 싶지 않았지만 아버지는 내가 무슨 일을 했는지 모조리 알아낼 때까지 날 괴롭혔어. 아버지는 계산을 끝냈고, 곧 우리는 소떼를 키우기 시작했어.

"2000년쯤이면 우리 농장이 렌스터에서 가장 큰 낙농장이 되어 더블린 사람들을 먹여 살리고 있을 거다. 우리 덕분에 티타임이 유지될 거라고." 아버지가 나에게 말했고. 아버지는 자신이 영원히 살 줄 아셨어. 가끔 나 역시 그러시지 않을까 생각했고. 말처럼 튼튼하셨거든. 하지만 아버지는 21세기 근처에도 못 갔다. 1963년에 돌아가셨어. 어느 날 들판에서 울타리를 치다가 쓰러졌어. 어머니는 1975년까지 버텼고. 네가 태어난 직후까지 우리랑 같이 사셨어. 그러다가 얼마 안 가 요양원에 들어가야 했지. 어머니는 우리를 모두 잊었어, 토니만 빼고. 우리가 요양원에 찾아가면 토니는 아직 밭에 있느냐고, 토니가 마실 차를 끓여야 하는데 언제 오느냐고 끊임없이 물었지. 묻고 또 물어서 우리는 이렇게 말할 수밖에 없었어.

"곧 와요, 금방 올 거예요." 그러면 어머니는 만족스럽게 등을 기대고 앉았지만 이 초가 지나면 또 물었지. "토니는 어디 있니?" 어머니를 더 일찍 데려가는 게 더 자비로운 처사였을 거다. 아버지가 돌아가시고 제정신으로 지냈던 세월 동안 어머니가 남편의 죽음을 어떻게 견뎠을까 궁금하구나. 나는 가장 가까운 사람을 잃고 어떻게 견디느냐고 어머니에게 한 번도 묻지 않았어. 어머니라는 사람을, 어머니의 인간적 단점을 전부 받아들여준 사람을. 어머니를 조건 없이 사랑했던 사람을. 언제나 팔을 뻗으면 손을 잡을 수 있었던 사람을. 물어봤으면 좋았을 걸 그랬다.

레인스퍼드는 도시와의 경계 지역에 있었다. 운송비가 저렴해서 우리는 우유를 대량으로 사들이는 구매자에게 경쟁력이 있었지. 수요가 많았어. 고먼스타운 육군부대와의 계약도 따냈지. 좋은 계약이었다. 안정적인 계약이었기 때문에 우리는 제대로 일어설 수 있었어. 덕분에 대출을 받고 점점 더 확장할 수 있었고. 물론 아버지가 돌아가신 후 우유 가격이 폭락한 적도 있었다. 하지만 나는 버티면서 땅을 조금씩 팔아 사업을 지탱했다.

1950년대 후반에 우리는 눈에 띄는 대로 작은 땅을 사들이기 시작했단다. 잉글랜드로 떠나려고 짐을 싸는 농부들은 절박했기 때문에 얼마가 됐든 우리가 주는 대로 받았지. 우리는 경제가 결국에는 좋아질 거라 믿고 대출을 받았다. 떠나는 사람들에게 우리 말고 땅을 사려는 사람이 있더냐고 말하며 범죄에 가까울 만큼 싸게 사들였지. 누가 땅을 판다는 얘기가 들리면 주머니에 현금을 넣고 곧장 찾아가서 바로 계약했다. 몇몇은 우리의 모욕적인 제안에 문을 쾅 닫았지만 몇몇은 제안을 받아들였지. 농부의 삶을 바텐더나 노동자, 광부의 삶과 바꿀 준비가 되어 있었거든. 나는 가끔 궁금했다. 우리가 내놓은 현금을 주머니에 넣던 그 손은 새로운 삶에서 매끈한 유리잔이나 차가운 콘크리트, 칙칙한 석탄을 쥘 때 땅의 감촉이 못 견디게 그리웠을까? 밤이면 꿈속에서 낫으로 풀을 베거나 우유를 짜기 전 소를 진정시키려 엉덩이를 톡톡 두드렸을까?

알고 그런 건 아니었지만 당시 가장 절묘했던 한 수는 더블린 외곽 공항에서 그리 멀지 않은 곳에 땅을 조금 사둔 것이었다.

1960년대였는데, 정말 헐값에 사들였지. 시간이 지나면서 땅값이 어디까지 오를지는 나도 몰랐다. 결국 꽤 큰돈을 받고 그 땅을 팔았어. 금싸라기 땅이었던 거지. 원래는 목초지로 쓸 생각이었지만 소떼가 금덩이를 밟고 서 있다는 걸 깨닫고, 시장에 내놓아 누가 덥석 무는지 보기로 했다.

"말도 안 돼, 모리스. 그만두지 않을 거야?" 어느 날 저녁, 계속되던 입찰 전쟁 때문에 세이디가 불만스럽게 말했어. "염치없는 일이야, 그렇게 큰돈을 부르다니. 밭 몇 뙈기밖에 안 되잖아. 케빈이 정말 말도 안 된대. 켈틱 타이거*인지 뭔지 때문에 나라가 파멸을 향해 달려들고 있대."

음, 내가 이 말을 어떻게 받아들였는지 너도 상상이 가겠지.

"케빈이 그래? 다음번에 케빈이 상아탑에서 또 전화하면 난 절대 그만두지 않을 거라고 말해, 빌어먹을."

"우리집에서 욕은 안 돼."

"잘 들어, 그놈들이 서로 경쟁하느라 돈을 자꾸 올려도 난 말리지 않을 거야. 꼬맹이 폰틀로이 경**이 뭐라고 해도 상관없어. 땅을 팔아서 당신이 노래하던 것처럼 부엌을 새로 바꿔도 반대할 거야?"

"당신은 지금도 레인스퍼드의 모든 부엌을 바꿀 정도로 돈이 많잖아. 그리고 당신 아들을 그런 식으로 말하지 마, 당신한테 더

---

* 1990년대 중반부터 2000년대 후반까지 외국의 직접 투자로 이루어진 아일랜드의 급속한 경제성장을 이르는 표현.

** 프랜시스 H. 버넷의 소설 『소공자』의 주인공.

나은 대접을 받아 마땅한 애라고."

결국 난 거짓말을 했다. 내가 실제로 받은 돈보다 50만을 줄여서 말했어. 너도 그렇지만 세이디의 마음과 양심은 진실을 받아들이지 못했을 테니까. 하지만 아버지와 토니라면 계좌에 돈이 들어온 날 분명히 춤을 췄을 거다. 정말 마법 같은 일이었다. 아들아.

우리 경계 담 너머에 넓게 펼쳐진 돌러드가의 땅은 다 어떻게 되었느냐고? 휴 돌러드는 내가 스물한 살 때 장의차에 실려 성당으로 갔다. 난 마을 사람들이랑 같이 번화가에 일렬로 나란히 섰어. 다들 밖으로 나와 대부분이 살면서 한 번쯤 주인으로 모셨던 남자에게 경의를 표하며 고개를 숙였어. 가운데로 관이 지나갈 때 양옆으로 길게 늘어선 마을 사람들은 숨을 죽였지. 장의차가 가까이 왔을 때 나는 고개를 180도 돌리고 오맬리 정육점을 보았다.

"부끄러운 줄 알아, 모리스 해니건." 장례 행렬이 지나가고 나자 로시 부인이 말했지.

"난 거짓말은 하지 않을 거예요." 내가 대답했다. "지금까지 욕한 번 안 한 것처럼 날 보지 말아요. 다들 마찬가지면서."

"네 어머니가 알면 너한테 진절머리를 칠 거다."

"아, 어머니도 아세요. 이럴 거라고 말씀드렸거든요." 난 그렇게 말하고 사람들을 밀치며 걸어갔다. 입에서 입으로 말이 전해지면서 구경꾼 모두 내가 어떤 죄를 저질렀는지 들었지. 난 어머니가 아무 대답도 하지 않았다는 말은 생략했어. 어머니는 심부름 목록만 주고 말없이 집으로 들어가셨지.

"죽은 사람에 대한 예의도 없어?" 로시 부인이 뒤에서 소리치며 같이 비난하자고 주변 사람들을 부추겼다.

나는 걸음을 멈추고 돌아섰어.

"그를 애도하며 성호를 긋는다고 그 사람들이 더 잘해주지 않아요. 로시 부인. 여전히 푼돈을 주면서 빨래를 시킬 거라고요."

"넌 쓸모없는 놈이야. 조만간 누가 예의를 호되게 가르쳐줄 거다. 해니건."

"한번 해보라죠." 난 이 말로 공개 토론을 끝내고 집으로 가려고 돌아섰다.

"넌 형이랑 비교도 안 돼. 갠 예의를 알았지."

로시 부인이 너무나도 잔인하게 마지막 한 방을 날렸지만 난 돌아보지 않고 최대한 꼿꼿하게 걸어갔다. 나는 사람들의 시야에서 벗어나자마자 눈을 감았어. 로시 부인의 말이 맞았어. 토니는 나보다 훨씬 훌륭한 사람이었다. 하늘에서 토니가 동생을 부끄럽게 여기며 절망할 생각을 하니 기분이 좋지 않았어.

"가식은 못 떨어. 토니." 나는 변명하며 어머니가 사오라고 한 것을 겨드랑이에 끼우고 자전거에 올라타 집을 향해 페달을 밟았다.

휴 돌러드가 죽기 전부터 그 집안의 재산은 줄어들고 있었어. 도박 때문이라는 사람도 있고 투자 실패 때문이라는 사람도 있었지만 내가 보기에는 인과응보였어. 우리는 1963년에 이미 모런의 땅. 빈의 땅. 마지막으로 스탠리의 땅까지 사들여 우리 땅이 돌러드가의 땅을 삼면에서 둘러싼 형국이었다. 나는 천천히 그들의 땅을 갉아먹기 시작했어.

돌러드가의 땅을 사는 전략은 다른 땅을 살 때와 다를 바 없었어. 낮은 금액을 제시하는 거지. 하지만 그 땅을 살 때는 특히 신이 났다. 나는 항상 헐값을 췄어. 돌러드가는 몇 년마다 땅을 조금씩 더 팔았고, 내가 제시하는 금액은 매번 낮아졌지. 결국 최후의 순간까지 말이다.

1970년대 초 어느 날 저녁, 현관문을 열자 한 번도 본 적 없는 청년이 서 있었다.

"안녕하세요, 해니건 씨." 그가 말했어. 너무나 활짝 웃어서 나는 움찔했지. "이런 일은 보통 중개인을 통한다는 건 알지만, 최근에 돌러드가 토지에 대해 제안하신 건 제가 직접 말씀을 드려야 할 것 같아서요."

"누구시죠?"

"아, 죄송합니다. 저는 제이슨입니다. 제이슨 브루턴. 힐러리의 남편이죠."

그가 손을 내밀었어.

"힐러리요?"

"네, 레이철 돌러드의 딸 힐러리 아시죠?"

조금만 거슬러올라가마, 아들아. 오래전에 자기 오빠가 내 얼굴에 상처를 내는 광경을 가만히 서서 지켜봤던 레이철은 어느 정도 나이가 들자마자 집을 떠났어. 열여섯 살이었나? 잘 모르겠다. 레지라는 영국 신사와 결혼했지. 하지만 알고 보니 남편이 별로 부유하지 않아서 돌러드 씨가 죽자 집으로 돌아와 어머니인 어밀리아와 몇 년 동안 함께 살았어. 두 사람에게는 딸이 하나 있었는데, 그 딸이 힐러리였어. 그리고 제이슨 브루턴이라는 이 남자가 그 힐러리의 남편인 거고. 그가 정체를 밝혔지만 난 아무 반응도 보이지 않았다. 그는 내가 맞잡지 않은 손을 거두고 착각이 아닌지 확인하듯 자기 손을 보더니 어쨌거나 말을 이었어. "말씀드린 것처럼 땅 얘긴데요―"

"사업이지. 바로 그거야―자선이 아니라 사업이라고. 혹시 자선을 기대하고 왔을까봐 말이야."

"그렇죠. 음, 툭 터놓고 말하겠습니다." 그가 목을 가다듬으며 말했어. "땅을 사겠다고 제안한 사람은 당신뿐입니다. 제가 여기서 다른 구매자가 있다고 거짓말을 할 수도 있겠지요. 하지만 당신은 물론 바보가 아니죠. 그래서 저는 금액을 조금 높일 수 있는지 고려해봐달라고 부탁하러 왔습니다. 물론 시가는 아니고 더…… 합리적인 가격으로 말입니다."

"음, 잭슨―"

"제이슨. 제이슨입니다."

"말해보게, 내가 왜 그래야 하지?"

"들어가도 될까요, 해니건 씨? 조용한 곳에서 이야기를 나누시죠." 우리집이 주택가 한가운데에 있기라도 한 것처럼 그가 주변을 둘러보며 말했지.

"안 되네." 나는 내 입장을 강조하려고, 또 세이디가 엿듣지 못하도록 등뒤에서 문을 조금 더 당겨 닫으며 대답했다.

"알겠습니다." 제이슨이 말하고 뭔가 생각하는 듯 심호흡을 하더니 웃었지. "시간 낭비라는 말은 들었어요. 힐러리의 부모님이 그러더군요. 그래도 이렇게 찾아왔지만, 두분 말씀을 들을 걸 그

랬네요.˝

"자네 처숙부는 어떤가?"

"처숙부요? 토머스 말씀이시군요. 전혀 모릅니다. 들은 바가 별로 없어요. 잘 아는 사이셨습니까?" 내가 던져주는 지푸라기라면 뭐가 됐든 잡으려 애쓰며 제이슨이 대답했어.

"그렇다고 할 수 있지."

"런던에 계세요. 재혼하셨죠."

"그런가? 첫번째 부인을 죽였나?"

"전…… 저는……"

"잘 듣게, 존. 우리집까지 찾아와서 나한테 그 **사람들**을 위해 돈을 더 달라고 부탁하는 게 얼마나 용감한 일인지 자네는 전혀 몰라." 나는 손가락으로 그 집 방향을 가리키며 말했다. 서로 마주 본 채 나는 잠시 말을 멈췄어. "그 땅에 대해 내가 아직 모르는 이야기를 하려는 게 아니라면 왜 값을 '높여야' 하는지 모르겠군."

그러자 제이슨이 입을 다물었다. 적어도 난 그런 줄 알았어. 그는 힘겹게 침을 꿀꺽 삼키며 결코 원하지 않았던 싸움을 준비했지.

"예의죠, 해니건 씨. 그게 이유입니다. 당신의 제안은 범죄예요. 다른 말로는 설명할 수 없어요."

그렇게 나올 줄은 몰랐다.

"남자 대 남자로 이야기하면 해니건 씨가 공정하게 응할지도 모른다고 생각했습니다. 하지만 제 생각이 늘 옳지는 않은 모양이네요. 저는 패배를 인정해야 할 때를 압니다." 그러고는 발걸음을 옮겼지.

난 그가 마음에 들었다.

"5천." 내가 어둠을 향해 외쳤어.

"네?" 그의 몸이 포치 불빛이 비치는 곳으로 돌아오기 전에 목소리가 먼저 말했다.

"5천 더 주지. 자네를 위해서. 자네의 배짱 덕분이야. 뻐길 줄밖에 모르는 돌러드가 남자들보다 훨씬 인상적이군."

난 토니가 내 말을 들었으면 좋겠다고 생각했어.

땅의 가치는 훨씬 컸다. 나도 알고 제이슨도 알았지. 제이슨을 안으로 들여 위스키를 같이 마시면서 더 자세한 이야기를 나누고 싶은 마음도 있었지만 얼른 눌렀어. 제이슨은 가만히 서서 약간 멍한 표정으로 나를 봤지.

"내일 아침에 직원한테 전화해서 우리의 신사다운 협정을 알리도록 하지. 이제 집에 가서 내 돈을 어떻게 더 뜯어냈는지 그 집안 사람들한테 자랑하게." 내가 덧붙였다.

하지만 제이슨이 한 걸음 내딛기도 전에 나는 다시 그를 불렀어.

"하나만 말해보게, 제이슨. 이제 남은 땅이 거의 없을 텐데, 내가 지불한 돈이 다 떨어지면 어떻게 할 생각인가?"

제이슨은 즉답하지 않고 눈을 가늘게 뜬 채 나를 보았지. 마침내 그가 말했어.

"호텔이요."

"호텔? 음, 정말 놀랍군. 요즘엔 이 작은 마을에 관광객이 아주 넘쳐나는 모양이야."

"하나만 말씀드리죠, 해니건 씨. 저희 집안은 한 세기 동안 호텔 사업을 했습니다. 이 우울한 오지를 유명한 관광지로 만들 수 있는 사람이 있다면 바로 접니다."

난 *그*가 더욱 마음에 들었다.

나는 미소를 지으며 문을 닫았어. 잠시 문틀에 기대서서 돌러드가의 새로운 출발에 대해 생각했지.

"누구야, 모리스?" 세이디가 부엌에서 나오며 물었다. 뒤에서 네가 아장아장 따라 나왔지.

"제이슨이라는 호텔 사업가였어, 여보. 이 동네를 개발할 대단한 계획이 있다는군. 호텔이 들어서겠어."

내가 네 엄마를 처음 만났을 때 그녀는 토니가 남긴 작은 구멍을 완전히 채워주는 것 같았다. 확실히 세이디의 사랑은 토니를 잃었다는 상실감을 어느 정도 무디게 해주었어. 어떤 면에서는 일종의 완충재 같았어. 내 안에서 토니가 안전하게 자리를 잡도록 지켜주면서 그 날카로움은 무디게 만들어준 거야. 하지만, 정말 미친 소리처럼 들리겠지만, 나는 토니의 아주 작은 일부를 빼앗아 간 세이디에게 화가 났다.

가슴에 손을 얹고 말하지만 나는 토니가 죽고 나서 그 오랜 세월 동안 하루도 빠짐없이 소떼나 사료값에 대해서, 혹은 어떤 땅을 사거나 팔아야 할지에 대해서 토니와 이야기를 나눴어. 일요일 경기는 우리에게 아주 중요한 화제야. 토니는 내 어깨에 앉아서 어느 선수가 뭘 잘못했는지 지적해. 헐링에 대해서만큼은 빌어먹을 완벽주의자라니까. 살아생전에는 완전 중독이었어. 일요일과 여름 저녁마다 성당 옆 경기장에 가서 시합을 했지. 토니는 나를 질질 끌고 갔지만 나는 형만큼 헐링을 좋아하지 않는다고 차마 말하지 못했다. 나도 어느 정도는 했지만 토니만큼 잘하지는 않았어. 그 정도의 진심이, 아일랜드의 자유를 위해서 싸우는 것과 같은 패기가 없었다.

"그럴 필요 없어, 덩치. 안 가도 돼. 다 이해하니까." 어느 일요일에 경기장을 향해 출발하며 토니가 말했어. 아마 내가 열네 살쯤이었을 거야.

"무슨 소리야? 절대 놓칠 수 없지. 운동장에서 바보짓을 하는 형을 보는 게 일주일 중 가장 즐거운 순간인데." 토니가 내 등을 찰싹 때렸고, 우리는 어깨에 헐링 채를 얹고 출발했지.

바로 전주에 칼로와 웨스트미스의 경기를 보는데 토니가 말했다. "모리스, 네가 제대로만 하면 나보다 잘할 거라는 거 너도 알잖아. 네 재능을 가질 수만 있다면 난 뭐든 내놓을 거야. 그런데 넌 제대로 하려 들질 않아."

어느 날 저녁 자동차에 앉아서 아주 걱정스러운 표정으로 허공을 바라보는 나를 세이디가 발견했어. 결혼한 지 한참 지난 때였을 거야. 그때 넌 어디 있었는지 모르겠구나, 태어나긴 했던가? 내 마음이 형을 영영 보내려는 것 같았어. 나는 차를 몰고 집으로 돌아오면서 진입로로 들어서기 한참 전부터 펼쳐진 우리 땅을 내다보았다. 그때 토니가 보였어. 몸을 숙인 채 땅을 파고 있었지. 늘 입던 익숙한 갈색 셔츠 차림으로. 나는 급히 브레이크를 밟았어. 진입로에 들어서기 직전이었지. 난 차에서 내려 토니를 찾으러 갔지만 토니는 이미 사라지고 없었어. 다시 차를 타고 조금 더 가서 집에 도착했을 때 그날 온종일, 그리고 그 전날에도 토니 생각을 전혀 하지 않았다는 걸 문득 깨달았어. 아침에 일어난 순간부터 밭에서 유령을 보기 전까지 형의 이름이, 형의 영혼이 나에게 얼씬도 하지 않았던 거야.

"모리스, 무슨 일이야?" 세이디가 밖으로 나와서 나를 보며 물었지. 자동차소리를 듣고 부엌 창가에서 기다렸던 게 분명했어.

세이디가 손을 들어 뺨을 만질 때까지 내가 울고 있는지도 몰랐다.

"아무 일도 아냐, 아무 일도." 나는 기침으로 눈물을 감추고 세이디의 손에서 얼굴을 떼며 말했지. "난 멀쩡합니다, 부인. 그냥 바람 때문이야."

난 세이디를 쳐다볼 수 없었다. 세이디가 토니의 자리를 차지했다고 확신했어. 그리고 그 사실을 견딜 수가 없었어. 내 머릿속에 마지막으로 남아 있던 토니의 아주 작은 일부마저 잃다니 견딜 수가 없었어. 난 세이디를 그 자리에 남겨두고 헛간으로 걸어갔다. 뭔가를 하는 척, 트랙터를 살펴보는 척했을 거다, 아마. 나는 세이디가 집으로 들어갈 때까지 기다렸다가 마저 울었다. 양동이 몇 개를 채울 정도로 펑펑 울었지. 횡아치를 붙잡고 몸을 기댔어, 금방이라도 털썩 주저앉을 것 같았거든. 뒷문이 다시 열리진 않는지 한쪽 귀를 쫑긋 세웠지. 아무도 들어오지 않았어. 마침내 나는 마음을 추스르고 집으로 들어가 저녁 식탁에 앉았고, 눈이 퉁퉁

붓고 기력이 없는 건 감기 때문이라고 핑계를 댔어. 하지만 저녁 내내 네 엄마 쪽은 쳐다볼 수가 없었다.

그날 저녁 내내 난 텔레비전을 보는 세이디를 혼자 두고 방에서 나가지 않았다. 침대 밑에서 낡은 구두상자를 꺼냈지. 상자를 뒤져서 토니의 사진을 잔뜩 찾았다. 바닥에 앉아서 낡은 네거티브필름과 사진을 주변에 잔뜩 늘어놓고 제일 좋아하는 사진을 물끄러미 보았어. 우리가 옛날 집 윗방 창밖에 있는 버터교반기 앞에 앉아 있는 사진이야. 그즈음엔 흐릿한 크림색 사진이 안쪽으로 돌돌 말려, 모서리를 잡아 펴야 토니가 제대로 보였다. 형은 왼손을 들어 햇빛을 가리고 있었어. 나는 토니의 얼굴을 뚫어져라 보면서 머리에 새기려고 애썼다. 하지만 애를 쓸수록 실패만 거듭했지. 내 상태가 그렇다보니 세이디가 렘십, 파라세타몰, 빅스 베이포럽*을 준비해놓았더구나. 결국 나는 다 포기하고 약을 먹은 다음 잠들었어. 그날 밤 그 사진 꿈을 꿨어. 토니가 우리집 부엌 의자에 앉아 있고 나는 뒤에 서 있었지. 나는 교반기에 하반신이 가려진 채 가슴을 잔뜩 내밀고 자랑스럽게 싱글싱글 웃고 있었다. 토니를 지키려는 것처럼 손을 형의 어깨에 올린 채 꽉 잡고 형이 일어나려 해도 놔주지 않았어. 결국 토니가 정말 내 옆에 있는 것처럼 했던 말이 기억난다.

"괜찮아, 덩치. 놔줘. 나 아무데도 안 가."

다음날 아침 침대에서 일어난 나는 토니가 두 번 다시 떠나지

---

* 차례대로 감기약 브랜드, 해열진통제, 기침 완화 연고.

않으리란 걸 알았어. 세이디는 멀쩡해진 나를 보고 깜짝 놀랐지. 나중을 위해 알아둬야겠다며 어떤 약을 먹었는지 물어봤어. 그뒤로 몇 년 동안 우리 중 누구든 감기나 독감에 걸리면 그때 내가 지어낸 조합의 약을 꼭 먹어야 했단다.

하지만 네 엄마가 떠난 후로는 살아 있을 때의 토니가 가장 그립더구나. 머릿속으로 토니에게 아무리 이야기해도 형을 직접 보고, 형의 살갗과 뼈를 만지고, 형이 하티건스에서 맥주 마시는 소리를 듣는 것을 대신할 수 없어. 토니와 딱 한 시간만 보낼 수 있다면 내가 내놓지 못할 것이 뭐가 있겠냐. 이야기를 많이 나눌 필요도 없어. 카운터에 괸 팔꿈치. 각자의 앞에 놓인 흑맥주 한 병. 반쯤 빈 술잔. 마을을 내다보면서. 라디오에서 흘러나오는 음악에 발장단을 맞추거나 말도 안 되는 세상사에 웃음을 터뜨리면서. 서로 믿는 사람들끼리, 응? 설명하지 않아도, 다 괜찮은 척하지 않아도 이해받고. 엉망진창이어도 상관없고. 형이 화장실에 가려고 내 뒤를 지나며 등을 두드리는 느낌. 그냥 되살아나기만 바라는 게 지나친 요구냐?

하지만 나는 토니와 함께했던 세월에 감사한다. 그래서 내가 여기 앉아 있는 것 아니겠냐? 나를 만들어준 사람에게, 나를 끌어주고 정신 차리게 해주고 무엇보다 절대 포기하지 않는 법을 가르쳐준 사람에게 고마운 마음을 전하면서 말이다. 하지만 오늘따라 토니가 아주 조용하구나. 아들아. 지금까지 내 귓가에 한마디도 속삭이지 않았어. 내 계획에 너무 당황해서 침묵에 빠진 게 아닌가 싶다.

3장

오후 7시 47분

두번째 건배: 몰리를 위하여

부시밀스 21년 숙성 몰트위스키

이 호텔 바에서 내가 좋아하는 것이 하나 있다면 바로 채광이다. 에밀리에게 멋지다고 말하지는 않았지만. 말해야겠지. 정면 창을 통해 저녁이 들어오는 광경은 왠지 특별해. 독창적인 건 아니야, 창문 말이다. 천장에서 바닥까지 닿는 길고 좁은 직사각형 창유리일 뿐이지. 열리지는 않아. 난 현대적인 교회에서 말고는 이런 창을 못 봤다. 처음에는 그다지 마음에 들지 않았지만, 이제는 비스듬한 각도로 쏟아져들어와 먼지와 움직임을 도드라지게 만드는 저 빛을 아무리 봐도 질리지 않아. 몇 시간이라도 볼 수 있지. 최면에 걸린 것처럼.

바가 이제 꽤 붐비는구나. 남자들은 주문할 때 나를 향해 고개를 끄덕이고 팔꿈치를 내밀어 카운터에 몸을 기대. 스베틀라나를 구해줄 기병대가 도착했군. 에밀리랑 어떤 청년이야. 바쁘게 왔다

갔다하는군. 팔밖에 안 보여. 맥주를 한 잔 따르면서 잔을 하나 더 꺼내 옆의 레버를 당겨 동시에 따르는 모습을 보면 각자 팔이 두 개뿐이라는 사실이 믿기지 않아. 두 사람의 속도와 능률은 정말 감탄이 나올 정도야. 저녁 내내 춤을 추듯 움직이는 두 사람을 보고 있어도 질리지 않을 것 같아.

　손님 대부분이 내가 아는 사람이다. 너도 알 거다, 아들아. 크리멘스가 다가오는군. 뭔가 불편하다는 듯이 아주 심각한 표정으로 바에 몸을 기대는구나. 나는 맛있는 위스키를 한 모금 마시고 다시 크리멘스를 본다. 크리멘스를 괴롭히는 건 양복이야. 내가 저렇게 차려입었을 때처럼 불편한 표정이다.

　"제가 한잔 살게요, 해니건 씨."

　"지금은 됐네. 이걸로 충분해."

　"위스키 드시는 거예요?"

　"자네도 맥주 한잔하겠나? 에밀리, 크리멘스한테 맥주 한 잔 줘."

　"신경쓰지 마세요. 저기 마시던 술이 있어요."

　아무리 애를 써도 크리멘스의 이름이 생각나지 않는구나. 네가 여기 있었으면 너는 분명 알았을 거야. 분명히 알았을 거다. 나는 기억 손실로 인한 문제를 최대한 피하고 있다. 요즘 얼굴은 문제 없이 기억하는데 이름을 모르겠어. 리스먼 출신인데. 몇 년 전에 사업을 같이했어. 유기농이라는 등 옥수수를 먹였다는 등 하는 새로운 품종이었지. 한동안 나도 해봤다. 하지만 최근에 다른 사업들과 같이 그만뒀지. 그래도 이런 젊은 농부에게 새로운 일을 물려줘야 해. 젊은 농부들은 땅에 대해서 우리 아버지를 흡족하게 할 만한 활기와 책임감이 있어.

"태양전지판에 대해 잘 아세요, 해니건 씨?" 잠시 침묵이 흐른 뒤 그가 묻는다. "한번 해볼까 싶어서요. 잉글랜드에는 목장에 태양전지판을 설치해 큰돈을 번 사람들이 있대요. 어떻게 생각하세요, 미친 짓일까요?"

"안 하면 미친 짓이지. 내가 조금만 젊었으면 누가 말려도 했을 거야. 벌써 설치해서 우리 양들이 그 밑에서 풀을 뜯고 있을걸."

"그래요? 그럼 좀 알아봐야겠네요." 그가 카운터를 향해 고개를 끄덕이며 말해.

그런 다음 우리는 말없이 다시 생각에 잠겨. 농사를 지어 세상 사람들의 배와 우리 마음과 은행 계좌를 두둑이 불리는 삶에 만족하면서. 뒤에서 징이 울리는 바람에 깜짝 놀라서 부시밀스를 쏟을 뻔했다. 난 여기 징이 있는지도 몰랐지 뭐냐, 놀랄 일도 아니지만. 아일랜드 전통에 따라 사람들은 징의 안내를 무시한다. 호텔 직원이 재촉하자 그제야 대화를 멈추고 미적거리며 일어나. 호텔 직원들이 양치기 개처럼 사람들을 몰면서 비상구와 탈출 수단을 전부 막고 식당으로 이끌어. 기어스틱이라면 이 일을 정말 좋아했을 텐데. 마지막 한 사람이 자리에 앉을 때까지 온 힘을 다했겠지.

"저도 가봐야겠네요, 해니건 씨." 크리멘스가 손을 내밀고 샘이 날 만큼 힘을 주어 악수한다.

"행운을 비네." 나는 말하고 크리멘스가 마지막 손님들과 함께 나가는 모습을 지켜봐.

"진짜 시간에 딱 맞춰서 가다니, 믿으실 수 있어요?" 모든 일이 계획대로 흘러가자 뿌듯해진 에밀리가 말한다. 질끈 묶은 머리에서 몇 가닥이 흘러내렸어. 뺨 옆에 둥글게 말린 머리카락을 보니 세이디가 생각나는구나.

"무서워서 안 갈 수가 있겠나." 나는 씩 웃으며 말하고 스툴에서 내려와 느긋하게 화장실로 향한다. "내가 안 본다고 그거 마시면 안 돼." 부시밀스를 가리키며 말하고 미소를 지으며 문을 나가.

위스키를 처음 맛본 날이 생각나는구나. 위스키라는 걸 한번 마셔봐야겠다고 생각했을 때 난 겨우 스무 살이었지. 아버지는 위스키에 손도 대지 않았지만 나는 하티건스 바 뒤쪽 벽에 늘어선 병을 보며 그 진한 액체에 항상 마음이 끌렸어. 어느 날 대담한 기분이 들어서 위스키를 한 잔 시켰지. 음, 목이 찢어지는 줄 알았다. 난 침을 튀기며 콜록거렸어. 하티건 부인은 그게 웃겼나봐. 난 그때 그 자리에서 두 번 다시 위스키를 마시지 않겠다고 맹세했어. 하지만 그뒤로 며칠 동안 그 맛이 뇌리를 떠나지 않았고, 시간이 지나면서 기분 나쁜 기억은 사라졌어. 그래서 한 잔 더 마셨지. 21년 숙성 몰트위스키를 맛본 날 나는 모자를 벗어 그 장엄함에 경의를 표했어. 아들아, 이 위스키는 네가 모르는 네 누나―몰리―를 위한 거다.

내 재킷 주머니에는 세례식 날 찍은 네 사진이 들어 있다. 새하얀 고치 같은 세례복에 감싸인 네가 엄마 품에 안겨 있지. 성당으로 출발하기 직전이고, 세이디는 우리집 앞에 서 있어. 물론 이미 옛날 집을 허물고 길가에서 조금 더 올라간 곳에 멋진 집을 새로 지은 다음이었지. 그때 내 차는 아마 포드 코티나였을 거다, 빨간색. 분홍색 트위드 정장을 입고 옷이랑 잘 어울리는 필박스 모자*를 쓴 세이디. 세이디는 그 정장을 정말 좋아해서 거의 입지 않았어. 최근까지도 우리 옷장에 걸려 있었다. 지금은 세이디의 물건이랑 같이 싸서 보냈지만. 세이디는 네가 자기 우주의 중심이라는 듯이, 다른 사람은 안중에도 없다는 듯이 널 내려다보고 있어. 내가 기억하는 한 세이디가 그런 표정을 지었던 때는 네가 오기 삼년 전에 딱 한 번밖에 없었다.

사십구 년 전, 나는 몰리를 딱 한 번, 겨우 십오 분 동안 만났다. 하지만 그때 이후 몰리는 이 황폐해진 가슴속에 살아 있어. 네 엄마와 나는 아이를 둘 이상 가질 운명이 아니었던 듯하다. 그쪽으로는 삶이 우리 편이 아니었어. 우리는 너를 비교적 늦게 낳았지. 나는 서른아홉, 세이디는 음, 서른네 살이었을 거다. 물론 우리는 처음부터 아이를 가지려고 노력했다. 우리 부부는 아이 하나 갖는 축복도 받지 못한 채 주변 사람들이 다들 아이를 낳고 또 낳는 걸 지켜봤지. 힘들었다. 나는 실망을 안고 밭으로, 낙농장으로, 집만 빼고 어디로든 갔어. 애가 없다는 것은 우리 부부에게 입 밖에 낼 수 없는 버거운 짐이었지. 한 달이 두 달 되고 일 년이 이 년 되면서 우리는 그 고요한 슬픔에 깊이, 더 깊이 빠졌다. 세이디는 말을 하지 않으려 했어. 내가 말을 시키려고 서툴게 노력했음에도. 솔

---

* 챙 없이 윗면이 평평하고 옆면은 직선으로 딱 떨어지는 여성용 모자.

직히 말하자면 나는 세이디가 말을 하지 않아서 안심했다. 세이디의 고통을 마주하기는커녕 내 고통에도 귀기울이고 싶지 않았던 내가 무슨 말을 할 수 있었겠니. 하지만 길을 걸을 때, 트랙터에 시동을 걸 때, 미사가 끝난 뒤 성호를 그을 때 그 침묵에 대한 죄책감이 나를 졸졸 쫓아다녔지. 죄책감은 내 어깨에 앉아서 내가 실패했다는 사실을 절대 잊지 못하게 했어.

　여자는 말이 많다고들 하지. 그 말이 사실이라면 네 엄마는 예외였다. 내가 알기로 네 엄마는 친구가 별로 없었어. 물론 지인은 있었지만 진짜 가까운 사람은 없었어. 결혼 직후에는 네 외할머니랑 이런저런 이야기를 했을 거야. 하지만 확신은 없구나. 내가 보기에 두 사람은 딱히 그런 관계가 아니었어. 사랑하긴 하지만 마음에만 담아두는 아일랜드식이었지, 너무 인간적이어서 쑥스러워하는 그런 사랑 말이다. 요즘 사람들은 말하는 걸 너무 좋아해. 가슴속에 들어 있는 걸 전부 꺼내놓지. 그게 쉽다는 듯이. 특히 남자들은 말을 잘 안 한다고 호되게 비난받아. 아일랜드 남자는 특히 그렇지. 하나 가르쳐주마, 나이가 들수록 더 심해진단다. 우리는 외로움 속으로 점점 더 침잠해. 각자의 문제를 알아서 해결해. 남자는 바에 혼자 앉아서 머릿속으로 같은 생각을 하고 또 하지. 아들아, 네가 지금 내 옆에 앉아 있었다면 이런 이야기는 하나도 못 들었을 거다. 난 어디서부터 시작해야 할지 몰랐을 거야. 머릿속으로야 상관없지만 세상을 향해, 살아 있는 존재를 향해 소리내서 말한다고? 우린 그렇게 자라지 않았어. 학교에서 그렇게 배우지도 않았고. 신부님 강론에서도 못 들었다. 나이가 서른이든 마흔이든 여든이든 우리가 그런 데 능숙하지 못한 것도 당연해. 엔지니어도 태어날 때부터 머릿속에 교각 건설하는 법이 들어 있는 건 아니니까. 배워야 하는 거지. 하지만 당시에는 그 모든 이유에도 불구하고 우리 삶의 그 모든 상처와 결핍 때문에 나는 한번 시도해봐야겠다고 생각했어.

"그래서, 당신 좀 어때?" 어느 날 내가 세이디에게 겨우 용기를 내서 말했다. 또다시 실패했다는 증거를, 피 묻은 생리대를 발견한 화장실을 고갯짓으로 가리키면서.

"아무 말도 하지 마, 모리스."

"세이디⋯⋯"

"아니, 모리스. 지금은 못하겠어. 제발."

세이디는 손을 들어 내가 더이상 애쓰지 못하게 막은 다음 부엌에서 나가버렸다. 혼자 남겨진 나는 의자에 앉아서 손가락으로 식탁의 옹이를 따라 동그라미를 그리고 또 그렸다. 그때까지는 한번도 거슬렸던 적이 없는 스토브 위 벽시계가 끊임없이 째깍거리는 소리에 귀기울이면서. 나는 시계를 보고 그쪽으로 〈미스 크로니클〉이라도 던질까 생각했지. 이 상황을, 아이를 낳지 못해 공허한 우리의 상황을 바로잡을 수 없다는 사실에 죽을 만큼 괴로웠어. 뭐든 돈으로 해결하는 데 익숙했던 남자에게 그건 정말 고문이었다.

그 이후로 난 네 엄마에게 말을 걸려고 애쓰지 않았어. 그때부터 우리는 서로의 삶 주변을 맴돌았지. 그 짐을 내려놓으려고, 가망 없는 시도를 다시 하려고 한 침대에 들기는 했지만. 그러던 어느 날 밤부터 세이디가 등을 돌렸고, 그렇게 몇 주가 지났다. 그동안 누적된 실패에 지쳐서 더이상 애쓰고 싶지 않았던 거야. 그렇게 침묵은 더 단단하고 넓어졌고, 우리는 결국 저녁에 찻잔을 앞에 놓고 앉아도 아무 할말이 없는 사이가 되었지.

그러던 중 아서 맥로리 의사가 던캐설에 나타났다. 그의 진료실은 비 오는 날에는 문을 닫았어. 우리는 진료를 받으려고 줄을 서서 기다렸지. 레인스퍼드의 매슈스 의사 선생님보다 맥로리 선생님이 더 도움이 될 거라는 이야기를 세이디가 어디에서 들었는지 나도 모르겠다. 하지만 어느 날 저녁 집에 돌아오니 세이디가 문 앞에서 나를 기다리고 있더구나. 내가 들어가자마자 외투와 신발을 벗으라고 하더니 나를 식탁으로 데려가 앉히고는 자기도 옆에 앉았어.

"모리스. 우리 병원에 갈 거야."

"그래?"

"새로운 의사 선생님한테. 던캐설에 있어."

"왜 가는데?" 나는 저녁식사로 먹을 베이컨이 있나 싶어 스토브를 둘러보며 물었어.

"알아보려고. 그거 있잖아." 세이디가 고갯짓으로 아래쪽을 가리키며 말했지.

"아. 그렇군."

"갈 거지?"

"그래야지."

"좋아. 화요일 네시야. 그러니까 당신 월요일 밤에 목욕해."

젊고 자신만만한 맥로리가 동정어린 표정으로 우리를 맞이하길래 나는 경계했다. 난 친절에 익숙하지 않았고, 가족 외의 사람에게는 친절을 구한 적도 베푼 적도 없었어. 하지만 세이디는 그의 친절에 매달려서 그의 말을 전부 믿었지. 속마음도 털어놓았어. 세이디가 모든 질문에 대답하는 동안 나는 말없이 앉아 있었다. 의사는 나도 대화에 끌어들이려고 했지만 나는 목에 커다란 돌멩이가 걸린 것 같아 그런 내밀한 이야기를 의사에게 할 수 없었어. 세이디는 기꺼이 이야기했지만. 질문이 나를 향할 때마다 세이디가 내 다리에 손을 얹고 대신 대답했다. 의사는 몇 가지 처방을 내린 다음 추가 치료를 약속하며 진료를 마쳤어.

"검사를 해보죠." 그가 말했어.

우리가 인사를 하고 나오기 전에 나는 의사에게 딱 한마디 할 수 있었어.

"전부 해서 비용은 얼마나 들까요?"

세이디가 문밖으로 나를 끌어냈지.

그뒤로 몇 주 몇 달 동안 우리는 수없이 검사를 받고 차트를 보고 진료를 받았다. 난 얼이 나갔지. 무슨 '리듬'을 맞추라는 둥 '주기'를 맞추라는 둥 난리였어. 난 뭐가 어떻게 돌아가는지 전혀 알 수가 없었다. 그냥 시키는 대로 했지. 달력에 커다랗게 표시가 되어 있는 날은 아무 기대도 없이 해야 할 일을 했어.

"음, 괜찮은 것 같네요, 세이디." 어느 봄날 맥로리가 세이디를 향해 활짝 웃으며 말했지. "보고서에 따르면 아무 문제도 없어요. 우리가 지금처럼만 계속하면[난 생각했지, 우리라고?] 곧 좋은 소식이 있을 거예요. 네, 전망이 아주 밝습니다."

그의 말은 거짓이 아니었어. 그가 엄숙하게 선포하고 삼 주도 안 돼서 우리의 티타임이 되살아났다. 세이디는 정말로 임신했어. 그때부터 몇 달 동안 세이디는 기쁨을 억누르지 못했다. 나도 마찬가지였고. 어디를 봐도 세상이 예전보다 좋아 보였어. 사람들도 더 착한 것 같았지. 나도 더 착해졌어. 나는 라빈과 가벼운 농담을 나누고, 거리에서 마주친 낸시 리건에게 미소를 짓고, 심지어 은행 지점장에게 모자를 기울이며 인사했지.

우리 귀여운 몰리는 1966년 1월 9일에 태어났다. 딸이라고 확실히 알았던 건 아니야. 아니, 나는 몰랐다고 해야겠구나. 세이디는 처음부터 딸이라고 확신했어. 던캐설에 갔다 올 때 분홍색과 노란색 침구와 작은 원피스를 몇 벌 샀지. 병원에 갈 때마다 의사는 세이디에게 그 작은 심장이 아주 잘 뛰고 있다고 말했어. 몰리는 춤을 추듯 팔다리를 움찔거리고 발길질을 하고 팔꿈치로 엄마 배를 쿡쿡 찔러서 세이디를 황홀하게 해주었지. 행복한 시절이었다. 여자가 아기를 가지면 빛이 난다고 하잖니. 세이디도 마찬가지였어. 반짝반짝 빛이 났다. 앞으로 다가올 행복에 대한 기대로 의기양양하고 정말 생생하게 살아 있는 것 같았어.

내 사업도 더이상 좋을 수 없을 만큼 잘됐다. 나는 박차를 가했어. 낙농업, 토지 구매 등 모든 사업 분야가 내가 바라는 것보다 훨씬 잘 돌아갔지. 당시 나는 콤바인과 트랙터 같은 기계를 빌려주는 임대사업도 벌였다. 기계 몇 대가 쉬지 않고 일했지. 난 시간을 투자해서 수익을 냈어. 내가 큰 그림을 그리는 동안 직원들이 일상적인 일을 맡아서 해주었어. 의지할 수 있는 좋은 직원들이었다. 모든 것이 제대로 돌아가는 느낌이었어. 행복한 아내, 새 집, 곧 태어날 아기. 난 모두를 공평하게 대했어. 아무 걱정도 없도록, 아무것도 부족하지 않도록 말이야. 적어도 난 그렇게 생각했다.

어느 날 저녁 집으로 돌아오니 세이디가 부엌에 앉아서 임신 팔 개월의 불룩한 배를 끌어안고 빤히 내려다보고 있었어.

"느껴지지가 않아, 모리스." 세이디가 나를 올려다보며 말했지.

"자고 있겠지." 나는 세이디에게 다가가 쪼그려앉아서 세이디의 손에, 몰리에게 손을 얹었어. "자고 있을 거야."

"하지만 지금은 잘 때가 아니야, 모리스. 보통 이 시간에는 활발하게 움직인단 말이야."

"걱정하지 마. 내가 차를 끓일게. 당신은 침대에 가서 좀 누워 있어." 내번에서 온 변호사 짐 라우리와의 저녁 약속에 정신이 팔려 있던 나는 건성으로 말했다. 그는 몇 주 전에 죽은 농부를 대리해서 미스 북부의 땅을 파는 변호사였어. 난 소문을 듣자마자 그에게 연락을 취했지. 미스 북부 위쪽 지역에서 기계 임대업을 시작할 생각이었거든. 당시 그 지역에는 그런 사업이 없었어. 그렇게 넓은 농장은 아니었다. 내가 원한 건 그곳에 있는 헛간이었지. 크고 현대적이어서 기계를 안전하게 보관할 수 있겠더라고. 캐번, 모너핸, 라우스가 전부 가까워서 입지가 좋았어. 놓칠 수 없는 기회였다.

세이디는 내 말대로 저녁 내내 침대에 누워 조용한 몰리를 바라보았어.

여덟시에 나는 침실 안으로 고개를 들이밀고 말했다.

"삼십 분만 나갔다 올게, 세이디. 자고 있어, 금방 올 거야."

나는 세이디의 대답을 기다리지도 않고, 걱정스러운 얼굴을 보았지만 아무 반응도 하지 않고 또다른 거래를 성사시키러 나갔지. 난 일말의 가책이나 걱정도 없이 시동을 걸고 진입로를 나섰어.

나는 거래를 마치고 열한시쯤 집으로 돌아왔다. 즐거운 외출이었지. 침실로 살그머니 들어가 뒤꿈치를 들고 침대로 다가갔지만 세이디는 말똥말똥 깨어 있었어.

"어디 갔었어?" 세이디가 떨리는 목소리로 말했다. "당신을 찾느라 호텔이란 호텔엔 전부 전화를 걸었어. 오래 안 걸린다며."

"생각보다 조금 길어졌어." 나는 침대에 걸터앉아서 양말을 벗었어.

"아기가 죽었어, 모리스." 목소리가 조금 더 차분해졌어─거의 사무적이었지. 눈물을 흘리지도, 히스테리를 부리지도 않았다. 하지만 원망이 담겨 있었을까? 세이디가 쏘아붙였다 해도 난 따끔했던 기억조차 나지 않는구나. 그냥─아기가 죽었다고만 했어. "가봐야겠어." 세이디가 덧붙였다.

나는 자리에서 일어나 세이디를 따라 자동차에 올랐고 더블린으로 갔어. 가는 내내 둘 다 한마디도 하지 않았다. 다음날 병원에서 유도분만으로 아기를 낳았어. 십오 분, 우리는 딱 십오 분 동안 그애를 안아봤어. 금발의 자그마한 도자기 인형 같았지. 통통한 뺨, 폭 팬 턱, 엄마 뱃속에서 내내 입술을 빨았는지 아랫입술에 남은 빨간 모반. 아기는 고요하고 조용하게 세이디의 품에 안겨 있었지만 우리의 경탄을 자아낼 오르락내리락하는 숨소리는 없었어. 그래도 네 엄마는 아기를 안고 흔들며 노래를 불러주었지. 노란 담요에 눈물이 후두둑 떨어졌어.

"몰리." 세이디가 말했지. "앤 몰리야. 우리 예쁜 몰리."

나는 네 엄마의 품에서 아이를 빼앗아야 했다. 아들아, 넌 절대, 절대 그럴 일이 없길 바란다. 마치 누가 내장을 양손으로 쥐고 최대한 세게 내 생명과 의지를 전부 짜내는 느낌이었어. 나는 세이디의 손을 부드럽게 치우고 우리가 만든 아이를 품에 안으면서 육체적 고통을 느꼈어. 그애는 정말 대단했어. 그 작은 아이, 우리의 대단한 몰리. 아이의 부드러운 뺨에 입술을 대자 몰리를 몰랐다는 슬픔, 알 기회를 갖지 못했다는 슬픔에 몸이 떨렸다.

"정말 미안하다." 나는 아이의 귀에, 빳빳한 면 담요의 냄새에 대고 속삭였어. 전날 저녁 집에 들어오자마자 몰리와 엄마를 병원으로 데려가지 않아서, 몰리가 누려 마땅한 그 작은 기회를 주지 않아서 미안했다.

아이는 눈을 감고 있었어. 나는 죄책감에 괴로웠지만 그래도 몰리를 위해 미소를 지었고, 산파에게 건네기 전에 나의 끝없는, 절망적이지만 의문의 여지 없는 사랑을 몰리에게 보여주었다. 우리 딸이 모르는 이의 품에 안겨 병실을 나갈 때 난 네 엄마의 손을 잡았어. 그리고 무릎을 꿇고 네 엄마 무릎에 머리를 얹었지. 세이디가 내 머리카락을 어루만졌고, 곧 내 머리 위로 세이디의 묵직한 머리가 느껴졌다.

장례식은 소박했어. 우리는 작고 흰 관에 누운 몰리의 곁에 서 있었지. 관에 바짝 붙어선 네 엄마를 내가 안고 있었다. 혹시 쓰러지면 부축하려고 말이다. 우리 어머니와 네 고모 메이—메이만 시간 맞춰 올 수 있었지만 한 달 뒤에 제니도 와서 우리집에 며칠 머물렀어—와 너의 외할머니 메리, 외할아버지 마이클, 이모 노린도 참석했다. 맥로리 선생님과 우리 동네 변호사 로버트 티머니 시니어도 있었지. 병원 지하에 위치한 예배당은 신경써서 꽃을 가져다두고 향초도 피웠지만 병원냄새가 났다. 빛이라곤 높다란 세 개의 직사각형 창문으로 들어오는 것이 전부였지. 화창하고 상쾌한 겨울날이었어. 파란 하늘, 그리고 내 눈에는 보이지 않는 뭔가 좋은 것을 향해 경주라도 하듯 그 하늘을 가로지르던 몇 줄기 새하얀 구름. 웅성거리는 기도소리와 머리 위 도로를 달리는 자동차 소리가 가득한 예배당에서 봤던 그 모습이 기억나는구나. 병원 신부님이 레인스퍼드 교구에서 오신 포레스터 신부님과 함께 짧은 미사를 집전했다. 우리는 몰리를 묻기 위해 집으로 데려왔어. 토니와 우리 아버지의 무덤에서 다섯 줄 밑에 있는, 지금 네 엄마가 누워 있는 무덤이었다. 난 한 번도 입을 열지 않았는데, 하느님에 대한 경의, 무덤가에 선 나에게 악수를 청하는 조문객에 대한 존중 때문에 그런 건 아니었다. 몰리를 잃고 모든 의지가 빠져나갔을 뿐이었지.

그다음 일 년 동안 나는 다시 세이디를 멀리하며 집밖에서 최대한 많은 시간을 보냈어. 나와 내 죄책감은 자정이 넘어서야 집에 들어가고 새벽이 오기도 전에 일어났다. 세이디의 눈을, 비난을, 그녀는 모든 것을 무너뜨릴 자격이 충분하다는 사실을 회피하느라. 땅 한 뙈기와 악수 한 번에 휘둘리다니 난 바보였다. 정말 멍청한 바보였어. 낮이든 숨막히는 밤이든 '만약에'라는 생각이 나를 갈기갈기 찢어놨다. 숨쉬기가 힘들었고 꿈에서도 그 생각이 떠나지 않았어. 나는 세이디가 나를 보지 않을 때만 곁눈질로 세이디를 봤다. 그녀의 창백한 피부가 나보다 먼저 늙어갔어. 시름이 가득한 주름이 더 깊이 패어 자리를 잡았다. 난 무력했어. 세이디의 머리카락이 희끗희끗해지는 걸 막을 수 없었어. 나는 눈을 감고 못 본 척하며 자리를 떴다. 그 몇 달은 내내 문을 닫기만 했어―나는 항상 문밖에서 내가 저지른 짓으로부터 달아났지.

세이디도 나를 봤을까? 그랬다면 뭘 봤을까? 뭐가 보일까 두려워서 나는 거울도 보지 못했다. 모공 하나하나에서 탐욕이 새어나와 거무스름한 눈 밑과 갈라진 흉터로 흘러들어간다고 굳게 믿었지. 내 목소리는 그 마법 같은 매력을 잃고 꽥꽥거리기만 하는 것 같았어.

"우린 괜찮을 겁니다, 선생님." 맥로리 의사 선생님이 왕진가방을 들고 처음으로 찾아와 마당에서 나를 불러 세웠을 때 내가 말했어. 장례식이 끝나고 몇 주, 어쩌면 한 달쯤 뒤였을 거야. 나는 그를 향해 고개를 들지도 않았어. 손에 든 막대에만 신경을 쏟았지. 그걸로 내 장화 옆면을 툭툭 쳤어. 의사가 내 의중을 알아차리고 그만 가기를 기다리면서 말이다.

"부인을 만나고 싶습니다, 모리스. 괜찮은지 확인하려고요. 제가 들어가봐도 괜찮겠지요."

내 대답을 기다리는 동안 막대가 더 길고 더 큰 소리로 장화를 때렸다. 물론 난 괜찮지 않았어. 세상에, 이렇게 찾아와서 우릴 들쑤시지 말고 가만히 좀 내버려두면 안 되나. 하지만 결국 나는 막대를 들어 집을 가리키며 의사가 원하는 대로 하게 해주었지. 그런 다음 아무 말도 없이 밭으로 내려갔어.

솔직히 말하자면 의사는 좋은 뜻에서 온 거였고, 지치지도 않고 찾아왔어. 의사가 그렇게 애쓰지 않았다면 결국 어떻게 되었을지 모르겠구나. 달리 신경을 쏟을 일이 없고 집에 안 들어갈 핑계가 없을 때 보면 집안 곳곳에서 맥로리 선생님이 다녀간 흔적이 눈에 띄었지. 주전자 옆이나 내 안락의자 옆에 있는 차와 비스킷을 올려두는 작은 테이블에 팸플릿이 놓여 있었다. 내가 읽지 않은 팸플릿이 비스킷 부스러기와 차 얼룩으로 더러워졌지. 하지만 내가 무시할수록 팸플릿은 점점 더 많아지는 것 같았어. 결국 팸플릿 하나가 내 재킷 주머니까지 들어왔다. 어느 날 나는 트랙터에서 팸플릿을 슬쩍 꺼내 봤어. **슬픔을 이겨내기**. 죄책감을 이겨내는 방법에 대한 말은 없더구나. 나는 팸플릿을 구겼다. 집에서 팸플릿을 발견할 때마다 다 구겨버렸지.

"한번 더 시도하고 싶어." 몇 주 뒤 어느 날 밤에 내가 침대에 들어가자 세이디가 어둠을 향해 말했어. 늦은 시각이었지, 새벽 두시쯤이었을 거야. 내가 집에 돌아왔을 때 이미 자정이 넘었으니까. 난 텔레비전 앞에서 잠들었다가 방송국에서 송출하는 끔찍한 삐 소리에 잠에서 깼지. 당시엔 밤새도록 하는 방송이 없었거든.

"좋아." 그런 것쯤은 아무 일도 아니라는 듯이 내가 대답했다.

하지만 사실은 그렇지 않았어. 신께서 용서하실지 모르겠지만 사실 나는 다른 아이를 원하지 않았어. 널 원하지 않았다. 나는 어둠을 올려다보며 세이디의 머리가 이상해진 게 아닐까 생각했어. 자기 옆에서 자는 사람이 누군지 모르나? 자식의 목숨보다 탐욕을 우선시한 남자인데. 우리한테 기적이 일어난다면, 세이디는 이런 남자가 자기 자식의 아버지가 되어도 좋다는 건가?

하지만 나는 세이디를 거부하지 않았다. 세이디에게 빚이 있었으니까.

다음날 밤, 나는 첫날밤처럼 긴장했지. 아니 더 심했어. 나는 덜덜 떨었고, 스스로를 통제할 수 없었다. 돌처럼 굳은 채 욕실에서 준비하는 세이디를 기다렸지. 마침내 세이디가 나왔을 때 나는 억지로 세이디의 얼굴을, 눈을 깊이 바라봤다. 그 순간 나는 세이디에게 나를 내버려두라고, 이 짐을 내려놓게 해달라고 빌었어. 그러나 세이디는 내 뺨에 손을 얹고 고개를 숙여 입을 맞추며 날 용서했지. 너무나도 진실하고 사무치는 용서였기에 나는 고맙고 마음이 놓여 애써 눈물을 참아야 했다. 세이디의 다정함이 내 안에 흘러들어 날 구했어, 나를 집으로 데려왔어.

널 기다리던 구 개월은 내 인생에서 가장 힘든 시간이었다. 적어도 그때는 그렇게 생각했어. 나는 말 그대로 우왕좌왕했다. 아침에 진입로를 반쯤 나갔다가 다시 돌아와 세이디가 괜찮은지 확인했지. 어딜 가든 세이디에게 끝없이 전화를 했어. 예를 들면 내가 로열 카운티 호텔에서 전화했던 그 저녁처럼 말이다. 그때 세이디는 토했다고 말했지.

"세상에, 모리스. 저녁때 먹은 베이컨 때문이야. 속에서 안 받아서 그래, 그뿐이야. 당신 전화를 받느라 소파에서 일어나는 게 더 힘들어." 내가 네번째로 전화했을 때 세이디가 말했지.

나는 그 빌어먹을 약속에 나가고 싶지 않았지만 세이디가 고집을 부렸어, 문밖으로 내쫓다시피 했지. 또 세이디가 주말에 자기 아버지 댁에 며칠 다녀오겠다고 한 적도 있었다. 난 세이디를 데려다준 다음 차나 한잔 마시고 돌아올 생각이었어. 하지만 도저히 시동을 걸 수 없었어. 그래서 나도 며칠 같이 있었어.

그리고 병원에도 늘 같이 갔다.

"모리스! 또 왔어요?" 내가 고집을 부려 일주일에 한 번 진료를 받으러 가면 맥로리 선생님이 말했어.

결국 넌 해냈다. 수소처럼 튼튼했지. 1969년 2월 20일에 넌 두 사람 몫의 소리를 지르듯 우렁차게 울면서 우리 삶에 들어왔어. 어쩌면 몰리가 남동생을 위해 숨을 조금 불어넣은 건지도 몰라. 세이디가 너를 안고 침대에 누워 웃으며 그렇게 말했단다. 나는 몰리가 너와 함께 자라는 모습을 지켜보았다. 네가 뭔가를 해낼 때마다 몰리가 해내는 모습도 상상했어. 몰리의 첫 걸음마. 몰리가 처음 한 말. 첫 등교. 사춘기. 물론 난 세이디에게 내 머릿속에서 우리 딸이 계속 자기 삶을 사랑하며 살아가고 있다는 내색을 전혀 하지 않았어. 몰리는 제 엄마를 쏙 빼닮았지. 하지만 머리는 금발이고 세이디가 부러워할 정도로 살짝 곱슬거려. 고상하지만 지나치게 까다롭지는 않아, 딱 적당해. 그리고 단호해서 마음먹은 일은 뭐든 해내. 세상일에 대한 옳고 그름을 아주 잘 알고. 몰리한테 중간은 없어. 회색지대가 없지. 난 그 점이 마음에 든다. 하지만 그렇게 용맹하면서도 연약한 면이 있어서 난 몰리를 위해 제대로 된 세상을 만들고 싶단다.

정신이 나간 거지, 안 그러냐? 네가, 살아 있는 아들이 바로 코앞에서 자기를 봐주길 바라는데 내 머릿속에는 유령이 머물러 있으니 말이다. 내 심장이 조금 고장났나보다. 결국 나도 우리 어머니와 다를 게 없는 거지.

물론 몰리의 죽음이 순전히 내 탓이라고 생각하는 건 아니다. 우리의 조물주도 책임을 져야지. 토니를 데려갔을 때 내 믿음이 시험에 든 건 사실이지만, 몰리까지 데려가버리자 나는 음, 그만두기로 했다. 네 엄마는 그래도 계속 믿었지. 난 미사를 보러 가는 네 엄마를 성당 앞까지 데려다주고 발길을 돌렸다. 바깥에서 어슬렁거리거나 차로 돌아가서 앉아 있었지. 성당에 들어갈 수가 없었어. 하느님을 기쁘게 해드리고 싶지 않았다.

네가 태어난 뒤에 난 말하자면 하느님과 화해했다. 하지만 완전히 용서하진 않았지. 예전 같은 믿음은 두 번 다시 가질 수 없었어. 이론적으로는 알아. 그런 일은 우리를 시험하기 위한 것이다. 주님께선 한 손으로 주시고 한 손으로 거둬가신다, 뭐 그런 거 말이다. 하지만 성경의 모든 구절도, 포레스터 신부의 회유도 몰리의 죽음이 부당하다는 사실을 지울 수는 없었어. 나는 장례식에 참석할 때에만 주님의 집 문지방을 넘었다―노린의 장례식, 그리고 네 엄마의 장례식 때. 그건 경우가 다르지. 세이디를 위한 거였으니, 하느님과는 아무 관계도 없다. 이제 하느님과 나 사이에는 암묵적인 규칙이 생겼어. 내가 내 인생을 마음대로 살게 하느님이 내버려두는 대신 나는 머릿속으로 가끔 조용히 기도를 드리는 거지. 우리의 신사협정은 잘 지켜지고 있다. 최근에 우리는 새로운 협정을 맺었어. 내 평생 가장 큰 시험이지. 하지만 지금은 얘기해줄 수 없단다. 나는 순서를 지키고 싶어. 내 이야기를 조금만 더 들어다오.

에밀리를 보면 몰리가 생각나. 체구가 작고, 금발이고, 정말 귀엽게 생겼어. 에밀리가 내 앞에 섰던 첫날, 나에겐 내 딸로밖에 보이지 않았다. 정말 쩔쩔맸지. 방을 예약해야 하는데 입이 떨어지지 않더구나. 내가 에밀리를 처음 만난 날에 대해 너한테 이야기 했던가?

힐러리 돌러드의 남편이자 에밀리의 아버지인 제이슨 브루턴은 네가 태어나고 한참 후에 자기가 말했던 대로 저택을 호텔로 개조했다. 1977년에 문을 열었지. 우리도 개업식에 초대받았지만 나는 초대장을 네 엄마에게 보여주지 않고 숨겼다. 세이디는 가고 싶었을 거야. 우리의 결전 이후 나는 마을에서 가끔 제이슨을 봤어. 그는 나를 향해 고개를 까딱하거나 입 모양으로만 쌀쌀맞게 인사를 했다. 항상 어딘가에 서둘러 가고 있었어. 나는 검지를 들어 대답했지만 너무 높게 들지는 않았어. 후회한다고 말하기는 힘들지만 제이슨과 친하게 지내려 노력해볼 걸 그랬나 싶기는 하다. 제이슨이 우리집 문 앞에 서서 돌러드가의 땅값을 더 쳐달라고 요구했을 때 그 용감한 태도가 어딘지 믿음직스러웠어. 하지만 우리가 서로 지나치던 그 시절에 내가 경계를 넘어가 이야기를 나누기 위해 잠깐 들렀다 해도 그가 응했을지는 모르겠구나. 반대로 내가 그의 입장이라면 응하지 않았을 거다. 알고 보니 제이슨은 나보다 더 나은 남자였다. 십구 년 뒤인 1996년, 네 결혼식 덕분에 그 사실을 알게 됐지.

"해니건 씨, 레인스퍼드 하우스 호텔에 오신 것을 진심으로 환영합니다." 호텔을 둘러보러 간 날, 제이슨이 호텔 프런트에 서서 나에게 다시 한번 손을 내밀며 말했지. "과연 될까 생각한 사람들도 있었지만 결국 모두의 예상을 깨고 여기 호텔을 열어 당신이 돈을 쓰게 할 준비가 되었답니다." 그가 활짝 웃으며 말했지.

아, 정말 능숙했어. 그 순간을 몇 년이나 기다린 사람 같았다. 난 미소를 짓지 않을 수 없었다. 하지만 내가 아닌 네가 제이슨과 악수하고 한쪽으로 데려갔어. 나는 그 자리에 서서 너와 제이슨을 쳐다보다가 그의 뺨이 푹 꺼지고 양복이 너무 헐렁하다는 사실을 알아차렸다. 처음 만났을 때는 강인하고 잘생긴 청년이었는데 이제 세월의 흔적만으로는 설명할 수 없는 뭔가가 있었어. 그의 몸은 텅 비어 있었다. 누가 어깨를 잡고 내리누르면 푹 꺼질 것만 같았지. 암이었다. 그 당시에는 나도 몰랐지만. 제이슨은 삼 개월 뒤에 세상을 떠났어.

"결혼식! 결혼식은 어쩌지, 모리스?" 제이슨이 죽었다는 소식을 들은 날 네 엄마가 소리쳤다. "아마 계속할 거야. 그러니까, 힐러리가 호텔을 계속 운영할 거야, 안 그래?"

"죽은 사람부터 좀 쉬게 해주는 게 어때, 세이디? 그 사람 아내를 닦달하기 전에 숨 돌릴 틈을 주자고."

"고마워. 모리스. 어떻게 할 거냐고 따지러 가려던 참인데 그렇게 지적해주니 고마워서 몸 둘 바를 모르겠네. 날 도대체 어떤 여자라고 생각하는 거야, 모리스 해니건?"

나를 부를 때 성까지 붙이면 입을 닫아야 한다는 사실을 난 잘 알았다.

"케빈한테 전화해야겠어. 거긴 지금 몇시지? 늘 모르겠다니까. 모리스? 미국은 지금 몇시야, 모리스?"

전화가 수도 없이 오갔다. 너와 세이디는 호텔 폐업부터, 세상에, 우리집 마당에 대형 천막을 치는 것까지 온갖 시나리오를 검토했지. 대형 천막을 친다는 말에는 좀 긴장했다. 하지만 어마어마한 전화요금을 써가며 온갖 추측과 걱정으로 삼 주를 보낸 다음에는 잠잠해졌어. 호텔은 정상적으로 운영됐어, 나로서는 아쉽게도 말이다.

"모리스, 외아들 결혼식인데 당신은 신경도 안 쓰여? 당신은 호텔이 깡그리 불타버려도 눈도 깜빡하지 않을 거야."

"그렇게만 되면 얼마나 좋겠어, 세이디." 현명한 남자라면 그런 말은 안 했을 거다. 대신 그런 비난은 불공평하다고 항변하며 아들이 바라는 것은 뭐든 지원하겠다고 말했겠지.

"바보 같은 원한이야. 당신은 눈앞에 뭐가 있는지 보지도 못하는 속 좁은 남자라고. 당신 아들이, 우리 훌륭한 아들이 결혼식을 올리는데 그 호텔에서 하고 싶다잖아. 그런데 당신은 그 집에서 일할 때 그 사람들이 얼마나 심술궂게 굴었는지만 생각하지. 그만 좀 잊어버려. 원래 주인은 심술궂은 법이야. 심술을 부리면 안 되는 사람이 누군지 알아? 아버지야. 그래, 다정하고 사랑이 넘쳐야지. 당신 아버지 노릇 참 잘하네."

　세이디가 벌떡 일어나 뜨개질감을 소파에 내던지더니 나를 지나쳐 거실 문을 쾅 닫고 나갔어. 그뒤로 일주일 동안 우리집에는 저녁식사도, 차도, 간단한 식사도 없었어. 스튜도 스콘도 갓 구운 소다빵도 없었지. 어느 날 집에 돌아와보니 빵냄새가 났는데도 말이야. 하지만 소다빵 흔적이 없길래 나는 너무 먹고 싶은 나머지 있지도 않은 빵 냄새를 맡았나보다 생각했다. 알고 보니 내가 소파에 앉아서 가게에서 산 버터 샌드위치를 먹는 동안 세이디는 우리 침실에서 소다빵을 맛있게 먹었더라고. 세이디는 항의의 표시로 침실에 틀어박혀 지냈거든. 문을 잠그고 라디오를 틀어놓은 채. 나는 네 방에서 잤고. 텔레비전도 없는데 세이디가 어떻게 버텼는지 모르겠다. 하지만 세이디는 VCR을 능숙하게 다루었으니 저녁에 전부 녹화해놨다가 내가 나가면 봤을지도 몰라. 똑똑한 여자야. 원한을 소중히 품고 있다가 최대한으로 되갚아주지. 칠 일째가 되었을 때 나는 백기를 들었다.

　전쟁을 끝낼 방법을 생각해내는 데 일주일이 꼬박 걸렸어. 나는 아주 세세한 부분까지 고려하면서 토니와 몰리와 함께 각 방법의 장점과 단점을 전부 검토했다. 이번 일은 꽃과 초콜릿으로 넘어갈 수 없었어. 하지만 하티건스에서 위스키를 한잔한 다음 우리는 결정을 내렸어. 나는 침실 문틈으로 봉투를 밀어넣었다. 세이디가 봉투를 가져갔는지 알 수 있게 한쪽 귀퉁이는 문밖으로 비어져나오게 두었어. 봉투가 사라지자 뒷일은 세이디에게 맡겨두고 소파로 피신했지. 세이디는 일 분도 안 돼서 내려왔어. 내 옆에 앉아 내 어깨에 머리를 기댔지. 우리는 한동안 아무 말도 하지 않았지만 어느새 손을 잡고 있었다. 우린 침묵 속에서 맞은편 벽난로 위에 놓인 우리 세 사람의 가족사진을 바라보았어. 로절린이 청혼을 승낙하면 곧 다른 사진으로 바꿀 거라는 말은 이미 들었지.

"당신은 좋은 아버지야."

"개선의 여지는 늘 있지." 나는 집행유예에 안도하며 대답했다.

"이미 얘기했어?"

"그럼, 목요일에 전화했지. 다 준비됐어. 애들은 삼 주 뒤에 와서 호텔에서 특별한 주말을 보낼 거야. 비용도 다 지불했지."

"전부 당신 혼자서 준비했어?"

"나도 다 큰 성인이야, 세이디."

"알아, 하지만 쉽지 않았을 텐데. 혼자서 거기에 가고 뭐 그랬을 거잖아."

"정말 괜찮았어. 객실 두 개 예약하는 데 오 분밖에 안 걸렸어."

"객실 두 개? 모리스, 걔들 미국에서 같이 사는 건 알지?"

"미국에서는 자기들 마음대로 하라고 해. 하지만 여기선 사흘 동안 객실 두 개를 쓸 거야."

물론 내 말에는 거짓이 약간 섞여 있었다. 난 짜증났어, 그 호텔에 내 발로 걸어들어가려니 엄청나게 짜증이 났지. 하지만 너무 절박했기 때문에 프런트 앞에 서서 너희가 주말 동안 지낼 방을 예약할 수밖에 없었다. 뒤쪽 사무실에서 그애가 걸어나와 나에게

다가올 때 나는 마음의 준비를 단단히 해야 했어.

거기 그애가—몰리가—있었어. 적어도 내가 늘 상상했던 몰리의 모습 그대로였지. 아주 당당한 미소를 짓고 있지만 사랑스럽고 겸손한 인상이 어른거렸어. 나는 카운터를 꽉 붙잡은 채 힘겹게 침을 꿀꺽 삼키고 정신을 차렸다. 몰리의 모습 그대로이긴 했지만 돌러드의 핏줄도 보였거든.

"음, 당신은 돌러드겠군." 마침내 목소리를 되찾은 내가 말했지.

"아뇨, 브루턴이에요. 에밀리 브루턴입니다. 저희 할머니가 돌러드였죠, 레이철 돌러드." 그때 겨우 스무 살이었던 에밀리는 미소가 정말 아름다웠어. 목소리는 달콤하고 경쾌했지, 천진난만할 정도였다.

"그럼 제이슨의 딸인가?"

"네, 맞아요. 제이슨과 힐러리의 딸이죠."

"당신 아버지는 꽤 마음에 들었는데."

"정말 좋은 분이었어요……" 에밀리가 고개를 끄덕이고 행복한 기억이 떠오른 것처럼 미소를 지으며 손을 내려다보았어. "실례지만 성함이 어떻게 되시죠? 이제 마을 사람들을 익히기 시작했거든요. 멀리서 기숙학교와 대학교를 다녀서 여기는 잘 몰라요. 이제야 음, 아버지가 그렇게 되시는 바람에 일을 도우러 왔죠."

에밀리가 다정한 갈색 눈으로 나를 쳐다보았어. 내 대답을 들으면 표정이 싹 바뀌리라 생각하면서 나도 똑같은 미소를 지으며 말했다.

"해니건. 이웃집에 살지."

나는 에밀리가 내 말을 이해할 수 있게 잠시 뜸을 들였어.

"아, 해니건 씨군요."

반짝이던 눈이 자기 집안 땅을 사들인 남자에 대한 불신과 혐오로 금방 흐려졌어. "음, 그렇군요." 에밀리는 머리카락을 귀 뒤로 넘기고 헛기침으로 시간을 번 다음 말했어. "뭘 도와드릴까요?"

처음에는 에밀리를 보고 몰리 같다고 생각하다니 내가 미쳤나 싶었다. 하지만 몇 달이 지나면서 에밀리를 더 잘 알게 되었는데도 그 느낌은 변하지 않았어. 오히려 더 강해졌지. 에밀리의 됨됨이 때문이었다. 예의바른 태도, 인생을 마주하는 용기. 이 호텔에 내던져졌는데도 말이다. 에밀리는 아직 어렸지만 선택의 여지가 없었어. 아버지가 죽고 상심한 어머니와 운영해야 할 호텔만 남았지. 나중에 에밀리한테 들었는데, 어머니인 힐러리는 호텔에 눈곱만큼도 관심이 없었어. 애초에 호텔로 개조하는 걸 결사반대했다더군. 사실 힐러리는 제이슨의 가족이 운영하는 더블린의 호텔에서 그를 처음 만났을 때 탈출구를 찾았다고 생각했어. 무너져가는 저택에서 해방되는 길이라고 말이다. 부모님인 레이철과 레지도 힐러리만큼이나 저택을 싫어했던 모양이야.

"힐러리, 제이슨이 그렇게 하고 싶다면 마음대로 하라고 해." 제이슨의 계획을 처음 들었을 때 레이철은 딸에게 말했지. "솔직히 제이슨이 뭘 하든 난 상관없어. 온기만 있으면 돼. 이 빌어먹을 집에서 평생 한 번만이라도 따뜻함을 느끼고 싶어. 제이슨이 관리

할 수 있으면 빌어먹을 동물원을 지어도 상관없어."

에밀리는 레인스퍼드 하우스 호텔을 유산으로 받았지.

몰리가 살아 있으면 아마 에밀리처럼 자신을 희생해 잘못된 일을 바로잡고 정리하면서 평생을 보냈을 거다. 제 아버지를 새 사람으로 만들었을 거야. 난 전혀 다른 사람이 됐을 거다.

"들은 말이 있겠지만 내가 사람 잡아먹는 도깨비는 아니야." 에밀리를 만난 첫날, 나는 맞은편에 서서 말했지. 에밀리는 컴퓨터 쪽으로 고개를 숙이고 네가 묵을 객실을 예약하고 있었다.

"전 그런 말 안 했는데요."

"꼭 말로 할 필요는 없지." 나는 잠시 말을 멈추고 에밀리의 표정을 살피며 날 받아주기는 할까 생각했다. 다른 사람이 날 어떻게 생각할지 걱정하다니 참 이상한 기분이었다. "사업이었을 뿐이야, 그 땅을 산 거 말이야. 개인적인 원한 때문이 아니었어." 나는 헛기침을 했다. 해변에 밀려올라온 물고기처럼 발버둥치는 기분이었지. 어쨌든 결국 정신을 차리고 말했어. "부친이 돌아가셨으니 쉽지 않겠군."

에밀리가 하던 일을 멈추고 내가 어떤 사람인지 알아내려는 것처럼 나를 한참 보았다. 아무 말도 없었어. 나는 이제 어디로 가야 할지 모르는 사람처럼 약간 당황했다. 바로 그때 에밀리의 눈물을 봤어. 에밀리는 프런트에 팔꿈치를 괴고 흐느꼈지. 웃기지 않니, 그렇게 당황스러운 순간에 사람들이 떠올리는 기억이? 내 경우엔 짤랑거리는 동전 소리였어. 내가 말도 못하는 멍청이처럼 서서 에밀리를 보며 주머니에 손을 넣고 동전을 만지작거렸던 모양이야.

"아, 저기." 내가 아마 겨우 말했을 거다. 아니면 아무짝에도 쓸모없는 위로를 하려고 카운터 너머로 손을 뻗었을지도. "여기서 기다려요." 잠시 후 상황이 나아질 것 같지 않자 이렇게 말했던 건 분명히 기억난다. "다시 오지."

내가 바에 가서 부시밀스를 두 잔 받아서 돌아왔지만 에밀리는 없었어. 나는 용감하게도 카운터 뒤로 들어가 사무실 문을 두드렸다. 대답도 기다리지 않고 문을 열었더니 에밀리가 양손에 머리를 파묻고 책상에 엎드려 있었어.

"한잔 마셔." 내가 위스키를 옆에 놓으면서 말했어. "마음이 가라앉을 거야."

에밀리가 술잔을 보고 나를 봤지. 결국 내가 내민 잔을 받아서 냄새를 맡더니 약간 마시고 얼굴을 찌푸렸어.

"익숙해질 때까지 시간이 좀 걸리지." 내가 맛있게 한 모금 마신 다음 말했어.

"사람들은 당신을 미워해요, 해니건 씨." 에밀리가 한 모금 더 마시고 말했어. "너무 많은 것을 가져가면서 돈은 너무 조금 준다고요. 그런 얘기를 항상 들었어요."

"틀린 말은 아니지. 난 사업가야. 그런 걸로 사과할 생각은 없어."

놀랍게도 에밀리는 아주 잠깐 미소를 지었어. 조금 차분해져서 의자에 기대앉았지. 책상 맞은편 의자를 가리키더군. 내가 자리에 앉자 에밀리는 손톱으로 술잔을 톡톡 치면서 그 충격에 흔들리는 액체를 빤히 봤어.

"그것 때문에 아버지가 돌아가신 거예요. 이 저택, 그리고 빌어먹을 꿈. 그래서 돌아가신 거예요." 에밀리는 내가 아니라 위스키를 보면서 말하더니 남은 술을 마저 털어넣고 몸서리를 치며 빈 잔을 책상에 내려놓았지. "우리는 빚에 허덕이고 있어요." 에밀리가 텅 빈 잔을 향해서 덧붙였어. "그리고 어머니는, 음, 뭐랄까…… 슬픔에 잠겨 정신을 가누지 못하세요. 어머니는 이 난리통을 감당할 수 없어요. 호텔을 사겠다는 사람이 없어 돈이 줄줄 새고 있어요."

"호텔을 팔 생각인가?"

"아, 내놓지는 않았어요. 아직은. 그래서 제가 온 거예요. 어떻게 할지 생각 좀 해보려고요. 어머니는 완전히 약에 취해 지내시거든요. 그러니 저밖에 없죠. 전부 제가 알아서 해야 해요."

에밀리는 자기 주변을, 자신의 제국을 둘러보았지. "제가 일을 얼마나 잘하는지 좀 보세요." 그러더니 웃음을 터뜨리며 나를 힘차게 가리켰어. 커다랗고 맑은 눈이 내 눈을 바라보았지. "원수에게 전부 다 털어놓다니. 기분좋으세요, 해니건 씨?" 에밀리가 책상에 몸을 기대며 나에게 물었어. "우리가 마침내 몰락하게 되어서요."

내가 에밀리에게 무엇을 더 기대했을까? 내가 한 짓을 용서해주길 바랐을까? 그들의 땅이 한 뙈기씩 내 땅이 될 때마다 느꼈던 만족감. 한때 그들의 소유였던 땅이 이제 내 이름으로 되어 있는 것을 직접 보려고 거의 매년 카운티 사무소에 가서 확인한 일을. 고작 십 분 전에 내 딸이라고 상상했던 이 젊은 아가씨가 그런 이야기는 전혀 언급하지 않기를 기대했을까? 자기 아버지의 죽음은 내 탓이 아니라고 말이다. 나는 위스키를 다 마시지도 않고 거기에 앉아서 책상에 놓인 컴퓨터 소음을 제외하면 침묵만이 방을 가득 채우도록 말없이 있었다. 나는 잔에 든 액체를 빙빙 돌리며 술이 반복해서 옆면을 타고 올라갔다 바닥까지 내려가는 모습을 지켜보았다. 팽이의 단순한 움직임에 홀린 어린아이처럼. 결국 너에게 선물할 깜짝 여행을 포기하고 그냥 나가든지 이 곤란한 질문에 대답하든지 둘 중 하나를 선택해야 할 때가 되자 나는 에밀리를 보면서 남은 위스키를 마시고 말했어.

"알고 있겠지만 난 어렸을 때 이 저택에서 일했어."

"네, 어머니가 말씀하신 적이 있어요."

"딱히 좋은 일터는 아니었어. 당신 증조부인 휴 돌러드는 만만한 사람이 아니었거든. 그리고 그의 아들인 토머스는…… 둘 다 주먹 쓰는 법을 잘 알았다고만 말해두지. 자, 이걸 봐." 내가 흉터를 가리켰어. "토머스의 작품이야."

"세상에." 에밀리가 내 얼굴을 슬쩍 보고 당황한 표정을 짓더니 고개를 숙이고 한숨을 쉬었다. 지금까지 그녀가 했던 그 어떤 말보다도 절망적인 표정이었다. 에밀리는 주먹 쥔 손으로 입을 가리고 스스로 바란 적도 요구한 적도 없는 미래를 내다보는 것 같았지. 눈물이 다시 차올라서 반짝였어. 그 순간 나는 에밀리를 그녀와 무관한 과거에 끌어들인 것이, 그녀가 어떻게 할 수 없는 일에 대해 탓하듯이 말한 것이 후회되었다.

"얼마나 필요하지?" 내가 물었다. 이 말에 에밀리도 놀랐지만 나도 놀랐어. 하지만 이미 내뱉은 뒤였어.

"얼마나 필요하냐니, 뭐가요?" 에밀리가 의자 뒤로 털썩 물러앉아 눈물을 닦으며 물었지.

"호텔을 지키려면 말이야. 호텔을 팔고 싶다고 했지. 얼마나 있으면 안 팔 건가?"

그렇게 해서 내가 호텔 사업에까지 발을 들이게 된 거다. 그렇게 간단하게 말이야. 변호사 로버트가 다시 생각해보라고 나를 설득하느라 애먹었지.

"정신 나갔어요, 모리스? 호텔에 투자하는 사람은 아무도 없어요. 어쨌거나 이 근방에는요. 기계 임대나 계속하세요." 하지만 로버트는 내 마음을 돌리지 못했어.

"그냥 그렇게 해." 내가 주먹으로 그의 책상을 쾅 치며 말했고, 그 소리에 우리 둘 다 깜짝 놀랐다. 로버트는 두 번 다시 내 말에 토를 달지 않았어.

에밀리와 로버트와 나는 그 사실을 비밀에 부쳤다. 세이디와 너, 힐러리는 아무것도 몰랐어. 하지만 몰리, 몰리는 알았지. 내가 말했거든. 서류에 서명하고 얼마 안 돼서 몰리를 만났어. 밭으로 산책을 나갔을 때였지. 몰리가 나에게 다가오더니 그냥 지나쳐 달려갔어. 열두 살 정도였다. 그 이상은 아니었어. 몰리는 항상 그런 식으로 찾아와서 몇 살 때 모습일지 전혀 알 수가 없었어. 나는 눈을 감고 내 주변을 뱅뱅 돌며 어지러워서 깔깔 웃는 몰리에게 얘기했어. 내 말을 못 들었을 거라 생각했지. 하지만 몰리는 뱅뱅 돌면서 다시 사라지기 전에 나를 보고 미소를 지으며 엄지를 들었다. 난 그걸로 족했어.

나는 이 호텔 지분을 49퍼센트 가지고 있다. 내가 100퍼센트 지분을 가진 엉덩이가 깔고 앉은 이 의자의 49퍼센트. 내 얼굴의 흉터, 도둑맞은 어린 시절과 평생의 숙적 토머스 돌러드의 49퍼센트. 네 결혼식 날 밤에, 여기서 우리가 춤을 추고 음식을 먹고 행복한 신혼부부가 그 침대에서 잠을 잔 그날 밤에 이 호텔이 내 소유라는 사실을 알았다면 다들 무슨 생각을 했을까. 그건 나의 어둡고 부끄러운 비밀이었어. 절대 자랑스러워할 만한 것이 아니었지. 자랑할 일이 아니었어. 세상에 알리고 싶지도 않았다. 나는 그 사실을 떠올리기 싫어서 호텔을 멀리했어. 에밀리와 그러기로 합의했지. 에밀리한테 맡기기로. 출자만 하고 경영에 관여하지 않는 모범적인 동업자.

에밀리가 호텔을 운영했다. 육 년 전 불황이 닥쳤을 때도 잘 버텼어. 로버트가 대리인을 맡아서 내가 관여할 필요가 없었지. 난 절대 그 소굴에 들어가지 않았어.

세월이 흐르면서 그때의 결정이 나를 무겁게 짓눌렀지만 나는 항상 에밀리가 훨씬 더 힘들 거라고 생각했다. 어쨌거나 내 경우에는 기분 상할 사람이 나밖에 없는데 나는 그럭저럭 견디는 것 같았지. 하지만 에밀리의 경우에는 음, 전혀 다른 이야기였어. 확실히 배신의 문제였지. 에밀리는 나와 손잡은 날 자기 아버지가 무덤 속에서 탄식한다고 느꼈을까? 그뒤에 에밀리와 그런 얘기를 한 적은 없어. 왠지 야비한 짓을 저지른 느낌이었거든. 어쩌다보니 우리는 인간적인 나약함이 끼어들지 않았다면 절대 처하지 않았을 입장에 놓여 있었어. 그뒤로 우리는 각자 비밀을 끌어안고 서로 마주치지 않았다. 그 일을 두 번 다시 입에 올리지 않았어, 로버트가 나를 찾아오기 전까지는.

2006년의 일이었다. 당시 아일랜드의 경기는 최고조였어. 돈이 마구 쏟아져들어왔지. 아무튼 사람들 말에 따르면 그랬다. 개인적으로 나 역시 불만은 없었어. 사실 우리 가족은 누구보다도 안락하게 지냈으니까. 너와 로절린은 애덤에 이어 커트리나가 태어나기를 기다리고 있었지. 네 엄마와 나는 인생의 황혼기에 접어들어 우리가 바라던 대로 지내고 있었다. 그러니 로버트가 호텔 문제로 찾아왔을 때 나는 호텔에 대해 전혀 알고 싶지 않았어.

로버트는 프랜시가 몇 에이커의 땅을 수확중이던 밸너보이 농장으로 나를 찾아왔다. 나는 일이 잘되고 있는지 살펴보러 간 참이었다. 항상 눈을 떼지 않는 게 최선이거든. 일꾼들이 일을 얼마나 잘하든 상관없이 가끔 불시에 확인해서 나쁠 건 없으니까. 내가 프랜시와 몇 마디 나눈 다음 밭 끝에 세워둔 지프를 향해 가는데 로버트의 레인지로버가 와서 서더구나. 차에서 내린 로버트가 내 지프로 걸어가 운전석 문에 기대서는 모습이 보였다. 로버트가 손을 흔들었어. 나는 굳이 응대하지 않았지.

"음." 목소리가 들릴 만큼 가까워지자 내가 말했어.

"모리스. 부인은 어떻게 지내세요?"

나는 로버트 옆으로 가서 뒷좌석 문 앞에 섰지. 우리는 잠시 그대로 서서 추수가 끝난 이랑을 바라보았다. 엉망진창으로 깎은 머리 같았어. 사방에 밑동이 비죽비죽 튀어나와 있었지. 하지만 밭 꼭대기에서 황금빛 작물이 트레일러로 쏟아지는 광경은 정말 볼 만했어. 그날 수확이 아주 좋았어. 트레일러가 가득차는 것을, 깔 때기에서 힘찬 폭포처럼 쏟아지는 알곡을 보니 심장이 약간 두근 거렸다. 내 알곡은 아니었지만. 그래도 난 그렇게 멋진 수확을 보면 항상 전율을 느껴. 로버트가 남겨진 줄기를 하나 뽑아서 쪼개 기 시작했지. 나는 그 모습을 지켜보았고, 결국 작은 파편만 남아 그의 손에서 땅에 난 바큇자국 위로 떨어졌다.

"에밀리가 왔었어요. 오늘밤에 자기를 만나러 오실 수 있는지 묻던데요."

나는 로버트를 보다가 밭으로 시선을 돌렸지.

"안 돼." 내가 말했어.

"한 시간. 한 시간이면 된대요."

나는 프랜시가 수확기를 돌려 다음 이랑의 귀리를 수확하는 모습을 바라보았다. 조금씩 조금씩 기계가 작물을 삼켰지. 프랜시가 이랑의 사분의 일쯤 왔을 때 로버트는 내 마음이 바뀌길 더는 기다리지 못하고 그만 가야겠다고 결정했어. 나는 로버트를 마주보고 섰지.

"잘 듣게." 내가 말했어. "에밀리랑 사업 이야기를 하는 게 당신 일이야. 그러라고 돈을 주는 거잖아."

나는 로버트에게 그만 가보라고 손짓했다. 하지만 로버트는 꿈쩍도 하지 않았어.

"힐러리는 집에 없대요. 걱정할 거 하나도 없어요."

"음, 그거 잘됐군. 다들 알겠지만 나는 걱정이 너무너무 많은 사람이니까."

"세상에, 모리스. 한 시간이에요. 한 시간쯤 내준다고 어떻게 되는 것도 아니잖아요. 일곱시에 오래요."

로버트는 이렇게 말하고 자기 차로 가서 문을 열었어. "시간 맞춰 간다고 문자 보낼게요." 그가 열린 창문으로 몸을 내밀고 이미 전화기 버튼을 누르며 말했지. 그러고는 미소를 지으며 나를 보고 마지막으로 버튼을 누르더니 한쪽 눈을 끔벅하고선 가버렸어.

난 일곱시 십오분에 도착했어. 호텔은 분주했어. 프런트에 사람이 많아 잠시 기다린 후에야 카운터에 팔꿈치를 얹을 수 있었지.

"에밀리 있나?" 내가 물었어.

"그럼요, 해니건 씨." 청년이 나에게 말했지. 생판 모르는 사람이 날 알아봐서 조금 놀랐어. "안내해드리죠. 따라오세요." 억양이 독특했는데 어디 억양인지 정확히는 모르겠더구나. 청년은 활짝 웃으며 카운터를 빙 돌아 나왔어. 나는 다시 주머니에 손을 넣고 그를 따라갔어. 청년은 나를 널찍한 회의실로 안내했다. 길쭉한 가대식 탁자들을 벽 쪽으로 밀어놓고 둥근 탁자 하나만 중간에 놓았는데, 식기가 세팅되어 있었지.

"이쪽에 앉으시죠. 미스 브루턴에게 오셨다고 알릴게요."

그가 의자를 빼주었지만 나는 됐다고 손사래를 쳤어. 청년은 예의바르게 고개 숙여 인사하고 나갔다.

나는 탁자로 다가가서 얼른 살펴봤다. 낭만적인 촛불만 빼고 다 있더구나. 탁자 가운데 놓인 꽃병에 내 이름이 적힌 봉투가 기대어 세워져 있었어. 나는 봉투를 집어들고 한 번인가 두 번 뒤집어본 다음 다시 내려놓고 창가로 가서 거리를 내다보았지. 바깥의 밤공기 냄새를 맡을 수 있을 것처럼 숨을 깊이 들이마셨지만 사업 냄새밖에 나지 않았어. 능률이라는 깨끗하고 상쾌한 공기, 잘 세탁한 천과 청소기를 돌린 카펫 냄새가 탁자 위 꽃의 옅은 향기와 뒤섞였지. 나는 다리 위를 오가는 자동차를 지켜봤다. 다리 건너편 하티건스로 들어가는 두 사람이 보였지만 누군지 알아볼 수는 없었어. 왼쪽에서는 라빈의 신문판매소가 불을 끄는 중이었지. 라빈의 개인 공간으로 이어지는 가게 뒷문이 닫히고 마지막 남은 불빛이 꺼지더니 판매소가 완전히 깜깜해졌다. 평소 차양의 철제 가로대에 매달아두는 엽서와 플라스틱 장난감이 없으니 판매소 바깥쪽이 뭔가 헐벗은 느낌이었어. 뒤에서 문 열리는 소리가 들려 나는 몸을 약간 틀고 고개를 돌렸다.

"내가 행복한 결혼생활을 하고 있는 건 알겠지." 나는 뒤쪽을 향해 말했어.

"네, 안녕하세요, 해니건 씨." 에밀리가 대답했지.

나는 다시 몸을 돌리고 거리를 잠시 내다보았다.

"저녁 내내 거기 서 계실 건가요, 아니면 이쪽으로 오시겠어요?"

"로버트가 식사 얘기는 안 했는데. 난 벌써 먹었어."

나는 완전히 돌아서서 에밀리를 마주보았지.

"음, 저는 배고파 죽겠어요."

에밀리가 자리에 앉더니 손을 들어 맞은편 의자를 가리켰어.

나는 양손을 주머니에 넣은 채 탁자로 돌아가서 곧 도착할 버스를 기다리는 사람처럼 걸터앉았어. 나를 보는 시선이 느껴졌어.

"해니건 씨, 이제 그만 괴롭히고 도대체 무슨 일인지 설명해드릴까요?" 에밀리가 물었어. 나는 어깨를 으쓱했지. "십 년이에요. 당신이 저에게…… 우리가 동업을 시작한 지 십 년이 됐어요."

난 몰랐다. "그래?" 나는 주머니에서 한쪽 손을 빼 모자를 벗고 머리를 가다듬었어.

"우리 호텔이 드디어 수익을 내기 시작해서 축하해야겠다고 생각했어요." 내가 눈썹을 치켜올렸어. "호텔에 대해서 전혀 묻지 않으신다고 로버트 씨에게 들었어요. 투자수익도 전혀 신경쓰지 않으신다면서요, 그동안 정말 적긴 했지만."

에밀리가 나에게 뭘 기대했는지 잘 모르겠다. 뭐라고 대꾸할지 여러모로 곰곰이 생각했지만 정할 수가 없었어. 에밀리 뒤쪽에서 문이 열리더니 웨이터가 접시 두 개를 들고 들어와 우리 앞에 내려놓았지. 역시 모르는 사람이었어. 다른 웨이터가 적포도주와 부시밀스를 들고 따라 들어왔지. 에밀리에게는 포도주를, 나에게는 부시밀스를 따라주더니 탁자에 병을 내려놓았어. 에밀리가 두 사람에게 미소를 지으며 냅킨을 무릎에 펼쳤지.

"고마워요." 두 사람이 나갈 때 에밀리가 우아하게 말했어.

"스테이크예요." 에밀리는 다시 나를 보며 말했고, 과연 좋은 냄새가 나를 멋지게 유혹했다. "전채는 내지 말라고 했어요. 코스 요리 중 하나만 드셔도 성공이라고 생각했거든요. 어서 드세요." 에밀리가 내 접시를 가리키며 말했어.

나는 잔으로 손을 뻗었지. 그리고 편하게 앉아서 술을 크게 한 모금 들이켰다. 음식은 깨작거렸어. 한 시간 전에 세이디가 만들어준 스크램블드에그를 먹어서 뱃속에 자리가 없었거든. 하지만 안 먹으면 너무 무례한 것 같아서 스테이크를 잘랐다. 나이프를 대자마자 피가 흘러나오고 고기가 접시에서 튀어오를 듯했다. 몇몇 식당처럼 바삭하게 구운 고기가 아니었어. 맛좋은 고기를 맛없을 정도로 태우는 아일랜드 사람들의 집착을 난 죽을 때까지 이해 못할 거다.

"드릴 게 있어서 거기 놔뒀어요." 에밀리가 침묵을 깨고 말했어. "해니건 씨가 무엇을 해냈는지 이번 한 번만이라도 보여드리고 싶었어요. 열어보세요." 그녀가 냅킨으로 입을 닦고 나를 바라보며 덧붙였어.

나는 포크를 내려놓은 다음 고개를 살짝 들고 손을 뻗었지. 더듬더듬 봉투를 여는 내 손가락에 강렬한 시선이 달라붙었어. 에밀리가 봉투를 낚아채서 대신 열려는 건가 싶었다. 그녀의 바람과 다르게 내 동작이 무척 굼떴을 테니까. 마침내 내가 봉투의 내용물을 꺼냈어. 수표였다.

"가장 수익이 큰 해였어요, 해니건 씨. 그게 당신 몫이고요."

나는 에밀리를 한번 본 다음 수표를 봉투에 다시 넣고 내 접시 옆에 내려놓았다. 의자에 앉은 채로 불편하게 몸을 꿈지럭거리다 뒤로 기대앉아서 생각해봤지.

"좋아하실 줄 알았는데. 상당한 금액이잖아요. 그러니까 전 정말 열심히 일했고, 음, 저는―"

"에밀리." 마침내 내가 말했어. "이 모든 건 말이야." 나는 회의실을 가리켰지. "이 투자, 이건 돈 때문에 한 게 아니야." 내 말에 나도 놀랐다. 다른 사람의 말을, 정말로 부에 신경쓰지 않는 사람의 말을 들은 것 같았지. 나는 그 자리에 앉아서 그 수많은 진실을, 나도 미처 온전히 이해하지 못했던 십 년 전 내 행동의 동기를 어떻게 설명할 수 있을까 생각했어. 어떻게 들릴까?…… 당신을 보면 유령이 생각나서 그랬다고 하면.

"결혼식 때문이었어." 그 대신 나는 이렇게 말했다. "당신이 그때 호텔을 닫으면 케빈이 결혼식을 올릴 수 없었거든. 난 끝도 없이 시달렸을 거야. 앞마당에 빌어먹을 천막을 쳐야 했을지도 모른다고."

나는 에밀리를 보며 미소를 지었어. 절반만 진실이었지만 에밀리는 그 말을 믿고 안심하는 것 같았지. 그러고는 다시 음식을 먹기 시작했다. 에밀리는 접시에 놓인 맛좋은 요리를 먹으면서 슬며시 웃었는데, 뭐 때문인지는 몰랐다. 식사가 끝나고 보니 놀랍게도 나 역시 한 접시를 다 비웠더구나. 나는 봉투를 집어들어 에밀리에게 다시 건넸어.

"받고 싶지 않네."

에밀리는 봉투를 받아들고 제정신이 아닌 듯한 나를 살폈지. 난 기대하지도 원하지도 않았던 것을 받으면 안 될 것 같았어.

"그러시면 안 돼요." 에밀리가 말했다. "받지 **않는**다니 말도 안 돼요."

웨이터들이 다시 들어오자 에밀리의 얼굴에서 당황한 기색이 사라지고 예의바른 미소가 떠올랐어. 두 사람은 우리 잔을 다시 채워준 다음 접시를 들고 나갔다. 에밀리는 차마 열어볼 수도 없을 만큼 형편없는 성적표라도 들어 있는 양 봉투를 들고 있었지.

"내 말을 들어봐." 내가 말했다. "그 돈을 호텔에 재투자하면 어떨까?"

에밀리는 난처하고 약간 슬픈 표정으로 손을 내렸어. 그림을 아주 열심히 그렸는데 아빠가 별로 칭찬해주지 않아 상처받은 딸 같았지. 음, 뭐랄까, 그 표정을 보니 머릿속에서 경고음이 울리더구나. 에밀리를 달래서 다시 그 멋진 미소를 짓게 만들겠다는 일념에 내가 무슨 말이나 행동을 할까봐 두려웠다. 나의 약점을 싹부터 깔끔하게 잘라내야 했어. 아니면 이번에는 또 뭘 살지 아무도 몰랐지.

"좋아. 사실은 언젠가 당신이 내 지분을 되사야 할지도 몰라." 나는 거짓말을 했지. "그러니 만일을 대비해 당신이 가지고 있는 게 모두에게 좋아." 나는 고갯짓으로 수표를 가리켰어.

"왜요? 요즘 사정이 좋지 않으세요?"

"그냥 말이 그렇다는 거지. 사람 일은 한 치 앞도 모르는 거니까."

나는 에밀리를 보면서 내 말을 곧이곧대로 믿긴 할까 생각했다. 에밀리는 자기 접시가 놓여 있던 자리에 수표를 내려놓고 여전히 말이 안 된다는 듯 그걸 바라보았지. 나는 에밀리를 곤경에서 구해주고 싶었어. 날 위해 해줄 수 있는 일을, 마음의 짐을 덜수 있는 일을 제안하고 싶었지. 나는 재빨리 머리를 굴리다가 결국 이렇게 요청했다.

"하지만 당신이 날 위해 해줄 일이 있어. 보답으로 말이야. 그 것 때문에 이러는 거라면." 그러자 에밀리는 마침내 내가 낸 수 수께끼를 풀 수 있게 되었다는 듯 희망과 기대에 찬 표정으로 고 개를 들었어. "토머스는 오래전에 금화를 잃어버렸다는 이유로 상속권을 박탈당했는데, 어떻게 된 일인지 알고 싶군."

에밀리의 표정이 삽시간에 시무룩해져서 나는 깜짝 놀랐다.

"진심이세요?" 에밀리가 물었지.

"음, 그래." 내가 대답했어. "몇 년 전부터 계속 물어봐야겠다 고 생각했어. 내 생각에는 너무 말이 안 되는 것 같아서."

에밀리가 숨을 깊이 들이마셨어. 술을 한 모금 꿀꺽 마시더니 잔을 든 채 남은 술을 물끄러미 바라보았지. 나는 에밀리가, 에밀 리의 미소가 어디로 갔는지 모른 채 거기 앉아서 오지 말 걸 그랬 다고 후회했다. 물론 난 오고 싶지 않았어. 집에서 내 아내 옆자리 에 다리를 높이 올리고 앉아 쉬고 싶었지. 네 엄마가 보는 그 드라 마보다 더 매혹적인 건 이제 없을 것 같았어. 나는 술을 한 모금 마시고 여전히 말없이 기다렸다. 잠시 후 에밀리가 잔을 내려놓고 탁자 모서리를 손가락으로 쓸며 바라보았지. 손톱에 진하고 그윽 한 자줏빛 매니큐어가 칠해져 있었어.

"에드워드 8세*예요." 에밀리가 말했어. 이제 냅킨을 손에 쥐고

---

* 조지 5세의 장남으로 선왕이 서거한 후 1936년 1월에 즉위했지만 이혼한 미국 여성 월리스 심프슨과의 결혼을 일반 대중과 영연방이 반대해 대관식도 치르지 못하고 같은 해 12월에 퇴위했다.

손가락으로 냅킨 주름을 쓸고 있었지. "에드워드와 심프슨 부인의 그 에드워드 아시죠? 그 사람이 새겨진 금화였어요."

"정말인가?"

"전해지는 이야기에 따르면 1937년에 있을 대관식을 위해 기념주화 여섯 개를 만들 예정이었대요. 금화에 새길 초상을 그리러 온 날, 에드워드 8세는 오른쪽이 보이게 앉지 않았을 뿐만 아니라 주화를 하나 더 만들라고 했죠. 그녀를, 월리스를 위해서요."

"'오른쪽이 보이게 앉지 않았다'니 무슨 뜻이지?"

"토머스 할아버지의 말에 따르면 전통적으로 새로운 계승자는 선왕과 반대쪽을 봐야 한대요. 하지만 에드워드는 자신의 왼쪽 얼굴이 더 잘생겼다고 생각해서 오른쪽으로 앉기를 거부했대요. 어쨌든 중요한 건 에드워드가 화폐 주조자들을 괴롭히고 일곱번째 주화를 확실히 챙겼다는 거예요. 대관식 날 월리스에게 줄 생각이었다나봐요. 하지만 물론 대관식은 취소되었죠. 아시다시피 그는 월리스와 결혼하고 싶어했지만 그녀는 이혼녀였어요. 당시 왕은 이혼녀와 결혼할 수 없었죠. 그래서 에드워드는 딜레마에 빠졌어요. 결국 사랑을 위해 왕좌를 포기했고요. 아주 낭만적인 것 같아요." 에밀리가 말끝을 흐렸지.

"그런데 어떻게 당신 집안사람들이 그걸 손에 넣었지?"

"아, 네. 음, 그 이야기를 하려면 우리 집안의 비밀을 좀더 털어놓아야 하는데. 목소리를 낮춰야 할까봐요. 여기 벽에 귀가 있는 것 같거든요." 에밀리는 사방 벽을 한번 둘러보고서야 말을 이었다. "증조할아버지는 도박꾼이었어요. 포커를 했죠. 런던에 자주

가셨는데 거기 계실 때면 어느 악의 소굴에서 시간을 보내셨어요, 에드워드의 시종이 자주 드나드는 곳이었죠. 그 시종이 증조할아버지에게 에드워드와 총리의 불화에 대해 이야기해줬어요. 총리 이름은 기억이 안 나네요. 토머스 할아버지는 알 텐데. B로 시작했던 것 같아요. 볼퍼드, 볼―"

"볼드윈?"

"맞아요. 에드워드는 자기가 왕이 되면 월리스에게 왕비 바로 아래 작위를 주라고 의회를 설득하려 했던 모양인데, 총리가 들으려고도 하지 않았어요. 어느 날 저녁 에드워드는 총리와 마지막으로 말다툼을 하고 분에 못 이겨 서재 바닥에 금화를 내던졌어요. 시종에게 금화를 갖다 버리라고 했죠. 그런데 시종이 그걸 간직한 거예요. 알고 보니 시종은 증조할아버지에게 빚이 있었는데 액수가 꽤 컸던 모양이에요. 그래서 그 빚 대신 기념주화를 준 거죠. 토머스 할아버지의 말에 따르면 증조할아버지는 자기가 받아든 게 뭔지 바로 알았대요. 나중에 엄청난 값이 나갈 물건이었죠. 그래서 집으로 가지고 왔는데 토머스 할아버지가 잃어버리는 바람에 끔찍한 일이 벌어진 거죠. 토머스 할아버지도 증조할아버지만큼 그 금화를 좋아했나봐요. 골동품에 엄청 집착해서 증조할아버지가 그렇게 못마땅하게 여기는데도 몇 시간씩 금화를 들여다보고 있었대요. 그 이유는 아무도 몰랐어요. 그러니까 토머스 할아버지가 나쁜 뜻으로 그런 건 아니었다는 말이에요."

에밀리는 잠시 말을 멈추고 나를 보며 슬픈 미소를 짓더니 이야기를 계속했지.

"토머스 할아버지는 상속권을 빼앗긴 후 엉망이 됐어요. 남은 평생 그 주화를 찾아다녔죠. 떨어뜨렸던 장소에서 찾으려 했다는 뜻은 아니에요. 물론 집에 올 때마다 정확히 금화가 떨어진 곳을 내려다보며 돌아다니긴 했지만요. 어쨌든 그게 아니라, 토머스 할아버지는 더 넓은 세상에 나가서 그 금화를 찾아다녔어요. 이해하실지 모르겠지만, 토머스 할아버지는 약간 제정신이 아니었어요. 불쌍한 할아버지."

에밀리는 그제야 자기가 누구한테 이야기하는지 깨닫고 시선을 떨구었지. 나의 숙적에게 동정심을 드러낸 거니까. 나는 신경 쓰지 않았다.

"금화가 사라진 날 경찰을 부르지 않았어." 내가 말했지. "법에 맡기지 않았지. 우리는 그 이유를 알 수 없었어."

"음, 이제 아시겠죠. 추문이 퍼질 수도 있었으니 증조할아버지는 감히 그렇게 할 수 없었어요. 애초에 가지고 있으면 안 되는 물건이었으니까."

"수많은 사람의 운명을 망친 금화군, 그게 뭐라고."

"사실의 절반만 알아도 그런 말씀은 못하실 거예요." 에밀리는 손바닥을 탁자에 내려놓고 완벽하게 다려진 식탁보의 보이지도 않는 주름을 열심히 폈지. "하지만 오늘밤 우리 가족의 비밀은 여기까지만 밝히는 게 좋겠네요."

에밀리가 맞은편에 앉은 나를 향해 잔을 들었다.

"마지막으로 건배해요, 해니건 씨. 우리를 위해서."

나도 미소를 지으며 잔을 들었어.

그러고 나서 더는 지체하지 않았다. 솔직히 말하면 빨리 거기서 나와 내가 들은 이야기를 정리하고 싶었어. 그래서 자리에서 일어나 고맙다고 인사한 뒤 얼른 밖으로 나와 차를 타고 집으로 돌아왔지.

세이디는 아직도 거실에서 텔레비전을 보고 있었지만 나는 세이디에게 얼굴만 잠깐 비추고 복도를 지나 침실로 갔어. 화장대 서랍을 뒤져 금화를 곧장 찾아냈다. 몇 년 전 네 이모 노린이 손댄 이후로 아무도 건드리지 않은 채 거기 놓여 있었다. 그 이야기는 조금 이따 해주마. 나는 왕의 반항적인 얼굴을 보면서 이 주화의 위상이 얼마나 추락했나 생각했다. 화려한 영국 왕실에서 미스 카운티에 사는 평범한 낙농업자에게 넘어왔으니. 난 침대에 앉아 스탠드 불빛에 금화를 이리저리 비춰보며 그를―왕을―열심히 살폈지. 사랑을 위해 모든 걸 버리고 떠나면 어떤 기분일까 궁금했어. 우리의 입장이 바뀌었다면 나도 그렇게 했을까? 화려한 영국의 성에 사는 나와 여기에서 퇴비와 건초더미에 무릎까지 파묻힌 왕의 모습을 상상하면서 킥킥 웃었지. 손바닥에 금화의 무게를 느끼며, 굳이 따지자면 이 작고 아름다운 금화는 이제 내 것이라고 생각했다. 호텔 지분으로 그걸 산 셈이니까. 잠시 후 나는 금화를 다시 넣고 그것을 둘러싼 일이 정말 말도 안 된다고 생각하며 잠자리에 들었어. 하지만 자면서도 그 생각이 떠나지 않았다. 그 아름다움과 가치가 나를 웅장한 방과 외양간 사이를 춤추듯 돌아다니게 했어. 내가 아는 얼굴과 모르는 얼굴이 혼란스러운 장면을 들락날락했는데 깜짝 놀라 잠에서 깼을 때에는 어떤 장면이었는지 기억나지 않았지.

"뭘 원하는 거야?" 세이디 옆에서 마지막으로 몇 시간이나마 자려고 눈을 감았을 때 나는 금화에게 물었다.

다음날 나는 새로운 단어를 배웠어. 고전학古錢學. 그래. 더블린의 골동품가게 주인이 가르쳐주었지. 주화를 연구하는 학문이라더구나. 색빌 로 모퉁이에서 그 가게를 발견했어. 이름이 배링어스였을 거야. 전화번호부에서 찾았지. 한번 가보기로 했어. 어차피 소드 쪽에 땅을 보러 가야 했으니 일석이조였지.

"에드워드 8세 말입니다." 내가 주인 앞에 앉아서 말했다. 나보다 연배가 높을 것 같지 않았지만 작은 마을 하나를 먹일 수 있을 만큼 배가 불룩했지. "1파운드짜리 금화를 만들었죠. 그 기념주화에 대해 압니까?"

"아, 요즘 신문에서 '존재한 적 없는 주화'라고 부르는 것 말이군요. 어찌 모르겠습니까?"

내가 가게를 나서기 전까지 그는 기념주화의 존재와 대략적인 가치를 확인해주었을 뿐만 아니라 일곱번째 주화가 있다는 소문이 있는데 원래 의도한 목적―윌리스 심프슨―때문에 값이 더욱 비싸다고 말해주었지. 물론 나는 금화를 가져가지 않았어, 소동을 일으키고 싶지 않았거든. 금화는 우리집에, 화장대 서랍에 들어 있었다.

"물론 그 주화가 정말로 존재하는지 확인할 방법은 없어요. 어디선가 나타나지 않는다면 말입니다. 나머지 여섯 개는 전부 소재가 파악되었어요." 그가 빙그레 웃으며 말했지. 그런 곳에서 그렇게 유쾌한 사람을 만날 줄은 몰랐다. 속물적이고 쌀쌀맞을 거라 예상하고 마음의 준비를 했는데. 결국 속물적이고 쌀쌀맞은 사람은 나였고, 그는 아주 예의바르고 매력적이었다.

"그 주화에 누가 가격을 매길 수 있겠습니까?" 내가 일곱번째 주화의 가치에 대해 묻자 그가 말했어. "여섯 자리는 당연하지요. 그 금화가 나타나면 어떻게 될까요? 사람들의 관심이 치솟을 테고, 경매에 부치면 가격이 얼마나 올라갈지 누가 알겠습니까? 주화를 수집하시나봐요? 성함이⋯⋯?"

"로저스요. 아뇨, 전혀 관심 없어요. 저는 소를 키우는 사람입니다." 내가 말했지.

나는 시간을 내줘서 고맙다고 인사하고 나왔다.

나는 그날 밤 호텔에서 에밀리와 무슨 일이 있었는지 세이디에게 말하지 않았어. 토머스 이야기도 하지 않았지. 그러면 세이디는 금화를 당장 돌려주라고 할 텐데, 난 그럴 계획이 없었거든. 솔직히 어떻게 할지 아직 확신이 서지 않았어. 어떤 면에서 나와 돌러드가는 피장파장인 것 같았어, 호텔 지분을 사들여서 자격이 되는 돌러드가의 일원에게 돈을 줌으로써 금화값을 멋지게 지불했으니까. 하지만 다른 면에선 내가 오랫동안 한 번도 떠올리지 않았던 그 빌어먹을 물건이 나를 괴롭히기 시작했지.

그러던 어느 날 나는 자동차에 앉아 내가 몰리의 언덕이라고 부르는 곳을 내려다보며 에밀리에게 들은 이야기를 다시 생각해봤다. 조용한 시간이 필요할 때 나도 모르게 가는 곳이 몇 군데 있었어. 외진 곳이든 탁 트인 곳이든 침묵이 나를 치유하고 지친 머리에 휴식과 평온을 주는 곳 말이다. 그중에서 몰리의 언덕이 가장 아름다웠어. 선명한 초록색 들판이 저 아래 나무가 무성한 계곡까지 펼쳐졌지. 나는 도로에 차를 세우고 앉아 풀밭에서 몰리가 웃으며 뛰어다니는 모습을, 가끔은 노래하며 걷는 모습을 내려다보았다. 몰리는 거기서 날 발견하면 제일 좋아했어. 한번에 온갖 나이대의 몰리를 볼 수 있었지, 전속력으로 달리는 어린아이부터 덤불에 거의 가려진 채 앉아서 걱정에 빠진 십대, 내 손자를 쫓아 달리는 어머니의 모습까지. 몰리는 항상 중간에 잠깐 나를 올려다보며 손을 흔들었다. 나는 그때가 제일 좋았어. 하지만 그날은 몰리가 손을 흔들지 않았다. 대신 기다란 풀이 무성한 들판에 앉아서 내 쪽으로 고개를 돌리고 햇빛을 가리려 팔을 이마에 댄 채 나를 보았어.

"하지만 그건 아빠 게 아니잖아요." 몰리가 말했어. 내 귓가에 와닿는 속삭임이었지. 간단하고 단순했어. 몰리의 말이 내 쪽으로 풀을 쓰러뜨리는 바람을 타고 올라왔다.

"따지자면 돌러드네 것도 아니지." 내가 대답했어. 하지만 소용없었다. 내 딸은 늘 그렇듯 옳고 그름을 잘 알았어.

"하지만 그 금화가 마지막으로 해야 할 일이 아직 남았어요." 이 문제에 대해 몰리가 마지막으로 남긴 말이었다. 몰리는 미소를 짓고 일어나 저 아래 계곡을 향해 멀어졌고, 더는 보이지 않았어.

4장

이제 다시 나와 스베틀라나만 남았구나. 스베틀라나가 식기세척기에서 잔을 꺼내고 있다. 달그락거리는 소리가 우리의 침묵을 깨뜨린다. 에밀리는 저녁식사를 감독하러 내려갔어. 이제 슬슬 출출하구나.

"토스티드 스페셜*을 먹을 수 있을까, 스베틀라나?"

"토스티드 뭐라고요?"

"스페셜?"

스베틀라나는 내가 아일랜드어로 주문한 것처럼 나를 보았어. "주방에선 뭔지 알 거야."

"확인해볼게요." 스베틀라나가 약간 귀찮은 표정으로 말하고

---

* 햄, 치즈, 양파, 토마토를 넣은 토스트 샌드위치.

밖으로 나간다.

이제 다시 나와 거울에 비친 그림자 같은 내 모습만 남았다. 정말이지, 그림자가 사라지면 좋겠어. 오늘밤이 아직 반도 지나지 않았음을 상기시키는 내 그림자 말이다. 나에게 '정말 할 수 있다고 생각하는 거야, 덩치?'라는 눈빛을 보내지. 나는 무시해. 그림자 주제에 뭘 알겠냐?

"된다는데, 이십 분 걸린대요." 주방에서 돌아온 스베틀라나가 여기서 몇 년은 일한 사람처럼 내 앞에 앉아 카운터에 팔꿈치를 괸다. "지금은 저녁식사 준비 때문에 아주 바빠요. 괜찮아요? 주문 넣어요?"

"주문해줘. 그동안 제일 좋은 흑맥주나 한 병 더 마셔야겠군."

물론 흑맥주 하면 늘 토니가 생각나지만 나에게 흑맥주를 처음 맛보게 해준 사람은 아버지였어. 아버지는 술을 많이 드시진 않았어. 가끔 술을 마실 만한 날이다 싶으면 집에 들어오실 때 한 병 사오셨지. 술집에서 마시는 일은 더 드물었고. 물론 여기는 아니야. 그때 이 바가 있었다 해도 아버지는 문턱도 넘지 않았을 거야. 늘 하티건스로 갔지.

"오늘은 마실 자격이 있다, 아들아." 거래가 잘된 날이면 아버지는 나를 데리고 다리를 건너며 말했지. 그 이상의 포상은 필요하지 않았어. 그저 아버지 옆에서 미소를 지으며 목이 타도록 일하는 거지.

"정말 아름답지. 하지만 빛 좋은 개살구라는 걸 항상 잊으면 안 된다."

아버지는 잔 속에 가라앉는 흑맥주를 지켜봤어. 술이 발길질을 잘하기로 소문난 암소라도 되는 것처럼 주시했지. 그런 다음 첫 모금을 잠시 미루고 주머니에서 파이프를 꺼내 연초를 꽉꽉 채우기 시작했어. 엄지로 대통에 꾹꾹 눌러담았어. 그러고는 드디어 첫 모금을 마시고 종일 겨울바람과 싸운 뒤 활활 타오르는 불 앞에 선 사람처럼 한숨을 내쉬었지.

"아들아, 돈이 있어도 이 악녀한테 빠지면 안 된다. 그러면 주머니를 탈탈 털리고 술 취한 바보가 되는 거야." 아버지는 파이프에 불을 붙이고 어둠 속에서 드문드문 주황색 불빛이 고개를 내밀 때까지 파이프를 빨았어. 불이 붙을 때까지 뻑, 뻑, 뻑, 빨아들였지.

설교가 끝나면 나는 평화롭게 술을 마시며 하티건 부인과 딸 중 한 명이 부지런히 움직이며 그날의 승자와 패자의 갈등을 달래주는 모습을 지켜봤어. 우린 누구와도 이야기를 나누지 않았어. 하지만 난 대화를 듣는 게 좋았지. 아버지도 들었어―다른 사람의 대화를 엿들으면서 유용할지도 모를 정보를 습득했지. 몇 년 뒤에 우리가 처음으로 사들인 땅도 그 덕분이었다. 하지만 들을 만한 내용이 없으면 나는 주변을 두리번거리다가 천장에 매달린 밧줄처럼 굵은 거미줄을 봤어.

"다 마셨냐?" 잠시 후 아버지가 물었지. 그러면 우리는 주인에게 모자를 들어 인사하고 밖으로 나왔다.

물론 아버지는 가족 외엔 아무도 믿지 않았다. 아버지는 핏줄을 중요시했어(아내를 어떻게 얻었는지 수수께끼야). 의심은 시장까지 아버지를 따라왔고, 아버지는 누구보다 흥정을 잘했지.

"내가 바보인 줄 알아?" 나는 가끔 아버지가 창피해서 고개를 떨어뜨렸다. 하지만 퉁명스러운 성격으로 수익을 올리는 모습을 눈여겨봤어. 아버지는 사람의 마음을 아주 잘 다루었지. 나는 아버지의 표정을 지켜보고 아버지의 침묵에 열심히 귀기울이며 다시 입을 열 때까지 시간을 쟀어. 아버지가 쓰는 표현과 손짓, 태도를 배웠지. 완전히 외워버렸다. 기회가 왔을 때 난 준비되어 있었어. 시장에 가면 나를 꼴도 보기 싫어하는 사람도 많았지만 내가 가져간 상품의 품질까지 부인하진 못했어. 최고급 곡물과 풀을 먹여 키운 소와 양. 나는 세심하게 돌봤어. 질병 같은 건 자리를 잡기 전에 싹부터 잘라냈지. 시장의 가축우리 입구에 선 나는 우리 가축이 최고라는 사실을 아주 잘 알았어. 난 좋은 값을 기대하며 괜찮은 제안을 받을 때까지 버텼어. 하지만 최상품을 내놔도 형편없는 값을 받을 때가 있었다. 아무리 애써도 경제의 흐름과 항상 싸울 수는 없었어. 나도 다른 사람들과 마찬가지로 변덕스러운 경기의 희생양이었지. 하지만 다른 사람보다 일찍 일어나서 더 오래 지켜보고 더 빨리 움직였다.

내가 바보였지.

아들아, 이번 잔은 네 이모 노린을 위한 거다. 노린이 아니었으면 너의 외할아버지 마이클은 나를 절대 받아주지 않았을 거야. 그리고 금화에 얽힌 수수께끼의 일부를 푼 사람도 노린이었다. 하지만 무엇보다도 네 엄마가 노린을 정말 사랑하고 노린과 함께 고군분투했기 때문이야. 네 엄마는 평생 노린에게 가책을 느꼈단다.

나는 세이디를 만나기 시작한 지 얼마 안 돼서 노린과 네 외가 식구들을 만났다. 우리는 사귄 지 몇 달 만에 덜컹거리는 버스에 올라 북서쪽 도니골의 애너모로 갔지. 네 외할아버지 마이클이 우리를 마중나왔는데, 데벌레라보다 크고 처칠보다 건장한 남자였다. 세이디가 네 외할아버지를 크고 귀여운 곰 인형이라도 되는 양 끌어안자 외투 품속으로 사라졌고, 마이클이 세이디를 통째로 삼키지 않았음을 보여주는 증거는 그녀의 신발뿐이었지. 마침내 두 사람이 떨어지자 세이디가 한 손은 자기 아버지 손을 잡고 한 손은 뒤로 뻗어 나를 앞으로 잡아당긴 뒤 소개했어. 나는 웃음기 없는 그의 눈을 마주보면서 힘차게 악수를 했다.

"맥도나 씨." 내가 말했지.

아무 대답도 돌아오지 않았다. 그는 고개만 까딱하고 내 손을 놓았어. 난 끝장이라고 생각했지. 아버지라면 누구나 그렇듯이 네 외할아버지는 내가 머릿속으로 자기 딸을 떠올리며 무슨 생각을 하는지 알았다. 나는 말없이 그런 생각을 두 번 다시 하지 않겠다고 약속하며 자비를 구했지. 얼마나 정신이 나갔던지, 완전히 졸아 꽉 붙잡고 있던 여행가방을 향해 그가 손을 내민 것도 못 봤어. 마이클이 눈썹을 치켜올리며 세게 잡아당겼지만 나는 놓지 않았다. 거기 서서 줄다리기를 하는 우리 꼴이, 특히 내 꼴이 참 우스꽝스러웠을 거다.

"모리스! 아빠는 가방을 들어주시려는 것뿐이야. 좀 놓지 그래?" 결국 세이디의 말이 졸아버린 내 머릿속으로 파고들었지.

"가방? 그래. 응." 나는 가방을 내려다보며 말했다. 하지만 여전히 축축한 손바닥으로 가방을 꽉 쥔 채였어. "내가 마차에 실을 게. 어디로 가면 되지?" 나는 어디로 가야 하는지도 모르면서 바보처럼 고집을 부리며 성큼성큼 걸었어. 누가 봐도 가관이었을 거다. 내가 뭘 하고 있는지 전혀 모르겠다는 생각이 들었을 때 뒷목을 간질이던 땀방울이 지금도 느껴지는구나.

"모리스!"

나는 걸음을 멈추고 눈을 감은 다음 마음을 진정시키고 뒤로 돌았어. 세이디는 불쌍한 나만큼이나 당혹한 표정으로 자기 오른쪽을, 자동차를 가리켰어. 자동차라니! 말이 돼? 당시 자동차를 가진 사람은 아무도 없었어. 그렇지만 얼룩 하나 없이 깨끗하고 시골 사는 티가 전혀 나지 않는 자동차가 거기 세워져 있고, 세이디의 아버지는 승객이 작별인사를 마치고 이제 그만 좀 타기를 바라는 지루해하는 택시 기사처럼 열린 트렁크 앞에 서 있었다.

"더 잘됐네." 내가 모르는 게 없는 사람처럼 칭찬하듯 말했어. 난 세이디의 아버지 쪽으로는 감히 시선을 돌리지도 못하고 드디어 가방을 차에 무사히 실었지.

"세이디, 네가 앞에 타. 모리스, 자네는 뒤에 타게―개를 좋아하면 좋겠군."

나는 양치기 개 딩키의 옆에 탔어. 기어스틱만큼이나 온순한 개였는데 나 대신 자기가 부끄럽다는 표정이었지. 나는 도움을 청하듯 하나는 은색이고 하나는 갈색인 개의 눈을 바라보았지만 딩키는 아무 도움도 주지 않았어. 고맙게도 집에 도착하자 전혀 다른 분위기로 환영받았지. 네 외할머니는 내가 참전용사라도 되는 양 끌어안았어. 그리고 나를 보며 웃어주었는데, 어쩌면 아일랜드의 어머니다운 육감으로 무슨 일이 있었는지 알아차리고 벌충해주려 그랬을지도 몰라.

모두 다 같이 거실에 앉았지만 마이클은 나에게 한마디도 걸지 않고 딸에게만 건강은 어떠냐, 일은 어떠냐고 물었어. 세이디는 열심히 대답하며 아버지를 기쁘게 해드렸지. 세이디는 자기 인생의 두 남자를 이어주려고 애쓰면서 우리 가족 이야기를 꺼냈어. 물론 우리 가족하고는 벌써 만났지.

사실 내가 처음 말을 꺼냈을 때 어머니는 세이디를 만나는 것에 거의 관심을 보이지 않았다. 반대로 아버지는 무척 큰 관심을 보이며 마차로 우리를 데리러 오겠다고 했어. 세이디는 앞자리에 아버지와 같이 앉았어. 나는 집으로 가는 내내 두 사람의 가벼운 대화를 들으며 자랑스러웠다. 누나들이 집을 반짝반짝 빛나게 청소해놓았지. 갓 구운 빵 냄새가 감동적이었어. 누나들은 네 엄마가 유명한 영화배우라도 되는 것처럼 수선스럽게 주변을 맴돌면서 여름 외투―아마 파란색이었을 거다―와 원피스, 진주 목걸이가 예쁘다고 칭찬을 늘어놓았지.

"어머, 고마워요." 세이디가 말했어. "진짜는 아니에요. 제가 집을 떠날 때 모라 이모가 주신 거예요. 잘사시긴 하지만 진품을 살 정도는 아니거든요. 그래도 그럴듯하죠? 좋은 일이 있을 때만 해요."

제니와 메이는 세이디의 겸손에 웃었어. 나는 어머니가 앞치마로 화덕 문을 잡고 몸을 숙여 장작을 하나 더 넣을 때 그 입술에

스친 미소를 분명히 봤다. 어머니는 세이디에게 거의 말을 걸지 않았지만 그래도 대화를 열심히 들으면서 그때그때 미소를 짓거나 얼굴을 찌푸렸지. 우리는 제일 좋은 식탁보를 깔고 버드나무 무늬 도자기와 부모님의 신혼 식기를 차려둔 식탁 앞에 앉았어. 소다빵과 차가 그 어느 때보다도 맛있었다. 다들 즐겁게 웃으면서 햄과 토마토, 완숙 달걀과 골파, 비트 뿌리와 치즈를 서로 건넸지. 우리는 후식으로 애플타르트나 파운드케이크를 먹는 것으로 식사를 끝냈어. 세이디는 둘 다 맛보았어. 킥킥 웃으면서 가느다란 손가락으로 은도금 포크를 섬세하게 움직여 조금씩 접시를 비웠지. 식사를 마치고 우리는 길을 따라 산책했다. 누나들이 식탁을 치우기 시작하자 세이디는 산책을 나가려다 말고 도와주려 했지만 누나들이 웃으면서 세이디를 내보냈어.

"누나 두 분이 단짝이네." 큰길을 향해 걸어가면서 세이디가 내 팔짱을 끼고 말했지.

"뭐, 나쁘진 않아."

"그게 무슨 소리야? 이보다 더 좋은 누나들이 어디 있어?"

"누나들이 내 안락의자랑 자기들 침대를 바꿔준다면 그렇겠지."

"이 집에 필요한 건 증축이야. 집 뒤쪽에 당신이 쓸 작은 침실을 내는 거지. 기적 같을걸."

"그래? 벌써 거기까지 다 본 거야?"

"당신은 정말 운이 좋다니까."

"어차피 누나들은 곧 떠나. 브리스틀로. 사촌이 거기 캐드버리 공장에서 일하거든."

"누나들은 좋겠다."

"메이가 먼저 가고 제니도 금방 따라갈 거야."

"난 잉글랜드에 안 가봤는데."

"엄마가 걱정이야. 나만 남잖아, 물론 아빠를 빼면 말이야."

산책에서 돌아온 우리는 활짝 웃는 얼굴로 힘차게 악수하며 작별인사를 나누었다. 엄마만 빼고. 어머니는 예의바르게 손을 들어 세이디와 악수를 나누었지만 곧 의자 등받이에 기대누워 자기만의 세계에 빠져 세이디를 거의 무시했지. 제니와 메이가 티타월에 케이크 몇 조각을 싸줄 테니 가져가라고 법석을 피워 주의를 돌렸어. 그리고 문 앞까지 나와 아버지와 함께 손을 흔들어 인사했어. 우리는 마차를 타고 여름 저녁 햇살을 받으며 출발했다.

내가 집으로 돌아와보니 어머니 혼자 여전히 그 의자에 앉아 있었어. 나는 어떻게 해야 할지 몰라 잠시 서성였지. 하지만 결국 용기를 냈어.

"음, 엄마. 어땠어요?"

"토니가 아주 좋아했을 거야."

나는 화덕을 등지고 엄마 옆에 서서 티타월 걸이에 몸을 기댔어.

"정말 좋아했을 거야." 엄마는 한번 더 말했지.

놀랍게도 엄마가 내 손을 다정하게 톡톡 두드렸어.

"그랬으면 좋겠어요, 엄마."

침묵이 내려앉았고, 우리 둘은 토니를 생각했어.

"토니가 죽기 전에 좋아했던 사람이 있었니, 모리스? 저절로 고개가 돌아가던 사람이 있었어?" 잠시 후 어머니가 물었어.

"저한테는 그런 얘기 안 했어요." 내가 대답했지. "하지만 토니랑 키티 모런이 아주 잘 어울릴 거라고 늘 생각했어요."

"모런이라, 좋은 집안이지. 정말 멋졌겠지? 두 사람이 결혼했다면. 귀여운 금발 머리 아이를 낳았을 거야." 어머니의 목소리가 아주 약간 떨렸어.

"아, 엄마. 이제 그만해요. 이런 게 엄마한테 무슨 도움이 되겠어요."

"안다, 아들아. 나도 알아, 하지만 가끔……" 어머니가 말을 멈추고 거실을 이리저리 둘러보기 시작했어. "토니가 여자애한테 키스한 적이 있을까?"

"엄마!"

"그냥 토니가 죽기 전에 키스가 어떤 느낌인지 알았다고 생각하고 싶어, 그뿐이야. 마법 같잖아, 안 그러니?" 어머니는 내 쪽을 보며 잠깐 수줍은 미소를 짓고 다시 무릎에 놓인 손을 봤어. 난처해진 나는 어떤 대답도 생각해낼 수 없었지. 토니는 너무나 많은 것을 놓쳤고, 그 순간 나는 세이디를 사랑하는 것에 깊은 죄책감을 느꼈다. 토니를 위해 내 사랑의 한 조각을 희생할 수만 있었다면 기꺼이 그렇게 했을 거다. 나는 쪼그려앉아서 어머니의 손에 내 손을 올렸지. 구석에서 시계가 째깍거렸어.

"괜찮다, 난 괜찮아." 잠시 후 어머니가 말했지. "어쨌든 이제 자러 갈 시간이구나."

어머니는 고치같이 감싼 내 손에서 손을 빼고 내 손에 한 손을 잠시 얹었다가 자리에서 일어났어.

나는 어머니가 앉았던 자리에 앉아 어머니가 남긴 온기를 그러모으며 문밖으로 사라지는 어머니를 지켜보았다. 몇 달 전부터 걷는 자세가 눈에 띄게 구부정해졌어. 나는 한 아들은 기회를 갖지 못한 채 땅속에 차갑게 누워 있는데 다른 아들은 인생의 이정표를 차례차례 통과하는 모습을 보는 것이 어머니한테 얼마나 힘들까 생각했다. 솔직히 말하면 나는 그날 어머니의 행동에 기분이 약간 상했어. 충직하고 열심히 일하는 아들이 아이리시해 이쪽 편에서는 최고로 예쁜 여자를, 유쾌하고 똑똑한 여자를 데려왔는데 어머니는 토니 이야기만 하셨으니까. 물론 그런 생각이 떠오르자마자 죄책감이 뒤따랐지. 나는 잠시 자리에 앉아 이런저런 생각을 하다가 나 자신에게, 그리고 어머니와 세상에 신물이 나서 생각을 집어치웠다.

결혼식을 올리고 세이디가 우리집으로 들어왔을 때는 누나들이 잉글랜드로 가고 없었기 때문에 우리가 아랫방을 썼다. 세이디는 이 집에서 우리가 하는 모든 일에 토니의 죽음이 맴돌고 있음을 그제야 깨닫기 시작했어. 토니의 빈자리가 공기 중에 떠돌고 우리가 말하는 모든 문장에 토니의 이름이 덧붙었지. 어머니가 돌아가시면서 그 모든 영향력을 가져갈 때까지 그랬다. 우리는 어머니의 죽음에, 토니와 아버지의 죽음에 슬픔을 느꼈지만 이제 평범한 슬픔이었어. 무슨 말인지 네가 이해할지 모르겠구나. 단순하고 복잡할 것 없는 슬픔이었다는 뜻이다.

나는 도니골에 처음 갔을 때 세이디가 우리 가족이, 우리가 사는 모습이 특별하다는 듯 말하는 것을 듣고 자랑스러웠다. 하지만 자기 아버지에게 좋은 인상을 주려는 세이디의 노력은 효과가 별로 없는 것 같았어. 사실 그 온갖 칭찬을 오래 듣고 있지는 못하겠더구나. 나는 세이디의 주의를 다른 곳으로 돌리려고 여동생 노린에 대해 물었어.

"노린은 없나보네. 시내에라도 나갔나?"

그뒤에 벌어진 일에 대해 먼저 얘기하고 싶은 것이 있다. 만약 우리 누나에게 정신질환이 있었다면 나는 세이디가 우리 부모님 앞에서 불쑥 말을 꺼내는 바보짓을 하지 않도록 미리 얘기해주었을 거다. 어쨌든 내가 토니 이야기를 미리 했기 때문에 네 엄마도 조심해야 한다는 걸 알았지. 하지만 네 엄마는 아니었다. 왠지 모르지만 노린에 대해 한마디도 안 해줬어. 내가 던진 멍청하고 순진한 질문이 안전핀을 뽑은 수류탄처럼 허공에 떠 있었지. 모두 당황하는 게 눈에 보였어. 마이클은 이건 또 무슨 새로운 유형의 바보인가 하는 눈빛으로 나를 봤어. 세이디는 고개도 돌리지 못하고 무릎에 놓인 잔 받침을 양손으로 붙잡은 채 잔에 담긴 차만 물끄러미 보았다. 세이디의 어머니는 어떻게 이런 남자를 집에 데려오느냐는 듯이 딸을 노려보았고.

"말했잖아, 모리스, 내가 말했잖아! 노린은 조금 특이하다고." 부모님이 거실에서 나가자마자 세이디가 속삭였지. 이 모든 사태에 당황한 세이디의 부모님은 노린이 사는 세인트캐서린에 오후 방문을 하기 위해 외투와 물건을 챙기러 갔어. 난 무척 화가 났다.

"그래, 하지만 예민하다는 뜻인 줄 알았지, 신경질적이라고. 노린이 정신병원에서 지낸다는 말은 안 했잖아!" 마지막 말이 내 의도보다 조금 크게 나왔어.

"목소리 좀 낮춰." 세이디가 반쯤 열린 문을 초조하게 바라보며 나한테 손을 파닥거렸어. "얘기한 줄 알았어. 정말이야!" 세이디가 다시 속삭였지. "변명하자면 병원에 들어간 건 최근이야, 내가 당신을 만나기 직전이었어. 나도 그 사실을 받아들이려 애쓰는 중이었고. 엄마가 더는 감당할 수 없었어. 노린이 공격적일 때도 있거든. 아빠는 일하러 나가시고 나도 없으니 선택의 여지가 없었어."

"뭐가 문젠데―병명이 뭐래?" 내가 물었어. 세이디의 가족이 처한 상황을 들으니 화가 누그러지고 목소리도 차분해졌지.

"우울증이래. 그게 무슨 뜻인지 나한테 묻진 마. 내가 아는 건 노린은 뭔가 마음대로 안 되면 갑자기 기분이 가라앉아 사람을 마구 때리기도 한다는 것뿐이야. 어렸을 때는 사랑스러웠어, 정말 귀여운 여동생이었지. 당신한테 보여줄 사진이 있으면 좋겠지만 여기 이 가족사진밖에 없어. 노린이 열세 살 때야." 세이디가 거실을 가로질러가서 벽난로 선반에 놓인 사진을 집어들며 말했다. 그녀는 한참 동안 못 본 사람처럼 사진을 열심히 살펴보더니 나에게 건넸지. "사진을 보니까 알겠지? 생각이 딴 데가 있어, 거기 온전히 있지 않고."

"언제부터 그랬는데? 학교는 다녔어?"

"일 년 정도. 하지만 애들한테 자꾸 화를 냈어. 다른 애가 자기 연필이나 지우개를 쓰면 참지 못했지. 그걸로 충분했어. 그러니까 노린이 쉬운 먹잇감이라는 걸 애들도 안 거지. 정말 잔인했어. 노린의 화를 돋우려고 하굣길이나 놀이터에서 물건을 던졌어. 노린은 불같이 화를 내며 소리를 지르고 울었지. 솔직히 말하자면 노린도 나도 너무 힘들었어. 엄마랑 아빠가 노린을 더이상 학교에 보내지 않기로 한 날이 내 평생 가장 행복한 날이었어. 정말 심한 말이지? 하지만 그렇게 마음이 놓일 수가 없었어. 이제 노린을 지키고 보호할 필요가 없으니까. 그냥…… 노린에게서 벗어날 수 있으니까."

마지막 말은 소리가 너무 작아서 놓칠 뻔했다. 입을 가린 손가락 사이로 작은 흐느낌이 새어나왔어. 나는 한 팔로 세이디를 안고 끌어당겨 머리에 입을 맞추었다. 멀리서 세이디의 부모님이 외출할 준비를 하는 소리가 일정한 속도로 가까워졌지. 세이디는 거실에서 달려나가 바로 옆에 붙어 있는 부엌을 지나서 뒷문으로 나갔어. 나도 따라가려고 일어났지만 조금 늦었지.

"이제 됐어요. 가요." 세이디의 어머니가 거실 문 앞에 서서 말했어. 마이클은 그 뒤에 서 있었지. "노린은 보통 세시에 우리를 기다려요. 시간 맞춰 가는 걸 좋아하죠. 세이디는 어디 있죠?"

"잠깐 마당에 나갔습니다. 금방 온다고 했어요."

"음, 세이디가 없을 때 얘기할게요." 세이디의 어머니가 내 옆에 와서 서더니 말했어. "마이클이랑 얘기했는데, 오늘 당신이 노린을 만나는 건 별로 좋은 생각이 아닌 것 같아요. 새로운 사람을 만나면 약간 힘들어할 수도 있거든요. 노린한테 당신이 같이 왔다고 말하고 분위기를 좀 볼게요, 알았죠? 복도에서 기다리면 돼요. 수녀님들은 신경쓰지 않을 거예요. 아니면 정원을 산책해도 좋고.

정원이 정말 멋지거든요, 그렇지, 마이클?"

"그래, 멋지지."

"세이디 앞에서 이런 말은 하고 싶지 않았어요. 세이디가 노린에 대해서는 좀 예민하거든요."

"그럼요. 전 누구도 기분이 상하길 바라지 않습니다. 맥도나 부인께서 최선이라고 생각하시는 대로 하시죠."

"메리라고 불러요, 모리스. 그럼 세이디 좀 불러올래요? 이제 출발해야죠." 그녀가 고갯짓으로 뒷문을 가리키며 말했지.

세이디는 헛간 뒤에 있었어.

"준비 끝나셨대." 내가 세이디의 팔을 잡으려 손을 뻗으며, 얼굴을 보려고 몸을 숙이며 말했지. "이제 갈까?"

"응." 세이디가 아주 결연한 표정으로 말했어. 양손으로 남은 눈물을 닦고 얼굴을 문질러 속상한 표정을 지우려 했다. 나는 세이디의 허리를 가볍게 끌어안고 우리를 기다리는 자동차로 갔다.

우리가 다시 돌아왔을 때 세이디의 아버지는 이미 차에 타고 있었고 어머니는 세이디의 외투를 들고 서 있었어. 속상해하는 세이디를 본 그녀는 한마디도 하지 않고 소지품을 건넨 다음 나보고 네 외할아버지와 같이 앞에 타라고 했지.

"딩키, 내려!" 그녀가 아까 나랑 같이 타고 왔던 개에게 명령했어. 딩키는 반항하지 않고 고분고분 차에서 내리더니 꼬리를 다리 사이에 말아넣고 고개를 숙인 채 우리가 차에 오르고 마침내 앞좌석 문이 닫히는 것을 지켜봤지. 가는 내내 세이디의 어머니는 이런저런 이야기를 했어. 노린을 만나러 자동차로 8킬로미터를 달려가는 동안 그녀의 목소리가 배경에 틀어둔 라디오처럼 들려왔다. 그래서 편안하고 환영받는 느낌이 들긴 했지만 우리 셋 다 메리의 말을 귀담아듣지는 않았다.

목적지에 도착하자 나는 세 사람과 주차장에서 헤어져 병원 앞 녹지의 산책로를 걸었어. 최대한 멀리 걸어간 다음 뒤돌아서서 건물을 바라봤지. 커다랗고 정말 기괴한 건물이었어. 돌러드가 저택의 열 배는 될 것 같았지. 길고 폭이 넓은 건물에서 칠십 개, 아니 팔십 개쯤 되는 창문이 나를 마주보고 있었어. 굴뚝은 어찌나 많은지 다 셀 수도 없었어. 하나 뒤에 또하나가 우뚝 솟아 있었지. 작은 탑과 뾰족한 꼭대기, 정면 포치의 커다란 쌍여닫이문. 크고 두껍고 묵직한 나무문이었어. 다른 때, 다른 입장이었다면 그곳이 아름답게 느껴졌을 거야. 하지만 당시에는 흉물스럽기만 했다. 회색빛에 어두침침하고 건물의 모든 틈새에서 외로움이 흘러나왔지. 이런 곳에 딸을 맡기다니. 나는 세이디의 어머니와 아버지가 처한 상황이 많이 안 좋은가보다 생각했어. 크고 동그란 잔디밭으로 이루어진 '멋진' 정원 한가운데에는 나무가 한 그루 서 있었다―그게 다였어. 하지만 내가 여기 아이를 맡겼다면 나 역시 사소한 것에서 위안을 찾았을지도 몰라.

생각에 잠겨 있는데 멀리서 고함소리가 들려왔어. 조금 지나서야 환자가 아니라 세이디의 목소리라는 걸 깨달았지. 세이디는 잔디밭을 반쯤 가로질러와서 나를 불렀다.

"짐작도 못할 거야." 내가 있는 곳까지 온 세이디가 얼굴 가득 미소를 띠고 말했다. "노린이 당신보고 올라오래. 우리랑 같이 온

걸 봤는데 올라오지 않아서 화가 났어. 계속 '그 사람, 그 사람, 데려와'라면서 바깥을 가리키더라고. 저기 보이지, 저기가 노린의 방이야. 정말 잘됐지? 엄마가 정말 좋아하셔. 올라갈래?"

"물론이지." 내가 대답했고, 우리는 이미 잔디밭을 가로지르고 있었어.

솔직히 긴장되긴 했어. 안으로 들어가니 건물은 짐작했던 것처럼 어둡고 황량했어. 길고 좁은 복도 양옆으로 닫힌 문이 늘어서 있고, 으스스한 기계소리와 사람 목소리가 꾸준히 들려왔는데 가끔 커다란 고함소리나 웃음소리도 났어. 복도 끝 공용 휴게실에 환자들이 모여 있었는데, 의자만 빽빽하게 놓여 있을 뿐 다른 가구는 거의 없었다. 자리에 앉은 사람도 있고 서성이는 사람도 있었어. 몇몇은 몸을 흔들고 몇몇은 중얼거렸지. 꼼짝도 하지 않고 가만히 서 있는 사람도 있고. 파자마 차림의 환자들은 한곳에 모여 있긴 했지만 전부 제각각이었어. 어느 방문 앞에 어떤 여자가 여행가방을 들고 앉아 있었어. 외출용 외투를 깔끔하게 차려입은 모습이었어.

"프랭크 보셨어요?" 그녀가 팔을 내밀어 지나가는 나를 멈춰 세우고 물었다. "혹시 봤어요? 온다고 했는데. 오늘 여기로 온다고. 아래층에 있나요? 저를 집에 데려가기로 했거든요. 제 동생 프랭크 못 보셨어요?"

립스틱을 아무렇게나 발랐더구나. 볼연지가 그 당시 기준으로는 좀 진했어.

"프랭크요? 아뇨, 누군지 모르는데요." 내가 말했다. "데리러 오기로 했다고요? 그럼 곧 오겠죠."

"오늘 저를 집에 데려가기로 했어요. 프랭크가요. 혹시 못 봤어요?"

"아뇨, 테리사. 우린 못 봤어요." 세이디가 끼어들더니 내 팔꿈치를 잡고 걸음을 재촉했지. 세이디가 너무 꽉 잡은 탓에 나는 어색하게 돌아서서 손을 들어 테리사에게 인사했다. 하지만 그녀는 나를 보지 않고 물어볼 만한 다른 사람을 찾아서 이미 고개를 돌린 후였어.

"테리사야." 세이디가 말했지. "죽은 남동생을 십오 년째 기다리고 있어. 엄마 말로는 저기서 매일 기다린대. 지나가는 사람마다 붙잡고 똑같은 질문을 해. 대답은 듣지도 않고."

그뒤로 문 앞을 지날 때마다 화장한 테리사의 얼굴이 보였어. 어딘지도 모른 채 세이디를 따라가는 내 발걸음을 그녀의 가련한 운명이 쫓아왔지. 노랗고 반점이 얼룩덜룩한 복도를 몇 번 꺾은 다음 세이디가 마침내 노린의 방 앞에서 걸음을 멈추고 방문을 두드리려는 순간, 하마터면 나는 세이디와 부딪칠 뻔했다.

"우리 왔어." 세이디가 안으로 들어가며 말했어.

나는 더 젊고 슬픈 표정의 세이디를 예상하며 긴장한 채 따라 들어갔지. 하지만 창가에 앉아 있는 여자는 네 엄마와 하나도 닮지 않았어. 함박웃음을 띤 그 얼굴은 가족들과 어딘가 달랐지. 앞머리를 내린 검은 머리는 어깨까지 곧게 내려왔어. 몸집이 통통하고 피부는 누르스름했고, 갈색 눈에는 외국인이라고 해도 믿을 듯한 젊음과 아름다움이 담겨 있었지.

"모리스!" 노린이 의자에서 벌떡 일어나 나에게 다가오더니 오랜 친구 사이라도 되는 양 끌어안았어. 나는 어떻게 해야 할지 몰라서 다른 사람들을 봤지만 다들 아주 난처한 표정으로 나를 보고만 있었지. 나는 말없이 노린의 어깨를 토닥거렸어.

"만나서 반가워, 노린. 건강해 보이네."

노린은 아무 말도 하지 않았어. 하지만 나를 끌어안은 채 내 어깨에 머리를 기댔지.

분위기가 어색해질 정도로 노린이 오래 그러고 있자 세이디가 와서 노린을 떼어냈어. 노린은 저항하지 않았지만 나에게서 시선을 떼지도 않았지. 시선이 나한테 달라붙어 있었어. 노린이 창가에 앉더니 나보고 자기 옆 침대에 앉으라며 고집을 부렸다. 노린은 거의 말이 없었지만 가끔 내 팔에 손을 올리고 셔츠를 만지작거렸어. 난 기분이 나쁘지 않았고, 사실 노린의 손이 닿아서 오히려 마음이 놓였어. 그래서 세이디가 끼어들려고 일어서자 그냥 앉으라고 손짓했지. 세이디의 부모님을 흘깃 보자 세이디와 마찬가지로 노린의 행동 때문에 안절부절못하는 것 같았어. 세 사람은 긴장을 늦추지 않고 언제든지 달려들 태세로 의자 끝에 걸터앉아 있었지.

하지만 잠시 후 다들 편하게 앉았고 대화는 더욱 자연스러워졌어. 나는 가만히 앉아서 마을 소식을 멍하니 들으며 즐거운 마음으로 애너모에 대해, 거기 사는 사람들에 대해 배웠어. 가끔 다리를 가볍게 두드리는, 아니 간질이는 듯한 느낌이 들기 시작했어. 잠깐뿐이라 처음에는 신경쓰지 않았다. 하지만 점점 짜증이 나기 시작해서 쫓으려고 아래를 내려다보았지, 파리가 틀림없다고 생각했거든.

"노린, 안 돼! 엄마! 또 시작이에요. 노린, 거기서 손 빼." 세이디가 크게 외쳤어.

세이디가 너무 진저리를 쳐서 처음에는 나와 관계된 건지 몰랐는데, 세이디의 시선을 따라가보니 내 다리에 올려두었던 재킷 주머니에서 노린이 손을 빼고 있었어. 노린은 손을 들어 자기가 꺼낸 물건을 유심히 들여다보더니 웃었지. 물론 노린이 뭘 노렸는지 짐작이 가겠지, 넌 노린의 사냥감을 아주 잘 알았으니까.

"반짝, 반짝." 노린이 비밀을 속삭이는 어린 소녀처럼 말했어.

"노린! 아, 모리스. 정말 미안해. 얘가 가끔 이래. 돈을 아주 좋아하거든. 동전 말이야. 집에 있을 때는 끝도 없이 우리 주머니를 뒤지곤 했어. 은화를 정말 좋아해. 자, 노린. 그거 모리스한테 돌려줘. 네 거 아니야." 세이디가 말했어. 그녀는 자리에서 일어나 노린 앞에 서서 꾸짖었지.

"반짝, 반짝." 노린이 반항하면서 언니를 무시한 채 창문 쪽으로 돌아앉았어. 구리 동전은 전부 바닥에 떨어뜨리고 실링만 손에 들고 물끄러미 보았지.

세이디와 어머니가 바닥에 떨어진 파딩과 하프페니* 동전을 주우려고 벌떡 일어났어.

---

* 실링은 12페니, 파딩은 0.25페니, 하프페니는 말 그대로 0.5페니에 해당한다. 실링은 은색이고 파딩과 하프페니는 동색이다.

"모리스, 정말 미안해요. 우리가 애써 가르치는데도 이러네요." 세이디의 어머니가 나에게 말했어.

"신경쓰지 마세요, 맥도나 부인. 걱정 안 하셔도 돼요." 나는 말한 다음, 고개를 숙이고 더듬더듬 동전을 찾는 두 사람과 합류했어.

"자, 노린. 네 거 아니야. 돌려줘." 어머니가 몸을 숙인 채 조용히 명령했지만 딸은 전혀 듣지 않았지. 나는 재미있어서 옆에 있는 검은 머리 악동을 돌아보며 미소를 지었어.

"반짝이는 게 좋아? 정말 똑똑한데, 더 가치 있는 걸 좋아하다니. 언니가 아니라 노린이 은행에서 일해야겠는데?" 나는 살짝 웃으며 말했다.

노린이 웃음을 터뜨렸어. 어찌나 크게 웃었는지 내가 뒤로 밀려날 정도였지. 내 유머를 정말 재미있어한다고 생각했지만 내 말을 듣지도 않았다는 걸 곧 깨달았다. 노린은 다름 아닌 동전 때문에 행복한 거였어. 다른 사람들이 각자 자리로 돌아간 뒤에도 병적인 웃음이 이어졌지. 세 사람은 아까처럼 경기가 시작되길 기다리는 달리기 선수처럼 잔뜩 긴장한 채 앉아 있었다. 맥도나 부인이 남편을 흘깃 보더니 문을 향해서, 문 뒤에 있을지도 모르는 도움의 손길을 향해서 고개를 기울었어. 내가 보기에는 조금 지나친 것 같았다. 하지만 당시에 나는 몰랐지만 세 사람은 내가 1실링을 돌려달라고 하면 아주 힘든 싸움이 시작되리라는 걸 알았던 거지. 갑자기 노린이 예고도 없이 웃음을 뚝 그쳤어. 너무나 갑작스러워서 나는 웃음이 터졌을 때만큼 깜짝 놀랐지. 노린이 동전을 쥐지 않은 손을 뻗어 다시 내 셔츠를 만지작거렸어. 모두 걱정스러운 표정으로 바라보았지만 나는 노린의 손을 잡았지.

"그거 가져, 노린. 만날 때마다 줄 수는 없겠지만 오늘은 선물로 줄게, 가져도 돼. 반짝, 반짝, 그렇지?" 나는 노린의 손을 토닥거렸어.

"반짝, 반짝." 노린이 대답하며 내 어깨에 머리를 기댔어.

그 일을 두고 수없이 대화를 나눴지만 왜 노린이 나를 그렇게 마음에 들어했는지 지금까지 아무도 알아내지 못했어. 노린이 낯선 사람을 그렇게나 반긴 적은 한 번도 없었지.

"저항할 수 없는 저의 매력 때문이죠. 노린의 언니한테도 먹혔잖아요?" 노린과 헤어져 차를 타고 애너모로 돌아올 때 내가 설명했어. 오른쪽에 앉은 네 외할아버지를 슬쩍 훔쳐본 나는 그가 빙긋 웃는 모습에 속으로 안도의 숨을 내쉬었어.

그날 노린은 기적을 일으켰어. 난 병원에 들어갈 때만 해도 장래 장인어른의 눈에 죽일 놈이었지만 나올 때는 영웅이었어. 노린이 모든 것을 바꾸어놓았지. 세이디의 아버지는 그때부터 나에게 관심을 보였어. 내가 하는 말을 귀담아듣고 심지어 가끔은 동의하기도 했어. 어쨌든 그날부터 세이디의 아버지가 나를 존중한다고 느꼈지. 결혼 승낙을 받으러 갔을 때 그는 말했어.

"내가 허락하지 않으면 세이디의 동생은 물론이고 걔 엄마까지 날 죽이려고 할 거야. 축하하네, 모리스."

우리는 1959년 10월 3일에 결혼식을 올렸어. 노린이 신부 들러리였기 때문에 예식에 긴장이 넘쳐흘렀지. 우리 결혼식 날 아침에 다들 노린의 기분이 저조하지 않기만을 기도할 뿐, 비 예보에 대해서는 한마디도 안 했어. 세이디의 아이디어에 따라 내가 아침에 차를 몰고 가서 노린을 데려오기로 했다. 노린은 짧은 외출을 늘 좋아했기에 나한테 예식 시작 한 시간 전인 아침 일곱시까지 식을 올리는 교회로 노린을 데려오라고 한 거야. 그때는 아침에 결혼식을 올렸단다.

기도가 효과가 있었는지 노린은 기분이 좋았어. 교회로 가는 내내 웃었지. 무엇 때문에 웃는지는 몰랐지만 노린의 명랑함이 나한테까지 전염됐어. 교회에 도착하자 나는 활기차게 차에서 내렸고, 우리 둘이 살아서 도착할 수 있을까 한 시간 내내 걱정하던 노린의 가족 모두 안심했다.

토니가 없었기 때문에 신랑 들러리는 맥도나가의 이웃인 디어미드 로가 맡았다. 내가 잘 모르는 사람이었어. 나보다 몇 살 많고 차를 가지고 있었지. 애너모 사람들이 왜 그렇게 부유했는지 나도 모르지만, 주변 사람 모두 차를 한 대씩 가지고 있는 것 같았어. 내가 노린을 데리러 간 사이에 그가 세이디의 가족을 교회까지 태워 갈 수 있으니 신랑 들러리로 딱인 듯했다. 하지만 내 착각이 아니라면 그날 아침 세이디를 보는 그의 눈빛에 뭔가가 있었어. 확실히 세이디는 숨이 멎을 듯 예뻤지. 의심이 들더군.

"됐거든." 나중에 내가 그런 얘길 하자 세이디가 말했어. "그 사람 애니 멀리건이랑 약혼했어."

"내가 본 대로 말한 것뿐이야."

그날은 완벽하게 흘러갔다. 노린을 병원에 데려다줄 시간이 되기 전까지는. 예식이 끝난 뒤 우리는 애너모의 집으로 돌아가 아침식사를 했고, 어쩌다보니 점심까지 먹었지. 오전이 오후가 되고 우리 부모님을 포함한 손님들이 집으로 돌아가면서 자리가 슬슬 마무리되기 시작했어. 아버지는 그날 자동차를 빌려서 왔는데, 누구한테 빌렸는지는 전혀 모르겠다. 어쨌든 세인트캐서린으로 돌아가는 문제에 대해 노린은 우리와 생각이 달랐어. 세이디의 어머니가 슬슬 돌려보낼 준비를 하려고 일어서자 노린이 나에게 매달렸고, 그다음에는 문틀에, 마지막으로 식탁에 매달렸어. 결국 세이디의 아버지가 노린을 떼어내야 했다. 악력이 대단했나봐, 마이클이 노린을 겨우 떼어놓았을 때 두 사람은 벽까지 밀려난 상태였거든. 세이디의 아버지는 노린의 무게에 짓눌려 꼼짝도 못했어. 우리가 도우러 달려갔지만 이미 늦어서 말릴 새도 없이 노린이 돌아서서 아빠의 얼굴에 손톱을 박았지. 세이디, 어머니, 나까지 셋이 달려들어서야 겨우 노린을 떼어냈어. 이미 양복으로 피가 뚝뚝 떨어지고 있었어. 새로 세탁하고 다림질해서 조금 전까지 말끔함을 뽐내던 옷이었는데. 세이디의 아버지가 주머니에서 손수건을 꺼내 지혈했어.

"의자. 의자에 앉혀." 우리는 세이디의 어머니가 시키는 대로 노린을 힘겹게 의자에 앉혔다. 노린은 힘이 대단했어.

"싫어!" 노린이 우리에게 팔다리를 휘두르며 소리쳤어.

세이디의 아버지는 졌다는 듯이 손에 머리를 묻고 앉아서 손수건을 상처에 대고 있었다. 세이디의 어머니가 남편이 얼마나 다쳤는지 살폈어.

"마이클!" 노린이 항의하는 소리 너머로 어머니가 외쳤어. "케니 의사 선생님을 모셔와야겠어. 마이클!"

세이디의 아버지가 아내를 멍하니 보며 고개를 끄덕이고 자리에서 일어났어.

"제가 대신 갈까요?" 내가 부엌을 나서는 마이클의 상태를 살피며 말했지.

"아니. 자네는 여기 있게." 메리가 집을 나서는 남편을 지켜보며 낮은 목소리로 말했어. "마이클은 여기서 나가야 해. 제대로 대처할 수 없거든. 차를 타고 나가면 금방 괜찮아질 거야."

그때 기적이 일어났어. 메리가 몸을 굽혀 노린의 귀에 대고 뭐라 속삭이기 시작했지. 한 오 분 정도 계속 속삭였는데, 그 말을 듣고 노린의 비명이 서서히 잦아들었어.

"그래, 그래, 우리 귀염둥이. 그래, 그래." 나직한 말이 딸의 괴로움을 진정시키고 달래서 비명을 흐느낌으로 바꾸는 것 같았지. "그래, 그래."

메리는 계속 속삭였고, 그 소리가 노린은 물론이고 나까지 진정시키며 멍하게 만들었어. 그녀가 딸의 머리에 손을 얹고 중얼거림에 맞춰 앞뒤로 쓰다듬는 동안 나는 최면에 걸린 것처럼 가만히 서 있었지. 노린은 고양이처럼 어머니의 손에 머리를 기대고 속삭임에 따라 몸을 흔들었어. 우리 모두 가만히 서서 기다리며 지켜보는 동안 시간이 흘렀다. 마이클이 자리를 비운 시간은 겨우 십 분 정도였지만 훨씬 길게 느껴졌어. 드디어 자동차가 돌아오고 문이 열렸다 닫히는 소리가 들렸어.

"모리스!" 내 손에서 힘이 풀린 것을 알고 세이디가 나를 불렀어.

"준비하고 있어야 해!" 세이디가 고갯짓으로 노린을 가리키며 경고했지.

문이 열리고 의사가 왕진가방을 들고 나타나자마자 우리는 노린의 폭풍 같은 분노에 다시 휩싸였어. 진정했던 적이 없는 것처럼, 파도가 잠잠해졌던 적이 없는 것처럼 노린이 다시 일어났고, 아까보다 더욱 거세고 지독했어. 노린은 팔다리를 마구 휘저으며 큰 소리로 온갖 못된 말을 내뱉었어. 그러면서 주사를 준비하는 의사를 노려보았어. 의사가 내 쪽으로 다가왔지.

"꽉 잡아요." 의사가 지시했어.

나는 온 힘을 다해 노린의 손을 팔걸이에 고정시켰지. 노린은 비명을 질렀지만 주사기를 꾹 누르자 약물이 들어갔다. 분노 때문에 벌게진 눈으로 의사를 뚫어지게 쳐다보았는데, 악마의 모습 그 자체였어. 노린은 침을 뱉고 욕을 하고 몸부림을 쳤지. 그러다가 서서히 조용해졌지만, 아까와는 달랐어. 그래, 이번에는 겁에 질려 있었어. 자신이 져서, 더 강력하고 위험한 뭔가에 밀려서 겁먹은 거야. 내가 꽉 잡고 있던 손을 놓고 쓰다듬자 노린이 내 눈을 보면서 도와달라고 애원했어. 무력한 느낌도 끔찍하지만 협력자가 된 듯한 기분은 더욱 끔찍하단다. 끔찍해, 케빈. 끔찍하지. 결국 노린의 비명이 멈췄어. 한 사람씩 손을 풀었고 노린의 눈이 감겼다. 안도하는 사람은 아무도 없었어. 다들 죄책감을 느끼며 노린을 바라보았지.

나를 처음 만났을 때 네 엄마는 집으로 돌아가 노린을 보살필 생각이었어. 어느 시점이 되면 도니골로 전근을 가려고 했지. 하지만 내가 네 엄마의 계획을 망쳤다. 도니골로 못 가게 되자 네 외할아버지와 외할머니가 돌아가시면 노린을 데려와서 같이 사는 게 세이디의 소원이 되었지. 그때쯤에는 의학이 발달해서 노린이 좀 유순해지면 좋겠다고, 자신이 간절히 바라던 대로 정말 사랑스러운 여동생이 되면 좋겠다고 나한테 말한 적이 있어. 1974년에 노린이 미스로 왔을 때 세이디의 두 가지 소원 중에서 한 가지만 이뤄진 셈이었다. 네 외할머니 메리가 먼저 세상을 떠나자 혼자 남은 세이디의 아버지는 매일 차를 몰고 세인트캐서린을 오갔다. 결국 그를 쓰러뜨린 건 독감이었어. 요즘은 그런 이야기를 듣기 힘들지, 독감으로 사람이 죽다니 말이다. 하지만 독감이 황소 같은 남자를 데려갔어. 몇백 킬로미터나 떨어진 던캐셜의 신축 요양원으로 옮겨야 한다고 했을 때 놀랍게도 노린은 전혀 화를 내지 않았다. 사실 우리가 데리러 갔을 때 노린은 활짝 웃었어. 최근에 아버지가 돌아가신 것도 별로 신경쓰지 않고 새 방이 생겨서 신난 것 같았지.

"새 방이다, 새 방이다." 우리가 도니골 해안선을 따라 남쪽으로, 이어서 집을 향해 동쪽으로 차를 달리는 동안 노린은 이따금 되풀이했어.

세이디는 말이 없었다. 나는 세이디의 마음속에서 온갖 감정이 소용돌이치겠거니 생각했어. 아버지를 잃은 슬픔, 노린이 적응하지 못할지도 모른다는 두려움, 언니인 자기가 이번에도 해내지 못하면 어쩌나 하는 걱정. 네 엄마가 얼마나 걱정이 많은지 너도 잘 알잖니. 노린을 데려오기 전 몇 주 동안 세이디는 계속 초조해했어.

"모리스, 노린이 싫어하면 어쩌지? 발작을 일으켜서 회복을 못하면? 어떻게 해야 할지 모르겠어. 그러면 집으로 데려와서 같이살아야 할까? 그래, 도니골로 다시 보낼 순 없어. 아, 우리가 옳은 일을 하는 걸까?"

노린을 데려오는 날 네 엄마는 조수석에 앉아서 겁에 질린 소녀처럼 앞만 보았어. 뒷좌석에서 혼자 즐겁게 종알거리는 동생을 소개하고 옹호할 사람은 자신뿐이었으니까. 나는 손을 뻗어 네 엄마가 무릎에 올린 채 비비적대는 손을 잡았다.

"우리 둘이 같이 하는 거야, 세이디." 내가 말했어.

네 엄마가 고개를 끄덕였을 거다. 나는 기어가 비명을 지를 때까지 네 엄마의 손을 놓지 않았어. 세이디의 손이 내 왼쪽 허벅지밑으로 들어오는 게 느껴졌고, 던캐설 요양원의 자갈 진입로에 도착할 때까지 내내 거기에 머물렀다. 차를 완전히 세우지도 않았는데 노린이 서둘러 내리더니 우리를 기다리던 간호사를 지나쳤어. 노린은 재빨리 복도를 걸어갔고 우리는 그 뒤를 따라 달렸다.

"새 방이다! 새 방이다!" 노린의 지저귐이 점점 커지자 결국 간호사가 쫓아가서 노란 벽지를 바르고 깔끔한 싱글침대와 사물함이 갖춰진 방으로 노린을 안내했어. 커다란 창문도 있었는데, 노린은 남은 평생 그 앞에 앉아서 주차장을 내다보고 우리가 오기를 기다리며 대부분의 시간을 보냈지. 적어도 네 엄마는 그렇게 생각했다.

세이디는 그날 밤 요양원에서 나오자마자 엉엉 울었어. 물론 순전히 안도감 때문이었지.

그때부터 노린은 토요일마다 우리집에 오게 되었다. 기분에 따라 달라지긴 했지만 대체로 노린은 다음날 미사를 보고 일요일 점심식사를 한 다음 돌아갔어. 그때 네가 다섯 살이었을 거다. 넌 노린을 노노 이모라고 불렀지.

"노노." 노린이 소리를 질렀고, 둘이 만나면 너도 그렇게 했어.

물론 노린이 너한테 항상 성자처럼 굴지는 않았어. 둘이 싸우던 거 기억나니? 아이를 하나 더 키우는 것 같았지. 노린은 아무데나 뒤지고 불쑥 튀어나오는 걸 좋아했어. 옆에 있는 줄 알았는데 정신을 차려보면 어디론가 사라지고 없었지. 우리가 모르는 사이에 한참 동안 자리를 비웠을지도 모르는 일이었어. 노린은 몰래 빠져나가는 데 선수였다. 초기에 우리는 노린이 마음대로 돌아다니도록 지나치게 내버려뒀어.

"노노 이모, 안 돼!" 복도 저쪽에서 네가 외치는 소리가 들렸다.

얼른 가보면 네가 만들던 레고가 부서진 채 바닥에 나뒹굴곤 했어. 엄마는 네 옆에서 다시 만드는 것을 도와주고 그동안 나는 노린을 거실로 데려갔다. 노린은 거실에 앉아 내 소매를 만지작거리며 나랑 같이 경기를 보곤 했어. 결국 우리는 노린이 오는 날엔 네 방문을 잠가야 했다. 너는 노린이 머무는 동안 같이 가지고 놀

장난감을 몇 개 꺼내놓았어. 노린은 네 방에 못 들어가도 별로 신경쓰지 않는 것 같았지만, 그래도 혹시 우리가 깜빡했을까 싶어 매번 손잡이를 돌려보았지.

너랑 노린은 모노폴리 게임을 끝도 없이 했어.

"둘이 무슨 규칙으로 게임을 하는 거야?" 한번은 내가 네 엄마에게 물었어. 집에 돌아와보니 텔레비전으로 〈토너먼트입니다〉*를 틀어놓고 둘이서 거실에 엎드려 게임을 하고 있었어. 감옥이든 무료 주차장이든 게임판 한가운데든 온통 호텔과 집을 지어놓았더구나.

"두 사람만의 규칙이지." 세이디가 나를 보고 미소 지으며 토요일 저녁마다 먹는 튀김 요리를 내 앞에 내려놓았어.

결국 노린이 네가 제일 좋아하는 강아지는 물론이고 다리미와 모자까지** 슬쩍하면서 눈물바다로 끝났지.

"노린이 지금 어디 있는지 당신이 좀 가볼래?" 어느 일요일, 집이 너무 조용한 것 같자 세이디가 말했어. 세이디는 몸을 숙이고 오븐 안의 팬을 돌리는 중이었지. 부엌에 떠도는 고기냄새 때문에 배가 꼬르륵거렸어. 나는 어쩔 수 없이 〈선데이 인디펜던트〉의 스포츠면을 식탁에 내려놓고 나갔어.

"노노 어디 있는지 아니, 케빈?" 내가 거실에 고개를 내밀고 물

---

* 마을이나 도시를 대표하는 팀이 출연해 우스꽝스러운 게임을 하는 TV 프로그램.

** 모노폴리 게임의 말은 출시 연도에 따라 조금씩 다르지만 개, 전함, 자동차, 중산모, 다리미, 골무 등 여러 가지 모양이다.

었지. 넌 혼자 텔레비전을 열심히 보면서 화면에 비친 카우보이를 흉내내고 있었어.

"소파 뒤에 들어갔다 엄마한테 들키면 혼난다." 내가 너를 두고 나오면서 경고했지.

"노린." 나는 노린을 계속 부르면서 우리 침실로 이어지는 복도를 따라갔어. "거기 있어?"

뭔가 움직임이 느껴져서 가봤더니 우리 침실이었어. 나는 문을 열자마자 괜히 열었다고 후회했다.

"반짝, 반짝." 우리 화장대가 놓인 저 안쪽 창가에서 소리가 들렸어. 그 화장대는 세이디의 자랑이자 기쁨이었는데, 던캐셜의 가게에서 어마어마한 돈을 주고 샀지.

"세상에. 뭘 찾은 거야?" 나는 낙천적으로 말했지만 곧 노린이 만들어놓은 난장판이 시야에 들어왔다. "아, 노린. 도대체 무슨 짓을 한 거야?"

허리케인이 휩쓸고 지나간 것처럼 엉망진창이었어. 거의 꺼내지도 않는 외투와 재킷, 분명 한 번도 본 적 없는 옷가지가 침대와 바닥은 물론이고 그 무게를 지탱할 수 있는 곳이라면 어디든 널려 있었다. 서랍은 전부 열려 있고 내용물이 반은 안에, 반은 밖에 나와 있었지.

"반짝, 반짝!" 노린이 대답했어.

"반짝반짝은 무슨. 세이디가 이 꼴을 보면 너는 물론이고 나까지 죽이려 들 거야. 우리가 얼른 안 치우면 말이야. 노린! 노린! 내 말 듣고 있어?"

그 물건들을 다 어디에 넣어놓았던 건지, 나에게는 기적과 마법이나 마찬가지였어. 우리는 깔끔하게 정돈된 집에 살았고 그건 세이디의 영역이었지. 그런데 그때 나는 난장판의 한가운데에 서 있었고, 마법의 지팡이도 지혜도 없었기 때문에 어디서부터 시작해야 할지 알 수가 없었다. 선택지는 두 개였어. 높으신 분을 불러오든지 혼자서 애써보든지. 도대체 왜 그랬는지 모르겠지만 나는 후자를 택했다. 내가 용감하게 달려들어 접고, 걸고, 밀고, 말도 안 되게 작은 공간에 밀어넣는 동안 나를 등지고 선 노린은 손에 든 물건에 푹 빠져 있었어. 그게 뭔지 알고 싶었어도 난 노린에게 갈 수 없었을 거다. 우리 사이에 물건이 산더미처럼 쌓여 있어서 그걸 넘으려면 셰르파가 필요할 지경이었거든.

내가 일요신문을 내려놓은 지 한참 지났는데도 돌아가지 않으면 의심이 스멀스멀 피어오를 게 분명했는데, 내가 그 사실을 깨닫기도 전에 세이디가 다가오는 소리가 들렸어. 세이디가 방에 들어왔을 때 노린이 느껴야 할 죄책감을 아무 잘못도 없는 내가 느꼈지. 나는 "내 탓이야"라고 외칠 뻔했어.

"세상에, 이게 도대체 무슨 일이야. 모리스, 도대체 무슨……"

자, 여기서 너에게 말해둘 게 있다. 그때가 처음이었어. 네 엄마가 그날처럼 욕을 한 적은 평생 단 한 번도 없었다. 보통 욕은 내 담당이었지. 난 네 엄마가 실제로 한 말을 제대로 알아듣지도 못했다. 그렇게 졸아 있지 않으면 세이디가 불같이 화내는 모습을 보고 뿌듯해했을 거야.

"내가 안 그랬어. 당신 여동생이 한 짓이라고!" 나는 멍청하게도 네 이모를 가리키며 말했어.

"노린. 노린. 날 봐." 세이디가 소리를 질렀다.

나는 불쌍한 노린이 감당해야 하는 분노를 차마 볼 수 없어서 눈을 감았어. 아무리 혼날 짓을 했어도 말이다.

"반짝, 반짝, 세이디." 노린이 돌아서서 자기가 발굴한 보물을 높이 들었지.

"또 그 빌어먹을 동전! 노린, 무슨 생각이니? 이 난장판을 좀 봐! 좀 보라고…… 누가 이걸 치울 건데? 분명히 말하지만 난 안 치워. 네가 꺼냈으니 다시 넣을 수도 있겠지. 지금 당장 치워! 모리스, 나와, 빨리. 정신 사납게 굴지 말고 그냥 넘어서 나와. 노린 혼자 치우게 놔둬. 다 치울 때까지 점심은 없어. 알아들었니, 노린?"

다 치울 때까지 점심은 없다니! 난 너무 무서워서 '점심은 없다'는 벌이 나한테도 적용되는지 물을 수가 없었어. 그러면 그 큼직하고 먹음직스러운 소고기를 티타임에나, 아니면 더 나중에나 먹을 수 있다는 건데, 내 위장은 그런 상황에 익숙하지 않았어. 난 한시 정각에 점심을 먹었지, 항상 그랬어. 재앙이었다. 너무나 큰 충격을 받은 내가 느릿느릿 나가자 세이디가 못마땅한 눈빛을 보냈어. 하지만 천천히 나간 덕분에 이 참사를 불러온 물건을 볼 수 있었지. 아들아, 그때는 내가 돌러드가에서 훔친 금화의 이력을 에밀리한테 듣기 한참 전이었다. 나는 근 이십 년 동안 못 봤지만 금화는 거기 있었어. 내가 관심을 보이자 노린이 알아차리고 나를 향해 손을 뻗었지.

"예쁜 반짝. 금 반짝!" 노린은 나도 같이 기뻐하기를 바라면서 열심히 소리쳤지.

"금이라고?" 내가 말했어. 지금은 아는 사실을 그때는 몰랐기에 나는 진짜 금이라고 생각하지 않았지만 언쟁을 벌일 때가 아니었다. "그거 어디서 찾았어, 노린?"

"여기." 노린이 화장대 거울 왼쪽의 작은 서랍을 가리켰어. 정말이지 나는 금화를 거기에 넣은 기억이 없었다. 거기 넣기는커녕 누가 거기에 서랍이 있느냐고 물어보면 대답도 못했을 거야.

"그거 내 거 아니야, 노린…… 음, 어떻게 보면 내 거라고 할 수 있지. 하지만 노린에게 줄 수는 없어, 알겠어? 내 마음대로 주면 안 되는 물건이야. 꼭 돌려줘야 해."

"모리스의 반짝이야?"

"그래. 음, 아니. 좀 복잡해. 아무튼 꼭 다시 넣어놔."

"노린이 모리스의 반짝이를 지키다가 돌려놓을 거야. 알았지? 그냥 지키는 거야, 모리스. 알았지?"

"돌려놓는다고 약속했다, 노린? 돌아가기 전에 확인할 거야. 돌려놓을 거지, 응?"

"노린이 돌려놓을 거야."

노린은 고개를 끄덕이고 미소를 지었어. 나는 노린이 과연 약속을 지킬까 생각하면서 방을 나왔지. 노린에게 동전을 줄 수 없다고 말한 건 그때가 처음이었지만, 왠지 그 금화는 다른 사람한테 주면 안 될 것 같았어. 부엌으로 가니 내 불쌍한 아내가 손에 얼굴을 묻고 앉아 있었어.

"그런데 노린이 찾아낸 게 뭐야?" 둘이 한동안 식탁 앞에 앉아 있다가 마침내 세이디가 입을 열었어. 나는 배가 꼬르륵거렸지만 세이디의 편임을 보여주려고 네 엄마의 어깨에 팔을 올리고 있었지.

"엄마, 배고파 죽겠어요. 점심 언제 먹어요?" 그 순간 네가 부엌으로 들어오면서 말했다. 거실에서 코만치족이 공격하는 소리가 들렸어.

"잠깐 기다려, 케빈. 그거 뭐였어, 모리스?"

"하지만 엄마······"

"아, 그거." 나는 말했어. "내가 예전에 주운 거야. 당신도 알지, 돌러드가 저택에서 말이야. 당신한테 얘기했던 것 같은데. 그 금화가 있다는 사실도 깜빡했네. 노린한테 그건 못 준다고 말해놨어. 노린은 괜찮다고 했지만, 두고 봐야지."

"케빈, 그만 뛰고, 엄마 좀 끌어당기지 마." 세이디가 말했어. "그 주화? 내가 한참 전에 돌려주라고 말한 것 같은데. 지금 이 상황을 봐. 이제 노린은 끝도 없이 그 주화 얘기만 할 거야. 늘 그걸 갖고 싶어할 거라고."

갑자기 전부 내 잘못이 되었지. 나는 신문을 내려다봤다. 내 분노가 로스트비프 냄새를 들이마시며 나 자신을 진심으로 불쌍해했지.

"노린을 얼마나 저렇게 놔둬야 할까?" 세이디가 말했어. 나한테 잘못했다는 미안함은 전혀 찾아볼 수 없었지. "케빈, 그만 좀 할래? 아빠 말이 안 들리잖아. 점심은 조금 더 기다려."

"하지만 배고프단 말이에요." 네가 애원했어. 난 너에게 뽀뽀라도 해주고 싶었다.

"세이디, 솔직히 나도 너무 배가 고파, 오래 못 버틸 것 같아." 내가 용감하게 덧붙였지.

"알았어." 두 남자의 불쌍한 모습을 보고 안됐다 싶었는지 세이디가 자리에서 일어나 오븐에서 고기를 꺼냈어. "점심 먹고 나서 정리하자. 대신 노린도 정리를 도와야 해." 세이디는 내가 반대라도 할 줄 알았는지 조리대에 로스트비프를 올려놓고 나를 향해 고기 써는 칼을 휘두르며 말했어. "케빈, 식탁 좀 차리렴. 모리스, 당신은 가서 노린 좀 불러와."

결국 노린은 자기 나름대로 정리를 도왔어. 그리고 금화를 돌려놓겠다는 약속을 지켜 나는 깜짝 놀랐지. 그날 저녁 노린이 요양원으로 돌아갈 때 금화는 서랍에 돌아와 있었다. 이번에는 몸싸움도, 말다툼도, 주사도 없었어. 고맙게도 시간이 지나면서 그런 것이 점점 덜 필요해졌다. 노린은 나이가 들면서 정말로 유순해졌어. 어쩌면 우리처럼 에너지가 서서히 떨어져서 그랬을지도 모르지만.

스베틀라나가 토스티드 스페셜을 내려놓는다.

"늦어서 죄송해요. 주방장이 '난장판'이라서 늦었다는데, 무슨 뜻인지 모르지만 아무튼 그랬대요. 괜찮으시죠. 소스 필요해요?"

"아니, 됐어." 나는 이렇게 말한 다음, 주방으로 사라지는 스베틀라나의 뒷모습을 지켜본다. 막상 음식을 보니 내가 무슨 생각이었나 싶구나. 밤이 깊어질수록 뭘 먹고 싶은 생각이 사라져. 하지만 버리고 싶지는 않아서 깨작거리며 먹는다. 뜨거운 토마토에 심하게 데지 않게 주의하면서. 하지만 씹으면 씹을수록 안 되겠다 싶다. 나는 토마토를 도로 내려놓고 마지막 만찬을 옆으로 밀어놓는다.

에밀리가 마련한 식사 자리에서 금화의 출처에 대해 들은 건 그로부터 이십칠 년 뒤였다. 하지만 그때도 에밀리는 전부 이야기하진 않았어. 나는 일 년 뒤에야 내 도둑질이 어떤 결과를 불러왔는지 깨달았다. 그것도 전부 노린 덕분이었다면 믿을 수 있겠니.

그날도 일요일이었다. 세이디와 노린, 나는 점심을 먹으러 나갔어. 그때 우리는 일요일 점심을 밖에서 사먹기 시작했어. 이제 셋 다 칠십대였으니 맛있는 음식을 사먹을 자격이 있었어. 네 엄마가 나한테 한 말이다. 우리는 미사가 끝난 다음 차를 타고 가면서 어느 식당에 갈지 의논했지.

"호텔." 뒷좌석에서 노린이 말했어. 노린은 항상 레인스퍼드 호텔에 가고 싶어했지. 아마 너와 네 결혼식 때문이었을 거다. 노린에게는 평생 가장 행복한 날이었으니까.

"던캐셜의 케니스는 어때, 거기가 더 낫지 않아? 거기 칩 좋아하잖아."

"호텔." 조금 더 힘이 실린 대답이 돌아왔지. 노린의 기분이 썩 좋은 날은 아니었어.

"머타스는 어때?"

"호텔." 노린이 소리쳤어.

"아, 그만해, 모리스. 노린을 짜증나게 하지 마. 호텔로 갈 거야, 노린. 걱정하지 마."

세이디가 어찌나 강력하게 말했는지, 운전대가 저절로 돌아갔어. 나는 호텔 입구에 두 사람을 내려주고 주차하러 갔어. 최대한 시간을 끌려고 라빈의 판매소에 들러 신문을 샀지.

"해니건, 자네군." 내가 라빈 앞에 신문을 내려놓자 그가 쩌렁쩌렁하게 말했어.

"그래."

"좋은 날이야. 점심 먹으러 왔나? 저기서 두 사람을 내려주는 거 봤어. 이 호텔 스테이크만한 게 없지. 아무튼 그게 내 추천 메뉴야. 목요일에 그 양은 어떻게 됐어?"

"양? 양은 내 일이야, 라빈. 네가 상관할 바가 아니지."

"말도 못하나."

"신문값을 받을 거야, 아니면 공짜로 줄 거야?"

"내가 바보인 줄 알아?"

"그런 말은 전혀 아닌데, 라빈…… 자, 그럼 다음주 일요신문은 공짜로 받아가지." 나는 말하며 5유로 지폐를 내려놓고 자리를 떴어.

호텔 로비에 도착한 나는 뭔가 잘못됐다는 걸 깨달았어. 호텔이 들썩였어. 세이디가 식당 문 앞에 서서 아주 걱정스러운 표정으로 안을 들여다보기에 나는 자리가 없나보다 생각했다. 나에게는 아직 희망이 있었어. 그래서 미소를 지었지. 하지만 그날 호텔

184

개업 삼십 주년 기념식이 있다는 사실을 기억해내자 미소는 오래 가지 않았다. 로버트한테 들었는데 깜빡 잊었지 뭐냐. 토머스가 잉글랜드에서 돌아왔을지도 모른다고 생각하자 뱃속이 요동쳤다. 나는 덩치만 커다란 백치같이 로비의 멋진 나무 뒤에 몸을 숨기고 조심스럽게 엿봤어. 덩치 큰 남자에서 주인님을 무서워하는 겁에 질린 열 살짜리 소년으로 돌아간 거야. 나는 정신을 차리고 나무 뒤에서 나오다가 화분을 쓰러뜨릴 뻔했다. 마음을 진정시키려 애쓰면서 실내장식에 관심이 있는 척 주변을 둘러보았어. 바로 그때 근처 벽에 걸린 전성기의 레인스퍼드 하우스 사진이 눈에 들어왔다. 본 적 없는 사진이었다. 결혼식 때는 확실히 없었어. 있었다면 놓치지 않았을 거야. 나는 더 자세히 보려고 몸을 숙였어. 날짜가 적혀 있더군. 1925년. 내가 여기서 일하기 조금 전이야. 맨 앞에 선 남자가 사진사를 정면으로 바라보고 있었어. 얼굴은 낯익지만 누구인지 알아볼 수는 없었지. 돌러드가 사람은 분명한데 내가 아는 이는 아니었어. 나는 누굴까 잠시 생각해봤지만 알 수가 없어서 짜증이 났다. 그때 화가 난 세이디가 나를 발견했어.

"만석이야. 사적인 행사가 있다나봐. 이제 어쩌지? 노린이 안 좋아할 거야. 당신이 말하는 게 낫겠어. 당신 말을 더 잘 듣잖아."

"아까 차 타고 올 때 그런 것처럼? 당신 여동생이잖아. 당신이 말해."

세이디는 실망한 채 돌아섰어. 나는 떠오르는 이름이 없는지 사진을 마지막으로 한번 더 보았지만 결국 생각나지 않아서 패잔병처럼 자리를 떴어. 세이디를 다시 찾고 보니 당황한 표정으로 바 입구에서 주변을 둘러보고 있었어.

"음, 노린은 어디 있어?"

"모리스, 내가 그걸 알면 지금 여기 혼자 서 있지 않겠지, 안 그래?"

다시 얌전해진 나는 사람들 틈을 살펴보았지만 너무 혼잡해서 노린을 찾을 수 없었다. 그때 익숙한 소리가 들렸어.

"반짝, 반짝!"

우린 재빨리 움직였지. 사람들 사이를 헤치고 우리를 소환하는 소리를 따라가면서 노린이 이번에는 누구의 주머니를 뒤졌을까, 누구의 동전을 훔쳤을까, 어떻게 잘 설명하고 빠져나올까 생각했다. 세이디와 나는 바로 지금 내가 앉아 있는 자리에 다다랐고, 노린의 손에서 동전을 빼앗으려 애쓰는 사람은 다름 아닌 토머스 돌러드였어. 물론 노린은 굴복하지 않고 힘을 실어 토머스를 때리고 있었지.

"부인! 부탁입니다. 당장 돌려줘요. 부인!"

세이디가 노린을 도우러 달려가지 않았다면, 어쩌면 노린보다 토머스를 더 걱정했을지도 몰라. 아무튼 그러지 않았다면 나는 기꺼이 뒤로 물러서서 이 무언극이 끝날 때까지 지켜만 봤을 거다. 아주 재미있는 광경이었지. 덩치 큰 불량배가 자기 반밖에 안 되는 자그마한 여자 때문에 쩔쩔매는데다 보아하니 여자한테 밀리고 있었으니까.

"노린!" 불쌍한 아내의 애원을 듣고 나는 노린이 토머스의 얼굴에 한 방 먹이는 공상에서 깨어났다.

"노린, 이리 줘. 노린! 모리스! 좀 도와줄래?"

하지만 내가 다가가기도 전에 노린이 재빨리 내 앞으로 왔어. 평소에 동전을 발견했을 때보다 훨씬 더 흥분했지.

"이거 봐! 모리스 반짝이. 모리스의 반짝이야." 노린이 내 얼굴 앞으로 주먹을 불쑥 내밀며 말했어.

"내 반짝이? 노린, 그게 어떻게 내 반짝이야?" 나는 미소를 지으며 노린의 어깨를 감싸안고 토닥였고, 뭘 쥐고 있는지 제대로 보려고 노린의 주먹을 밑으로 끌어내렸어.

"저리 가서 보여줘." 나는 노린을 가까운 테이블로 이끌면서 말했다. 앉아 있던 사람들이 황급히 자리를 비켜주었지.

세이디는 귀족 나으리를 붙잡고 있어야 한다는 것을 본능적으로 알아차리고 나를 가만히 놔두라고 경고하듯 그를 노려보았어. 화가 난 토머스는 나에게서 시선을 떼지 못한 채 바에서 안절부절 못했지.

"그래, 노린. 내 반짝이 보여줘, 응?"

노린이 손가락을 펴자 내 금화가 아니라 토머스의 금화가 보였어. 시간이 멈추었고 나는 힘들게 침을 삼켰다. 토머스가 내 짓이라는 걸 알아냈다고 생각했어. 무슨 수를 썼는지 모르지만 우리집에 들어와 물건을 뒤져서 도둑질의 유일한 증거를—바로 그 금화를—가져갔다고 생각했지. 다른 설명은 불가능했어. 나를 잡아가려고 경찰이 지금 밖에서 기다리고 있을지도 모르는 일이었지. 아니면 더 심한 일이 기다리고 있을지도. 어쩌면 토머스는 정말로 원하던 일을 해치워버리려는 걸지도 몰랐어. 날 죽이는 것. 난 항상 그것이 토머스가 진정으로 원하는 일이라고 생각했고, 이제 토머스에게는 그럴싸한 이유까지 생겼어. 나는 노린의 손을 잡고 다시 주먹을 쥐어주면서 금화가 사라져버리면 좋겠다고, 그때로 돌아가서 애초에 내가 허리를 굽혀 그 빌어먹을 금화를 줍지 않고 그냥 계속 걸어갈 수 있으면 좋겠다고 간절히 바랐어.

"할아버지, 무슨 일이에요?" 에밀리가 나를 지나쳐 토머스에게 다가가서 말했어. 잠시 주의가 분산되자 마음이 놓였지.

"모리스 반짝이 있어, 내 주머니에." 신이 난 노린이 덧붙였어.

노린은 내 손에서 자기 손을 빼내더니 내 가슴을 툭툭 치면서 다른 손으로 자기 주머니를 뒤졌어. 말도 안 되는 소리였어, 말이 되는 게 하나도 없었어.

"할아버지, 괜찮으세요? 표정이 안 좋아요. 무슨 일이에요?" 에밀리가 토머스의 시선을 따라 내가 앉아 있는 곳을 보았지. "아, 당신이군요, 해니건 씨."

"저, 저…… 저 정신병자가 내 금화를 가져갔어, 에밀리. 우리 가문의 금화를! 미친 여자야."

토머스가 나를 알아보지 못해서 정말 놀랐어. 내 이름을 듣고도 전혀 떠올리지 못했어. 몇 년이나 나를 죽도록 팼으면서 누군지도 모르다니. 결국 내 이름이, 내 얼굴이 토머스에게는 아무것도 아니었던 거야. 순간적으로 나는 약간 기분이 상했지만 그가 나를 못 알아보는 편이 더 유리하다는 생각이 퍼뜩 떠올랐어. 나는 매력을 발휘할 준비가 되어 있었지. 그래서 미소를 지으며 일어나서 콧바람을 불며 난동을 피우는 짐승 앞을 막아선 아주 이성적인 여성에게 다가갔다.

"에밀리." 내가 안심시키듯 말했어. "걱정할 거 하나도 없어─"

"걱정할 거 없다고! 미안하지만─" 나는 손을 들어 토머스의 항변을 막았지.

"말했지만, 에밀리, 아무 일도 없을 거야. 잠깐 내가 처제랑 이야기할 시간만 주면 문제가 해결될 거야. 노린은…… 잠깐 저쪽에서 조용히 이야기 좀 나눌 수 있을까?" 나는 말하면서 에밀리의 팔을 잡고 바 한쪽 구석으로 갔어. 세이디에게는 노린을 좀 데리고 있으라는 신호를 보냈지. "그러니까 노린은 뭐랄까, 약간…… 느려. 무슨 말인지 알겠지? 노린은 뭐든지 반짝이는 걸 아주 좋아해, 사실 반짝이는 동전을 아주 좋아하지. 그런데……"

"아, 세상에. 더이상 말씀하실 필요 없어요, 해니건 씨. 그 빌어먹을 기념주화 때문이군요, 그렇죠? 정말 할아버지가 한 번이라도 그걸 좀 가만히 놔두시길 바랐는데. 아까 보니 그 금화를 들고 의기양양하게 돌아다니셔서 깜짝 놀랐어요. 그게 얼마나 소중한지, 우리가 어떻게 그걸 잃어버렸다가 되찾았는지 한 번만 더 들으면 비명을 지르고 말 거예요."

"되찾았다고?" 내가 물었어. 최대한 침착하고 차분하게 말하려 애썼지만 실패한 것이 분명했지. "되찾았다니 무슨 뜻이지? 찾았다는 말은 안 했잖아." 나는 그처럼 거세게 반응할 생각은 아니었지만 머릿속이 너무 혼란해서 어쩔 수 없었어.

"일단 그건 신경쓰지 마세요." 에밀리가 약간 귀찮다는 표정으로 말했어. "해니건 씨 처제에게 금화를 돌려받으려면 뭐가 필요하죠?"

"조용한 방이면 될 거야." 나는 마음을 가라앉히려 애쓰면서, 목소리가 나를 배신하지 않기만을 바라면서 말했어. "딱 오 분이면 돼, 에밀리. 오 분이면 토머스는 금화를 돌려받을 수 있어."

"알았어요. 따라오세요."

에밀리는 '할아버지'에게 가서 잠시 상황을 설명했고, 그동안 나는 아내와 노린을 데려왔지. 곧 우리는 에밀리가 나에게 식사를 대접했던 회의실로 갔다—내 착각이 아니라면 그곳이 맞을 거야. 이번에는 탁자가 유u 자 형태로 배열되어 있었어. 탁자마다 '레인스퍼드 하우스 호텔' 필기구와 탄산수가 놓여 있었고. 문이 닫히자마자 나는 마라톤이라도 뛴 사람처럼 의자에 털썩 주저앉았지. 과호흡으로 숨을 헐떡이면서 셔츠 목깃을 잡아당기고 타이를 풀려고 애썼어. 겨우 일어나서 창문을 열었다.

"모리스, 세상에. 당신 괜찮아?" 네 엄마였어. "이게 무슨 일이람! 사람을 불러올게." 하지만 내가 있는 힘을 다해 네 엄마를 막았다.

"앉아." 나는 명령하면서 널찍한 탁자 여기저기 놓인 물병 중 하나를 들어 뚜껑을 열고 꿀꺽꿀꺽 마셨어. 난 탄산수가 정말 싫다.

"세이디. 그 남자한테 우리가 누군지 말했어? 우릴 아는 것 같아?" 내가 이번에는 조금 더 침착하게 물었어.

"모리스, 무슨 말을 하는 거야, 누구?"

"그 남자, 토머스. 노린이 훔친 금화 주인."

"난 아무 말도 안 했어. 아, 그 남자구나? 옛날에 당신을 괴롭혔던."

"노린이 쥐고 있는 빌어먹을 금화도 그놈 거야."

우리는 창가에 앉아서 다른 건 안중에도 없이 금화에 푹 빠진 노린을 흘깃 봤다.

"하지만 모리스, 금화를 돌려줬어? 아직 가지고 있는 줄 알았는데. 난 돌려주라고 했지만. 내가 항상 말했잖아―"

"있잖아 세이디, 안 돌려줬어. 게다가 토머스는 날 알아보는 것 같지도 않아. 알아봤으면 애초에 그 빌어먹을 물건을 훔친 놈이 여기 있다고 소리를 질렀을 테니까."

"'훔쳤다'니 무슨 뜻이야?"

"발견했다고. 아무튼 그게 중요해?"

"하지만 모리스, 말이 안 되잖아. 그 금화가 아직 우리집에 있다면 어떻게 그 사람이 가지고 있을 수 있어?"

"나도 몰라!" 나는 네 엄마에게 소리를 지르고 자리에서 일어나 서성이기 시작했어.

내가 고상한 탄산수나 마시고 노린의 빌어먹을 '반짝, 반짝' 소리를 듣고 또 들으면서 거기 종일 앉아 있으면 토머스가 무슨 속셈인지 어떻게 알아내겠니. 나는 그 빌어먹을 금화를 경건하게 바라보는 노린의 뒤를 지나가면서 그녀에게 고함을 치지 않기 위해 온 힘을 다해야 했어. 나는 노린을 내려다보면서 입 모양만으로 노린과 금화를 저주했어. 그러다가 넘어질 뻔해서 노린의 의자 등받이를 잡아야 했지. 난 내 눈에 비친 것이 진짜인지 확인하려고 몸을 더 깊이 숙였다. 노린은 똑같은 금화 두 개를 쥐고 있었어. 나는 노린이 이리저리 뒤집는 금화를 보고 또 봤지. 부정할 수 없었어, 둘은 똑같았다. 똑같은 얼굴과 똑같은 글귀가 새겨진 금화 두 개.

"노린." 겨우 말이 다시 나오자 내가 말했어. "금화가 두 개네."

"모리스의 반짝이랑 노린의 반짝이야."

"모리스의 반짝이?"

"응, 노린이 모리스의 특별한 반짝이를 가져왔고, 이제 노린도 새 반짝이가 생겼어."

"좋아. 그래, 노린. 그러니까 내 서랍에서 내 반짝이를 빌려왔고, 밖에 있는 저 남자한테서 다른 반짝이를 가져온 거야, 맞아?"

노린이 고개를 끄덕였어.

"노린의 반짝이야." 노린이 덧붙였지.

어떻게 된 일인지 그제야 깨달은 나는 크게 안도하며 노린 옆에 놓인 의자에 웅크려앉았다. 나는 웃으면서 걱정을 씻어내고 무슨 영문인지 모르는 아내에게 모든 것을 설명했지. 노린이 서랍에 들어 있던 내 금화를 또 '빌려서' 주머니에 넣은 채 이 호텔에 왔고, 바에서 똑같이 생긴 금화를 자랑하며 돌아다니던 토머스와 마주친 것이라고. 참 대단한 놈이야, 나는 생각했다. 절대 지지 않는군. 패배를 절대 인정하지 않아─모조품이라도 꼭 갖고야 말지, 정말 잘 만들었지만 말이야.

"이건 모리스 거. 이건 노린 거."

노린이 정말로 내 금화를 줬어. 어떻게 구별하는지 난 몰랐지.

"그러지 마, 노린. 네 금화를 돌려줘야 한다는 거 알잖아."

"노린 거야." 노린이 나를 피해 외투 주름에 동전을 숨기며 말했어.

세이디를 보니 당황한 표정이더군. 세이디가 탁자를 빙 돌아와서 노린의 반대편 옆에 앉았어. 우리는 양쪽에서 협상을 시작했지. 십 분 뒤, 우리는 만족스러운 거래를 끝내고 회의실에서 나왔어. 노린이 내 금화를 갖는 대신 토머스의 금화를 돌려주기로 했고, 노린의 금화는 우리집에 있는 노린의 침대 옆 사물함에 항상 넣어두기로 했어. 그리고 뇌물로 내 지갑과 세이디의 가방에서 긁어모은 2유로짜리 동전 세 개를 주었지.

"그는 어디 있지?" 내가 에밀리를 발견하자마자 손가락 사이에 끼운 금화를 빙글빙글 돌리며 물었어.

"조금 전만 해도 저기 계셨는데. 돌려받으셨군요. 해니건 씨, 제가 할아버지께 돌려드릴게요. 호텔에서 대접할 테니 부인과 점심 드시고 가세요. 룸을 내드릴게요. 조용하고 근사할 거예요." 에밀리는 우리 두 남자가 다시 만나면 어떤 일이 벌어질까 걱정하는 표정이었어.

"점심식사를 대접하겠다니 기꺼이 받아들이지." 나는 최대한 매력적으로 말했어. "하지만 내가 소동을 피우지 않겠다고 약속하면 이걸 당신 할아버지에게 직접 돌려주는 영광을 허락해주겠나? 나한텐 중요한 일이야."

에밀리가 내 얼굴을 살피며 믿어도 될 만한 증거를 찾았어. 나는 마주 웃어주면서 내 입 모양이 어떻든 에밀리에게 내가 약속을 지키는 남자, 축하의 날을 망치지 않을 남자라는 확신을 줄 수 있길 바랐지. 에밀리는 완전히 만족한 것 같지 않았지만 그래도 세이디와 노린을 향해 돌아서더니 메뉴를 설명하며 룸으로 안내했어. 하지만 내가 토머스를 찾아서 바에 들어가려고 한 걸음 내디뎠을 때 어느새 내 옆으로 와서 다급하게 팔을 잡으며 속삭였지.

"해니건 씨, 부탁드려요. 할아버지는 그 금화 때문에 지옥에 떨어졌다가 돌아오셨어요. 우리 가족은 그동안 충분히 고통받았어요. 할아버지가 당신이 누군지 아시거나 당신이 할아버지를 조롱하려 들면 할아버지가 무슨 짓을 하실지 저도 모르겠어요. 부탁이에요, 해니건 씨. 그냥 금화만 돌려주고 아무 말도 말아주세요."

"내가 누군데, 에밀리? '당신이 누군지'라니 무슨 뜻이지?" 내가 물었어. 어쩌면 결국 내 죄를 들켰을지도 몰랐어. 어쩌면 에밀리는 내가 그 옛날에 금화를 어쨌는지 알지도 몰랐지.

"땅 말이에요. 그리고…… 무슨 뜻인지 아시잖아요. 지금 그 이야기를 다시 할 필요는 없어요. 부탁이에요, 할아버지한테 당신이 누군지 알리지 말고 금화만 돌려주고 끝내세요."

"아, 그렇군. 땅. 토머스와 싸우지는 않을 거야. 그랬다간 날 용서하지 않을 여자들이 여기 너무 많으니까. 점잖게 굴지. 약속해."

나는 내 팔을 잡은 에밀리의 손을 톡톡 두드린 다음 떼어냈지만 손을 놔주지는 않았어.

"하나만 더 묻지, 에밀리. 당신 할아버지가 금화를 다시 '찾았다'는 건 무슨 소리야?"

에밀리가 나를 보았다. 그 표정을 보자 그 자리에서 바로 설명하기에는 온갖 일로 너무 지치고 피곤한 상태라는 걸 알았어. 나는 정말 에밀리를 보내주고 싶었지만 그러는 대신 에밀리의 손을 꽉 쥐었다. 내 호기심을 조금 더 밀어붙였어. 에밀리의 표정이 체념으로 누그러졌지. 에밀리가 주변을 살피더니 속삭였어.

"진짜가 아니에요. 그러니까 할아버지가 잃어버리신 물건이 아니라고요. 나머지 여섯 개 중 하나예요. 십 년쯤 전에 사셨어요. 저희 아버지가 돌아가시기 전에요. 두번째 부인의 유산을 썼죠. 그 일이 탄로나서 두번째 부인에게 이혼당했어요. 부인이 소송을 하겠다고 협박하는 바람에 우린 합의금을 빌릴 수밖에 없었죠."

"사실인가?"

"해니건 씨에게 동정을 바라진 않지만 할아버지 상태가 정말 좋지 않아요. 진실을 아예 외면하시거든요. 자기 금화가 원래 증조할아버지가 가지고 계시던 거라고 굳게 믿고 있어요. 증조할아버지는 진정한 신사였고 자신은 자랑스럽고 성실한 아들이었다는 가공의 세계를 만들어냈죠. 우린 상속권 박탈 이야기는 절대 입에 올리지 않아요. 어쩌면 우리 모두 똑같았을지도 몰라요, 그때…… 아무튼요."

에밀리가 갑자기 말을 멈추고 이야기하고 싶지 않은 무언가를 떠올리는 듯 눈을 감았어. 그러다 손으로 눈썹을 문질렀지.

"그러면 내가 당신을 처음 만난 날 말이야." 내가 다시 에밀리의 주의를 끌며 말했어. "빚 얘기를 했는데, 대출 때문이었던 건가? 그래서 돈이 필요했고?"

난 이 모든 아이러니에 미소를 짓지 않을 수 없었지. 그때 그 자리에서 금화를 돌려줬다면 현금을 투자할 필요가 없었던 거야. 에밀리가 내 얼굴을 살폈어. 그녀의 표정이 진지해졌지.

"왜요, 전부 토머스 할아버지와 금화 때문이란 걸 알았으면 다시 생각하셨을 건가요?" 에밀리가 물었어.

난 대답할 말이 없었다. 어쨌든 그때는 없었어. 솔직히 말하면 지금도 모르겠다.

"과거는 과거일 뿐." 내가 말했어. "하지만 아직도 토머스는 집에 올 때마다 금화를 찾아다닌다고 했잖아. 이미 가지고 있는데 왜 찾지?"

"아직도 희망을 품고 사시나봐요." 에밀리가 입을 꾹 다문 채 미소를 지어 보였지.

나는 고개를 끄덕이고 에밀리의 손을 톡톡 두드린 다음 조금의 망설임도 없이 토머스를 찾으러 갔다. 커다란 웃음소리와 사람들 머리 위로 비죽 올라온 희끗희끗한 머리를 따라가기만 하면 됐지. 난 아무 말 없이 토머스의 팔꿈치를 잡고서 그의 이야기를 듣던 남자를 남겨두고 한쪽 옆으로 끌고 갔어.

"아니 이봐요, 당신 대체 누군데 이래?" 그가 비틀비틀 몸을 돌려 나를 마주보면서 따졌고, 그러다가 포도주를 쏟았어. 얼굴이 늙었더군. 가까이서 보니 나약함이, 지친 표정이 눈에 띄었어. 난 연민이 아니라 증오를 느낄 줄 알았는데 말이다. 그가 의심스럽다는 듯 눈을 가늘게 떠서 나는 정신을 차렸다. 매서운 눈빛으로 토머스의 얼굴 바로 앞에 금화를 들이밀었지.

"아, 드디어! 아까는 잠시 경찰을 불러야 하나 생각했어요. 분명히 말해두지만 에밀리만 아니면 정말 불렀을 겁니다."

"정신병자도 미친 여자도 아닙니다."

"뭐? 무슨 소리요?"

"내 처제 노린 말입니다. 정신병자도 미친 여자도 아니니 두 번 다시 그렇게 부르지 말아주면 고맙겠군요."

나는 그의 눈을 뚫어져라 보면서 증오를 최대한 쏟아내려 했다. 토니는 나에게 무슨 일이 있어도 눈을 똑바로 보라고 항상 말했지. 나는 토머스가 이제는 날 알아볼지 궁금했어. 자기가 직접 낸 내 얼굴의 흉터를 알아볼까. 자기를 갈기갈기 찢을 수 있는 남자가 된 그 아이를 알아볼까. 하지만 그런 기색은 없었다.

"그 여자를 다시 만날 생각은 없어요." 그가 시선을 내리깔고 위엄을 지키려 애쓰며 말했다. "내 마음대로 할 수만 있다면 그 여자는 우리 호텔에 두 번 다시 발을 못 들일 겁니다."

토머스는 그대로였다―예전과 마찬가지로 으스대는 불량배.

"당신 호텔이라고?" 나는 피가 끓어올라 이게 누구 호텔인지 말해줄까 생각했지만 에밀리에게 소동을 피우지 않겠다고 약속한 것이 떠올랐어. 그래서 대신 다른 진실을 말했지. "당신 거라고? 당신 동생의 손녀가 땀 흘려 일군 게 아니라? 에밀리는 운과 빌린 돈으로 이 무너져가는 호텔을 근근이 지탱하고 있어요. 지난 오십 년 동안 당신은 어디 있었습니까? 유럽이나 유유자적 돌아

197

다녔겠지요, 아닙니까? 그 어린 소녀와 그 아이의 아버지가 아니었다면 이곳은 이미 오래전에 사라졌을 겁니다. 당신 호텔은 무슨."

그러자 토머스는 깜짝 놀라서 입을 떡 벌렸어. 나는 최대한 오래 그를 빤히 보다가 세이디와 노린에게 가려고 돌아섰지.

상대의 눈을 봐, 모리스. 항상 눈을 똑바로 보라고.

점심식사를 하는 동안 그 문제에 대한 이야기는 더이상 나오지 않았다. 우리는 식사를 마치자마자 호텔을 빠져나왔어. 하지만 집에 돌아왔을 때 세이디는 그냥 넘어가려 하지 않았지.

"빌어먹을 그 금화를 그냥 없애면 안 돼, 모리스? 그게 당신한테 무슨 소용인데? 우리한테는 아무 의미도 없잖아, 그 남자는 집착하는 것 같지만."

"어렸을 때는 토머스가 날 이겼지만 이젠 절대 안 돼."

"당신이 열 살짜리 애야? 가끔 보면 당신보다 노린이 더 멀쩡하다니까. 금화를 가져가서 몇 년 전에 주웠다고 대충 둘러대, 오늘 그 사람이 가지고 있는 금화를 보고 생각났다고 말이야."

"좋아, 그럼 내가 돌려주고 올 테니까 그동안 노린한테 우리가 약속을 못 지키게 됐다고 당신이 말할래? 분명히 말해두지만 난 절대 노린한테 말하지 않을 거야."

내가 손으로 탁자를 내리치자 찻잔의 차가 잔 받침으로 흘러넘쳤어. 그날 노린이 돌아갈 때까지 우리는 말없이 경기를 봤고, 그 뒤로 세이디는 죽는 날까지 그 주화에 대해 한마디도 하지 않았다. 노린은 자신이 어떤 태풍을 불러왔는지 까맣게 모른 채 자기

방에서 수많은 보물 가운데 제일 최근에 생긴 보물을 들고 앉아 있었지.

노린이 매일 동전으로 뭘 했는지 나도 확실히는 몰라. 바닥에 쏟아놓고 살펴본 다음 다시 넣었겠지, 아마. 대단한 수집품이었어. 동전으로 가득한 유리병이 잔뜩 있었지. 처음에는 아주 흔한 유리병이었지만 세월이 흐르면서 점점 세련되어졌어. 세이디는 장을 보러 갔다가 멋진 유리병을 발견하면 종종 50펜스짜리, 또는 수중에 있는 동전 중에서 제일 반짝이는 것을 넣어서 포장해 오곤 했다.

너도 노린의 그런 강박적인 취미를 아주 좋아했지. 네가 어렸을 때 노노 이모도 너처럼 용돈을 받아야 한다고 고집부렸던 거 기억나니? 넌 용돈을 받는 토요일에 노린에게도 용돈을 주었어. 그리고 물론 크리스마스가 되면 노린에게 선물할 제일 멋진 유리병을 사러 특별히 더블린까지 갔지. 넌 새로 산 유리병을 아주 자랑스럽게 들고 집으로 돌아왔다.

"음, 꽤 근사하구나." 그날 저녁 부엌에서 네가 날 붙잡고 유리병을 보여주길래 내가 말했지.

"지금까지 산 것 중에 최고예요." 넌 활짝 웃으며 말했어.

그리고 네 말이 맞았어, 그것도 매년 말이다. 매년 노린은 널 실망시키는 법 없이 깍깍 웃으며 유리병을 열고 무슨 동전이 들어 있나 들여다보았지. 넌 집을 떠난 뒤에도 절대 노린을 잊지 않았어. 그건 노린뿐만 아니라 너에게도 즐거운 기분전환이 됐지—유리병이나 새로운 종류의 동전을 찾아다니는 일 말이야. 넌 온갖 신기한 외국 동전까지 손에 넣을 수 있었으니 더욱 그랬지. 네가 아주 희귀한 동전을 꺼내드는 순간 노린의 눈에 너 같은 사람은 둘도 없었어. 노린이 널 끌어안을 때면 내 후광이 사라지는 듯한 느낌이 들었지.

노린은 세상을 떠나면서 거의 백오십 개에 달하는 유리병을 우리에게 남겼어. 살아생전 노린은 제일 좋아하는 병 세 개를 항상 가지고 다녔지. 노린이 다섯 살 때 그녀의 어머니가 준 낡은 잼 병, 노린의 쉰 살 생일에 세이디가 노린의 이름을 새겨 선물한 병, 마지막으로 너와 로절린이 결혼식 날 선물한 병. 그 병은 정말 아름다웠다. 정면에 너희 세 사람의 사진이 붙어 있었다. 너희가 약혼했을 때 우리집 거실의 긴 소파에 너와 로절린이 노린을 가운데 두고 앉아서 찍은 사진이었어. 그 병에는 10센트와 25센트 동전이 가득 들어 있었다. 네가 몇 년 동안 모았겠지. 게다가 결혼식 날 선물하다니, 정말 천재적인 발상이었어. 노린이 주빈 테이블의 자기 자리를 찾아갔을 때 그 병이 기다리고 있었지. 우리 모두 그 뒤에 서서 노린의 반응을 지켜봤다. 너희 둘도 노린의 반응을 보러 왔고. 노린은 과연 너희를 실망시키지 않고 두 사람 모두 꽉 끌어안았고, 결국 공식 입장 시간이 돼서 노린을 억지로 떼어내야 했다.

물론 우리는 그 소중한 유리병이 깨지면 어쩌나 걱정하며 지냈다. 세이디가 끊임없이 걱정하는 바람에 나도 걱정했어. 우리는 아이가 제일 좋아하는 장난감을, 밤에 자러 갈 때 꼭 있어야 하는 장난감을 잃어버려 괴로워하는 부모 같았지. 한참 후에 애덤이 아일랜드에 왔을 때 똑같은 생각을 했던 기억이 난다. 그때 애덤은 기껏해야 세 살이었을 텐데, 더블린에 쇼핑을 갔다가 오리 봉제 인형 '더키'를 잃어버렸지. 넌 그 일을 잊을 수 있니?

"케빈이랑 로절린이 다녀온 가게에 전부 전화해봤어, 모리스." 그날 저녁 내가 집으로 돌아오자 세이디가 말했지. "하지만 본 사람도 들은 사람도 없었대. 케빈이 더블린에 다시 가서 들렀던 가게를 전부 돌아다닌 끝에 쇼핑센터에 있는 애들 놀이기구 옆에서 발견했어. 스티븐스그린에 있는 커다란 놀이기구 말이야. 케빈이 인형을 들고 들어왔을 때 로절린은 로또라도 당첨된 표정이었다니까. 세상에, 난 그런 스트레스는 정말 못 견디겠어." 세이디가 가슴에 손을 얹고 말했지.

그뒤에 로절린은 그런 일이 또 생길까봐 인터넷을 샅샅이 뒤져 정확히 똑같은 인형을 찾아냈어. 결국 그게 필요한 일은 생기지 않았지만, 로절린은 잘 간직했다가 애덤이 자기 첫애를 낳으면 주겠다고 했지. 세이디는 정말 근사한 아이디어라고 생각했단다. 하지만 또 생각해보면, 로절린이 뭘 하든 세이디가 못마땅하게 여긴 적은 거의 없었어. 너도 별로 들어본 적 없지? 시어머니와 며느리가 그렇게 사이가 좋다는 이야기.

결국 우리는 노린의 특별한 병 세 개를 넣을 케이스를 샀다. 어디든 들고 갈 수 있게 비닐 완충재로 안전하게 싸서 케이스에 넣어놨지. 주말 동안 같이 지내기 위해 노린을 데려오려고 요양원에 가서 기다리고 있으면 노린은 그 케이스를 자랑스럽게 들고 주차장을 가로지르곤 했어. 진짜 필요한 물건은 노린이 아니라 세이디가 직접 챙겨들고 따라왔다. 노린은 정말 특별했어. 흔히 말하듯 자기 생각대로 사는 사람이었지. 노린은 우리의 삶을 지배했지만 사실 노린이 지운 짐은 가벼웠다.

노린은 2007년에 죽었지. 호텔 소동이 있고 몇 년 후였어. 일흔살이었지. 간병인이랑 같이 아침식사를 하러 가는 길에 쓰러졌어. 노린이 제일 좋아한 간병인이었는데, 이름이 수전이었나? 그녀의 품에 쓰러졌지. 뇌혈전증이었어. 네 엄마가 무척 힘들어했다. 세이디는 몰리가 죽었을 때 이후로 한 번도 본 적 없는 침묵에 빠져들었어. 몇 달이 지난 후에야 미소를 짓거나 노린이 저질렀던 일을 이야기하며 웃을 수 있게 되었어.

너도 기억하겠지만 노린의 장례식은 소박했어. 우리 부부, 네 엄마 양옆에서 손을 잡아주었던 너와 로절린, 이웃 사람 몇 명, 요양원에서 노린을 보살펴주던 사람 몇 명, 그리고 물론 제니와 메이도 잉글랜드에서 돌아왔지. 우리는 노린을 부모님과 함께 묻어주려고 고향인 애너모로 갔어. 세이디에게는 그 일이 제일 힘들었던 것 같아. 가족 모두와 떨어지는 것 말이다. 처음에는 이 주에 한 번씩 묘지를 찾아갔지만 시간이 흐르고 우리도 나이를 먹으면서 간격이 점점 길어졌어. 난 세이디가 노린을 위해 평생 최선을 다했다는 걸 알지만 세이디도 그렇게 생각할지는 모르겠구나. 세이디는 워낙 독립적이었기 때문에 나는 가끔 세이디의 상처와 죄책감을 온전히 알아채지 못했던 것 같다. 그 사실을 알고부터 최대한 신경썼어. 하지만 일생의 절반은 바깥일—사업, 나의 제국―에 정신이 팔려서 집안에 뭐가 있는지, 그것이 얼마나 소중한지 종종 잊고 말았다.

5장

너는 늘 내게 희귀한 위스키를 보내주었다. 생일이 되면 난 집에 들어갔을 때 보기 드물게 아름다운 위스키가 부엌 식탁에서 기다리고 있으리라 확신했어. 세이디가 살아 있을 때는 자기가 위스키를 대서양 건너편에서 직접 날라온 것처럼 아주 자랑스러운 표정으로 옆에 서 있었지.

"뭐가 왔는지 봐." 세이디가 말했어. 항상 그렇게 말했지. 눈은 기쁨으로 반짝반짝 빛나고 암말이 새끼를 낳은 날처럼 따뜻하고 환한 미소를 지었다.

세이디는 자리에 앉아 포장을 뜯는 나를 지켜봤어. 나무상자를 열면 '우와' '아아' 같은 감탄사를 내뱉었어. 손가락으로 술병을 위아래로 쓸어보고, 라벨을 어루만지고, 플라스틱 케이스 내부를 감싼 실크 같은 안감을 만지작거렸어. 손가락 끝으로 잡고 엄지로 부드럽게 문질렀지. 그중에 짙은 오렌지색 안감도 있었는데, 넌 아마 기억하겠지.

"정말 멋지지 않아, 모리스?" 세이디가 말했어. "입으로 베어물면 이 예쁜 색을 빨아들일 수 있을 것만 같아." 나는 가끔 아내의 머릿속이 궁금했어. 어느 위스키 상자였는지는 기억이 안 나는구나. 세이디는 상자를 전부 간직했단다. 믿을 수 있겠냐? 옷장 안쪽에 쌓아두었을 거야. 나는 전혀 모르다가 세이디가 죽고 나서 우연히 발견했다. 그걸 발견한 날 아침에 옷장 문을 열어두고 침대에 한참 동안 앉아서 멍하니 바라보았지. 전부 열다섯 개였어. 자부심을 갖게 해준 그 상자들을 외투 뒤에 쌓아두었던 거야. 세이디에게 너무나 소중했던 이 상자를 어떻게 간직할까 결정하는 데 며칠 몇 주가 걸렸다. 사다리. 나는 그렇게 결정했다―애덤이나 커트리나가 이층침대에 올라갈 때 쓸 멋진 사다리를 만들면 되겠다고 말이야. 그래서 나는 낡은 풋스툴에 앉아 상자를 꺼냈다, 세이디가 드라마를 볼 때 발을 올리던 거 말이다, 기억하니? 원래는 트랙터 부품이 들어 있던 낡은 포장용 나무상자였어.

"당신 저거 써?" 어느 날 세이디가 내 앞으로 온 편지를 갖다주러 헛간에 들어왔다가 물었지.

"저거?" 내가 나무상자를 가리키며 말했어. "쪼개서 불쏘시개로 쓰려고 했는데."

"내가 쓸게. 낡은 카펫 조각이 있으니까 여기 씌우면 되겠어."

"뭐하려고?"

"풋스툴을 만들려고. 던캐셜에서 파는 건 어처구니없이 비싸거든. 이거면 딱 되겠어."

우리는 그 풋스툴을 사십 년 동안 썼다. 아직도 멀쩡해. 카펫은 파란색 꽃무늬인데, 네 방에 깔고 남은 거였어. 그래서 옷장을 비운 날 밤, 나는 그 풋스툴에 앉았다. 상자를 하나하나 꺼낼 때마다 뜸을 들이면서 네가 언제 보낸 건지 기억해내려 애썼지. 오렌지색 안감이 있던 상자를 열었지만 천은 없었어. 고급스러운 안감이 벗겨지고 없었어. 플라스틱 케이스 안은 털 뽑힌 닭처럼 헐벗은 상태였어. 난 이해할 수 없었다. 가만히 앉아서 플라스틱 케이스를 바라보다 세이디가 왜 그랬는지 실마리를 찾을 수 있다는 듯이 상자를 뒤집어보았어. 그때 다른 데에서 그 오렌지색 안감을 봤다는 생각이 떠올랐다. 기억을 더듬어 찾는 데 시간이 좀 걸렸어. 고개를 돌려 화장대에 손을 얹기만 하면 됐는데, 바로 거기 있었다. 세이디가 머리핀을 넣어두던 파우치에. 세이디는 그런 걸 만들곤 했어—매일 밤 그 호화스러운 부드러움을 느낄 수 있는 실용적인 물건. 난 그 파우치를 간직했다. 상자에 넣지 않았어. 지금도 가지고 있단다. 불룩한 주머니에 우리 아버지의 파이프랑 같이 들어있어. 누가 지금 내 주머니를 턴다면 이 자식은 도대체 뭐하는 인간인가 싶겠지.

프랜시가 나를 대신해서 애들 사다리를 만들고 있다. 우리가 이야기를 나누는 동안 마법을 부리고 있어. 너희가 올 때에 맞춰서 완성될 거다. 너희는 곧 올 거야—며칠 안으로.

하지만 나에게 중요한 건 술이 아니라 위스키를 만드는 방식이 적힌 설명서였어. 나는 모든 설명서를 처음부터 끝까지 다 읽었다. 양조업자가 되어 그렇게 완벽한 술을 만든다는 건 어떤 느낌일까 궁금했어. 대단한 장인이야, 전부 다. 사람들이 보면서 한숨을 내쉬는 아름다운 술을 만들지. 난 그들의 삶이, 그들의 이름이 궁금했다. 댄과 러스트, 카터라고 상상해봤어. 다들 포치의 흔들의자에 앉아 저녁에서 밤으로 넘어가는 동안 귀뚜라미와 라디오 소리에 귀를 기울이며 사소한 것에 만족하는 조용한 남자라고 상상했지. 삽처럼 크지만 석공의 손처럼 날렵한 손. 나는 첫 모금을 마시기 전에 항상 어딘가 자기 집 현관에 앉아 있을 그들을 위해 잔을 들었다―내가 기꺼이 시간을 같이 보내고 싶은 남자들이었지. "그들의 손에 축복이 있기를." 나는 그들의 창조물을 높이 들고 워터퍼드 컷글라스 속에서 우아하고 균형 있게 움직이는 액체를 보며 항상 말했다. 잔은 세이디의 이모 모라의 결혼선물이었는데, 모라는 내가 그 잔을 들 때마다 항상 특유의 걱정 가득한 목소리로 자기가 준 선물임을 꼭 지적했지. "그들의 손에 축복이 있기를."

지난 크리스마스에 네가 제퍼슨 18년 숙성 몰트위스키를 나에게 선물했지. 그건 오늘 저녁 내내 내 발치의 봉투 속에 숨어 있었다.

"자, 이걸 바 뒤에 놔줘." 스베틀라나가 거의 손도 대지 않은 접시를 치우러 왔을 때 내가 제퍼슨을 주면서 말했어.

스베틀라나는 완전히 정신 나간 놈을 보듯이 나를 봤어.

"갔다 와서 이걸 한잔 마셔야겠어."

나는 스툴에서 폴짝 뛰어내리려 했지만 사실 슬로모션으로 휘

208

청거리며 내려오는 것에 가까웠다. 그래도 단단한 땅에 안전하게 내려와 밖으로 나갔어. 나는 무척 걱정스러운 표정으로 여전히 술병을 빤히 보는 스베틀라나를 돌아보았다.

"에밀리랑 다 얘기된 거야, 당신이 해고될 일은 없어." 물론 나는 에밀리에게 한마디도 안 했지만 에밀리도 뭐라 하지 않을 거다. 만약에 뭐라 한다 해도 어쩌겠니, 이미 저질렀는데.

스베틀라나가 나를 보며 미소를 지었다. 거짓말인 거 다 알지만 어쨌든 믿어주겠다는 미소였지. 그러고 나서 술병을 카운터 밑에 넣었어.

"시상식 참가자들 지금 후식 먹는 거 알아요? 정말이지 아일랜드 사람들은 소화도 잘 안 되겠어요. 너무 빨리 먹어서."

여기 복도를 걷다보면 기분이 참 이상해. 내가 일하던 때랑 많이 달라졌거든—다양한 방식으로 증축과 보수를 거듭했지. 그래도 알아볼 수 있는 부분이 있어. 여기 이 모퉁이처럼 말이다. 아주 작지만 움푹 팬 자국이 있어. 주의깊게 안 보면 놓치기 십상이지. 내가 그런 거란다. 어느 날 저택에 일손이 부족해서 나한테 중앙 응접실로 땔감을 옮기라고 했어. 집안에 들어가기 전에 나는 신발부터 벗어야 했어. 고맙게도 지난주에 어머니가 양말을 꿰매주셔서 어머니를 부끄럽게 만들 일은 없었지. 나는 복도를 따라 걸어가면서 내 몸집만한 가구와 벽 전체를 차지한, 붉은 외투 차림으로 말에 탄 남자를 그린 거대한 그림에 정신이 팔렸어. 중앙 복도에 커다란 괘종시계가 있었는데 거기서도 눈을 뗄 수 없었지. 시계를 그렇게 크게 만들다니 믿을 수가 없었어. 우리집 화덕 위에 걸린 시계는 작아서 별로 볼품이 없었거든. 그거랑은 전혀 달랐다. 나는 추가 흔들리는 것을, 아주 깔끔하고 웅장하게 째깍째깍 움직이는 것을 지켜봤어―세상에 자신의 위대함을 알리는 것 같았지. 장작 바구니가 너무 무겁지만 않았어도 종일 거기 서서 보고 있었을 거야. 내가 바구니를 다시 제대로 들고 걸음을 옮기려는데 빅벤이 종을 칠 때가 됐다고 결정하고 정각을 알리지 않았겠냐. 음, 나는 놀라서 펄쩍 뛰었다. 바로 옆에 벽이 있어서 바구니를 떨어뜨리지는 않았지만 바로 여기가 약간 움푹 팼지. 내가 용기를 내서 열심히 문질렀던 기억이 난다. 뭘 노리고 그랬는지는 모르겠구나. 문질러봤자 더 나빠질 뿐인데. 난 들켜서 교수형에 처해지기 전에 얼른 움직였다. 그날이 아마 내가 길을 잃고 실수로 휴 돌러드의 서재 문을 연 날이었을 거야. 그걸 잊고 있었군.

"여기가 아니야, 왼쪽 옆방이다." 휴 돌러드가 책상에서 시선을 들며 말했어.

"죄송합니다." 나는 겨우 말하고 물러났어. 지금 생각해보니 돌러드 씨를 보고도 죽을 만큼 무섭지 않았던 건 그때가 처음이었구나. 그는 거의 평범해 보였어. 그리고 기억의 장난이 아니라면, 돌러드 씨가 문을 열어주려고 자리에서 일어나는 걸 본 것 같아. 하지만 내가 워낙 빨리 나가서 그럴 필요가 없었지. 음, 정말 의외 아니냐? 마음이 어떤 건 기억하고 어떤 건 잊겠다고 선택하는지 정말 흥미롭지 않니?

"음, 모리스. 계획대로 잘되고 있어요?" 자리로 돌아오니 로버트가 바에 앉아서 날 기다리고 있구나. "아뇨, 바로 갈 거예요."
내가 스베틀라나를 향해 손을 들자 로버트가 내 손을 잡아 내리며
말해.

"오늘밤에는 아무도 나한테 술을 얻어먹으려 하지 않는군."

"아니, 진짜예요, 모리스. 안 돼요." 내가 다시 주문하려 하자
로버트가 말한다. "집에서 이본이 기다려요. 시상식 때문에 한두
시간 짬을 내서 들른 거예요. 아시겠지만 사업 때문에요. 예상치
못한 때에 접근하는 거죠."

"저녁이 이제 시작인데 벌써 집에 들어가다니, 모든 여자의 이
상형이군."

"할말이 없네요, 모리스. 샴페인은 아직 안 따셨나봐요?"

"아직 아니야. 그건 자네가 에밀리를 위해서 주문했지."

"그랬죠. 말씀해보세요, 호텔에서 당신인 거 알아요?"

"'나라는 걸' 알다니 무슨 소리지?"

"아마 호텔에서는 VIP가 이 행사 때문에 방문하는 누군가라고
생각하겠죠. 그런데 사실은 더러운 장화를 신은 농부 해니건이라
는 사실을 직원들이 깨닫는 순간을 저도 보고 싶네요."

"더러운 장화라니 무슨 소리야, 난 주일에나 입는 제일 좋은 옷
을 입었는데?"

"그러시네요. 아주 말쑥해요." 나는 초록색 스웨터 앞면을 손
으로 쓸어본다. "저기, 요양원 주소 아세요? 파일을 보내거나 뭐
그럴 일이 있을 텐데." 로버트가 묻는군.

"내가 안 줬나? 내일 출발하기 전에 들러서 주지."

"그래주시면 감사하죠." 그가 몇 분 동안 걸터앉아 있던 스툴에서 내려오며 말한다. "그럼 남은 시간 즐겁게 보내세요." 로버트가 과장되게 윙크하는구나. "나중에 또 얘기해요. 그럼 내일 출발하기 전에 들르세요, 해니건 씨."

로버트가 내 등을 툭 치고 간다.

"스베틀라나." 로버트가 바 카운터를 톡톡 두드리며 부르더니 반대쪽 끝에 서서 핸드폰으로 뭔가를 하는 그녀에게 손을 흔들어.

스베틀라나도 손을 흔들어 인사하자 로버트가 문밖으로 사라진다.

"저 사람 알아, 로버트 주니어?" 내가 로버트가 나간 쪽을 고갯짓으로 가리키며 물어.

"아, 로버트요. 네, 네." 스베틀라나가 내 쪽으로 오면서 열심히 대답해. 괜히 물어봤구나.

"제가 문제가 좀 있었는데 도와줬어요. 아주 착해요. 아주 친절해요."

"그렇지. 그럼 당신은 여기 출신이 아니군?"

"저요? 아니에요!" 스베틀라나가 여기서 나고 자라고 아직도 여기서 사는 건 제정신이 박힌 사람이라면 생각할 수도 없는 일이라는 듯 말해.

"라트비아에서 왔어요." 어찌나 자랑스럽게 말하는지 내 얼굴에 미소가 절로 떠오른다.

"여기 호텔에서 일하는 건 어때?" 스베틀라나에게 아무 이야기도 털어놓지 않겠다고 결심하면서 내가 묻지.

"네. 좋아요. 바쁘죠. 에밀리는 아주 좋은 사람이에요."

"아, 에밀리. 그래, 숙녀지."

"네. 에밀리는 숙녀예요." 스베틀라나는 내가 어떻게 에밀리의 성별을 헷갈릴 수 있는지 모르겠다는 듯이 말한다.

나는 스베틀라나를 향해서라기보다 혼자 미소를 지으며 에밀리의 배짱을 병에 담아 팔 수 있다면 얼마나 더 부자가 될까 생각하지.

네가 어렸을 때, 네 살쯤밖에 안 되었을 때 밤늦게 집으로 돌아온 날이 있었다. 부엌에는 아무도 없었지. 저녁식사 직후에는 항상 그런 것처럼 아주 깨끗했어. 세이디가 비눗물에 팔꿈치까지 담그고 부엌을 깨끗하게 문질러 닦은 지 한 시간도 안 됐다는 걸 알았지. 식탁에 내 식사가 차려져 있었어. 내가 냄비 뚜껑으로 덮어둔 저녁식사를 오븐에 넣는데 복도 저쪽에서 너와 네 엄마의 목소리가 들렸어. 나는 자리에 앉아서 〈미스 크로니클〉을 펼치고 시장 관련 기사를 훑어봤어. 안 그러려고 애썼지만 결국 웃음소리에 끌려 신문을 내려놓고 소리가 들리는 쪽으로 갔지. 욕실 문이 열려 있기에 지나가며 보니 물이 아직 사분의 일 정도 차 있는 욕조에 거품도 조금 살아 있고 노란 오리 한 마리가 둥둥 떠다녔다. 나는 복도에서 네 방에 있는 두 사람을 훔쳐보았어.

"케빈, 사랑해. 엄마는 널 사랑한단다." 세이디가 바닥에 누워있는 너를 닦아주며 말했어. 한 단어 한 단어 말할 때마다 네 배에입을 맞추었지. "엄마는 네 뼈 하나하나를 전부 사랑해, 그거 아니?"

"응." 너는 존슨스 베이비파우더 용기의 중간 부분을 누를 때마다 훅 뿜어져나오는 하얀 가루를 행복하게 바라보며 대답했어.

"케빈은 케빈을 사랑하니?" 훅, 훅, 하얀 가루가 허공을 채웠지. 케빈은 케빈을 사랑하니? 나는 머릿속으로 따라 말했어.

넌 대답하지 않았다. 대신 탤컴파우더 용기를 뒤집더니 흔들어서 네 배와 바닥에 잔뜩 뿌렸지.

"네가 이 귀여운 아이를 사랑하고 항상 다정하게 대하고 항상 이해하려고 노력하면, 케빈은 온 세상에서 제일 행복한 사람이 될 거거든." 세이디가 네 온몸에 파우더를 바르며 말했어. 그런 다음 수건 한 귀퉁이로 카펫에 묻은 흰 자국을 문질러 닦았지. "그렇게 해줄래? 엄마를 위해서 케빈을 사랑해줄래? 그럴 거지? 요 장난꾸러기." 세이디가 물으며 널 다시 간질이자 깍깍거리는 웃음소리가 다시 터져나왔어.

난 두 사람을 방해하지 않고 컴컴한 우리 방으로 가서 침대에 걸터앉아 밤하늘을 배경으로 우뚝 솟은 우리 숲과 언덕의 실루엣을 보았어. 내가 본 중에서 가장 큰 달이 밝게 비추고 있었지. 나에게도 너무 벅찬 일이었다. 네 살짜리 아이는 고사하고 마흔세 살인 남자도 세이디의 말을 이해하기 힘들었어. 자신을 사랑하라고? 생각만 해도 참. 나는 침대 옆 스탠드로 손을 뻗어 더듬더듬 전등갓 아래 스위치를 찾았다. 커튼을 닫고 서서 가운데가 오렌지색인 갈색 꽃을 하나 하나, 한 줄 한 줄 바라보았어. 손가락으로 꽃잎의 무늬를 따라 그렸지. 내 까만 손톱과 군은살이 박인 피부는 섬유질을 느낄 가망이 전혀 없었지만 어쨌든 원을 그렸어.

"아, 왔어?" 세이디가 뒤쪽 문가에서 말했어.

"옷부터 갈아입으려고." 나는 꽃에서 손가락을 떼고 스웨터를 벗는 척하며 말했다.

"별일이네. 저녁식사 남겨놨어."

"봤어."

"애는 잠자리에 들었어." 세이디가 네 방 쪽으로 고갯짓을 하며 말했어. "잘 자라고 인사 안 해?"

"금방 갈게."

세이디가 너에게 그런 이야기를 몇 번이나 했을지 궁금하구나. 그래서 지금의 네가 된 걸까? 삶을 굳게 믿고 만족하는 사람이?

넌 땅을 원하지 않았지, 전혀 관심이 없었어. 난 노력했다. 일찍부터 우비에 장화를 신기고 데리고 나가서 같이 일하려고 했지. 내가 그냥 놔뒀다면 엄마는 널 완충재로 꽁꽁 쌌을 거다. 원래 아이들은 흙을 사랑하고 온몸을 더럽히기 마련 아니냐? 하지만 넌 안 그랬어. 그래서 난 가끔 괴로웠지. 네가 어찌나 불평이 많은지. 힘들어했어. 축축하게 젖어서 아주 괴로워했다. 지푸라기에 병균이라도 있는 것처럼 쇠스랑으로 쿡쿡 찔렀어.

"케빈. 힘을 줘야지." 내가 시범을 보이며 말했어. 너는 쇠스랑을 조금 더 멀리 뻗었지만 그게 끝이었어. 금세 가장자리만 다시 쿡쿡 찔렀지.

"들어가." 내가 말했어. "제길, 들어가라고. 빌어먹을, 나 혼자

215

하고 말지."

그러면 너는 투덜거리면서 안으로 들어갔다. 부엌 창문으로 세이디가 몸을 숙이고 너를 위로하면서 너의 보호막을 하나하나 벗기는 모습이 보였어.

"왜 그래, 모리스. 케빈은 아직 어리잖아. 조금 더 다정하게 대할 순 없어?" 세이디의 말은 들을 필요도 없었다. 이미 외울 정도였으니까. 널 가만히 내버려둘 것, 그리고 싶어도 불쑥불쑥 들어가지 말 것. 다 알았다. 나는 밖에서 열심히 일하며 너의 연약함을 욕했지. 몇 년 뒤부터는 애쓰는 것 자체를 포기했다. 네가 책이나 읽게 내버려두었어.

"그런 걸 어떻게 읽냐?" 한번은 내가 너에게 물었지. "크기가 어마어마하구나." 아마 네가 중학교에 다닐 때였을 거다. 내가 집에 오면 넌 항상 부엌 식탁에 앉아서 책을 읽고 있었어.

"모르겠어요. 그냥 읽어요." 네가 말했다. "재미있어요. 이건 몽골인에 대한 책이에요. 몽골인의 가장 큰 무기는 악취였대요. 정말이에요. 그래서 불어오는 바람을 맞으며 몽골인이랑 싸우려는 사람은 아무도 없었대요. 진짜 웃겨요."

"그래. 웃기네." 나는 너에게서 멀어지며 말했다. 어떻게 나한테서 너 같은 아이가 나왔을까 싶었지.

어느 날 저녁, 네가 갑자기 외양간을 청소하기 시작했을 때 기억하니? 넌 아마 열다섯 살이었을 거다. 내 바로 옆에 서서 열심히 청소했지. 오랫동안 퇴비와 거름을 그렇게 싫어하던 네가 저녁 내내 일을 했어. 나는 네가 왜 그러나 궁금해서 곁눈으로 흘끔거렸지. 심경의 변화를 설명해줄 질문이나 뭐 그런 걸 기다렸어. 하지만 그런 말은 없었지.

"장작 팰까요, 아빠?" 네가 통나무더미를 가리키며 물었다.

"그래라." 나는 네가 도끼를 들고 쩔쩔매는 모습을 구경할 생각에 즐거워하며 말했어. 한편으로는 네 손가락이 잘렸다고 말하면 네 엄마가 어떻게 반응할지 걱정되기도 했지. 하지만 너는 항상 그 일을 하던 사람처럼 장작을 팼어. 작은 기적이었지. 무슨 나무꾼이라도 되는 양 장작을 장작더미에 던졌다.

"또 할 거 없어요, 아빠?" 장작을 다 패자 네가 말했다.

"아니, 이제 다 됐다. 자, 그만 마무리하자."

나는 네 뒤를 따라 마당을 가로지르며 언제일까 생각했어. 무슨 꿍꿍이인지 털어놓는 날이.

"차 마실까?" 따뜻한 부엌으로 들어가며 내가 묻고는 주전자에 물을 채웠지. 넌 나한테 100파운드짜리 지폐라도 받은 것처럼 더없이 따뜻한 미소를 지었어.

"좋죠, 네. 저는 커피 마실게요." 네가 부엌 의자에 구부정하니 편안하게 앉으며 말했다.

"언제부터 그런 걸 마셨어?"

"칼 번스틴은 커피만 마셔요."

나는 찬장 문을 열고 서서 뜨개질 도안을 바라보듯 멍하니 들여다보았어. 라이언스* 홍차를 꺼낸 다음 수프 봉지, 잼 병, 마멀

---

* 아일랜드의 가장 대중적인 홍차 브랜드.

레이드 병을 이리저리 옮기며 커피를 찾았지.

"음, 번스틴은 살아 있는 최고의 기자예요. 닉슨 대통령과 워터게이트 사건 아시죠?" 달그락거리는 소리 때문에 네가 목소리를 약간 높였어. "번스틴은 그 특종을 터뜨린 기자 중 한 명이에요." 넌 의자에서 일어나 내 옆으로 와서 조리대에 기대섰지. "그런 사람이 되고 싶어요. 음, 그런 사람이 되고 싶다는 말은 그러니까—"

"알아들었다." 나는 파란색 네스카페 병을 꺼내며 말하고는 커피 병을 들여다보며 너를 빙 둘러 주전자 쪽으로 갔다.

"이제 대학 과정을 밟으면 기자가 될 수 있는 거 아세요?"

"한 숟가락이냐, 두 숟가락이냐?"

"한 숟가락만요. 더블린에 라스마인스대학이 있는데, 거기서 학위를 딸 수 있어요."

주전자가 소리를 내기 시작했어.

"우유는?"

"괜찮아요, 블랙으로 마셔요."

나는 머그잔 두 개와 피그 롤스* 한 줌을 식탁으로 가져갔어. 굳이 접시는 꺼내지 않았지. 네 엄마가 옆방에서 텔레비전을 보며 다림질중이었거든. 목요일은 다림질하는 날이었어.

"그래서 조금 더 알아볼까 생각중이었어요. 필요한 점수나 뭐 그런 거요."

---

* 속에 무화과를 채운 비스킷의 상표명.

나는 식탁 앞에 비스듬히 앉아서 뒷문을 바라보았고, 너는 새까만 액체를 후루룩후루룩 마시기 시작했다. 내내 나를 살피는 네 시선이 느껴졌다. 뒤에서 주전자가 식으며 진력을 다한 다음 내쉬는 한숨처럼 작은 소리를 냈다.

"그래?" 마침내 내가 말했어. "그래, 커피를 블랙으로 마시면 가산점을 받나?"

내 아들이 기자라니. 그러니까 내 말은, 어쩌다 그렇게 된 거냐? 난 신문에서 시세와 게일릭 스포츠 경기 결과나 그럭저럭 읽을 뿐인데 기사 **전체**를 쓰다니, 자기 의견을 세상에 내놓다니─제정신이냐?

"기자가 되고 싶다던데?" 나중에 잠자리에 들 준비를 하며 내가 세이디에게 말했다.

"그래?" 세이디가 거울을 보고 비어져나온 머리카락을 헤어롤러에 다시 감는 데 집중하며 말했어.

"아까는 자진해서 소똥을 치우던데? 그러더니 기자가 되고 싶다는군."

"케빈이 당신한테 말했구나. 언제 말하려나 궁금해하던 참이었는데."

"언제부터야?"

"아, 모리스. 케빈이 늘 읽고 쓰길 좋아했다는 건 당신도 알잖아."

"알지. 하지만 그걸 직업으로 삼는다고? 그런 일자리가 있기는 해?"

"요즘 일자리가 어딨어. 선생님들이 맨날 말씀하시잖아? 이민을 가야 한다고. 상상이 돼, 모리스?" 세이디가 침대에 앉은 나를 돌아보더니 충격받은 표정으로 말했어. "우리 아들이 떠난다니."

"그런 일로는 한푼도 못 벌어."

"내 말 들었어? 중요한 건 돈이 아니야, 모리스. 우린 케빈을 잃는 거야. 잉글랜드로 가든 미국으로 가든."

세이디가 화난 듯 한숨을 쉬며 다시 돌아앉았어.

네가 대학에 가자 몇 주나 초상집 분위기였다. 넌 겨우 몇 킬로미터 떨어진 하숙집에 살면서 밤마다 전화하고 주말마다 빨랫감이 가득 든 배낭을 메고 돌아왔는데도 말이다. 하지만 그것만큼은 인정해줘야지, 넌 토요일마다 일찍 일어나서 나를 도와 일했어.

"그래, 책은 어떠냐?" 나는 말하곤 했지.

"커요." 한번은 네가 말했지, 몇 주밖에 안 남은 시험 때문에 약간 힘들어 보일 때였다.

"그럼, 내가 말했잖아. 글로 돈을 버는 일은 가짜라고."

시험이 시작되자 나는 혼자 일했다. 그때 네가 그리웠다. 너한테 말은 안 했지만 예전 같지 않았어. 1989년에 네가 대학을 졸업하고 다른 수천 명의 청년처럼 미국으로 가겠다고 했을 때, 음, 나는 세이디가 절대 회복하지 못할 거라 생각했다.

"그런데 모리스." 네가 가기 전 어느 날 밤, 저녁식사를 하며 세이디가 말했어. 이미 비행기표까지 다 예약했을 때였지. "더블린에 케빈의 일자리를 찾아줄 만한 사람 없어? 당신은 아는 사람이 많다고 항상 말했잖아."

"케빈이 소를 치고 싶어하면 아무 문제도 없어, 세이디. 하지만 더블린이나 런던에서 신문사를 운영하는 거물은 나도 몰라."

사실 나는 여러 가지 일을 한다는 지인들에게 혹시 신문과 관련된 일도 하는지 물어봤다. 소용없었지. 하지만 네 엄마에게는 물어봤다는 말도 하지 않았어. 괜한 희망을 주고 싶지 않았거든.

넌 졸업식이 끝나고 며칠 만에 우리를 떠났지. 네 엄마는 졸업식 내내, 그리고 네가 떠나는 날까지 매일 밤 울었다. 공항에서는 아주 가관이었지. 세이디가 너에게 매달렸던 거 생각나니? 넌 보안 검색대 앞에서 네 목을 끌어안은 세이디의 팔을 억지로 떼어내야 했지.

"돌아올게요, 엄마. 영영 가는 것도 아니잖아요." 넌 엄마의 등을 두드리며 계속 말했어. 솔직히 나라도 거짓말을 했을 거다.

우리는 다른 청년들과 같이 줄을 서서 조금씩 조금씩 멀어지는 너를 지켜봤다. 개중에는 아직 십대인 애들도 있었지. 우린 네가 스크린도어 뒤로 사라질 때까지 손을 흔들었어. 주차비가 비싸다고 아무리 말해도 세이디는 바로 가려고 하지 않았다.

"딱 일 분만 더, 모리스." 세이디가 말했어. "뭘 두고 갔을지도 모르잖아." 그래서 우린 기다렸다. 아마 십오 분은 기다렸을 거야. 사실 세이디는 네가 생각을 바꾸길 바랐고 나도 그 사실을 알았어.

너는 그곳에 영영 남았지. 그래서 세이디는 네가 집으로 돌아오지 않는다면 자기가 최대한 자주 가겠다고 결심했어. 여행에 온 힘을 쏟았지. 매년이 안 되면 이 년에 한 번이라도 너에게 가는 걸 정말 좋아했다. 나는 딱 한 번밖에 안 갔지만. 결혼식을 올린 다음 해였지. 네가 집을 산 때였어. 집이 어쩌나 크던지. 넌 아이를 열 명은 낳겠다고 큰소리쳤지. 방이 다섯 개에다 지하실이 우리집만 했어. 하지만 거긴 다 그렇지, 안 그러냐? 방 하나가 더블린의 주택만하지. 나는 작은 공간의 아늑함과 안정감이 더 좋다. 뭐든지 바로 옆에 있어서 편리할 뿐 아니라 따스한 느낌이 들거든.

"부엌이랑 거실을 하나로 트는 건 어때요, 아빠?" 십 년 전쯤 네가 아일랜드에 돌아왔을 때 물었어. 우리는 다 같이 부엌 식탁에 앉아 있었지. 로절린도 있었어. 애덤도 태어났던가?

"왜 그래야 하는데?"

"널찍하잖아요."

"그렇게 생각하니, 케빈?" 세이디가 주변을 둘러보고 칸막이벽을 유심히 살피며 나 대신 대답했어.

"그러면 환기도 잘되고 더 여유로울 거예요."

"그래, 네 말이 맞을 거야." 내가 말했지. "네 엄마랑 내가 같이 거실에 앉아서 텔레비전을 보다보면 아주 비좁아 죽을 지경이거든. 네 엄마를 찌르지 않고는 리모컨도 들 수 없어. 네 엄마가 차를 끓여 오면 난 복도에 나가 서 있어야 한다." 내가 말이 좀 심했던 것 같구나, 아들아. 하지만 너는 얌전히 받아들였어. 적어도 그런 것처럼 보였지. 그러고 보면 넌 힘들어도 나에게 잘 숨겼어.

난 미국에서 너희 동네 우체국이 좋았다. 미국에 머물 때 아침마다 우체국까지 걸어갔어. 아침 여섯시에 아일랜드의 여름날 같은 따뜻함을 느끼며 산책을 나갔지. 진입로를 내려가 교회랑 은행. 우체국이 나올 때까지 머빈 애비뉴를 따라 걷는 거야. 우체국에 도착하면 바깥 벤치에 앉았다. 아주 깨끗한 흰색 목조 건물이었어. 사진을 찍지 않을 수 없었지. 집으로 돌아가서 진짜 우체국이 어떻게 생겼는지 라빈에게 보여주고 싶었어. 그가 신문판매소 뒤에 숨겨놓은 우스꽝스러운 우체국이 아니라. 안은 깔끔하고 깨끗했고, 반짝반짝하고 구불구불한 레일이 카운터까지 이어졌다. 실제로 들어간 적은 한 번밖에 없었어. 내가 엽서에 붙일 우표를 사오겠다고 나섰지. 우리가 쇼핑 아울렛에 다녀온 이야기를 들어야 할 사람이 아일랜드에 적어도 스무 명은 있었어. 난 이른 아침에 그 벤치에 앉아서 이 낯선 세상이 잠에서 깨어나는 모습을 바라보는 게 좋았어. 외출 시간에 맞춰 돌아가야 했기에 거기 오래 머물 순 없었다. 나는 로절린이나 너 둘 중에서 그날 휴가를 낸 사람과 세이디의 뒤를 터덜터덜 따라갔어. 내가 원하는 건 제일 가까운 그늘 자리와 차 한 잔뿐이었다. 길게 늘어선 줄과 어떤 스타일로 차를 마시겠느냐는 끝없는 질문을 견딜 수만 있다면 말이다. 미디엄, 레귤러, 우유는 따로—나는 금방 배웠지. 난 낯선 거리를 어슬렁거리며 낯선 목소리를 듣는 것이 좋았다. 내가 남의 말을 엿듣는 걸 그렇게 좋아하는지 전혀 몰랐지 뭐냐. 그래도 된다고 했으면 오후 내내 그 동네를 어슬렁거릴 수도 있었어. 지나가는 사람들의 이야기를 듣다보니 우리가 사촌 격인 미국인과 별로 다르지 않다는 사실을 깨달았다—그쪽 세상에서도 중요한 건 똑같았어. 체면 차리기와 돈.

그리고 근사한 레스토랑에도 여러 번 갔다. 거기—뉴욕에 있는

롤린스키의 레스토랑 말이다. 로절린이 우리를 차에 태워 갔고 거기서 널 만났어. 레스토랑 주인이 너와 아는 사이였지. 바로 네가 일하는 신문사 사장. 레스토랑이 아주 깔끔하더구나. 화장실이 침실만하고 천으로 된 수건에 손을 닦았지. 자리에 앉아서 어딜 긁적이기만 해도 웨이터가 와서 뭐 불편한 건 없느냐고 물었어. 그리고 메뉴도 정말 어마어마했다. 난 메뉴판을 열기도 전에 지쳤어. 그래서 읽어보려는 시도도 하지 않고 내려놓았지.

"메뉴판 안 보세요?" 로절린이 물었어.

"그래. 뭐 먹을지 이미 정했다."

"그래도 한번 보세요. 스테이크가 얼마나 큰지 보셔야 해요. 여기 서프앤드터프*도 있는데―"

"나는 양념 안 한 닭가슴살이랑 매시트포테이토, 그레이비소스로 하마."

네가 손을 뻗어 로절린의 손을 꽉 잡았지.

내가 시킨 닭고기가 나왔다.

"매시트포테이토에 프라이드치킨을 올리고 '메이플 소스'를 뿌렸습니다." 웨이터가 내 앞에 요리를 내려놓으며 말했어.

나는 잠시 접시를 빤히 보았다, 내 기억으로는 타이어의 휠 캡만했어. 너희는 요리를 바라보는 나를 지켜보았지, 나도 알고 있었다. 잠시 후 나는 요리에 끼얹은 갈색 액체를 긁어내고 남은 닭고기를 내 앞접시에 덜었다. 또 매시트포테이토 위쪽의 푹 젖은

---

* 해산물과 육류가 함께 나오는 요리.

부분을 포크로 밀어내고 그 아래 흰 부분을 보이는 대로 전부 덜어서 닭고기와 같이 놓았어. 그런 다음 휠 캡을 식탁 중앙으로 밀어놓고 앞접시에 담긴 내 저녁식사를 먹으면서 너희와는 눈도 마주치지 않았지.

"불편한 점은 없으신가요?" 잠시 후 웨이터가 우리에게 와서 물었어.

"다 좋습니다." 내가 우리 모두를 대표해서 대답했지.

"다행이군요. 이건 치워드리겠습니다." 웨이터가 식탁 한가운데 밀어둔 접시를 향해 손을 뻗으며 말했어. 전혀 주저하지 않았지. 끝까지 프로다웠어.

디저트를 다 먹었을 즈음—내 기억에는 크림이 무척 많이 들어간 디저트였다—나는 거기서 나가고 싶은 생각밖에 없었다. 바람을 쐬고 싶었어. 하지만 넌 산책하겠다는 내 말을 들으려고도 하지 않았지.

"세상에서 제일 안전한 도시인 줄 알았는데?"

"하지만 오늘밤에는 모험하지 말자고요. 아시겠죠, 아빠? 커피 금방 마실게요."

내가 항변하려 하는 차에 렌인지 레니인지 레브인지, 아무튼 네 회사 사장이 왔어. 그는 내 옆자리에 앉았고, 내가 식당을 어떻게 생각하는지 무척 궁금해하는 것 같았다.

"괜찮네요." 나는 연기를 해야 한다는 걸 깨닫고 미소를 지으며 그에게 말했어.

맞은편에 앉은 세이디가 내 몫까지 열광하며 말했기 때문에 나는 의자에 기대앉아서 그저 손가락으로 냅킨만 두드렸지.

"정말 훌륭한 아드님을 두셨습니다." 레브가 너를 가리키며 희고 완벽한 치아를 드러내고 미소를 지었다. "거물이 될 거예요. 여기서 처음 말씀드리는 겁니다, 케빈은 성공할 거예요."

세이디가 기뻐하며 손뼉을 쳤어. 너는 환하게 웃었고 로절린은 네 손을 잡았지. 나? 나는 식탁보를 향해 고개를 끄덕이며 여기 얼마나 더 있어야 하나 생각했다. 하지만 너를 보면서 미소를 지을걸, 너에게 '그렇고말고요, 잘 알죠'라는 뜻의 윙크를 할걸 그랬다 싶구나.

그뒤에 넌 나를 데리고 척 햄프턴을 만나러 갔다. 레브의 아이디어가 분명했지. 나보고 농부인 자기 친구를 만나면 좋아할 거라고 했으니까. 우린 아침 일찍 집을 나서서 우체국 앞 벤치를 지나쳤어, 아직 날이 밝기도 전이었지. 뉴스 보도보다 물건을 파는 것에 더 관심이 많은 듯한 뉴스 단신 방송을 들으면서 두세 시간 정도 달린 뒤 척 햄프턴의 집 앞에 차를 세웠어. 나는 거기가 뉴저지인지 아닌지조차 알 수 없었다.

"정말 잘 오셨습니다."

내가 차에서 내리기도 전에 인사말이 들려왔어. 뒤를 돌아보니 예순 살 정도 된 남자가 손을 내밀며 다가왔지. 나는 악수를 했다. 그 손은 내가 알아야 할 모든 것을 말해주었어. 거친 느낌과 강한 악력은 내가 집처럼 편안한 곳을 찾아왔다고 알려주었지. 그는 우리, 아니 나와 하루를 보냈다. 너는 노트북을 들고 포치에 앉아 있었지. 몇시쯤이었는지 잘 모르겠지만 빨간 페인트를 칠한 헛간에 있을 때 네가 달려와서 인터넷이 잘 연결되는 곳에 한 시간 정도 다녀와야겠다고 말했어.

"설리의 카페에 가면 되겠네요. 북쪽으로 4킬로미터 정도 간 다음 나무 그루터기를 끼고 왼쪽으로 꺾어요."

너는 무슨 소린지 모르겠다는 미소를 지으며 척을 보았지.

"보면 알아요. 저쪽 길로 쭉 가요."

"걱정 마라, 케빈." 네가 한 손에 노트북을 들고 다른 손을 흔들며 달려갈 때 내가 말했어. "천천히 해. 난 급할 거 없다." 나는 다시 척을 향해, 내 앞에 서 있는 어린 암소에 대해 그가 해주던 모든 이야기를 향해 돌아섰지.

우리는 차를 타고 척의 땅을 둘러보았다. 가끔 내려서 걷기도 했지. 흙을 한 줌 쥐고 냄새를 맡았어.

"파이크 카운티는 볕도 좋고 비도 적당하죠. 살충제도 필요 없고 사랑으로 보살피기만 하면 됩니다."

나는 손을 뻗어 흙을 만져보았어. 내 땅처럼 비옥하진 않았어, 더 건조하고 밀도가 낮았지. 하지만 나는 이 남자의 땅도 훌륭하다는 사실을 부인할 수 없었어. 우리는 옥수수와 밀과 풀을 헤치고 그의 가축을 보러 갔다. 아일랜드로 돌아갈 때까지 네가 날 그 밭에 남겨두었어도 나는 별 밑에서 미소를 띠고 잠을 청하며 행복하게 지냈을 거다. 그 세계의 낯선 소리를 들으면서 말이다. 여우 대신 코요테, 올빼미 대신 귀뚜라미. 오후가 되어서야 우리는 척의 집으로 가서 그의 아내를 만났고, 아주 반가운 수프 한 그릇과 '비스킷'이라는 걸 대접받았다. 알고 보니 스콘이어서 제대로 알려주었지.

너는 네시쯤 돌아와서 연신 사과했어.

"모리스에게 일을 시킬 참이었습니다." 척이 웃으면서 말하고 포치에서 내려가 너와 악수했어.

"전화하려고 했는데 신호가 안 잡혀서요." 네가 핸드폰을 하늘 높이 들었지.

"네, 여기선 신호가 잡히다 말다 하죠. 들어와서 배 좀 채워요."

우리는 포치에 삼십 분 정도 더 앉아 있었고, 나는 그 불쌍한 남자에게 상품 가격과 협동조합과 종자에 대해 귀찮을 정도로 물어봤어.

"대기업들이 종자를 전부 독차지하고 있어요, 모리스. 이젠 우리 씨앗을 쓸 수가 없어요. 자기 씨앗을 뿌리는 사람이 있으면 전부 고소하니까. 그 사람들 종자를 사야 해요. 내 친구 커트 레트고는 미션 쪽에서 씨앗을 팔았는데 사업이 망했어요. 4대째 이어오던 가업이었는데."

"제가 정리해볼게요, 햄프턴 씨." 네가 항상 들고 다니는 공책과 펜을 꺼내면서 끼어들었어. "다른 사람의 씨앗을 살 수밖에 없다고요?"

"그렇다니까요. 가서 조사해봐요. 비밀도 아니니까. 법이 그래요."

그 이야기는 이 년 뒤 너에게 큰 상을 안겨준 기사 「파종되지 못한 씨앗」이 되었지. 너는 시상식 사진을 액자에 넣어서 우리에게 보내주었어. 말할 필요도 없이 그 사진은 텔레비전 옆 제일 좋은 자리를 차지했지. 뒷면에 넌 이렇게 적었다.

아빠에게 감사의 마음을 담아. 아빠가 아니었다면 전 이 상을 받지 못했을 거예요.

액자는 상자에 들어 있다. 케빈. 안전하게 싸서 넣어놨어.

"음, 멋진 휴일이었어." 나는 말하며 다시 차에 올랐고 후진하는 동안 척에게 손을 흔들었어. 척은 내가 호의를 갚을 수 있도록 아일랜드에 오겠다고 약속했지. 물론 정말로 오지는 않았다. 하지만 우리는 매년 크리스마스카드를 주고받았어. 척의 아내는 죽은 지 좀 됐어, 세이디보다 몇 년 먼저 갔지. 농장은 조카가 물려받았지만 척은 아직 그 농장에 살고 있다. 척이 어떻게 지내는지 보고 싶은 마음도 있어. 혼자가 되고 나서 나보다 잘 대처하는지 궁금하구나.

우리의 휴가가 끝났을 때 나는 공항 보안 검색대 앞에서 진심을 다해 너와 악수했어. 팔꿈치까지 잡는 그런 악수 말이다. 우리는 분위기가 어색해질 때까지 잠시 그러고 서 있었지.

"그래, 조만간 아일랜드에서 보자." 내가 말했어.

"그럼요. 가능하면 크리스마스에 갈게요. 연락드릴게요."

"그래." 나는 네 손을 두드리고 놓아준 다음 세이디의 어깨에 팔을 둘렀어. 세이디는 보안 검색대를 통과하는 내내 흐느꼈지.

세이디는 네 신문 기사를 보는 낙으로 살았다. 네가 무슨 기사를 쓰든, 무슨 말을 하든 세이디는 모두에게 이야기하고 다녔지. 네가 얼마나 재능이 있는지 더 확실하게 확인하려고 도서관에도 갔어. 캘리포니아 산불, 허블우주망원경, 알래스카 매입. 나? 난 아무것도 묻지 않았다.

"정말?" 세이디가 당시 네가 다니던 신문사의 신문을 보여주면 난 말했지. 저녁식사가 담긴 접시를 앞에 놓고 신문을 펼쳐 첫 줄을 읽었다. 거기 앉아서 기사가 아니라 젖먹이 소의 가격표라면 얼마나 좋을까 생각할 때 이마에 흐르던 식은땀이 아직도 느껴져. 네 엄마와 너에게는 내가 난독증이라는 말을 하지 않았지. 그래, 내가 멍청한 게 아니라는 사실을 십 년쯤 전에 깨달았다. 라디오에서 팻 케니*가 난독증에 대해 말하는 걸 듣고 상담서비스에 전화를 걸었더니 어떤 젊은이가 받았어. 인구의 10퍼센트라고 하더구나. 믿어지니? 그렇다고 내가 글을 아예 못 읽는 건 아니다. 어느 정도는 읽을 수 있어, 내 어깨 뒤에 아무도 서 있지 않으면 내 나름의 속도로 말이다. 나는 항상 회피할 방법을 찾아냈지. 때마침 안경을 잃어버리거나 글씨가 작다고 불평하는 데 선수였어.

"정말 대단하네." 나는 적당한 시간이 지난 뒤에 네 기사를 밀어놓으며 말하곤 했다. 난 그것도 참 잘했어―거짓말 말이다.

"누굴 닮아서 그렇게 머리가 좋을까?" 그러면 세이디가 물었지.

"당신이겠지."

"그렇게 생각해?" 세이디는 최선을 다해 겸손한 미소를 지으며 말했어.

너도 아일랜드로 돌아올 때면 네가 쓴 기사를 가지고 왔다. 소

---

* 라디오 프로그램을 진행하는 아일랜드 방송인.

파 위 내 옆자리나 풋스툴에 놓아두었지. 주로 내가 없을 때 말이야. 하지만 넌 한마디도 안 했어. 읽어봤는지 한 번도 묻지 않았다.

네 엄마가 세상을 떠난 뒤 네가 집에 오는 횟수가 많아졌다는 걸 나는 알아차렸다. 일 년에 두세 번은 왔지. 나를 살펴보려고, 응? 대체로 혼자 왔지만 가끔은 로절린과 애덤, 커트리나도 같이 왔어. 혼자 올 때는 주말 정도만 있다 갔지. 나는 그때마다 전날부터 네가 쓰던 방에 난방을 넣어 환기는 잘되는지 확인했고, 네가 수도꼭지를 틀 때마다 따뜻한 물이 나오도록 전열기를 계속 켜놓았다. 미국에서 지낼 때 제일 기억에 남는 게 그거였거든. 언제든지 따뜻한 물이 나오는 거. 물론 네가 서쪽으로 돌아가려고 진입로를 벗어나면 바로 전열기를 껐지.

네가 그렇게 정기적으로 오니 내 계획을 너에게 숨기기가 아주 힘들었다. 하지만 상자가 여기저기 널려 있어도 넌 묻지 않았어. 전부 네 엄마 거라고 생각했겠지. 어쩌면 넌 그런 생각은 하고 싶지 않았을지도 모르겠다. 내가 정리해 치우는 것. 그렇게 네 엄마를 지우는 것 말이다. 난 네가 당분간 아일랜드에 돌아올 일이 없다는 확신이 든 다음에야 네 방을 정리했어.

아들아, 고향에 돌아오는 것이 기대되니? 인정하마, 살아 있는 존재가 나와 함께 집안에 있다는 것은 아주 매력적이야. 기어스틱은 나에게 그런 영광을 허락하지 않았지만. 나는 매번 이번만큼은 다를 거라고, 노력할 거라고 혼자 맹세했지. 네 일과 지금 쓰고 있는 글에 대해 물어보겠다고 말이다. 그리고 온몸과 내 안에 남아 있는 마지막 집중력 한 톨까지 다해서 네 이야기를 듣겠다고 나 자신과 약속해. 네 말을 한마디도 놓치지 않겠다고. 그리고 질문까지 하겠다고. 하지만 네가 현관을 들어서자마자 내 입에 빗장이 채워져. 너는 가방을 잔뜩 들고 부스럭거리며 들어와 바하마에서 막 돌아온 사람처럼 만면에 웃음을 띠고 소파에 앉아. 나에게 위스키를 건네고 팔꿈치를 무릎에 얹고 손을 마주잡은 채 주변을 둘러본 다음 나를 보면서 대충 이렇게 말해.

"음, 뭐 새로운 소식 없어요?"

"하나도 없다."

"결승전에서 우리 팀이 압승을 거두지 않았어요? 대단한 경기였는데. 최전방 공격수 있잖아요, 커완이었나? 대단하던데요."

"나쁜 팀은 아니지."

"농장은 어때요? 여전히 샀다 팔았다 하세요?"

"뭐 나쁘진 않다."

"리스먼 쪽 땅은 잘되지 않았어요?"

"그게 무슨 말이냐?"

"저번에 직원들이 가격을 깎으려고 했잖아요."

"아, 그거. 잘 정리했어."

"브래디 집안이랑도 잘됐고요?"

"아무 문제 없다."

"토미 브래디는 오스트레일리아로 갔다면서요?"

"그러냐?"

"페이스북에서 봤어요. 요즘은 오스트레일리아에 아일랜드 출신이 아주 많아요. 시대가 변했어요. 저 때는 미국이었는데 지금은 오스트레일리아나 뉴질랜드죠."

"그래, 그렇지."

난 네가 손가락끝을 맞부딪치는 모습을 지켜보지.

"로절린이랑 애들은 잘 지내고?" 내가 겨우 말을 꺼내.

"아주 잘 지내요. 애덤이 럭비에 푹 빠졌어요. 요즘 미국에서 유행이거든요. 수요일이랑 일요일마다 럭비를 해요. 자, 여기 사진 보세요."

네가 핸드폰을 톡톡 두드리더니 내 옆으로 와서 쭈그리고 앉아 손가락으로 화면을 밀자 애덤이 공을 들고 달리거나 공중으로 뛰어오르는 사진이 보인다. 아주 결연한 모습이야. 다른 사진도 있어. 예를 들면 너희 집 뒤쪽 포치에 앉아서 아이스크림을 먹는 커트리나와 로절린. 커트리나는 눈을 감은 채 혀를 내밀고 아이스크림을 코에 묻히려고 애쓰며 웃고 있지.

"노동절에 찍은 거예요." 네가 말한다.

나는 고개를 끄덕이고 미소를 지어. 사진을 조금 더 보고 싶지만 너에게서 핸드폰을 받아들고 싶지는 않아. 너는 사진을 다 보여준 다음 등을 기대고 앉아서 다시 주변을 둘러본다. 그리고 몇 가지 더 묻지. 네가 라빈에 대해 묻기 시작하면 할 이야기가 거의 바닥났다는 뜻이야.

"밭으로 산책 좀 다녀올게요." 너는 밤 몇시든 상관없이 자리에서 일어나며 말해. 기어스틱이 아직 있었을 때 바깥이 환하면 나는 부엌 창문으로 너를 지켜봤지. 기어스틱은 먼 거리를 질주할 수 있다는 사실에 흥분해서 네 옆을 전력으로 달렸어. 네가 막대기를 던지면 그걸 쫓아서 껑충껑충 달리며 젊은 인간과 보내는 시간을 아주 즐거워했지. 불쌍한 기어스틱, 헤어지기 전 얼마 동안은 나랑 산책을 나가면 대부분 기어스틱이 나를 기다려야 했어.

네가 있는 동안 저녁식사는 사먹었어. 물론 항상 서로 돈을 내겠다고 투닥거렸어.

"아빠, 저번에 아빠가 내셨잖아요."

"내긴 뭘 내."

"내셨어요, 기억 안 나요? 바로 어제 여기서 내셨잖아요, 세상에. 자, 직원한테 물어볼게요."

"그러기만 해봐라, 두 번 다시 너랑 외식 안 한다."

"한 번이라도 제가 내고 싶어요."

"내일 내면 되잖아?"

"내일이 되면 또 아버지 차례라고 하실 거잖아요."

"아비가 아들한테 저녁 한 끼 못 사주나?"

하지만 티타임에는 집에서 수프를 먹지. 네가 슈퍼밸류 슈퍼마켓에서 홈 메이드 수프를 사왔던 기억이 난다. 나도 괜찮게 먹었다만 역시 즉석 수프가 최고야.

너는 우리집을 한 바퀴 돌아봐. 눅눅한 곳이나 물이 새는 곳이 없는지, 잠금장치는 멀쩡한지 확인하지. 난 그게 불안했다. 넌 신의 사랑을 듬뿍 받았지만 DIY에는 재능이 없었어. 너는 며칠씩 걸려서 이것저것 고쳤어. 난 차마 지켜볼 수가 없었다. 카운티 결승전 때보다 욕이 더 많이 들리고 손가락도 더 많이 다쳤지. 네가 공구상자를 들고 들어오는 모습이 보이면 나는 얼른 나가서 무슨 일이든 해야 했다. 하다못해 내 정신이라도 챙겨야 했어.

"그걸로 뭐하게?" 네가 처음으로 공구상자를 들고 뒷문으로 들어왔던 날 내가 말했지.

"욕실 선반 하나가 좀 헐거워서요."

"처음부터 항상 그랬는데."

"하지만 선반이 아빠 머리 위로 떨어지면 안 되잖아요."

"그래서 지금 고치겠다고?"

"제가 여기 있는 동안 도움이 되면 좋잖아요."

"그걸 도움이 된다고 하나?" 부엌에서 나가는 너를 보며 내가 혼잣말을 했지.

넌 목록을 아주 좋아해. 떠나기 전에 네가 그동안 한 일을 목록으로 만들어서 나에게 보여줘―너는 "이렇게 해결해놓으면 제 마음이 편해요"라고 말해. 그리고 내가 '직원들한테 시킬' 일을 적은 목록도 있어. 나는 평생 그런 일을 직접 해결했는데 말이다. 하지만 난 혀를 깨물며 말을 참는다. 나중에 집에 도착한 네가 전화해. 그 일을 해결했느냐고, 얼마나 걸렸냐고, 돈은 얼마나 들었냐고 묻지. 가끔은 정말 할 때도 있었어. 가끔은 했다고 거짓말하고 방치하다가 네가 올 무렵 부랴부랴 손을 보기도 했고. 내가 시간이 없으면 프랜시를 불러. 하지만 정말 놀랍지 뭐냐. 그렇게 다 고쳐놔도 네가 이 집에 들어오자마자 또다른 목록이 생기니까.

너는 시간이 지나면서 우리 사이가 나아졌다고 생각하니? 나는 이제 모르겠다.

넌 아일랜드에 머무는 동안 네 일에 대해서는 한마디도 하지 않아. 그냥 컴퓨터로 일만 계속할 뿐이야. '원격접속'이라면서 말이다. 네가 우리집에 인터넷을 연결했을 때 기억나니?

"이게 뭐냐?" 나는 계속 물었지.

"기다려봐요, 아빠. 잠깐만요." 네가 불빛이 반짝이는 상자를 복도에 설치하고 물러서며 말했다.

정말 놀라운 물건이었어. 버튼만 한 번 누르면 온 세상이 눈앞에 있었지. 나는 너처럼 타자가 아주 빠르진 않아도 잘 쓰고 있다. 보통 물을 끓여 차를 만든 다음 자리에 앉아서 안경을 쓰고 온라인에 접속한다. 하지만 너는 온통 일이지. 타자 치는 소리만 빼면 아주 조용해. 그 진지하고 똑똑한 머리를 숙이고 앉아 있지. 나는 부엌 안락의자에 앉아서 너를 몇 시간이고 지켜볼 수 있어. 너는 식탁에 앉아서 노트북이 너에게 마법이라도 건 것처럼 그걸 빤히 바라보고 있지. 정말 네 머리에서 피어오르는 김이 진짜 보이는 것 같다. 너는 그 수많은 뇌세포를 불태우고 있겠지.

네가 멍청했으면 내가 더 행복했을지도 모르겠다. 나랑 똑 닮았으면 말이다. 그러면 말이 통했을 텐데. 아들아, 넌 아버지를 정말 잘못 만났구나. 글도 못 읽는 심술궂은 아버지라니.

이 년 전에 처음으로 계획을 세웠을 때 나는 해야 할 일의 목록을 만들었다. 그러고 나서 그날, 다음주, 다음달에 할일을 나누기 시작했어, 무슨 말인지 알겠지? 그렇게 계획을 세우니 힘이 났어, 어찌나 기운이 솟던지 어느 날 아침에는 잠옷 바람으로 집을 나설 뻔했지. 그랬으면 참 대단했을 거야, 안 그러냐? 던스 스토어에서 산 제일 좋은 파자마를 입고 시내에 나갔다면 말이다. 네 엄마 장례식이 끝나고 겨우 몇 달 지났을 때였어. 복도 탁자 위에 걸린 거울이 없었으면 정말 그대로 나갔을 거다. 나는 나가다 멈춰서 옷을 입은 다음 차를 한 잔 만들고 토스트 반쪽을 구워 내가 만든 목록을 늘어놓은 부엌 식탁 앞에 앉았다.

그날 할일 목록은 이랬지.

1. 부동산중개인
2. 에밀리/금화

한 시간 뒤, 나는 호텔로 걸어들어갔다. 손은 주머니 속에서 금화를 돌리고 또 돌렸지. 육 년 전에 몰리가 금화를 돌려주라고 했지만 난 아직도 돌려주지 못했어. 그날 그 일을 해치우기로 결심했지. 하지만 로비에 들어선 순간 정말 뒤돌아서 도망치고 싶었다. 내 안의 작은 일부는 금화를 돌려주고 싶지 않은 것 같았어. 어쩐지 그 금화는 퇴위한 왕이나 휴 돌러드나 토머스만큼이나 나와 내 역사의 일부처럼 느껴졌으니까. 어쨌든 금화는 그 세 사람보다 나와 더 오래 살았어.

"저 사람이 누군지 궁금하세요?" 에밀리의 말에 나는 깜짝 놀라고 당황했다. 내가 또다시 레인스퍼드 하우스의 옛날 사진 앞에 걸음을 멈추고 서 있었다는 사실도 몰랐거든. 여전히 누군지 모르는 그 수수께끼의 남자가 찍힌 사진 말이다.

나는 고개를 돌려 에밀리의 옆얼굴을 잠시 바라보면서 시간을 조금 벌었어.

"당신 집안사람이라는 건 알겠군. 아, 돌러드가 말이야. 코랑 길쭉한 얼굴을 보니 그래." 결국 내가 느릿느릿 손가락을 들어 사진을 가리키며 말했다.

"토머스 할아버지의 아버지예요."

"정말? 휴 돌러드는 체격이 더 크고 얼굴이 더 통통한 줄 알았는데." 에밀리는 아무 대답도 하지 않고 얼른 사진에서 시선을 돌렸어. 애초에 그 이야기를 꺼낸 걸 후회하는 것처럼.

"어쩐 일로 여기까지 오셨어요, 해니건 씨? 보통은 우리 호텔에 아침을 드시러 오시지 않잖아요, 아니 아예 안 오시죠." 에밀리가 나를 보고 미소를 지으며 말했지. "건강해 보이시네요."

에밀리가 나를 보며 로비의 의자를 가리켰지만 나는 바를 고집했어. 나는 라운지 구석의 제일 멀리 놓인 탁자로 갔지. 음, 조심해야 했다. 이른 시간이었지만 누가 들을지도 모르니까. 나는 자리에 앉아서 한 손으로 턱을 문지르며 어디서부터 시작해야 할까 생각했어.

"아직 마무리 못한 일이 있어, 당신과 나 사이에 말이야." 내가 말했지. "음, 당신 가족과 나 사이라고 해야겠군."

"느낌이 좋지 않네요. 빌려주신 돈을 드디어 받아가시려고요?" 에밀리가 무척 걱정스러운 표정으로 맞은편에 앉으며 말했다.

"전혀 아니야. 아니, 그보다 더 옛날 일이지."

나는 머릿속에서 마구 얽힌 말을 정리하려고 애썼어. 하지만 말은 겁에 질린 양떼처럼 이리저리 뛰어다닐 뿐 한 마리도 용감하게 앞으로 나서지 않았지. 나는 선반에 놓인 부시밀스를 흘긋거리며 이 시간에 위스키를 달라고 하면 실례일까 생각했다. 하지만 생각을 고쳐먹었어. 내 손가락이 탁자를 두드리는 소리가 들렸고, 저 멀리 바 뒤쪽 주방에서 냄비와 팬이 달그락거렸지. 이따금 문에 달린 불투명유리 밖으로 실루엣이 지나갔다. 내가 마지막으로 에밀리를 봤더니 의자에 앉아 꼼지락거리며 꽉 잡은 양손을 턱밑에 받치고 팔꿈치를 탁자에 괸 채 몸을 앞으로 숙이고 내가 말하기를 열심히 기다리더군. 결국 나는 주머니에 손을 넣어서 마침내 그 금화를 놓아주었다. 에드워드 8세가 탁자에, 에밀리 앞에 놓였어.

무슨 말인지 이해할지 모르겠지만, 나는 에밀리를 보면서도 보지 않았어. 에밀리의 침묵을, 나와 금화를 번갈아보는 그 눈을 흘끔거리며, 말하자면 반만 지켜봤지. 내 손이 주머니와 탁자의 둥근 가장자리 사이에서 초조하게 움직였어. 나는 입술을 오므리고 말도 안 되게 활기찬 휘파람을 불기 시작했지. 금화가 처음 사라진 날 버크 앞에 줄을 섰을 때처럼 아무 말이나 지껄이고 싶은 심정이었다. 마침내 에밀리가 금화를 집어들고 자세히 살폈어.

"하지만 이건, 이건……"

에밀리의 시선이 나를 향했다.

"그래. 그 금화야. 토머스가 잃어버린 금화."

"아, 세상에!" 에밀리가 금화를 떨어뜨리는 바람에 탁자 밑으로 굴러갔어. 에밀리는 전류가 흐르는 전선을 만진 사람처럼 벌떡 일어났지. 그러더니 금화가 있던 곳을 빤히 보면서 뒤로 물러났다. 나라는 존재를 잊은 채 손으로 입을 가렸어. 그때 나는 그곳을 정말 벗어나고 싶었다. 거기서 빠져나와 두 번 다시 못 봐도 상관없었어. 하지만 그게 그 저택의 이상한 점이다. 안 그러냐? 그 빌어먹을 저택은 계속 나를 끌어당기고, 나는 또 끌려가. 잠시 후 에밀리가 살짝 다가왔다가 다시 뒤로 물러섰어. 혼자만의 왈츠였지.

나는 금화를 주우려고 손을 뻗었다. 돌러드가의 일원이 처음 떨어뜨렸을 때 그랬던 것처럼 재빨리 줍지는 않았어. 나는 한 손으로 탁자를 잡고 다른 손은 아래로 뻗어 손가락을 꼼지락거리며 금화를 찾아 더듬거렸지. 무릎을 꿇으면 다시 일어나지 못할 수도 있었거든. 적어도 위엄을 지키며 일어날 순 없었지. 무릎관절염이니까. 나는 손가락에 금속이 닿자 그것을 움켜쥐고 탁자 중앙에 돌려놓았다.

"내가 가져갔어. 지금까지 내내 가지고 있었지. 일부러 계획을 짜서 훔친 건 아니었어, 에밀리." 나는 에밀리의 눈을 보았어. "난 이 빌어먹을 금화가 뭔지, 그렇게 귀중한 건지도 몰랐어. 단순하고 유치한 복수였지. 그뿐이야." 나는 에밀리가 무슨 대답을 하려나 싶어서 기다렸지만 에밀리는 계속 침묵을 지켰어. 그래서 내가 다시 말했다. "그때 토머스가 썩 착하진 않았어……"

나는 이마의 흉터를 어루만졌고, 유치하게 핑계를 대려 한 것이 약간 부끄러워 헛기침을 했다. 자리에서 일어나 바 쪽으로 가서 물을 한 잔 따랐지. 부시밀스를 마시는 건 여전히 좀 지나친 것 같았어. 차가운 액체를 한 방울도 남김없이 꿀꺽꿀꺽 마신 다음 천천히 내 자리로 돌아왔다. 나는 한 걸음 뗄 때마다 에밀리를 살폈고 물도 두 잔 가지고 왔어. 내가 잔을 내려놓았다.

하지만 에밀리는 여전히 꿈쩍하지 않았어.

"물이야." 내가 말했다.

에밀리는 잠시 나를 빤히 보더니 자리로 돌아왔어. 나는 에밀리가 자리에 앉으면서 탁자 밑으로 사라지는 발을 지켜봤어. 그래, 에밀리의 눈을 볼 수 없어서 바 저쪽 끝의 기다란 창을 내다보며 깨어나기 시작하는 마을을 지켜봤어. 라빈이 열린 문 앞에 서서 부릉거리며 멀어지는 신문 배달 트럭을 향해 손을 들더군.

"하지만 지금까지 내내, 해니건 씨." 에밀리가 나를 부르며 말을 시작했어. "지금까지 내내 저랑 호텔을 상대하셨는데, 금화를 가지고 계시면서 한마디도 안 하신 거잖아요." 에밀리는 고개를 들고 너무너무 실망스럽다는 듯이 나를 뚫어져라 쳐다봤어. 내가 물을 마시고 다시 라빈을 보니 신문을 카트에 실어 판매소로 옮기고 있었어. "그 빌어먹을 금화 때문에 우리가, 토머스 할아버지가 무슨 일을 겪었는지 전부 털어놨을 때조차 한마디도 안 하셨어요. 한마디도. 제가 바보처럼 주절주절 이야기하는 걸 듣고만 계셨죠."

나를 견딜 수 없었던 에밀리가 시선을 돌렸어.

"에밀리, 당신을 바보라고 생각한 적 없어. 나는 오로지ㅡ"

"하지만 해니건 씨에게 돌러드가 사람들은 늘 그런 존재였잖아요ㅡ당신의 탐욕스러운 손이 닿을 수 있는 모든 것을 갖기 위해 이용하는 바보요."

탁자를 빤히 보는데 분노가 치밀어올랐다. 탐욕스럽다니. 잘못 들은 게 아니었어―탐욕. 이제는 금화가 작아 보였다. 지난 몇 년 동안 손에 쥐면 그토록 무겁게 느껴졌는데 이제는 위험에서 벗어난 하프페니처럼 보였지. 나는 탁자에 놓인 유리잔의 아랫부분을 톡톡 쳤어. 잔 속의 물이 출렁거리며 옆면에 부딪히자 내 발이 장단을 맞추었지. 나는 토니를, 땀으로 흠뻑 젖은 베개 밑에 금화를 숨긴 채 죽어가던 형을 생각했다. 토니의 장례식. 자신들이 가진 전부를 잃을까봐 두려워하던 어머니와 아버지. 구타. 몰리와 너. 그리고 세이디. 아. 세상에. 세이디. 내가 잃은 모든 것이 다시 떠올랐어. 거대한 미움과 슬픔의 해일이 몰려왔다. 나 자신이 어찌나 불쌍하던지. 호텔 로비에서 프런트 직원들이 아침식사를 하러 온 손님에게 인사하면서 식당 가는 길을 알려주는 소리가 들렸어. 구운 베이컨 냄새가 났지. 뱃속이 요동쳤지만 나는 계속 톡톡 두드렸어. 틀니로 입술을 꽉 깨물고 모든 말을 삼켰다.

"그러니까 제 말은, 우리 모두 이것 때문에 미쳐버릴 뻔했다는 거예요. 당신 때문에요."

에밀리가 금화를 내 쪽으로 거칠게 밀었어. 나는 아무도 원하지 않는 금화가 빙글빙글 돌며 내 쪽으로 와서 팔꿈치에 부딪히고 지나가 탁자 모서리 바로 앞에 멈추는 모습을 가만히 지켜봤다. 존재한 적 없는 주화―그 순간 나는 진심으로 그 말이 맞으면 좋겠다고 생각했어.

내가 그다음에 한 행동은 정말 부끄럽지만, 그때 나는 성난 황소처럼 제정신이 아니었어. 난 그 빌어먹을 금화를 집어들고 위로 한번 던졌다 받은 다음 저 멀리 내던져 바 카운터를 맞혔고, 금화는 목조 마룻바닥에 떨어졌어.

"그거참 미안하게 됐군, 에밀리." 나는 힘들게 몸을 일으킨 뒤 주먹으로 탁자를 쾅 치며 외쳤어. "아내가 세상을 떠나는 바람에 정신이 없어서 평생 처음으로 돌러드가에 대한 생각을 하지 않았으니 말이야!"

나는 탁자 위로 몸을 숙여 에밀리에게 얼굴을 들이밀고 이렇게 내뱉었어. 피가 솟구치며 혈관이 조여들었고, 어마어마한 분노를 쏟아내기 직전이었어. 하지만 그 대신 눈물이 나왔어. 엄청난 눈물이었지. 나는 넘어지지 않으려고 탁자 양옆을 꽉 잡아야 했어. 그리고 눈물이 차오른 눈으로 에밀리를 보았어. 아무것도 할 수 없는 바보 같았어. 내 벽이 무너져내렸어.

바 뒤쪽 문이 열렸어.

"미스 브루턴, 방해해서 죄송하지만 케리건한테 전화가 왔어요, 주문 때문에요." 젊은 아가씨가 말했지. 케리건은 무슨. 상사를 구하러 온 이 용감한 여직원의 거짓말이 대답을 기다렸어. 내 손이 저절로 올라와 눈물을 최대한 닦아냈고, 머리는 안에서 누가 밖으로 나오려고 애쓰는 것처럼 멍했어. 나는 다시 의자에 털썩 주저앉았어.

"내가 나중에 다시 걸게요, 도나." 에밀리가 뒤에 서 있는 아가씨를 돌아보지도 않고 바닥을 보며 말했어.

"괜찮으세요?" 젊은 아가씨 도나가 사장의 뒤통수와 나를 번갈아보며 조용히 물었지.

에밀리도 나를 봤다. 꼭 몰리처럼, 내가 몰리를 마지막으로 봤을 때처럼. 아름답고, 다정하고, 현명한 눈.

"괜찮아요, 도나." 에밀리가 자리에서 일어나 아가씨를 향해 돌아서더니 바 쪽으로 걸어가 금화를 주웠어. "걱정할 거 없어요. 가서 일해요. 여기 이야기가 마무리될 때까지 전화는 연결하지 말고."

그런 다음 에밀리는 아주 조용히 내 쪽으로 돌아와 자기 앞에 금화를 내려놓았어. 일이 분 정도 침묵이 흘렀지. 그 침묵 속에서 나는 온 힘을 다해 눈을 꽉 감았고, 그러자 내 안에는 나와 세이디만이 갇혀 있었다.

"세이디 일은 유감이에요." 에밀리의 말소리가 들렸어. 몰리의 달콤한 목소리. "저도 참석했어요, 장례식에. 인사는 드리지 않았지만. 방해하고 싶지 않았거든요. 장례식에는 서툴지만 카드를 보냈어요."

나는 탁자에 팔꿈치를 괸 채 머리를 받치고 네 엄마를 생각했다. 지금 세이디가 날 어떻게 생각할까 상상했지. 내가 자기를 끌어들인 것에 대해서. 발끝부터 내 몸을 관통하며 올라온 듯한 한숨이 미친듯이 뛰는 가슴을 진정시켜주었다.

"그래, 에밀리. 받았어, 카드."

나는 탁자 위에 놓인 에밀리의 손가락을 일이 분 정도 바라보았어.

"커피. 전 커피를 좀 마셔야겠어요." 마침내 에밀리가 말했지.

나는 커피를 안 마신다는 말을 할 힘이 없었다. 그래서 에밀리가 달그락거리며 커피를 끓이게 그냥 놔두었지. 그동안 나는 고개를 한 번도 들지 않고 마호가니 탁자에 원을 그리는 내 손가락만 보았다. 네 엄마의 이름이 머릿속을 채웠지.

에밀리가 내 앞에 잔을 내려놓자 잔 받침에 놓인 스푼이 흔들렸어.

"아, 이런. 우유." 에밀리가 말하며 다시 가려고 돌아섰어.

"난 됐어." 내가 말했지. "블랙으로 마시지."

그러자 너와 네가 커피 마시는 습관이 떠올라서 혼잣속으로 웃었다.

에밀리가 자리에 다시 앉았어.

"다시 시작할까요?" 에밀리가 머리를 부딪힌 아이를 보듯이 나를 보며 물었다.

나는 고개를 끄덕이고 기다렸다. 아직은 애써 말을 꺼내고 싶지 않았어.

"왜 지금 돌려주시는 거예요?"

에밀리의 목소리는 평온했어. 속삭임에 가까웠지.

나는 헛기침을 하고 잠시 뜸을 들이다 말했다.

"어젯밤에 세이디의 물건을 정리하다가 발견했어. 가지고 있다는 사실도 잊었는데 이렇게 나왔군." 에밀리에게 논리적으로 설명하려면 거짓말을 할 수밖에 없었어.

"하지만 그동안 계속 금화에 대해 물어보셨잖아요."

나는 에밀리를 보면서 그녀가 내 얼굴에서 어떤 죄책감을 보고 있을까 상상했어. 하지만 용서받을 만한 다른 설명은 내놓을 수가 없었다. 그래도 에밀리는 희망을 버리지 않고 나를 바라보았지.

"이제 와서 제가 이걸 어떻게 해야 할까요?" 결국 더이상 아무 말도 나오지 않으리라는 것을 깨닫고 그녀가 물었어. "당신 계획은 뭐였는데요? 제가 이걸 가지고 있어야 하나요, 아니면……" 에밀리가 금화를 집어들고 나를 보며 말했어. "할아버지께 말씀드려야 하나요?"

난 커피를 한 모금 마시고 움찔했다. 넌 도대체 이런 걸 어떻게 마시는 거냐? 그 쓰디쓴 진흙탕물은 좋은 점이 하나도 없어. 그래도 나는 버텼다, 그 고문 같은 맛 덕분에 잠시 신경을 다른 데 돌릴 수 있어서 좋았지. 그리고 미친 소리처럼 들릴지도 모르지만 네가, 내 편이 바로 옆에 있는 기분이 들었어.

"당신한테 달려 있지." 내가 말했지. "난 이제 그거랑 끝이야."

에밀리는 슬프고 걱정스러운 표정을 지었어.

"사실은 많이 아프세요. 토머스 할아버지 말이에요. 폐렴이래요. 입원중이세요. 곧 엄마랑 같이 가볼 거예요. 이걸 가져가야겠네요." 에밀리는 우리 둘 중에서 지혜로운 사람은 바로 나라는 듯이 바라보았어. 모든 답을 가지고 있는 사람. 내가 얼마나 실망스러운 사람인지 에밀리는 몰랐을까?

"최선이라고 생각하는 대로 해." 참 이기적이지만 나는 마음이 가벼워졌다. 이제 짐을 내려놓았으니 드디어 계획을 실행할 수 있었지. 나는 잠시 내 계획에 대해 생각하면서 커피를 마셨다. 결국 잔에 검은 물이 반밖에 남지 않았을 때에야 오래전에 했어야 하는 말을 겨우 할 수 있었지.

"그걸 가져가서, 계속 가지고 있어서 미안해. 전부 미안해."

에밀리는 아무 말 없이 고개만 끄덕이더니 존재한 적 없는 왕을 다시 내려다보았고, 나는 그 자리를 떠났다.

그뒤로 몇 주 동안 에밀리에게서 아무 연락도 없었어. 하지만 어느 날 저녁 핸드폰이 울렸지. 나는 새로 고용한 부동산중개인 앤서니의 전화를 기다리던 참이라 최고 입찰자에게 땅을 전부 처분하기로 한 일이 어떻게 되었는지 궁금해서 얼른 버튼을 눌렀다.

"죽었어요, 해니건 씨. 토머스 할아버지가 돌아가셨어요." 에밀리는 이렇게만 말했어. "좀 와주실래요?"

나는 요즘 안 그래도 엉망으로 주차를 하지만 그날은 호텔 앞에 평소보다 더 엉망으로 차를 세웠다. 요즘 공간지각력이 떨어져서 아슬아슬한 일이 몇 번 있었지만, 정말로 사고를 내기 전까지 지나친 걱정은 하지 않으려고 한다. 호텔 안으로 들어가니 지난번에 본 아가씨 도나가 프런트를 지나 복잡한 복도로 데려갔고, 나는 결국 어디가 북쪽인지도 모르게 되었지. 도나는 스탠드를 켜둔 아늑한 방으로 나를 안내했어.

나는 저택일 때부터 있었던 것이 분명한 의자에 앉았다. 호화로움의 흔적이 아직 남아 있었지. 빨간 꽃무늬와 크림색 바탕은 아직 바래지 않았지만 팔걸이는 세월 때문에 슬슬 상하기 시작했고, 가늘어진 섬유가 손가락 밑에서 쉽게 늘어났다. 나는 손가락을 뗐다. 의자를 더 상하게 하고 싶지 않아서 어색하게 느릿느릿 일어났다. 쿠션에 워낙 탄력이 없어서 나를 편안하게 집어삼키다시피 했어. 아무리 생각해봐도 여기가 예전 저택의 어느 장소였는지 파악할 수 없었다. 나는 방향을 확인하려고 창가로 다가갔어. 하지만 소용없었지. 스탠드를 꺼야 보일 것 같았어.

"예전 식료품실을 조금 넓힌 거예요." 에밀리가 와서 창밖을 흘끔거리는 나를 발견하고 말했다. 나는 눈 위에 손차양을 하고 빛을 차단하려 애쓰고 있었지. "아빠가 개조했어요. 작긴 하지만 저한테 딱 맞아요. 원래는 아빠 사무실이었죠."

에밀리는 유리잔을 두 개 들고 사무실 한가운데 서 있었는데, 창백하고 지쳐 보였어.

"자요. 우리 둘 다 이게 필요할 거예요." 에밀리가 말하고 내 의자와 맞은편에 놓인 똑같은 의자 사이의 낮은 테이블에 잔을 내려놓았어. 나는 자리로 돌아가 부시밀스를 마셨어.

"식료품실은 딱히 기억이 안 나." 내가 주변을 둘러보면서, 피할 수 없는 순간을 조금 더 미루면서 말했어. "하지만 우리 어머니는 기억하셨을 거야. 알겠지만 어머니도 여기서 일하셨거든."

나는 힘겹게 의자에 앉았어.

"네, 말씀하셨어요."

"그랬겠지. 나이가 들면 생기는 수많은 문제 중 하나야. 같은 이야기를 몇 번이나 했는지 뇌가 기억을 못해."

위스키를 크게 한 모금 마시자 몸속으로 들어가며 닿는 곳마다 따뜻하게 데워주었다. 나는 만족스럽게 한숨을 쉬었어.

"금화 때문에 그렇게 된 건가, 에밀리?" 마침내 나는 정면돌파를 선택했어.

에밀리는 술을 내려다보았어. 그녀가 의자에서 꿈지럭거리자 사무실 공기가 가장자리부터 출렁이기 시작했지. 에밀리는 손을 입가로 올리며 팔꿈치를 팔걸이에 괴었어. 그리고 손가락으로 입술을 뜯기 시작했다.

"처음에는 금화를 못 보셨어요." 에밀리가 여전히 내 시선을 피해 꽃무늬 러그를 보며 말을 시작했다. 꽃무늬 러그는 그 아래에 더 좋은 시절을 겪었던 분홍색 카펫을 가려주고 있었어. "제가 금화를 손에 들고 침대에 누워 계신 할아버지에게 보여드리려고 했지만 할아버지는 보려고 하지 않았어요. 그래서 제가 불러야 했죠. 할아버지, 보세요, 할아버지. 우리가 뭘 찾았는지 보세요. 하지만 할아버지는 금화를 보지 않고 엄마만 계속 봤어요. 결국 제가 할아버지의 손을 잡고 금화를 손바닥에 놓아드렸죠. 바로 알아보시더군요. 정말 바로. 하지만 너무 흥분하셨어요. 몸부림을 치기 시작하더니 머리를 양쪽으로 저으며 아기처럼 흐느꼈죠. 에밀리, 그게 뭐니. 할아버지한테 뭘 드린 거야? 똑같이 흥분한 엄마가 계속 물었어요. 뭘 찾으시는 거니? 에밀리, 무슨 일이야? 할아버지는 내가 장난을 치는 게 아닌지 확인하려는 거였어요. 베개 밑에 숨겨둔 자기 금화를 찾고 계셨죠. 그래서 제가 검정색 벨벳 상자에서 금화를 꺼내드렸고, 마침내 할아버지는 금화 두 개를 나란히 놓고 보았어요. 우셨죠. 전 할아버지를 지켜봤어요. 제가 바랐던 것과 달리 할아버지는 미소를 짓지 않았어요. 얼굴이 고통으로, 안도도 아니고 기쁨도 아닌 고통으로 쭈글쭈글해졌어요. 할아버지는 양손에 금화를 하나씩 꽉 쥐고 가슴에 댄 채 한참 동안 큰 소리로 흐느끼시다가 결국……"

에밀리는 유리잔의 술에서 시선을 떼지 않고 빙빙 돌리다가 마셨다. 이야기가 중단되고 정적이 흐르자 나도 한 모금 마셨지. 액체가 잠잠해지자 에밀리가 말을 이었어.

"더이상 눈물도, 고통도, 호흡도 없었어요. 바로 그 자리에서 돌아가셨죠. 죽었다고요. 그 자리에서. 심장마비라더군요. 우린 그렇게 될 줄 항상 알고 있었어요, 금화가 할아버지를 죽인 거예요. 전 어떻게 해야 할지 몰랐어요. 어머니가 제 귓가에서 소리치며 울부짖으셨죠. 저는 할아버지를 돌아오게 해줄 사람을 찾아 달려나갔어요. 할아버지를 되살릴 사람, 내가 할아버지를 죽인 게 되지 않도록 구해줄 사람을 찾아서요. 전 순진하게도 마음 한구석으로 금화의 부활이, 금화의 귀환이 할아버지에게 평화를 가져다주길 바랐어요."

에밀리는 어처구니없다는 듯 웃더니 한숨을 쉬며 말했어. "하지만 그러기는커녕 할아버지를 괴롭혀서 돌아가시게 했어요."

에밀리가 검은 상자를 꺼내서 우리 사이에 놓았어. 나는 그것을 내려다보았다. 뭐가 들었는지 알았지만 보고 싶지는 않았지. 에밀리가 잔을 내려놓고 상자를 열었어. 난 정말 말리고 싶었지만 그럴 수가 없었다. 퇴위한 왕이 둘이나 반항적인 표정으로 나를 쳐다보았어.

나는 뭐라 말해야 할지 알 수 없었다. 토머스의 죽음에 대한 재판을 받기 위해 내가 거기 있었던 걸까? 에밀리가 원한 것이, 나를 부른 이유가 그것이었을까? 지금까지 살아오면서 토머스가 죽기를 바란 적도 있었다는 건 인정한다―끔찍하고 고통스럽게 죽기를 바랐지. 하지만 거기 앉아서 죄책감과 슬픔으로 괴로워하는 에밀리를, 멈추지 않는 에밀리의 눈물을 보고 있으니 그 어떤 위안도, 마침내 토머스가 사라졌다는 기쁨도 느껴지지 않았어.

아들아, 일 년 전쯤 나는 우리집 앞 도로에서 더블린 번호판을 단 폭스바겐 골프를 따라가고 있었다. 저녁이었어, 일곱시쯤이었지. 자동차는 우리 대문 앞에서 브레이크를 밟고 아주 천천히 가다가 곧 다시 속도를 높여 사라졌다. 정말 마음에 안 들었어. 시골에 강도 사건이 가끔 있거든―더블린의 갱이 집에 있는 노인들을 노려, 현금을 노리는 거지―정말 옳지 않은 일이야. 다음날 내가 점심으로 한 손에는 컵 어 수프*를, 한 손에는 빵 한 쪽을 들고 서 있는데 그 차가 또 지나가지 뭐냐. 아주 대담하게. 나는 즉시 히긴스에게 전화했다. 당연히 받지 않았지. 인원 감축 때문이야. 아마 던캐셜 경찰서에서 근무중이었겠지. 그래서 로버트에게 전화를 거는데 그 자식이 다시 오지 뭐냐. 이번에는 속도가 더욱 느렸지. 그러더니 대문 바로 앞에 섰어. 시동을 켠 채로 거기 앉아서 우리집을 올려다보더군.

"웬 더블린 놈이 우리집을 지켜보고 있어." 나는 로버트에게 음성메시지를 남겼다. "히긴스와 연락이 안 되는군. 나한테 전화해줘."

레이스 커튼을 사이에 두고 나는 그놈이 천천히 움직여 우리집

---

* 즉석 수프 브랜드.

맞은편 밭으로 통하는 울타리 문 앞에 차를 세우는 모습을 지켜봤지. 딱 붙어서 대더군. 자동차 문이 열리고 남자가 내렸어. 왼쪽 주머니를 더듬거리며 길을 건넜지. 반대쪽 주머니에서는 핸드폰을 꺼냈어. 캐틀그리드*를 건너서 진입로로 다가오며 한두 번 정도 사방을 살펴보더군. 나는 창가에서 물러나 엽총을 집어들고 뒷문으로 갔어. 그리고 몸을 숙여 기어스틱의 눈을 보면서 조용히 하라는 뜻으로 주둥이를 잡았지. 우리는 밖으로 나가서 오른쪽으로 꺾은 다음 집 측면을 따라 걸어갔다. 기어스틱은 엽총을 꽉 잡고 걷는 내 속도에 맞춰 따라왔지. 나는 모퉁이에서 걸음을 멈추고 벽에 딱 붙어섰다. 기어스틱은 내 발치에 있었어. 더블린행 기차를 잡아타려고 달릴 때처럼 내 심장이 뛰었어. 나는 고개를 슥 내밀고 얼른 살폈어.

"네, 집은 맞아요." 그놈이 현관 앞에서 어슬렁거리며 말하는 소리가 들렸지. "조용해 보이는데요. 다시 전화할게요."

그놈이 거실 창문에 얼굴을 가까이 댔어. 눈가에 손차양을 하고 열심히 들여다보더군. 그러더니 방향을 바꿔 침실 창문을 들여다보기 시작했어. 그가 내 쪽으로 다가오자 나는 뒤로 물러섰어. 오는 길에 창문이란 창문은 다 들여다보더군. 나는 천천히 안전장치를 풀고 총을 높이 들었지. 뒤에서 기어스틱이 빠르게 헐떡거리며 나에게 딱 달라붙었어. 귀를 앞으로 쫑긋 세운 모습이 떠올랐

---

* 자동차는 지나갈 수 있지만 가축은 지나가지 못하도록 도로에 구덩이를 파고 쳐놓은 격자판.

지. 가까워지는 발소리가 들렸어. 세 걸음쯤 남았을까. 나는 개머리판을 어깨에 딱 붙였어. 셋, 둘, 하나.

"도대체 뭐하는 놈이야?" 내 손은 바위처럼 흔들림이 없었다.

"깜짝이야." 그놈이 소리를 지르면서 펄쩍 물러났어.

기어스틱이 멋지게 컹컹 짖으면서 그놈을 몰자 놈이 비틀거리다가 엉덩방아를 찧었어. 기어스틱은 이를 드러내고 내가 명령을 내리면 바로 달려들 태세로 놈을 내려다보았어.

"움직이지 마." 놈이 주머니에 손을 넣으려고 하자 내가 고함을 질렀다.

"아니에요. 아저씨. 아니에요. 진정하세요."

"나한테 '아저씨'라고 하지 마."

"제 말 좀 들어보세요, 아저씨. 아니 선생님. 선생님, 오해하신 거예요. 저는 던캐셜 시니어클럽의 데이비드 플린입니다. 배지랑 전단지도 있어요."

내 주머니에서 핸드폰이 울렸어. "시간 한번 잘 맞추네." 나는 총을 올리지 않은 어깨와 머리 사이에 전화기를 끼우고 로버트에게 말했어. "벌써 죽었을 수도 있다고. 이 친구 이름이 데이비드 플린이라는군, 던캐셜의 시니어클럽인지 뭔지에서 왔대. 알아보고 전화해줘. 서둘러야 할 거야, 방아쇠에 얹은 손가락이 땀 때문에 미끌미끌하거든."

나는 그 청년을 봤어. 이제 그는 딱 그렇게 보였어. 겁먹은 젊은이. 나는 총을 약간 내렸다. 기어스틱도 이제 그 녀석에게 겁주는 데 흥미를 잃었는지 놈의 신발 냄새를 맡기 시작했어.

"시니어클럽이 뭐하는 데지?" 기다리는 동안 내가 물었어.

"모임을 운영해요."

"모임?"

"네, 모임이요. 친목 모임 같은 거예요. 어떻게 지내는지 서로 전화해서 물어보기도 하고, 뭐 그런 거죠. 선생님은 안 맞을지도 모르지만요." 그가 총을 보면서 말했어. "빙고도 해요. 요가도 하고. 야유회도 가고 또……"

핸드폰이 울렸어. 또 로버트였지.

"그래. 그렇군." 로버트가 땅에 쓰러져 있는 녀석에 대해 내가 알아야 할 것을 전부 얘기하자 내가 말했어. 그런 다음 빨간 버튼을 눌러 통화를 끝냈지.

"말해봐, 던캐설에선 이렇게 가르치나? 잠재적인 고객을 벌벌 떨게 만들라고?" 나는 총을 옆으로 내렸어. 기어스틱이 낑낑대며 데이비드의 귀를 핥자 그가 고개를 숙였지. 그러더니 진짜로 손을 내밀어서 기어스틱을 쓰다듬었어.

"전 신입이에요." 내가 일으켜주려고 손을 내밀자 그가 대답했지.

데이비드에게 빚을 졌다는 생각이 들지 않았다면 난 던캐설의 시니어 센터에 절대 가지 않았을 거다. 그나마 빙고가 제일 낫겠다고 생각했어. 버스를 보내주겠다고 했지만 운에 맡기지 않는 게 최선이었지. 항상 탈출 수단을 마련해두는 게 중요해. 센터에 도착한 나는 잠시 차 안에 앉아서 내가 대체 뭘 하는 걸까 생각했어. 외로움 때문에 네 엄마가 죽기 전에는 생각도 안 해본 짓을 하고 있었지. 슈퍼밸류의 게시판을 읽는다든가 말이다.

시니어 브리지 게임—던캐셜 복지센터. 목요일 오전 열시

사별死別 지원 모임. 금요일 저녁 일곱시, 장로교회 강당—애나
에게 전화하세요

메주고레 순례—2014년 8월

계산대 뒤쪽 게시판 앞에서 발걸음을 멈추는 것도 위험했다.
누구든 나를 볼 수 있었어. 나는 안전을 기하려고 매장을 계속 보
는 척했지. 아들아, 나는 그 빌어먹을 모임 하나하나에 참석하는
내 모습을 전부 상상해보았다. 모르는 사람들 틈에 앉아서 고개를
주억거리고 날씨나 물가, 짜증나는 컴퓨터에 대해서 잡담하는 모
습을 그려봤어. 더 심하면 눈알이 빠지도록 우는 모습까지도. 정
말이다, 나는 너무나 피곤한 내 삶을 어떻게든 살아보려고 했다.
심지어 '애나'에게 전화도 했어. '모임에 한 번이라도' 나오라더구
나. "다음주 금요일은 어떠세요?" 애나가 말했지. "생각해보겠
소." 내가 대답했어. 다음 금요일이 되었을 때 나는 벽난로 선반
에서 째깍거리는 시계를 지켜보았다. 시곗바늘이 삼십 분, 이십오
분, 이십 분 전을 가리켰어. 심장이 쿵쿵 울리고 손으로 이마를 계
속 문질렀더니 십오 분 전이 되자 주름살이 하나 더 생겼다. 틀어
놓은 텔레비전에서 기상예보관이 얼음이 얼고 소낙눈이 올지도
모른다고 말했어. 아, 그래, 나는 혼잣말을 했다. 이런 날씨에 차
를 몰고 나갈 순 없지.

하지만 던캐셜에서 지프에 앉아 데이비드에게, 시니어그룹 빙고 모임에 가려고 기다리자니 이번에는 정말 가는구나 싶더구나. 이렇게 늦은 나이에도 아주 약간의 희망을 준다는 이유만으로 모르는 세상에 겁도 없이 뛰어들 수 있을까? 그때 하늘이 데이비드를 보내줬는지도 모른다는 생각이 문득 들었다. 어쩌면 네 엄마의 소행일지도 모르겠다고 말이다. 어쩌면 네 엄마가 나 혼자 살아가게 하려고 데이비드를 보냈을지도 몰라. 나는 어느새 문을 열고 들어갔다. '팔처, 웰컴, 비앵베뉘'*라고 적힌 판에 손바닥을 가져다댔어.

"모리스. 이렇게 오시다니 반갑네요, 아저씨." 데이비드가 다가와서 악수를 청하며 말했다.

"데이비드." 내가 대답했지. "지난번 충격에서는 회복한 것 같군, 그래 보여."

"네? 아, 예. 신경쓰지 마세요, 아저씨. 그럼요, 아버지한테 말씀드렸더니 포복절도하시더라고요. 아저씨랑 맥주 한잔하고 싶다고 하셨어요."

"그래?" 나는 처음 들어와보는 장로교회 강당을 자세히 살펴보며 말했다. 길쭉한 격자창 네 개가 마주보고 있고 그 밑에 오랜 세월 동안 행사를 너무 많이 겪은 듯 닳고 닳은 마룻바닥이 있었어. 창마다 가장자리가 해어지고 주황색으로 변색된 우중충한 빨간색 벨벳 커튼 한 쌍이 걸려 있었다. 무대 위 흰색 빙고 기계 뒤에

---

* 각각 아일랜드어, 영어, 프랑스어로 '환영'이라는 뜻이다.

는 안 쓰는 의자와 벤치가 빼곡히 쌓여서 금방이라도 무너질 것 같았지.

"이 근방 출신은 아니지?" 내가 물었어. 첫날에도 같은 질문을 한 것이 분명했지만, 그래도.

"저요? 아니에요. 핑글라스 출신입니다. 삼 년 전에 엄마가 돌아가시고 나서 이사왔어요. 엄마가 없으니 예전 같지 않다고 아빠가 그러셔서요. 변화가 필요했어요, 무슨 말인지 아시죠?"

강당 앞쪽에 불편해 보이는 검정색 플라스틱 의자가 스무 개쯤 줄지어 놓여 있었어. 나의 크나큰 희망이 거기에, 두세 명씩 모여 있는 사람들 사이에, 그 사람들의 앞과 옆에 서 있었다. 동지들이었지. 나를 데려가서 끼워줄 사람들. 뱃속이 요동치고 심장이 너무 애를 쓰느라 박동이 느려졌어.

"어쩌다 여기서 일하게 됐지?" 내가 겨우 말했다. 곰팡내나는 공기를 들이마시니 목에 탁 걸렸어.

"아빠 때문에요. 〈던캐셜 토픽〉에서 광고를 보시고 목요일마다 오시게 됐거든요. 그러다가 화요일에도 오시게 됐고, 결국엔 여기서 살다시피 하셨어요. 저는 아빠를 태워다드리다 가끔 들어와서 준비를 돕고 잡담도 나누었죠. 여기 책임자인 피넬마가 한 달 전에 잡 브리지*를 통해 저를 고용했어요."

"아버지가 지금 여기 계신가?"

"아빠요? 아뇨. 작년에 돌아가셨어요. 그냥 포기하셨던 것 같

---

* 아일랜드 정부가 2011년부터 시행한 인턴 프로그램.

아요. 엄마 없이 버틸 수가 없었던 거죠."

데이비드는 나한테 비밀을 털어놓아도 되는지 가늠하듯 무척 멋쩍어하며 나를 봤어. "전 항상 머릿속으로 아빠한테 이야기해요. 멍청한 짓인 건 알아요, 하지만……"

아들아, 난 데이비드를 쳐다봤어. 맹세코 정말 끌어안을 수도 있었다. 유령에게 말을 건다는 게 어떤 기분인지 아는 사람이라니.

"당신이 그 외로운 방랑자군요." 키가 약 150센티미터에 옆으로도 그 정도 되어 보이는 여자가 강당 앞쪽에서 나에게 다가오며 말했다. 나를 향해 곧장 걸어오는 그녀의 발걸음에 마룻널이 흔들릴 정도였어.

"피델마 무어예요, 해니건 씨. 오늘은 총을 집에 두고 오셨길 바라요." 그녀가 내밀지도 않은 내 손을 잡으며 말했어. "그 이야기를 듣고 사무실 사람들 전부 한바탕 웃었지 뭐예요. 도대체 무슨 짓을 하신 거예요, 정말."

나는 그녀를 빤히 보았다. 옆에서 데이비드가 안절부절못하며 발을 동동 구르는 소리가 들렸지. 나는 데이비드를 보고 다시 여자를 봤다.

"혼자 사시지는 않나보군요." 내가 말했지. "돈 몇 푼 훔치려고 당신을 반쯤 죽여놓을 갱으로부터 스스로를 보호할 건 총밖에 없는 빌어먹을 외딴곳에서 말입니다."

피델마는 아무 대답 없이 한 손을 가슴에 올렸어. 눈썹을 치켜올리니 이마에 아코디언처럼 주름이 잡혔지.

"음. 기분 상하게 하려고 한 말은 정말 아닌데……"

"아니겠지요." 내가 그녀를 향해 몸을 숙이며 말했다. "하지만 기분은 나빴소."

고개를 돌리니 빙고 사회자가 강당 끝에서 공을 가지고 놀며 준비하는 게 보였고 눈앞의 여자는 나를 어떻게 할지 고민했어. 나는 발꿈치를 들었다 놨다 하며 아내가 하늘에서 끼어들어 나를 여기까지 오게 만들었다 해도 쫓겨난들 무슨 상관이랴 생각했다.

"이제 곧 시작해요." 마침내 피델마가 말했어. 조금 전의 자신감은 사라진 말투였지. "데이비드, 해니건 씨를 저쪽으로 모시고 가요."

나는 피델마의 시선을 의식하며 뒷줄로 가서 가장자리에 혼자 앉았다. 아들아, 그날 난 폭삭 늙어버린 기분이었어. 주변을 둘러보니 백발에 메마른 피부는 축 처지고 눈이 축축한 남녀가 색이 바랜 옷차림으로 형광펜을 들고 오후를 낭비하고 있었거든. 내가 어떻게 그토록 오래 앉아 있었는지 잘 모르겠다. 나는 숫자에 표시도 하지 않고 가끔 표시하는 척만 했어. 데이비드는 분명 알아차렸을 거다. 그는 한편에 서 있다가 사람들이 '하우스'라고 외치며 물에 빠져 죽어가는 사람처럼 빙고책을 높이 흔들면 가서 확인해주었어. 나는 빙고를 하는 내내 신발 밑창으로 마룻바닥만 문질렀지.

쉬는 시간 전에 데이비드가 다가와서 몸을 숙이고 내 귓가에 말했어.

"전 이제 차를 내오러 가야 해요, 모리스. 하지만 갔다 와서 옆에 앉을게요. 우리가 제대로만 하면 저 로지스 초콜릿 한 통은 우리 거예요. 헤이즐넛 초콜릿은 내 겁니다." 데이비드가 내 어깨를 두드리며 말했지. 나는 고개를 끄덕였다.

빙고 사회자가 휴식을 선언하자 노인들이 신입인 나를 유심히 보면서 지나갔어. 몇몇은 미소를 지었지. 나는 견딜 수 없어서 시선을 돌렸다. 내가 저 사람들 속에 들어가려면 다른 사람이 되어야 하는데, 그런 거짓을 견딜 수가 없었어. 받아들여지려면, 어딘가에 속하려면 그래야만 하지. 하지만 아들아, 중요한 건 내가 속하고 싶은 사람은 단 한 사람뿐인데 그 사람은 거기 없었다는 거야. 그리고 마음속으로는 나도 알고 있었다. 새로운 삶을 시작하려면 소소한 잡담을 편안하게 나눌 수 있어야 하는데, 내가 설사 그런 사람이었다 해도 사실 난 새로운 삶을 원하지 않는다는 것을 말이다. 그냥 그러고 싶지 않았어.

나는 오지도 않은 메시지를 확인하려고 핸드폰을 꺼냈고, 사람들은 탁자로 몰려갔어. 웃으면서 머리를 긁적이는 데이비드가 거기 있었지. 컵에 차를 따르고 우유를 붓고 비스킷을 권하면서 말이야. 나는 데이비드가 정신이 없어서 내가 어디 갔는지 신경쓰지 못하겠다 싶을 때 밖으로 나왔어. 지프에 올라타고 곧장 집으로 왔어. 문을 잠그고 커튼을 쳤지.

그뒤에 데이비드가 몇 번 찾아왔다. 말을 참 잘했어. 지금까지 살아온 이야기로 나를 즐겁게 해주었지. 더블린에 살 때 친구였던 에이모와 데코와 기조 얘기를 했어.

"마약이요." 그가 말했어. "다들 지금 거기 푹 빠졌어요. 약을 파는 거죠. 전 안 맞았어요. 그래서 빠져나왔죠."

난 데이비드에게 네 얘기를 조금 했어. 많이는 아니고 조금. 결국 데이비드는 너를 케브라고 부르게 됐지.

"케브는 아일랜드에 안 온대요?" "케브는 애가 몇 명이라고 했죠?"

"두 명." 내가 말했어. "케브는 애가 둘이야."

하지만 얼마 뒤부터 나는 데이비드가 와도 나가보지 않았어. 그를 마주할 수가 없더구나. 이 세상과 아무 관계도 원하지 않는 나를 데이비드가 세상과 연결시키려고 얼마나 애쓰는지 알았으니까. 그때 확실히 알았다. 난 이제 네 엄마를 찾는 수밖에 없다는 걸 말이다.

6장

오후 10시 10분

마지막 건배: 세이디를 위하여

미들턴 위스키

모든 면에서 제일 좋은 걸 마지막으로 남겨놓았지.

스베틀라나가 마지막 술을 내 앞에 내려놓는구나. 미들턴이야. 흠잡을 데가 없지. 대단한 술이야. 나는 스베틀라나가 건넨 그것이 새 수확기의 열쇠라도 되는 양 바라봐. 가을색이라서 마음에 들어. 가을 땅, 나무, 나뭇잎, 늦은 밤하늘의 색이지. 그 냄새는 활기가 가득해서 입술에 닿기도 전에 목에서 느껴지고 척추가 떨려.

내가 미들턴을 마실 때마다 어깨가 저리는 거 아니? 미친 소리처럼 들리겠지, 나도 안다. 난 미들턴이 목을 타고 내려가는 대신 목 근육에 스며들어 어깨로 가서 마비시킨다고 확신한다. 다른 브랜드의 위스키는 그렇지 않아. 좋은 위스키를 알아보는 거지. 의사, 테일러라는 새로 온 의사한테 왜 그런 거냐고 물어봤어. 자기가 아는 치료법은 술을 줄이는 것밖에 없다고 하더군.

"치료법을 물어본 게 아닌데." 내가 말했어.

"음주는 상실에 대처하는 방법이 못 돼요, 해니건 씨." 그가 대답했지.

상실―그 의사가 그것에 대해 뭘 알겠냐? 세상에, 테일러는 이제 겨우 기저귀를 뗐어. 그가 겪은 상실에 가장 가까운 경험은 아마 동정을 잃은 거겠지, 그럴 나이는 됐나 모르겠다. 사랑하는 사람을 잃기 전까지는 아무도, 정말 아무도 상실을 몰라. 뼈에 달라붙고 손톱 밑으로 파고드는 마음 깊이 우러나는 사랑은 긴 세월에 걸쳐 다져진 흙처럼 꿈쩍도 안 한다. 그런데 그 사랑이 사라지면…… 누가 억지로 뜯어간 것 같아. 아물지 않은 상처를 드러낸 채 빌어먹을 고급 카펫에 피를 뚝뚝 흘리며 서 있는 거야. 반은 살아 있고 반은 죽은 채로, 한 발을 무덤에 넣은 채로 말이다.

세상에.

세이디는 좋은 위스키를 한 모금 맛보는 걸 좋아했어. 술을 썩좋아하지는 않았지. 하지만 크리스마스에는 항상 예외적으로 미들턴을 마셨어. 제정신이라면 누가 안 그러겠냐, 응?

아들아, 단순한 진실을 말해줄까? 내가 여기 앉아서 혼잣말을 하는 건 네 엄마 때문이다. 어떻게 아니라고 하겠니. 난 네 엄마가 돌아오길 바라. 당연하지. 더이상 혼자서는 못하겠다. 네 엄마를 만난 날엔 이런 때가 올 줄은 꿈에도 몰랐다. 욕실 세면대의 초록색―아니 아보카도색이지, 난 항상 이걸 틀려―물잔에 꽂힌 내 칫솔 옆에 이제 네 엄마의 칫솔이 없어서, 내가 난롯불을 잘못 피울 때 네 엄마가 하는 잔소리를 더이상 들을 수 없어서, 아침에 침대에서 네 엄마 자리 쪽으로 손을 뻗었을 때 아무것도―숨소리도, 심장박동도―없어서 숨을 쉬기 힘든 때가 올 줄은 정말 몰랐어. 하지만 정말 숨을 쉴 수가 없다. 쉴 수가 없어. 이제 엉망진창이었던 지난 이 년을 정리하고 우리가 처음 만난 날 내 영혼을 가져간 여자를 찾아야 할 시간이야.

아들아. 문제는 그 여자가 나를 원하지 않을까봐 걱정된다는 점이다.

세이디는 던캐슬의 큰 은행에서 일했어. 물론 사람들이 은행에 가서 살아 있는 사람을 상대하던 시절의 일이지. 요즘 나는 그런 시간 낭비를 절대 하지 않는다. 이제 은행에 가면 현금인출기를 지나서 제일 가까운 직원을 찾아 지점장을 불러달라고 하지.

"약속하셨나요?" 신입이 물어.

"프랭크한테 날 얼마나 기다리게 할지 결정하기 전에 내 은행 잔고를 확인하라고 전해." 나는 자리에 앉으면서 이렇게 대답하길 좋아해.

물론 난 은행이 고객한테 그렇게 열심히 권장하는 온라인뱅킹을 익숙하게 한다는 말은 프랭크한테 안 했어. 네가 가르쳐주었지. 처음 몇 번 시도할 때는 너를 꽤 성가시게 했지만 천천히 익숙해졌고, 계좌를 그렇게 쉽게 확인할 수 있다는 사실에 매번 놀랐다. 네가 미국으로 돌아갈 때쯤 나는 정말 빨라졌어. 시내에 가면 보이는 젊은이들, 각종 기기를 두드리고 만지작거리는 그런 친구들만큼 빠르지는 않았지만 충분히 잘했어. 난 아직도 프랭크를 찾아가는 게 좋다. 시간이 있으면 말이지만. 가끔은 수표를 현금으로 바꾼다든지 해서 프랭크가 할일을 만들어주지. 한번은 프랭크에게 500유로짜리 수표를 현금으로 바꿔달라고 했지. 그런데 현금을 받자 생각이 바뀌어서 계좌에 넣으라고 했어. 프랭크를 불쌍하게 여길 건 없다. 내가 내는 은행 수수료로 월급을 충분히 받으니까.

당연한 일이지만 네 엄마가 은행에 다닐 때는 던캐셜 은행의 대기 줄이 정말 느리게 움직였어. 하지만 기둥이 길게 늘어서 있어서 대여섯 걸음마다 잠시 기댈 수 있었지. 그러다가 뒤에 줄이 잔뜩 길어지면 다시 조금 전진해서 뒷사람에게 기둥을 양보했어. 웅장한 건물이었는데, 넌 기억 못할 거다. 네가 아장아장 걸을 때쯤 철거하고 새로 지었거든. 두꺼운 문은 체중을 전부 실어서 밀어야만 열렸지. 높은 천장과 붉은 반점이 있는 대리석 카운터. 언제든지 성당으로 바꿔도 될 것 같았지.

세이디를 처음 만난 날, 나는 은행에 줄을 서서 평소처럼 사업을 생각하며 시야에 들어오는 체크무늬 바닥의 검정색 타일 수를 세고 있었다. 그때 앞쪽 카운터에서 듣기 좋은 도니골 억양이 살짝살짝 들려왔어. 그때부터 나는 기둥에 몸을 기대지도, 타일을 세지도 않고 아까보다 훨씬 관심 있게 주의를 기울였고, 줄을 선 머리들 사이로 그 목소리의 주인을 슬쩍 보려고 애썼어. 목 부근이 제일 잘 보였지. 정말 우아했어. 풀 베는 낫의 곡선처럼 말이야. 아주 우아하게 숙였다가 구부렸다가 곧게 폈지. 게다가 강인했어. 나는 빨리 그녀 앞에 서서 내 매력을 뽐내고 싶었다. 그때까지는 내 매력을 잘 몰랐지만 내 안 어딘가에 분명히 있을 거라고 확신했지. 그렇게 계속 전진해서 이제 내 앞에 몇 명 남지 않자 나는 그녀가 "다음 분"이라고 부를 때 운 좋게도 내가 맨 앞에 서 있기를 바랐어. 심지어 낸시 리건에게 순서를 양보해 옆 직원에게 보냈지. 나는 마지막 구간에서 기다리며 카운터를 향해, 그녀의 달콤한 목소리와 완벽한 피부, 그리고 나중에 알게 되었지만 그 까다로운 성격을 향해 정말 최선을 다해 미소를 지었다.

"보증수표요?" 그녀는 내가 동전이 잔뜩 든 유리병을 꺼내서 세어달라고 한 것처럼 물었어. "세시 이후에는 보증수표 처리가 안 됩니다."

사고는 고지식했지만 여전히 아름다웠어. 곱슬곱슬한 밝은 갈색 머리카락에 붉은색이 드문드문 섞여서 립스틱 색과 잘 어울렸어. 우유처럼 흰 피부. 찡그린 콧잔등에 흩어진 초콜릿색 주근깨는 꼭 그날 아침 거울 앞에 서서 완벽하게 그린 것 같았다. 눈은 공기 좋은 미스의 여름 하늘처럼 파랬어.

"그럼 딱 맞춰 왔네요." 내가 고갯짓으로 그녀의 뒤쪽 벽을 가리키며 말했다. "여기 시계는 일 분 전이라는데요."

"저 시계 느려요." 그녀가 고개를 돌려서 확인하지도 않고 대답했지.

"새로 오셨나요?" 내가 말했다.

그녀는 나에게 잠시 시선을 주더니 빨갛고 촉촉한 입술을 예쁘게 오므려 내밀고는 내 통장과 명세서를 내려다보았어. 얼굴을 찌푸리고 명세서를 들었다가 다시 내리더니 새로운 각도에서 더 열심히 노려보았지. 나는 무슨 글자를 잘못 썼을까 생각하며 초조하게 기다렸어.

"이건 T예요, C예요?" 그녀가 명세서를 다시 내밀고 분홍색 손톱으로 고뇌의 원인을 가리키며 물었지. 우리 어머니가 화덕에 쑤셔넣는 날짜 지난 일요신문처럼 콧잔등을 찡그리고서.

"C예요. 콘 돌런. 콘 돌런 앞으로 발행해주면 됩니다."

"C라고요?" 그녀가 말했어. 정말 믿을 수 없다는 듯이 목소리가 한껏 올라갔지. "T에 더 가까워 보이는데요."

"톤은 동생이에요. 동생한테는 하나도 빚진 게 없습니다."

나는 열심히 애쓴 끝에 아주 작은 미소를 돌려받았어. 그리고 그 당시에는 풍성했던 내 머리를 자랑스럽게 쓸어넘겼지. 그런 다음 그녀가 알아차리기를 바라며 한껏 미소를 지었다. 하지만 실망스럽게도 그녀는 다시 고개를 숙이고 업무를 봤지.

그녀는 내가 쓴 글자를 고친 다음 수표를 정리하러 가려고 크게 한숨을 쉬며 의자에서 일어났어.

"지점장님이 아직 계신지 확인해야 해요."

그러고선 가버렸어. 나는 그녀의 작고 가느다란 허리와 쭉 뻗은 다리 근처에서 휙휙 흔들리는 치마를 보았어. 저렇게 예쁜 여자가 왜 이렇게 힘든 일을 해야 하나 생각했지. 경험이 아주 많은 남자처럼 말이야. 물론 난 그런 남자가 아니었지만. 나는 누가 있나 싶어서 뒤를 슬쩍 본 다음 차가운 대리석 카운터에 팔꿈치를 괴고 오 분 동안 서서 기다렸다.

"지점장은 하티건스에 갔나요?" 마침내 그녀가 돌아오자 내가 물었어. "그 가게를 진짜 좋아하거든요."

다시 작은 미소. 하지만 이번에는 상처받고 슬픈 미소였어. 당찬 기세는 사라지고 없었지. 나는 무슨 일이 있었는지 알아내려고 눈을 들여다보려 했지만 그녀는 시선을 들지 않아. 다시 서류를 만지작거리다가 잠시 멈추고 숨을 들이마시더니 말했지.

"그리그슨 씨가 보증수표는 세시까지만 처리할 수 있다고 말씀드리래요. 이번에는 서명을 해주겠지만 다음부터는 안 된다고요."

나는 직접 와서 말할 배짱도 없으면서 미녀를 윽박지른 남자를 향해 튀어나오려는 험한 말을 참느라 입만 벌리고 있었어.

"그럼 보증수표를 처리하려면 한시부터 줄을 서야겠네요." 내가 웃으며 말했지. 하지만 웃음이 내 입술을 떠난 순간 내가 의도한 쾌활한 웃음이 아니라 비꼬는 투에 가깝게 들렸다는 사실을 깨달았어.

그녀는 보증수표와 통장을 바쁘게 챙기더니 봉투에 넣었다. 그리고 카운터 너머로 봉투를 건네는데 빛이 그녀의 눈에 닿으면서 그렁그렁한 눈물이 보였어. 나는 얼어붙었지. 은행 지점장이 성을 내든 말든 아무 상관도 없지만, 이 미녀를 울렸다고? 그건 전혀 다른 문제였어.

"아, 이런." 나는 황동 창살 너머로 손가락을 최대한 뻗으며 말했다. "이봐요, 미안해요. 그럴 뜻은 아니었는데…… 가끔 정말 못된 말이 튀어나와요."

그녀는 손등으로 차오르는 눈물을 막으려 했지만 지는 싸움이었지.

"괜찮아요, 전 괜찮아요. 손님 때문이 아니에요." 그녀가 나를 올려다보고 미소를 지으려 애쓰며 말했어. "그냥 모든 게 너무 낯설고, 또…… 음……" 그녀의 얼굴이 다시 일그러지기 시작했어.

나는 정중하게 내밀 손수건이 없었다. 음, 손수건이 있긴 했지만 그걸 내밀면 상황이 더 악화되었을 거라고만 해두자. 빨래하는 날이 얼마 안 남았었거든. 난 누가 지켜보나 싶어 주변을 둘러보았다. 빌어먹을 낸시 리건이 보고 있었어. 아주 좋아 죽더구나. 얼른 나가서 모리스 해니건이 순진한 여자를 괴롭힌다고 온 세상에 떠들고 싶어 안달이었지.

"있잖아요, 이대로 당신을 두고 갈 순 없어요." 내가 말했어. "다른 고객이 오지 않도록 제가 잠시 서 있을 테니 가서 콧잔등에 파우더를 바르든지 하세요."

"그럴 순 없어요, 해고당할 거예요."

"다른 사람이 어떻게 알겠어요? 제가 예금 전표나 뭐 그런 걸 추가로 냈다고 말할게요."

그녀는 입술을 깨물고 내 제안에 대해 생각했어.

"그럼 잠시만요." 그녀가 이렇게 말하고 자리를 비웠지. 나는 카운터를 떠나는 낸시에게 미소를 보냈어. 그녀는 나를 한참 보더니 굽 높은 구두를 신고 종종거리며 나갔다.

세이디는 어느새 화장지를 들고 돌아와 있었어. 아까보다 조금 나아 보였지.

"감사합니다." 그녀가 스툴에 올라앉으며 말했어.

"훨씬 좋아지셨네요? 이제 저 사람들 상대할 준비가 됐습니까?" 내가 뒤에 늘어선 줄을 향해 고갯짓하며 말했지. "저 사람들이 저처럼 매력적이라고 장담은 못하겠네요."

그녀가 고개를 끄덕이고 상처받은 얼굴로 살짝 미소를 지었지. 나는 은행을 나와 밭으로 돌아가 일하면서도 한참 동안 그 미소를 떨쳐낼 수 없었어. 그날 밤 누나들과 카드 게임을 했는데 제니가 딜러를 맡았어. 내가 카드를 계속 잘못 냈더니 누나들이 어디 아픈 사람 보듯 나를 보았지. 물론 날 걱정한다고 내 돈을 받지 않은 건 아니지만. 다음날 나는 아무 일도 제대로 할 수가 없었어. 차에 우유를 너무 많이 넣고, 내가 태어난 날부터 죽 있었던 현관 계단에서 넘어지고, 식탁인 줄 알고 화덕에 손을 짚었다가 화상을 입었지. 일요일이 되자 나는 은행에 다시 가는 수밖에 없다는 걸 깨달았다. 저녁식사가 끝난 다음 나는 돌아오는 목요일에 은행에 또 갈 생각이라고 밝히고 가족들에게 얼마 안 되는 동전을 모을 시간을 주었지.

목요일에 나는 주머니에 새 손수건을 넣고 손에 통장 다섯 개를 들고 그녀 앞에 섰다.

"안녕하세요." 그녀가 낮은 목소리로 말했어. 나를 알아보고 약간 부끄러운 듯한 미소를 지었지.

아들아, 내가 감상적인 사람이 아니라는 건 너도 잘 알겠지만 그때 난 그 여자 때문에 숨을 쉴 수 없었다고 하느님께 맹세한다. 세이디는 눈물을 글썽이지 않았다는 점을 빼면 처음 본 날과 다를

게 없었지만 이번에는, 이번에는 정말 열 배는 더 근사해 보였어.
나는 내 안에서 충격을 헤치고 겨우겨우 목소리를 끄집어냈지.

"좋은 날이네요. 나무에 햇살이 내리쬐는 오늘 같은 날 여기 갇
혀 있으려면 힘들겠어요."

"아, 네. 지금 당장 산책을 할 수만 있다면 뭐든 내줄 거예요."
그녀가 웃으면서 얼른 나를 보더니 내가 내민 통장을 받아 바로
계산에 들어갔어. 나는 납작하게 넘긴 머리를 손으로 쓸었지.

"모리스." 내가 말했지. "모리스 해니건입니다."

"네, 모리스." 그녀가 통장에서 고개를 들었어. "해니건 씨 가
족은 저축을 무척 많이 하시네요."

그녀가 다시 고개를 숙이더니 뭔가를 쓰고 합계를 냈다. 그러
고 나서 나는 그녀의 이름을 처음으로 들었지.

"세이디 맥도나예요." 그녀가 말하며 아주 잠깐 나를 보는데
얼굴이 빛났어.

"오늘은 좀 나은 것 같네요…… 세이디. 그러니까 내 말은, 오
늘은 좀더 나은 것 같아서 다행이라고요…… 그러니까…… 별
로 안 바빠서요."

세이디가 고개를 들고 다시 웃었어. 완벽한 웃음이었지. 계산
이 끝나자 그녀는 통장을 모아 카운터에 톡톡 쳐서 정리한 다음
나에게 돌려줬어.

"훨씬 나아요. 고마워요, 모리스."

나는 통장을 받아들고 지금이 기회일까 잠시 생각했다. 차마
시선을 들고 그녀를 볼 수가 없어서 검정 타일만 내려다보며 내

매력은 도대체 어디로 도망친 걸까 생각했어. 내가 통장으로 이마를 툭 치며 그만 가려고 걸음을 떼는데 세이디가 말했지.

"그럼 다음주 목요일에 다시 오세요?"

"글쎄요." 내가 돌아가서 세이디를 정면으로 마주보며 말했어. "아니면 이후에 저랑 산책을 할 수도 있고, 뭘 좀 먹어도 좋고요." 자, 자신만만 씨가 사태를 해결하러 돌아왔다.

"글쎄요, 전……" 세이디가 우물쭈물하는 동안 나는 주일에나 신는 반들반들한 신발 속에서 발가락을 꼼지락거리며 기다렸어. "좋아요. 전 여섯시에 끝나요."

"그럼 여섯시로. 바깥에서 기다릴게요."

난 카운터에서 벗어나기 전에 정말로 윙크도 했던 것 같다. 그러고선 도망치다시피 나갔지. 내가 이렇게 운이 좋을 리 없다고, 당장이라도 세이디가 나를 불러 생각이 바뀌었다고 말할 거라고 굳게 믿었다. 숨을 멈추고 밖으로 나갔던 것 같아. 벽에 기대서서 어떻게 해낼 수 있었을까 의아해했지.

"은행에 취직한다는 건 대단한 일이에요." 이후에 우리가 던캐셜센트럴에서 주문을 하고 메뉴판을 돌려준 뒤에 세이디가 도니골 특유의 경쾌한 억양으로 말했어.

"시험에 합격했을 때 믿을 수가 없었어요. 엄마랑 아빠도 마찬가지였죠. 그러니까 거절할 수 있는 일이 아니잖아요, 안 그래요? 평생직장인데다 연금까지 나오니까요." 그녀가 소금통과 후추통을 이리저리 옮기며 말했어. "그런데 배부른 소리라는 건 알지만…… 나한테는 안 맞는 것 같아요. 난 눈곱만큼도 흥미가 없어요. 돈을 다루는 건 정말 고약한 일이에요." 그녀가 양념통에서 손을 떼고 새로운 배치에 만족하며 덧붙였지.

그런가? 나는 생각했어.

"도니골에서는 많이 멀죠." 그래서 이렇게만 말했지.

"그건 다른 문제지만, 난 집 근처에서 일하고 싶어요. 이것저것 돕고 싶어서요."

"농사를 지으시나요?"

"아뇨. 아버지는 경찰이에요. 아니, 그냥……" 세이디는 무슨 말을 더 하려는 듯했지만 거기서 멈췄어. 물론 노린을 떠올렸겠지. 그때 난 노린에 대해 몰랐지만. "음, 잘 알잖아요. 농사를 짓든 안 짓든 항상 할일이 많죠."

"맞아요, 맞아." 처음부터 너무 깊이 파고들고 싶지 않았던 나는 맞장구를 쳤어. "북쪽으로 돌아가고 싶어요? 우리가 당신을 여기 붙들어둘 방법은 없는 거예요?" 나도 양념통을 정리하며 말했지.

"글쎄요……" 세이디가 나에게 수줍으면서도 아주 멋진 미소를 지었지.

"글쎄요 다음은 뭐죠?" 내가 열심히 물었어.

"사람 일은 모른다고요."

우리의 눈이 아주 잠깐 마주쳤고, 곧 둘 다 얼굴이 빨개져서 시선을 돌려야 했어. 식당에는 온갖 사람들이 있었지. 한 미혼 남성이 말없이 튀김 요리를 먹으면서 패트릭 스트리트를 지나는 행인들을 내다보았어. 우리 맞은편에는 우리보다 경험이 많은 커플이 앉아 있었는데, 남자가 손에 들고 읽는 신문 뒷면의 광고를 여자가 읽고 있었지. 목요일 외식을 위해 차려입고 온 가족도 한 팀 있었어. 아이들은 무릎까지 올라오는 양말을 제대로 신었지. 남자애들은 머리카락에 브라일크림을 발라서 넘겼고 여자애들은 머리를 땋아서 초록색 물방울무늬 리본으로 묶었어. 어머니는 아이들이 얌전히 구는지 주의깊게 지켜보고 아버지는 아내에게 소소한 이야기를 건넸다. 가끔 그가 큰 소리로 말처럼 히히 웃으며 손으로 테이블을 탁 치면 포크와 나이프가 항의하듯 덜걱거렸고, 남자는 주변을 획 둘러보며 자신의 농담에 마땅한 반응을 보이는 사람이 있는지 살폈어.

"여기 자주 와요?" 세이디가 물었어.

"여자친구는 전부 여기로 데려오죠."

그러자 세이디도 웃었어. 하지만 세 테이블 건너에 앉은 애아버지와는 반대로 우아하고 멋진 웃음이었지. 그녀의 눈과 내 눈이 마주쳤어. 서로 당황하지 않을 정도로 짧지만 우리의 시작을 깨달을 정도로 긴 순간이었지. 그때 바로 거기에서 나는 생명이 끝날 때까지 사랑할 여자는 양념통이 완벽하게 정리된 빨간 포마이카 테이블을 사이에 두고 앉은 바로 이 여자임을 확신했다.

나는 첫 데이트에서 키스를 시도하지 않았어. 물론 손은 잡고 싶었지만 던캐셜센트럴을 나설 때 운을 시험하지 않기로 결심했지. 난 세이디를 하숙집까지 바래다주었어. 그녀가 시내 반대편에 살고 있어서 기뻤어. 우리는 하숙집까지 가는 내내 편안하게 잡담을 나누었고 문 앞에 도착한 뒤에도 계속 얘기했어. 아마 거기에 한 시간은 서 있었을 거다. 세이디가 열쇠를 찾으려 가방을 뒤지기 일보 직전이었지. 나는 시간 감각을 모조리 잃었고, 이제 곧 소젖을 짜러 가야 하는 새벽 다섯시라고 해도 전혀 신경쓰지 않았을 거다. 즐거운 마음으로 일하러 갔을 거야. 세이디가 나를 그렇게 만들었어, 세상과 나 자신이 모두 만족스러웠지.

"들어가요. 그럼." 나는 잠깐이라도 더 그녀를 붙잡고 싶은 충동과 싸우며 말했다. "저기서 커튼을 붙잡고 있는 더킨 부인의 손이 아주 피곤할 거예요. 그런다고 안 보이는 것도 아닌데."

"쉬이! 다 보이는 거 더킨 부인도 알아요. 그걸 노리는 거예요. 당신 같은 남자를 잘 알거든요." 세이디가 웃었고 나도 미소를 지었어. 그녀의 뻔뻔한 말이 날 부추기는 느낌이 들었지. 세이디가 열쇠로 문을 열 때 내가 반대편 손을 잡고 내려다보며 물었지.

"토요일에 시간 되면 춤추러 갈래요? 저기 오라일리스 홀로요. 조금 멀지만 내가 자전거로 태워갈 수 있어요―저는 여자친구에게 최고만 대접하거든요."

"여자친구 얘기 계속할 거예요? 같이 가겠다고 한 여자는 내가 처음이라고 장담할 수 있는데."

"그럼 간다는 말이군요. 토요일 일곱시에 만날까요? 여기 말고 상점가로 데리러 갈게요. 아직은 더킨 부인이 당신 부모님께 연락하면 안 되니까."

"잘 가요." 너무 좋아서 무릎이라도 꿇고 싶은 남자에게 짜증난 척하며 세이디가 말했어. 나는 문이 닫힐 때까지 기다렸다가 거리를 내달렸어. 자전거를 찾은 다음 올림픽 국가대표 선수처럼 마구 달렸지. 빠른 속도로 밭을 지나치면서 소떼에게 소리를 질렀다. 아마 소들은 너무 느릿느릿 뒤늦게 고개를 들어서 유령처럼 획 지나간 내 모자를 못 봤을 거야.

토요일은 너무 느리게 왔어. 세이디를 못 본 지 이틀밖에 안 됐지만 일 년은 된 것 같았지. 일찌감치 상점가에 도착한 나는 자전거를 가진 미스의 농부답게 당당히 자전거에 기대서 기다렸어. 뱃속이 요동쳤다. 나는 길가를 서성이며 연석에서 도로로 뛰어내리기도 하고, 마침내 세이디의 모습이 보일 때까지 주의를 돌릴 수 있는 일이면 뭐든 했어. 붉은 장미 무늬의 흰 원피스를 입은 세이디가 다가오는 모습을 보자 아차 싶었다. 이 그림 같은 미녀를 차갑고 불편한 자전거 크로스바에 앉혀서 3킬로미터가 넘는 거리를 갈 생각이었다니. 내 앞에 다다른 세이디는 내가 당황했다는 걸 분명 알아차렸을 거야.

"음, 어떻게 생각해요? 봐줄 만한가요?" 세이디가 물었어.

"이 거리의 모든 남자가 날 부러워한다는 건 확실히 말씀드릴 수 있어요."

"이게 내가 탈 마차인가요? 음, 괜찮을 것 같네요. 아마도."

나는 침을 꿀꺽 삼키며 겨드랑이가 다시 축축해지는 걸 느꼈어.

"분명히 말씀드리지만 이 자전거도 주변 남자들이 전부 부러워하는 거죠."

"그럼 자랑 좀 해볼까요."

나는 재킷을 벗어서 차가운 크로스바에 씌웠어. 세이디는 망설이지 않고 올라탔지. 흰 원피스와 흰 하이힐. 이제 체인이 돌아가기만 하면 되는 거였어. 연석에서 자전거를 출발시키며 나는 머릿속으로 재빨리 기도를 드렸다. 보통 제니나 메이를 태울 때는—재킷은 깔아주지 않았지—처음에 약간 비틀거리는데 세이디를 태우고 그러면 안 될 일이었어. 우리는 패트릭 스트리트를 미끄러지듯 달려 도로로 나가서 한 쌍의 프로 댄서처럼 레인스퍼드로 향했다. 바람이 우리를 도와주었지. 정말이지 나는 평생 그날 댄스홀로 갈 때만큼 많이 웃고 미소를 지은 적이 없었다. 던캐셜 부대 앞을 지날 때 세이디가 내 모자를 낚아채더니 반쯤 남은 거리를 가는 내내 그걸 쓰고 있었어. 세이디의 눈에 어린 장난기를 보면 다음엔 그녀가 또 무슨 장난을 칠까 궁금해졌고, 아무리 봐도 질리지 않았지. 다행히도 우리는 기름 얼룩 하나 없이 댄스홀 앞에 도착했어.

나는 나중에 댄스홀 뒤쪽 담장 앞에서 바람을 쐴 때 세이디의 뺨에 입을 맞추었다. 그런 다음 내가 손을 내밀자 세이디가 내 엄지를 어루만졌어. 여름밤의 열기 덕분에 공기는 아직 따뜻했지. 진짜 키스는 일주일 뒤에야 했다. 아들아, 이런 이야기를 전부 다 들을 배짱이 있니? 듣기 싫으면 잠깐 쉬어라, 다 끝나면 말해주마.

난 절대 잊지 못할 거다. 세이디의 입술이 내 입술에 닿았을 때 누가 뱃속에 불을 붙인 느낌이었어. 나는 그녀의 하숙집 문 앞에서 처음처럼 뺨에 살짝 입맞춤만 할 생각으로 고개를 숙였지. 더킨 부인은 빙고를 하러 가고 없었어. 하지만 세이디가 고개를 돌렸고 그녀의 입술이 내 입술에 닿았어. 얼마나 달콤하고 신성한지 천국에 오른 기분이었다. 물론 나는 계속하고 싶은 충동을 느꼈지, 솔직히 말하자면 더 나아가고 싶었다. 하지만 세이디가 물러났을 때 나는 그녀를 끌어당기고 싶은 유혹을 뿌리쳤어. 세이디가 고개를 들고 미소를 지었지.

"도니골 애너모에서 온 귀엽고 순진한 아가씨가 이런 키스는 어디에서 배웠지?" 내가 물었어.

"너무 많은 걸 알려고 하지 마."

그뒤로 몇 주 동안 우리는 그런 식으로 만났고, 만남은 매번 조금 더 길고 조금 더 깊어졌어. 하지만 나는 항상 몸을 사렸어, 나 자신이든 세이디든 돌이킬 수 없는 선을 넘도록 유혹하지 않았지. 내가 아무리 원한다 해도 옳지 않은 일이었어. 물론 요즘은 전혀 다르지. 그렇지만 내가 달라졌을지는 잘 모르겠다. 우리가 혼인 서약을 할 때쯤 나는 기다림과 갈망 때문에 애가 달아 있었어.

삼 개월 뒤에 나는 세이디의 부모님에게 정식으로 초대를 받았다. 내가 세이디의 아버지를 만날 생각에 얼마나 신경이 곤두섰는지 생각하면 초조하다는 표현은 너무 약해. 우리 아버지는 주변에서 '킁킁거리는' 남자들 때문에 불쌍한 누나들을 항상 호되게 꾸짖었어. 하지만 그 불쌍한 남자들이 나보다 위험하다고는 할 수 없었지. '킁킁거리는' 짓에는 이웃 농부의 아들이 길거나 우리 집 앞 도로를 지나가면서 모자를 들어 인사하는 것도 포함되었으니까. 그것만으로도 유죄라면 맥도나 씨는 내가 도니골 경계를 넘자마자 체포할 거야.

"지금이 정말 적당한 때일까, 세이디? 한두 달 미루는 건 어때? 저축해놓은 돈도 별로 없는데. 반지도 없고 아무것도 없어."

"그래? 내가 당신 통장을 봤다는 걸 잊으시면 안 되죠, 해니건 씨." 나는 할말이 없었다. 얼마 안 되긴 하지만 내 저축액은 꾸준히 늘고 있었어. "그리고 그거 혹시 청혼이야?"

이 여자는 정말 강적이었어.

"아, 내 말이 무슨 뜻인지 알잖아. 당신 아버지가 나를 풋내기라고, 당신을 이용하려는 놈이라고 생각하는 건 싫어."

"뭘 이용하는데, 내 부와 지위?"

"세이디, 은행에 다니는데다 당신처럼 아름다운 여자는 별로 없어."

"모리스, 괜찮을 거야. 당신에 대해 전부 다 아셔. 내가 다 말했거든. 정직한 사람이라는 것도, 나랑 한번 자고 도망갈 사람이 아니라는 것도 다 아셔."

"세이디!"

"제발 그만 좀 해. 난 당신이 엄마랑 아빠랑 우리 노린을 만나면 좋겠어. 내가 어떤 사람이고 어떤 환경에서 컸는지 알 수 있게, 그러니까 당신이 누구에게 청혼하려는 건지 알 수 있게."

"이미 다 알아. 무엇도 당신에 대한 내 감정을 바꾸지 못하고. 알고 보니 당신 가족이 전부 미치광이라도 말이야."

"그 말 하나도 재미없어, 모리스!" 세이디가 쏘아붙였어. 분위기가 갑자기 바뀌었지.

내가 당시 노린에 대해 전혀 몰랐다는 사실을 잊지 마라. 난 정말 영문을 몰랐지. 내가 얼마나 멍청한 짓을 했는지 전혀 몰랐어. 나는 침묵이 우리 사이에 자리잡는 것을 가만히 보고만 있었고, 세이디는 잡지를 홱 집어들더니 페이지를 거칠게 앞뒤로 넘겼다.

"모리스, 우리 아빠가 물어뜯진 않을 거야. 하지만 당신이 계속 그런 식으로 굴면 또 모르지."

"아, 세이디. 그런 뜻은 아니었어. 그냥 농담이었다고."

탁, 탁, 팔락, 팔락, 페이지가 계속 넘어갔지. 잡지가 불쌍할 지경이었어. 나는 졸아서 세이디를 살짝 훔쳐보았지만 그녀는 나를 보려 하지 않았어. 하지만 서서히 분위기가 누그러지며 페이지 넘기는 속도가 느려지기 시작했고, 결국 지친 잡지가 그녀의 무릎으로 내려왔어. 나는 곁눈질로 이 변화의 의미를 파악하려 했지. 세이디는 물끄러미 앞을 보면서 아마도 애초에 첫 데이트를 승낙한 게 잘한 일인지 곰곰이 생각하는 듯했어. 세이디는 잠시 그렇게 있었고 나는 옆에 가만히 앉아 있었다. 결국 세이디가 한숨을 내쉬었어. 아름다운 도니골식 한숨을.

"아, 모리스." 세이디가 나를 향해 고개를 돌리고 말했어. "장담할게, 우리 아빠는 정말 사랑스러운 사람이야. 당신을 정말 좋아할 거야. 어떻게 안 좋아할 수 있겠어?"

"그럼 갈게. 그 '사랑스러운 사람'을 만나러."

세이디가 미소를 지으며 고개를 끄덕였어. 나는 세이디에게 입을 맞췄지. 애너모에 간 일이 어떻게 되었는지는 이미 얘기했으니 너도 알겠지.

하지만 오늘 이야기하고 싶은 것은 내가 네 엄마의 아름다운 얼굴에서 미소를 빼앗기 시작한 이후 여러 번 보상하려고 했던 노력에 대한 것이다. 내가 절대 해주지 않았던, 또는 제대로 하지 못했던 그 모든 것과 내가 깨뜨린 수많은 약속에 대해서 말이다.

예를 들면 오늘밤에 내가 이 지친 뼈를 뉠 허니문스위트도 그렇지. 네 결혼식 날 내가 세이디에게 허니문스위트에 데려가주겠다고 약속했지만 지키지 않았던 거 기억하니? 아니면 오늘 디에스튜어리 레스토랑에서 했던 저녁식사는? 아, 그래. 나는 왕의 식사를 했다. 던캐셜에 가서 수상 경력이 있는 레스토랑의 '잠시 대기해주십시오'라는 안내문 앞에 용감하게 서서 숱이 적은 흰 머리를 누르면서, 흰 리넨이 깔린 테이블과 세 쌍이나 되는 반짝이는 나이프와 포크, 길고 꼿꼿한 백합을 보면서 누가 불청객인지 살펴보았지. 드디어 펠릭스가 와서 과거의 잘못과 죄책감을 곱씹던 나를 데려가더니 내가 전화로 예약하면서 요청한 바로 그 자리로 안내했어. 네 엄마가 차를 타고 지나가면서 볼 때마다 항상 앉고 싶다고 말했던 그 자리였지.

그리고 차를 둘러싼 문제도 있었어.

외식할 때 내가 차를 사 마시기 싫어하는 건 말하지 않아도 알겠지. 집에 아주 멀쩡한 주전자가 있는데 뭐하러 돈을 낭비하냐? 기나긴 세월 동안 일요일 외식 때마다 세이디는 나에게 맞춰줬다. 나는 심지어 세이디가 내 생각을 진심으로 지지한다고 생각해왔어. 하지만 되돌아보니 어쩌면 세이디는 싸워야 할 문제를 현명하게 선택했던 걸지도 몰라. 어쨌거나 1990년대에 우리집에서 제일 큰 쿠데타를 일으켰으니 말이다. 세이디가 그 결정적인 말을 언제 했는지 정확히 기억나지 않는구나. "로스트 요리는 이제 안 해"라고 했지. 나는 충격을 받았지만 맞서지 않았다. 일요일 외식비만 내고 아무 말도 하지 않았지. 하지만 세이디는 세상을 떠나기 얼마 전에 차는 집에서 마신다는 내 방침에 대한 솔직한 생각을 드러냈다.

우리는 머타스에서 다 비운 접시를 앞에 놓고 앉아 있었어. 내가 세이디 옆자리에 놓아둔 외투를 집으려고 몸을 숙이는데 세이디가 손으로 나를 막았지. 난 세이디가 그렇게 힘이 센지도 몰랐어. 나는 수수께끼 같은 세이디의 손가락을 빤히 보았다. 관절염에 시달려 손가락끝이 굽었더군. 세상을 떠날 때쯤 세이디는 손가락에서 반지를 뺄 수도 없었단다. 알고 있었냐? 우리의 사랑이 세이디의 넷째 손가락을 영원히 옥죄고 있었어. 지금 생각해보니 내가 세이디에게 사준 액세서리는 반지 몇 개가 전부구나. 생일이나 크리스마스에는 선물 대신 돈을 주었지. 그러면 갖고 싶은 걸 살 수 있으니까. 그러면 세이디도 좋고 나도 좋잖아.

"차." 그 일요일에 세이디가 나에게 말했어. 크고 또렷하게, 정면을 똑바로 보면서. "얼그레이."

항상 얼그레이였지. 하지만 처음부터 그랬던 건 아니다. 맥도나가 사람들은 다른 이들처럼 라이언스 차를 마셨거든. "더블린 때문이야." 예전에 세이디가 말했어. 그래프턴 스트리트의 찻집에서 실수로 얼그레이를 줬거든. 찻집 이름은 기억나지 않는구나. 조만간 생각날 거다. "혀끝이 간질간질하더라고." 세이디가 말했지. "그때부터 얼그레이로 개종했어." 우리집에는 항상 얼그레이 한 상자가 있었지, 기억하니? 처음에는 잎차였지만 세월이 흐르고 산업이 발전하면서 티백으로 바뀌었어. 다른 차보다 더 비쌌기 때문에 세이디는 열한시 티타임 때에만 얼그레이를 마셨지. 그 외에는 다른 사람들처럼 검소하게 평범한 차를 마셨다.

"그러니까 외투를 주시죠, 부인." 내가 세이디의 손에서 외투를 빼내려 애쓰면서 말했어. "집에 가서 마시자고."

"난 여기서 마시고 싶어. 아무리 비싸도, 아무리 오래 기다려야 해도 상관없어. 여기서 다른 사람이 가져다주는 차를 마실 거야. 그리고 디저트도 먹을 거야. 배노피 파이.*"

나는 그 정보를 가지고 나더러 뭘 하라는 걸까 생각하면서 세이디를 보았다. 그러다가 세이디가 바라는 건 내가 가서 웨이트리스를 찾는 것임을 날 선 침묵 속에서 깨달았지. 나는 열두시 미사가 끝나고 사람들이 밀려드는 이 시간에 머타스에서 웨이트리스를 부르는 건 불가능하다는 사실을 잘 알았기 때문에 자리에서 일어나 카운터에 줄을 서서 짜증을 내며 한 걸음 한 걸음 전진한 끝에 마침내 디저트 냉장고 앞에 섰다.

"저걸로 하겠소." 내가 유리 진열대 안의 배노피 접시를 손가락으로 가리키며 말했지.

"또다른 건요, 손님? 아이스크림도 같이 드릴까요?" 젊은 청년

이 물었어. 세이디는 아이스크림을 정말 좋아했지. 나는 그의 제안을 곰곰이 생각하며 아주 예의바르게 그를 바라보았다.

청년이 배노피와 달그락거리는 찻잔을 쟁반에 담아 들고 내 뒤를 따라왔어. 자리에 도착하자 내가 세이디 앞에 디저트를 놓았지.

"아이스크림이 없네?" 세이디가 접시를 보며 물었지.

"없어." 내가 말했어. "다 떨어졌대."

나는 청년이 내 뒤통수를 빤히 보는 걸 알았지만 아무렇지도 않게 찻잔과 찻주전자를 받기 위해 몸을 돌렸다. 그 청년이, 그리고 기나긴 세월 힘들게 살아온 불쌍한 아내가 날 어떻게 생각하든 전혀 신경쓰지 않았어. 나는 느긋하게 파이를 먹는 세이디 대신 옆 테이블에서 한두 살배기 아이에게 당근을 먹이려 애쓰는 부부를 지켜보았다. 세이디가 한 숟가락을 뜰 때마다 크림과 캐러멜, 바나나를 같은 비율로 담는 모습이 곁눈으로 보였지. 민트를 빨아먹듯이 입안에 넣고 한참 음미했어. 한입 먹을 때마다 찻잔으로 손을 뻗었지. 찻잔을 성작聖爵처럼 들고 소파에 편안하게 앉아 다른 손님들을 구경했어. 곧 텔레비전에서 빠르기로는 젊은 해설가에게 뒤지지 않는 미헐 오 미러허티*가 해설을 맡은 일요일 경기가 시작된다는 것엔 신경도 쓰지 않았지. 하지만 나는 화내지 않기로 하고 상전 같은 아이와의 싸움에서 옴짝달싹 못하는 옆 테이블 부부를 계속 보았어.

---

* 아일랜드의 유명한 게일릭 스포츠 해설가.

"조금만 먹어봐, 마키. 이거 먹으면 젤리 먹게 해줄게."

"우리 케빈도 저랬는데." 세이디가 잔을 받침에 내려놓으며 말했어. 테이블에 팔꿈치를 괴고 고개를 약간 기울여 손으로 받친 채 아이에게 좋은 것을 먹이려 애쓰는 가련한 여자를 지켜보았지.

"채소가 안 보이게 갈아야 해요."

애엄마가 입을 꾹 다문 채 미소를 지었어.

"난 커스터드에 섞은 적도 있어요. 케빈이 커스터드를 정말 좋아했거든."

애엄마는 이미 반으로 자른 당근을 또다시 반으로 잘라 마키의 입 앞에서 흔들다가 아이의 꽉 다문 입술을 쿡쿡 찔렀어.

"이거 하나만 먹어봐, 아가."

"믹서로 갈면 돼요."

마키는 이제 젤리에 손가락을 찔렀다 빼서 열심히 빨았고, 마키의 엄마는 거의 울상이 되어서 뒤로 기대앉았지.

"물론 케빈은 이제 반대 입장이 되어서 자기 애한테 채소를 몰래 먹이려 애쓰고 있지만요. 그래서 내가 뿌린 대로 거두는 법이라고 했죠."

"세상에." 내가 숨죽여 말했어. 하지만 세이디는 내 쪽을 보지도 않았지. "차에서 기다릴게. 부모 노릇 훈수 다 끝나면 차로 와." 내가 벌떡 일어나 세이디를 두고 나오며 덧붙였다.

집으로 돌아왔을 때 세이디는 내 생각과 달리 침실에 틀어박히지 않았어. 하지만 나한테 한마디도 안 했지. 내가 아예 없는 것처럼 휙휙 지나쳐 다녔어. 종일 거실을 들락날락하면서. 세이디가 무슨 생각이었는지 나도 모르겠다. 내가 아는 건 나중에 저녁식사를 하려고 식탁 앞에 앉았더니 내 자리에 찻잔과 받침이 없었다는 것뿐이야. 나는 세이디가 자기 잔에 차를 따르고 찻주전자를 코스터에 다시 올려놓는 모습을 바라보았어. 고개도 한번 들지 않더구나. 결국 나는 스스로 찻잔을 꺼내고 십 분 동안 뒤진 끝에 내가 쓸 찻주전자도 찾아냈지. 우리는 경계선을 사이에 두고 서로를 겨냥하는 두 대의 대포 같은 찻주전자로 각자의 잔을 다시 채우며 한마디도 없이 식사를 끝냈다.

오늘 오후에 나는 식사의 첫 네 코스를 다 먹은 다음—디저트가 아니라 전채 직후에 셔벗을 주더구나—펠릭스를 손짓해 불렀다.

"얼그레이." 내가 말했어. "얼그레이 한 주전자 줘요."

첫 모금을 마시다가 입천장을 데었다. 세이디가 같은 공간에 앉아 차를 마시는 나를 노려보면서 이제 죄를 갚기에는 너무 늦었다고 알려주는 기분이었어.

케이시스. 더블린의 찻집 이름은 케이시스였다.

재산과 관련해 우리는 항상 어려운 관계였지. 개인적으로 각자의 생각은 분명했어. 나는 부를 사랑하고 세이디는 경멸했다. 따라서 우리의 결혼생활을 위해 그 문제에 대한 이야기는 거의 나누지 않았어. 내가 세이디를 물들이는 게 미안했지. 세이디는 은행에 돈이 얼마나 있는지, 우리 소유의 땅이 얼마나 되는지 전혀 몰랐다. 어쩌다 관련된 서류를 발견하면 내가 카펫에 벗어둔 더러운 양말이라도 되는 양 바로 나한테 줬어.

나는 금요일 저녁식사 시간에 세이디가 한 주 동안 장을 보거나 개인적으로 필요한 데 쓸 생활비를 찻주전자에 기대어놓았다. 세이디가 그걸 가져가는 모습도 못 봤어. 나중에 보면 세이디의 앞치마 주머니로 들어가고 없었지. 하지만 정말 웃긴 건 뭐냐면, 세이디가 죽고 나서 물건을 치우기 시작하자—음, '치운다'는 말은 사실 세이디의 물건을 뒤지면서 실 한 올도 버리기 아쉬워했다는 뜻에 가깝지—돈이 계속 나왔다는 거다. 내가 준 돈을 한 번도 다 쓴 적이 없는 게 분명해. 귀찮아서 은행이나 신용조합 계좌에 넣지도 않았고. 그 대신 낡은 카디건과 실내복 주머니, 네가 어렸을 때 그린 그림을 넣어둔 상자에 돈을 맡겼지. 아마 비 오는 날이었을 거다. 그날 발견한 돈만 해도 7천 유로는 됐을 거야. 아들아, 어떻게 된 일이냐고 나한테 묻지 마라. 난 전혀 모르겠으니까.

함께한 세월 동안 난 세이디를 원하지 않았던 적이 한 번도 없다. 절대로. 단 일 분도. 단 한순간도. 나는 세이디의 피부가 세월을 견디며 부드럽게 늘어지는 것을 지켜봤어. 난 여전히 세이디의 모든 부분을, 세이디의 주름 하나하나, 끊임없이 새겨지는 새로운 흔적 하나하나를 어찌할 수 없을 만큼 사랑하며 세이디의 살갗을 자주 어루만졌지. 다들 그렇듯 우리도 힘든 시기가 있었지만 나는 다른 사람은 쳐다보지도 않았다. 다른 사람은 한 번도 원하지 않았어.

그 모든 일을 생각하니 손이 떨리기 시작하는구나, 아들아. 내가 세이디를 위해 최선을 다했다고 가슴에 손을 얹고 말할 수 있을까?

"투덜이 모리스." 말년에 세이디는 나를 그렇게 불렀어. 하지만 무서운 진실은, 세이디가 없었으면 난 천 배는 더 최악이었을 거라는 거다. 내가 현관문을 열고 들어갔을 때 세이디가 외투를 받아들고 뺨에 입을 맞추거나 저녁식사를 차려주면서 내 등에 손을 올리면 갑옷이 벗겨지는 느낌이었지. 아 세상에, 세이디에게 그녀가 얼마나 놀라운 사람인지 빌어먹을 매일매일 말해줬어야 했는데.

난 잠을 잘 못 잔단다, 이미 말했나? 두 시간, 운 좋으면 세 시간 만에 깨버려. 천장을 바라보면서 이 빌어먹을 결정에 대해 다시 생각하지. 이제 갈 때가 됐다는 걸 알지만 그래도 힘들구나. 지금 이 순간에도 나의 아주 작은 일부분은 내가 과연 옳은 일을 하는 걸까 생각한단다. 잉글랜드 어딘가에서 어느 팔십대 여자가 너무 외로운 나머지 식탁 앞에 앉아 냉동 시금치 봉투를 머리에 뒤집어쓰고 자살했다더구나. 그 이야기를 들었을 때 내 얘긴가? 정말 그렇게 되는 건가? 하는 생각밖에 들지 않았다.

나는 스툴에서 내려와 쭈글쭈글하고 덜덜 떨리는 손을 주머니에 깊이 찔러넣는다. 움직여야 해. 이런 생각을 떨쳐내야 한다.

"잠깐 기다려." 나는 다시 채운 잔을 향해 말하고 다시 복도로 나간다. 고개를 숙이고 숫자를 세지. 카펫의 꽃무늬 스물일곱 개, 지나가는 신발 여섯 쌍, 바닥에 버려진 냅킨 한 장. 펄럭거리는 치마와 밤의 흥분으로 가득한 새된 목소리가 나를 지나치지만 아무 느낌도 들지 않는구나. 지금 여기 불이 나도 나는 눈 하나 깜짝 안할 거다.

늘 그렇듯 소변이 어중간하게 나온다. 최근 들어 좀 불규칙해져서 변기에 넘칠 듯이 나오는가 하면 그다음에는 한 방울도 짜내려 하지 않거든. 나는 소변기 앞에 서서 오줌이 마음을 정하기를 기다린다.

"좀 나와라, 제길." 내가 명령을 내리지. 웬일로 내 말을 듣네, 새넌강처럼 세차게 흘러나온다. 좋은 징조야.

볼일이 끝나자 나는 물을 틀어놓고 세면대를 한참 내려다본다. 아직은 거울을 보고 싶지 않아. 하지만 결국 허옇고 부숭부숭한 내 머리털을 들어올리자 아버지가 나를 맞이한다. 처음은 아니야. 세월이 흐르면서 내 얼굴에서 점점 아버지가 나오고 있다는 걸 깨달았지. 푹 꺼진 뺨과 불룩한 이마. 하지만 제일 비슷한 건 눈이야. 지혜가 가득한 회색 대리석 구슬. 나는 최대한 꼿꼿하게 서서 미소를 지어. 그런 다음 손을 뻗어 차가운 거울을 만지지.

"아주 잘했다. 아들아." 아버지가 말씀하신다. "아주 잘했어."

갑자기 눈이 따끔거리는구나. 조심하지 않으면 눈물이 쏟아져서 볼만한 꼴이 될 거다. 나는 그런 건 이제 지겹다고 생각하면서 고개를 저으며 문 쪽으로 걸어간다.

로비로 이어지는 복도를 따라 되돌아가면서 나는 내 계획을 고래고래 외쳐서 이 세상에 알리면 어떻게 될까 생각한다. 쌍여닫이문 앞에 도착한 나는 반대편에서 오는 커플 때문에 춤추듯 주춤거려. 아직 춤 솜씨가 녹슬지 않았군. 어떻게 될 것 같으냐? 내가 몸을 기울여 저 커플에게 내 계획을 속삭이면 말이다. 과연 믿어줄까? 급히 핸드폰을 꺼내서 999에 신고할까? 아니면 술에 취한 늙은이가 헛소리를 하는 줄 알고 미소를 지으며 그냥 가버릴까?

나는 계속 걸어간다. 바를 향해 모퉁이를 돌 때 발이 저절로 움직이더니 나는 어느새 로비에 걸린 휴 돌러드의 사진 앞에 다시 서 있다. 내가 기억하는 그 남자와 여전히 전혀 달라. 그는 오늘밤 내가 한때 그의 방이었던 곳에서 잔다는 사실을 알면 뭐라고 할까? 그에게 너무나 소중했던 모든 것이 이제 내 것이라고 하면? 나는 주머니에 손을 넣은 채 비틀거리면서 내가 거둔 모든 승리를 떠올려본다.

"티머시 종조부를 아세요?" 어떤 목소리가 내 소박한 즐거움을 방해하며 물어. 고개를 돌리니 한참이나 보지 못했던 얼굴이 보인다.

"힐러리?" 내가 말해. "힐러리 돌러드?"

"제이슨과 결혼하기 전에도 돌러드는 제 성이 아니었어요. 브루턴이라고 불러주세요." 힐러리는 입을 굳게 다물고 친근하게 미소를 짓고 있지만 조심해서 나쁠 건 없지. 그런데 눈이 딸과 닮았어. 아니, 에밀리가 힐러리를 닮은 건가, 아무튼. 차분한 갈색이야. 세대가 내려가면서 돌러드가의 날카로움이 옅어졌군. 아, 하지만 돌러드가의 모든 유령—어밀리아, 레이철, 휴, 토머스—이 얼핏얼핏 보여, 입과 광대뼈에서. 하지만 희석되어서 뭔가 좀더…… 다정해 보여. 가늘고 힘없는 회색 머리카락이 얼굴을 감싸고 있군.

"해니건 씨. 우리가 정식으로 만난 적은 없는 것 같네요."

힐러리가 손을 내민다. 나는 그 남편의 악수를 거절했을 때와는 다르게 이번엔 그녀의 손을 잡아. 악수가 끝나고 손을 거둔 힐러리는 소파에 앉아서 양복과 구두 차림으로 지나가는 남자들을 바라봐. 그녀에게 인사를 건네는 사람에게 레인스퍼드의 여왕처럼 고개를 숙여 인사하면서. 어떤 의미에서는 레인스퍼드의 여왕이 맞지.

"사람들 말처럼 여기가 전성기일 때 와봐야겠다 싶었어요." 힐러리가 나를 보며 진심인 듯한 미소를 짓더니 자기 옆자리를 톡톡 두드린다.

내가 가까이 다가가서 앉지 않고 그대로 서 있으니 힐러리가 나를 올려다본다.

"안 물어요. 해니건 씨."

"난 이미 한참 전부터 돌러드가를 무서워하지 않았어."

"그런가요?" 힐러리가 웃으며 말해. "우리가 당신 꿈에 나타나기를 바랐는데."

나는 힐러리를 보면서 미소를 짓지 않을 수가 없다. 제이슨 브루턴이 왜 좋아했는지 알겠어.

"잠만 잘 수 있으면 악몽도 얼마든지 환영이야. 요즘은 잠을 통 못 자거든." 내가 마침내 힐러리 옆에 앉으며 말하지.

그녀가 나를 흘낏 보며 같은 고통을 공유하는 사람처럼 미소를 짓더니 자기 손을 내려다본다. 표정이 심각해졌어.

"제이슨이 죽은 이후로 약을 먹지 않고는 하루도 푹 잔 적이 없어요. 처음에는 내가 뭘 잘못해서 제이슨이 병에 걸린 게 분명하다는 생각에 잠들 수가 없었죠."

내가 힐러리를 보지만 그녀는 내 쪽으로 고개를 돌리지 않아. 우리는 잠시 어색한 침묵 속에 앉아 있고, 주변은 온통 소란스러워. 건반을 든 남자가 정문으로 들어와 뒤쪽 복도로 걸어간다. 나는 일어나서 쌍여닫이문을 잡아줄까 생각하지만 무릎 때문에 가도 이미 늦을 거야. 그래서 남자가 등으로 문을 미는 모습을 지켜본다. 남자는 반대편에서 불을 붙이지 않은 담배를 물고 오는 아가씨와 부딪칠 뻔해. 둘이서 깔깔 웃더니 아가씨가 함박 미소를 지으며 그를 지나치고, 남자는 건반을 들고 겨우 문을 빠져나가. 그가 걸음을 멈추고 멀어지는 아가씨를 감상하며 보는구나.

"둘 다 참 예쁘죠?" 힐러리가 말해. "요즘 여성들은 참 예뻐요. 우리 때보다 더 예쁜 것 같아요. 키도 크고. 키는 확실히 크죠."

영광스럽게도 힐러리가 우리를 비슷한 나이대로 생각해서 나는 웃음을 터뜨린다. 내가 적어도 스무 살은 많을 텐데.

"아까 '티머시'라고 했지." 내가 말해.

"뭐라고요?"

"티머시. 아까 '티머시 종조부'라고 했잖아. 저 사진 속 남자 말이야. 에밀리는 휴 돌러드라던데. 토머스의 아버지." 입이 바싹 마르니 바에서 기다리고 있을 위스키가 떠오른다. 적어도 내가 돌아갔을 때 그 자리에 그대로 있기를, 스베틀라나가 지금쯤 치우지 않았기를 바랄 뿐이야.

"아니에요. 저 사람은 휴 할아버지의 동생 티머시예요. 저는 만

난 적이 없지만요. 한참 동안 보시기에 저분이 떠나기 전에 만난 적이 있나 궁금했을 뿐이에요."

힐러리가 잠시 티머시를 슬픈 듯 올려다보는 동안 나는 그녀를 보면서 이게 도대체 무슨 말일까 생각한다.

"잠깐." 내가 말해. "에밀리는 정확히 이렇게 말했어―'토머스 할아버지의 아버지예요.' 그런데 당신은 지금 티머시 돌러드라고 했지?"

"맞아요." 힐러리가 무릎에 올려둔 손을 꼼지락대며 대답한다. "이제 전부 가지셨네요, 해니건 씨. 우리 땅, 우리 호텔, 우리의 치욕까지. 저희 할아버지 휴 돌러드는 토머스의 친부가 아니었어요. 할머니가 자기 남편의 동생과 바람을 피웠던 거죠."

음, 한 방 먹었다. 이런 건 예상하지 못했어. 나는 세차게 한숨을 내쉬고 고개를 젓는다.

"토머스는 휴 돌러드가 친부가 아니라는 사실을 몰랐어요." 잠시 후 힐러리가 내 시선을 따라 티머시를 보며 말을 잇는다. "아버지가 자기를 싫어했다고 생각하며 죽었죠. 사실은 아버지를 알지도 못했는데 말이에요. 할머니는 휴와 결혼하기 전부터 티머시와 바람을 피웠어요. 정식으로 약혼하기 위해 레인스퍼드에 왔을 때 두 사람이 처음 만났죠. 할머니가 첫눈에 반했어요. 음, 참 잘생겼잖아요. 그렇죠?"

남자의 미모는 내가 잘 모르는 분야였기 때문에 나는 아무 대답도 하지 않는다.

"불행히도 티머시는 크나큰 혼란에 빠진 청년이었어요. 동성애

자였지만 당시에는 본인도 그 사실을 몰랐죠. 두 사람은 신혼 초까지 애정 행각을 이어갔지만 어느 날 티머시가 어밀리아에게 런던으로 간다는 쪽지를 남기고 자신의 본모습을 찾아 떠났어요. 집에 돌아온 휴는 편지를 손에 쥐고 술에 취해 침대에서 기절한 아내를 발견했죠. 어밀리아는 임신을 포함해서 모든 사실을 인정했어요. 사실 두 사람은 아직 첫날밤도 치르지 않았거든요. 할아버지는 새 신부가 너무 수줍어서 관계를 꺼린다고 생각하며 빨리 극복하기만을 바라고 있었죠. 진실을 깨달은 휴는 티머시를 쫓아갔어요. 곤죽이 되도록 팬 다음 두 번 다시 레인스퍼드에 얼씬도 하지 말라고 했죠. 토머스가 태어나자 할아버지는 그를 보는 것조차 견딜 수 없어했어요. 평생 토머스를 천치 취급했죠. 할아버지는 이 저주받은 가문에 무슨 일이 생길 때마다 전부 토머스 탓으로 돌렸어요. 불쌍한 토머스. 어떤 아이도, 그 어떤 아이도 그런 취급을 당해선 안 돼요, 해니건 씨."

나는 연민을 느끼지 않으려고 복도 저 아래쪽 시상식에서 들려오는 박수소리에 정신을 집중한다. 하지만 힐러리의 이야기는 정문 밑으로 들어오는 바람과도 같아서 휘파람소리를 내며 틈새를 비집고 들어와 내 피부의 갈라진 틈으로 파고들어.

"세월이 흘러도 전혀 나아지지 않았어요." 힐러리가 말을 잇는다. "이 집은 증오로 가득했죠. 어머니를 임신한 건 할아버지가 술에 취해서, 음……" 힐러리가 로비 쪽을 보면서 움찔하더니 손으로 입을 가려. "어머니는 정말 이 집에서 살기 싫어했어요. 어머니랑 아버지가 무일푼만 아니었어도 어머니는 절대 돌아오지 않았을 거예요. 부모님은 말 그대로 술 때문에 죽었죠. 제이슨이 이 모든 것으로부터 절 구해줬어요, 해니건 씨."

나는 그녀의 말에 눈을 감아버린다. 다른 사람의 슬픔을 차단하려고, 어마어마하게 쌓인 나 자신의 슬픔 위에 쌓이는 걸 막으려고. 이미 지칠 정도로 무거우니, 이제 그만 가야겠다. 하지만 나를 바라보는 힐러리를 보니 내가 알아야 할 것이 아직 더 있다는 느낌이 드는구나.

"무례하게 굴고 싶지는 않은데." 호기심이 생긴 내가 말한다. "난…… 당신이 왜 이런 이야기를 나에게 하는지 궁금하군. 내가 알아야 할 이유라도 있나?" 그렇지, 말 잘했어, 나는 생각한다. 본론을 들어보자고.

힐러리가 잠시 생각하더니 말해.

"아마, 설명하려고 그런 것 같아요. 금화를 가져간 사람이 해니건 씨라는 거 알아요."

"아니, 그건 에밀리랑 다 정리했고 난—"

"아니에요, 해니건 씨. 당신을 비난하려는 게 아니에요. 저는 이렇게 우회적인 방식으로라도 잘못을 바로잡으려는 거예요. 이 저택의 끔찍한 외로움을, 이 저택을 거처간 사람들에게 일어난 모든 일을 끝내려고요. 당신을 포함해서요, 해니건 씨."

힐러리가 부끄러운 듯 살짝 미소를 짓는다. 난 어떻게 해야 할지, 어디를 보고 무슨 말을 해야 할지 모르겠다. 그래서 내 손만 내려다봐.

"제이슨이 나에게 남긴 공허함을 이제 더는 호텔로 채울 수가 없어요. 저는 너무 오랫동안 스스로를 속였어요. 토머스 삼촌이 돌아가셨으니 이제는 우리 가문의 끔찍한 비극을 뒤로하고 떠나야 할 때라는 걸 깨달았죠. 이제 다른 사람이 책임을 맡을 때가 됐어요."

또다시 외로움. 우리 유한한 인간에게 난동을 부리는 그 빌어먹을 외로움. 외로움은 그 어떤 질병보다도 나빠서 자는 동안에는 뼈를 갉아먹고 깨어 있을 때는 우리 마음을 괴롭힌다.

"왜 그러세요, 해니건 씨?" 내 얼굴에 명명백백하게 드러난 완전한 절망을 보고 힐러리가 묻는다. 아는 거야. 나처럼 그 감촉을, 맛을, 냄새를. 그러고는 내 손에 자기 손을 얹어. 나는 그 손을 빤히 보면서 그 위에 내 손을 얹고 싶다는 충동을 느끼고 깜짝 놀라지. 하지만 내 손은 움직이지 않을 거다.

"극복했나?" 그 대신 나는 이렇게 물어. "제이슨이 당신을 남겨두고 죽은 뒤로 어떻게 계속 살아왔지?"

"아, 그거요. 그런 사람이 있긴 한가요? 이렇게 물어야죠. 정말로 극복하는 사람이 있나요? 제 생각으로는 아무도 없어요. 부인이 돌아가신 지 얼마 안 됐죠, 그렇죠?"

"세이디야, 그래."

"음, 그럼 아시겠네요. 생지옥이죠. 그 고통과 함께 살든지 떠나든지 둘 중 하나를 선택해야 해요. 저는 약에 취해서 이 호텔 모퉁이마다, 그리고 방마다 제이슨이 있다고 상상하기로 했어요. 나에게도 에밀리에게도 도움이 됐죠." 힐러리의 손이 내 손을 꽉 누르는 게 느껴져. "해니건 씨는요? 아직 여기 계신 걸 보니 역시 전자를 택했나봐요?"

나는 곁눈으로 그녀의 얼굴을 찾아서 그 입술을 지켜본다.

"포기할 생각은 안 해봤어?" 내가 물어. 그 소리가 너무 작아서 힐러리한테 들렸을지 모르겠다. 나는 힐러리의 입술이 대답을 내놓을지 지켜보며 기다리지.

"의지가 너무 약했어요." 힐러리가 대답해. 미소가 떠오르자 그녀의 얼굴이 아름다운 무언가로 바뀌네. "이 세상에 작별인사를 하고 떠나려면 저보다 더 강해야 해요." 힐러리가 잠시 말을 멈추고 나를 봐. "제 질문에 대답 안 하셨잖아요. 해니건 씨의 비결은 뭐예요?"

"위스키."

힐러리가 큰 소리로 한참을 웃는다. 왜 웃는지 전혀 모르겠어. 웃으려고 한 말이 아닌데. 진심이었어. 어쨌거나 힐러리의 입이 활짝 벌어지고, 웃음은 전염성이 있으니 내 입도 벌어지기 시작해. 곧 웃음이 구토처럼 올라온다. 그렇게 우리는 같이 웃어. 젊은 이들이 오가는 로비에 웃음으로 우리의 절망을 토해낸다. 우리 숨을 앗아갈 때까지 웃지. 눈물이 쏙 들어가도록 웃어. 떨어질 위험이라도 있는 양 소파를 꽉 붙들고 웃는다. 웃음이 점차 가라앉자 우리는 벨벳 등받이에 구부정하게 기대앉아서 마음을 진정시키고 진지함을 되찾지.

"제일 그리운 건 제이슨의 말이나 행동이 아니에요." 힐러리가 말해. 이미 한참 전에 내 손에서 떠난 손은 이제 그녀의 가슴에 놓여 있어. "그가 내쉬는 숨이에요. 같은 방에서 바로 옆에 있든, 옆

방에 있든, 이 호텔 어딘가에 있든 상관없어요. 그냥 그가 있다는 사실을 아는 거예요. 저는 그게 무엇보다도 중요했어요. 내가 제이슨에게 바란 건 살아 있는 것밖에 없었어요. 해니건 씨도 그런 가요?"

나는 힐러리를 보지만 눈물이 흐를까봐 말을 꺼낼 수가 없어. 그래서 고개를 끄덕여 대답한다. 미친 개처럼 고개를 끄덕거려. 내 무릎을 향해, 무릎을 두드리는 손가락을 향해 내 영혼 깊숙이 고개를 끄덕여. 나는 눈을 감고 해일처럼 밀려드는 감정을 속으로 삼키며 고개를 끄덕인다.

이제 우린 아무 말도 하지 않아. 그러자 세이디의 모습이 떠오른다. 집 뒤쪽 암석정원에서 무릎을 꿇고 있는 세이디. 암석정원은 세이디의 자부심이자 기쁨이었지. 세이디가 일어나려 해. 너도 알겠지만 세이디는 무릎이 안 좋았어, 나처럼 관절염이었지. 세이디가 커다란 바위를 짚고 일어나려 하지만 실패한다. 잠시 기다렸다가 다시 시도하지. 세이디가 집을 돌아보지만 부엌 창가에 서있는 나를 보지는 못해. 나는 세이디에게 기다리라고 손짓해. 기다리라고, 내가 간다고 손짓하지. 하지만 내가 창가를 떠나기 전에 세이디는 다시 시도하고, 이번에는 성공하지.

"에밀리는 호텔을 두고 당신과 한 거래에 대해 한마디도 하지 않았어요." 힐러리가 말한다. "착해서 말을 안 한 거예요. 하지만 난 처음부터 알고 있었어요, 이 호텔을 구하기 위해 당신이 에밀리에게 돈을 준 그날 밤부터. 사무실에서 다 엿들었거든요."

힐러리가 씩 웃으며 나에게 몸을 기대는데, 그 모습이 꼭 너무나 오랫동안 신성하게 지켜온 비밀을 드디어 고백하는 어린 소녀 같아. 나는 말을 할 수가 없다. 내 입과 목이 말하기를 허락한다 해도 무슨 말이 나올지 모르겠어.

"그거 아세요? 사실은 바로 내가 당신이 날 살리게 만든 거예요." 힐러리가 말해, 씩 웃으며 내게 속삭이지. "정말 대단하지 않아요, 해니건 씨? 당신이 나를 살렸어요, 당신이 즐겨 말하듯이 돌러드를요." 힐러리가 웃으면서 천장을 향해 고개를 들었다가 다시 자기 손을 내려다본다. "그이가 죽은 후 난 여기를 떠날 수 없었어요. 음, 제가 말하는 여기는 물론 그이예요―제이슨. 제이슨이 저의 세상이었죠. 그이는 이 호텔의 모든 벽에서 스며 나와요. 제이슨은 무너져가는 이 집을 사랑했어요. 이곳을 호텔로 만들겠다고 결심했고, 무엇도, 그 누구도 그를 단념시킬 수 없었어요, 저는 더욱 그랬고요."

힐러리가 슬프게 미소를 짓더니 주변을 둘러본다.

"갠 호텔을 팔고 싶었을 거예요―에밀리 말이에요. 집으로 돌아왔을 때, 제이슨이 죽어갈 때. 난 에밀리의 생각을 알았고, 제이슨이 열심히 일군 모든 것을 빼앗길 수는 없었어요. 그때 당신이 백마를 타고 나타났죠. 참 아이러니하지 않아요? 당신은 드디어 우리 돌러드 가문을 없앨 기회가 생겼는데 그러는 대신 우리가 여기 머물게 해주었잖아요."

힐러리가 더 활짝 미소를 지었어.

"난 깔깔 웃을 수도 있었어요. 내가 잊었다고 생각하는 건 아니죠? 제이슨이 당신 집에 찾아가 돈을 달라고 애원했을 때 당신이 어떻게 대했는지 내가 잊었다고 생각하지는 않겠죠. 제이슨은 그일을 잊지 못했어요. 절대로."

심각해진 힐러리가 고개를 저어, 나에 대한 연민은 사라지고 없지.

"당신은 착한 사람을 모욕했어요, 해니건 씨. 착하고 좋은 남자를. 제 남편을요. 에밀리를 여기에 묶어둔 사람은 당신이에요, 알아요? 불쌍한 내 딸. 발이 묶인 삶에, 저에게, 저 사람들에게 매여있죠." 힐러리가 손을 뻗어 담배를 피우러 나가는 사람들을 가리키며 말한다. 그러고는 힘겹게 침을 삼키고 덧붙여. "그리고 난 당신이 그렇게 하도록 놔뒀어요."

힐러리가 고개를 저으며 코를 훌쩍이기 시작해. 세상에, 눈물은 더이상 견딜 수가 없다. 힐러리가 내 옆에서 몸을 떨며 흐느끼자 나는 몸을 뒤척이면서 누가 보고 있지는 않은지 주변을 둘러본다. 하지만 다들 오늘밤의 소란에 정신이 팔렸구나.

"돌러드가를 괴롭히는 건 오래전에 관뒀어, 힐러리. 이제 더는 안 한다고."

"아니에요, 제 말을 오해하셨네요. 내 잘못이에요. 자기 딸이 그렇게 인생을 희생하게 두는 부모가 도대체 어디 있죠?" 힐러리가 울면서 물어, 내가 답을 알기라도 하는 것처럼. 내가 말이다! 그래, 부모 노릇의 대단한 전문가지!

나는 복잡한 주머니를 뒤지기 시작한다. 그리고 작은 알약 봉지를 싸둔 손수건을 힘들게 풀어서 꺼내 힐러리의 손에 쥐여줘.

"받아." 나는 힐러리의 프라이버시를 최대한 존중하려고 시선을 피하며 조용히 말해.

힐러리가 코를 풀고 잠시 나를 바라본다.

"절 위해 하나만 해주세요. 해니건 씨." 힐러리가 마침내 꺼낸 말이 너무 다급하게 들려서 걱정이 앞선다. "이 호텔을 사주세요. 사세요. 에밀리가 당신에게든 누구에게든 호텔을 팔게 해주세요. 누가 사든 전 상관없어요. 무자비한 사람답게 에밀리를 압박하세요. 우린 이 저택 때문에 충분히 망가졌어요." 힐러리가 더 가까이, 내 얼굴 바로 앞까지 다가와서 표정을 살피며 다시 내 손을 잡아. 간청하는 힐러리의 입 주변에서 주름이 퍼져나가 눈가에서 내려온 주름과 합쳐진다. 거리가 어찌나 가까운지 힐러리의 숨결이 느껴지고 점점 빨라지는 숨소리가 들려. "부탁이에요. 해니건 씨. 에밀리를 풀어주세요."

난 그만 가고 싶다. 바에 혼자 놓여 있을 내 위스키를 마시고 싶어. 내가 원하는 건 평화와 고요함이야. 다른 사람의 문제를 해결해주고 싶은 마음은 없어. 흉터가 따끔거린다. 흉터를 문지르고 싶지만 아직 힐러리가 너무 가까이 있어. 무례해 보이겠지만 벌떡 일어나는 수밖에 없다. 힐러리의 손이 무릎으로 툭 떨어진다. 살갗을 거칠게 문지르자 내 손에서 흙냄새가 난다. 나는 다른 밴드 멤버들이—검정 양복에 흰 나비넥타이, 카우보이모자 차림인 것을 보니 아마 틀림없을 거다—앰프니 장비니 부품을 잔뜩 들고 지나가는 모습을 지켜봐. 나는 길을 터주려고 뒤로 조금 물러선다. 그들이 전부 쌍여닫이문으로 나가자 내가 말해.

"내가 악당 역할을 해줬으면 좋겠다는 건가?"

나는 기대에 찬 힐러리의 얼굴을 내려다본다.

"그렇게 표현하고 싶다면, 네, 맞아요. 당신이 악당 역할을 해주면 좋겠어요." 힐러리가 당당하게 일어나 내 손을 잡으면서 말해. "부탁이에요. 해니건 씨. 마지막으로 한 번만 우리 돌러드가를 위해 그렇게 해주세요."

나는 대답할 말이 없어. 복잡하게 뒤얽힌 그들의 역사를 이해하려 애쓰는 건 너무 지나친 일이다. 내가 할 수 있는 건 여기 로비에서 힐러리의 손을 잠깐 잡아주는 것뿐이야. 더이상은 누구에게 그 무엇도 줄 수 없어. 나는 힐러리의 슬픈 눈을 한번 더 들여다본 다음 자리를 뜬다.

나는 호텔 바로 돌아온다. 밴드의 팬이 아닌 듯한 사람들이 다시 들어차기 시작해.

"아직 여기 계셨네요." 에밀리가 주방에서 나오며 말한다. "이제야 와서 죄송해요. 저기는 정말 난리도 아니에요. 하지만 이젠 다 끝났으니 됐죠, 뭐. 연설이랑 뭐 그런 거 말이에요. 이제 밴드가 공연하는 중이에요. 지금까지는 순조롭다고 할 수 있겠네요. 하지만 정말이지 사진을 찍느라 계속 웃었더니 뺨이 엄청 얼얼해요."

에밀리가 내 옆 스툴에 앉아. 피곤해 보이지만 그래도 나에게 살짝 미소를 지어주는구나.

"자, 말씀해보세요. 왜 아직도 여기 계세요?"

이런, 하지만 에밀리는 아름다워.

"여기." 내가 스베틀라나에게 말해. "그 뒤에 이 숙녀분 이름으로 된 샴페인이 있을 거야. 그걸 따서 이분에게 한 잔 따라주고 여기에는 미들턴을 한 잔 더 따라주겠나?"

나는 스베틀라나 쪽으로 잔을 민다.

"샴페인이요?" 에밀리가 나를 미친 사람 보듯 쳐다보면서 물어.

"샴페인을 제일 좋아한다고 로버트한테 들었는데."

스베틀라나가 코르크 마개를 따자 우리는 거품이 보글보글한 샴페인을 따르는 그녀를 지켜봐. 정말 근사해 보이지만 맛은 형편없다는 걸 난 알지.

"뭐 축하할 일이라도 있어요, 해니건 씨?"

"어떤 면에서는. 내 아내를 위해서 건배하지. 그녀는 이 년 전에 나를 떠날 때가 됐다고 결심했어." 나는 에밀리에게 미소를 지으면서 그녀의 반짝이는 눈이 약간 어두워지는 걸 지켜본다. "아내는 정원을 아주 멋지게 가꿨어." 내가 분위기를 가볍게 만들려고 말해. "사방이 분홍색, 자주색, 노란색, 주황색이었지. 특히 집 뒤의 작은 암석정원이 대단했어. 붓꽃, 피튜니아, 베고니아, 한련 등등. 난 뭐가 뭔지도 몰랐어. 하지만 집에 도착하면 정원에서 풍겨오는 향기가 정말 좋았지. 차에서 내리자마자 코로 훅 들어왔거든. 그건 내 아내였어. 꿀 향기도, 재스민 향기도 아닌 아내의 향기였지. 세이디의 정수. 그 향기를 이 년이나 못 맡았어. 이제 거긴 잡초밖에 없어. 잡초가 살아남은 꽃의 목을 조르고 있지."

에밀리는 금방이라도 가까이 다가와 나를 안아줄 것 같은 표정이다. 그걸 막으려고 나는 그녀를 향해 잔을 들어.

"세이디를 위하여." 내가 말해.

"세이디를 위하여."

우리의 잔이 챙 부딪친다. 맑고 높은 소리야.

"조금 전에 당신 어머니랑 얘기했어." 침묵이 불편할 정도로 길어지자 내가 조용히 말한다. 짜증나게도 사람이 점점 더 많아지고 있어. 밴드를 피해 도망쳐왔는지도 모르지. 아, 조용한 시간은 다 갔구나.

"저희 어머니요? 저희 어머니라니!"

"그래, 당신 어머니." 나는 다른 사람 귀에 들릴까봐 주변을 둘러봐.

"착각하신 것 같아요. 어머니는 틀어박혀서 절대 안 나오세요. 특히 오늘 같은 밤엔 더더욱. 게일릭 스포츠 같은 건 별로 안 좋아하시거든요."

"그렇다면 내가 착각했나보군." 나는 반박할 힘이 없어 그냥 이렇게 말한다. 난 정면을 보고 있지만 에밀리가 눈을 가늘게 뜨고 나를 보는 모습이 저절로 상상이 돼.

"뭘 원하시던가요?

"아, 이제야 내 말을 믿는군." 내 시선이 대충 에밀리가 있는 쪽을 향한다. "별말 안 했어. 휴 돌러드가 토머스의 친아버지가 아니라는 것. 그리고 나와 이 호텔의 관계에 대해 다 안다는 얘기밖에."

나는 에밀리가 받았을 충격을 상상하며 위스키를 한 모금 더 마신다.

"어머니가 아신다고요? 어머니가 안다니 무슨 뜻이에요?"

"말 그대로야. 줄곧 알고 있었다더군."

"하지만 그건…… 하지만 어머니는 절대로……" 에밀리가 말을 끊고 잠시 샴페인을 바라봐.

"하나 묻고 싶은데." 에밀리가 내 말을 이해할 시간을 충분히 준 다음 내가 말해. "그때 내가 투자하겠다고 제안하지 않았으면 여길 팔았을 건가?" 나는 손을 들어 이 공간을 가리키려다가 중간에 포기해. 에밀리는 이마를 짚고 아주 혼란스러운 표정으로 나를 봐. 그러자 그런 질문을 한 것이 미안해져.

"저는…… 어…… 모르겠어요."

"지금이라면 팔겠어?"

"왜요, 여길 사고 싶으세요?" 에밀리가 비꼬듯이 웃어. "호텔은 전혀 신경쓰지 않으시는 줄 알았는데요."

"대답해봐."

하지만 에밀리는 대답 없이 나를 빤히 보면서 내 의중을 파악하려 해.

"아, 상관없어. 어차피 이젠 그 무엇도 상관없으니까." 나는 수염이 꺼끌꺼끌한 턱을 쓰다듬으면서, 더블린으로 보내버린 면도기를 생각하면서, 면도기를 보낸 것을 후회하면서 말해. 그러자 그 생각이 너무 바보 같아서 웃음이 터져나와. 세상을 떠날 때 면도칼은 필요 없단다, 아들아.

"과거로 돌아갈 수 있다면 전부 바꾸고 싶은지, 당신 돈을 안 받을 건지 묻는 거예요?" 에밀리가 나를 보고 다시 카운터를 보면서 뭐라고 대답할지 고민한다. "모르겠어요." 마침내 에밀리가 말해. "그게 지금의 저를 만들었잖아요. 호텔을 처음 맡았을 때 전 아직 어렸어요. 그런데 지금 절 보세요. 아일랜드 최고의 스포츠 시상식을 맡는 여자가 되었죠. 사실 저는 나 자신과 아버지를, 그래요 해니건 씨, 심지어 그 비겁한 돌러드 가문까지 자랑스럽게 만들었다고 생각해요."

내가 에밀리를 보며 미소를 짓는다.

"그럼, 에밀리. 그렇고말고."

천 년은 잘 수 있을 것 같은 기분이다. 오늘밤에 있었던 일과 지금부터 일어날 일의 무게 때문에 눈이 저절로 감겨.

"괜찮으세요, 해니건 씨?" 에밀리가 다시 눈을 가늘게 뜨고 묻는다. "아까 로버트를 우연히 만났는데, 해니건 씨가 걱정된다고 했어요. 이유는 말해주지 않았지만. 그래도 당신을 지켜보라고 하던데요."

빌어먹을 로버트. 에밀리가 핸드폰을 꺼내서 날 위협하더니 옆에 내려놓고 샴페인을 마셔. 나는 에밀리에게 손을 들어 보이고 약간 우스꽝스럽게 흔들며 아무 문제 없다고 안심시키지.

"술 때문이야, 에밀리. 술 탓이야. 걱정할 거 없어, 난 정말 괜찮으니까."

나는 에밀리에게서 스베틀라나에게로 시선을 돌린다. 아주 행복해 보이는군. 바의 여왕이야. 행사에서 도망쳐온 사람들을 상대하며 사장 앞에서 멋진 솜씨를 뽐내고 있어. 에밀리가 샴페인을 마셔. 내가 에밀리의 신경을 충분히 분산시켰을까?

"아주 잘하는군, 안 그래? 저 아이 말이야. 대단한 일꾼이야." 내가 다시 에밀리의 주의를 돌리려고 술잔으로 스베틀라나를 가리키며 말하지.

"스베틀라나는 신경쓰지 마세요. 호텔과 해니건 씨의 '관계'에 대해서 어머니가 뭐라셨어요?"

제길.

"음, 힐러리는 당신을 자랑스럽게 생각해. 당신이 이룬 것을, 이곳을 지켜낸 것을 자랑스러워하지. 위기를 기회로 만들었잖아."

"정말요? 그러니까 제 말은, 어머니는 전혀 아무 말도 안 하셨거든요. 이 호텔이나 제가 하는 일에 흥미를 보이신 적이 한 번도 없어요."

"그런 면에서 부모는 멍청이지. 내 경험상 하는 말이야. 하지만 잘 들어. 당신 어머니는 다 알고, 다 이해하고, 게다가 당신이 한 일을 높이 평가해." 내가 잔굽을 감싸쥔 에밀리의 손을 토닥인다.

"그러면 화나신 건 아니겠네요?"

"글쎄, 혹시 화가 났어도 가라앉힐 시간이 아주 많았으니까." 내가 웃으며 말해. "아니, 화 안 났어. 아무튼 당신에게 화난 건 아니지. 에밀리, 자랑스럽게 생각해. 당신이 돌러드 가문을 다시 일으킨 걸 자랑스럽게 여기라고. 내가 해줄 수 있는 최고의 조언은 어머니랑 이야기를 나눠보라는 것뿐이야. 대화는 좋은 거지."

"어머니가 토머스 할아버지와 그 아버지에 대해서도 얘기했다고요?"

"응."

"정말 끔찍하죠?"

나는 미들턴을 한 모금 더 마시고 물어.

"토머스가 창문 밖으로 금화를 떨어뜨린 날 내가 금화를 바로 돌려줬다면 토머스의 삶이 조금이라도 바뀌었을까?"

에밀리가 정면을 멍하니 바라본다. 눈썹을 치켜올리고 입술을 비죽 내민 채 내 질문에 대해 곰곰이 생각하면서.

"있잖아요." 잠시 후 에밀리가 입을 열어. "돌러드가엔 그가 아버지라 부르는 존재만이 구할 수 있는 사람이 있었어요. 당신도 구할 수 없었어요, 해니건 씨. 구하고 싶었대도요."

에밀리의 말이 너무나 옳아―아버지들은 책임져야 할 일을 너무 많이 하지.

아들아, 이제 인정하마, 너무 피곤하다. 아주 긴 하루였어. 난 이제 준비가 됐다. 이걸 끝낼 준비가 됐어. 그래서 에밀리의 손을 한번 더 두드리지만 에밀리가 내 손을 잡아. 자신에게 중요하다는 듯이 잡고 꽉 쥔다. 나는 손을 내려다보고 다시 에밀리의 얼굴을 봐. 에밀리의 용감함이 마지막으로 눈에 들어오는구나. 그러자 나 자신도 깜짝 놀랄 행동을 한다. 고개를 숙여 에밀리의 뺨에 입을 맞춘 거야. 나는 아쉽지만 에밀리의 손을 놓고 스툴에서 편하게 내려오려고 바 카운터를 붙잡는다. 단단한 땅에 내려선 나는 거의 비운 잔을 잡고 마지막으로 에밀리를 향해 들어올려.

"잡초 뽑기를 위하여." 나는 마지막 한 방울을 삼킨 다음 에밀리의 뒤로 지나가면서 어깨를 톡톡 두드린다. "잘 자, 에밀리. 즐거웠어." 나는 로비 쪽으로 발길을 돌려. 바로 뒤에 에밀리가 그 빌어먹을 핸드폰을 손에 들고 앉아 있는 건 나도 잘 알아.

"해니건 씨, 잠깐만요. 모리스." 에밀리가 나를 불러, 너무 걱정스러운 목소리라 마음에 들지 않는군. "정말 괜찮으세요? 운전하실 건 아니죠? 택시라도 잡아드릴게요."

"이게 있는데 택시가 왜 필요하지?"

나는 주머니에서 허니문스위트의 열쇠를 꺼내고 돌아서서 에밀리에게 보여준다.

에밀리는 잠시 후에야 그게 뭔지 알아봐.

"당신이 VIP였어요?"

"그래." 내가 말해. 내 목소리에서 자부심이 살짝 배어나오는구나. "하지만 올라가기 전에 미스의 상쾌한 공기를 좀 마셔야겠군."

나는 아직도 입을 다물지 못하고 있는 에밀리를 남겨두고 걸음을 옮겨. 에밀리의 걱정스러운 시선이 내 등을 파고든다. 에밀리가 로버트에게 전화할지도 모르지만 그 정도 위험은 감수해야지. 나는 정문으로 가면서 모자를 살짝 기울여 사진 속 남자에게 인사한다. 그런 다음 고개를 돌려 마지막으로 에밀리를 보면서 사진 속 남자를 가리켜.

"티머시 할아버지." 나는 에밀리에게 미소를 지으며 윙크하고 열린 문 밖으로 나간다.

토니와 몰리는 항상 나를 찾아오는데 네 엄마는 오지 않다니, 웃기지 않니. 참 미스터리야. 어쩌면 내가 아니라 널 찾아가는지도 모르지. 어쩌면 네가 엄마와 이야기를 하는지도, 아들아. 그렇다고 생각하고 싶구나, 네가 하루를 보내면서 다음 기사는 뭘 쓸지 의논하며 네 엄마의 의견을 묻는다고 말이야. 세상에, 세이디가 정말 좋아할 거다.

비가 온다. 7월의 억수 같은 비야. 헛간 지붕이 드디어 날아가겠구나 싶은 그런 비 말이다. 난 이제 그런 걱정을 할 필요가 없어. 이제 그건 다른 사람의 걱정거리야. 오늘밤 나를 슬프게 하는 것 중에 무너질 것 같은 헛간은 없다. 오늘밤 강물이 불고 가축들이 겁에 질리겠지, 그건 분명해.

하이힐을 신은 여자가 핸드백으로 머리를 가리고 비명을 지르며 차양 밑 내 옆자리로 들어온다. 나는 몸을 움직여 공간을 만들어주지. 차양 밑에 나밖에 없으니 그럴 필요는 없지만 말이다─ 흡연자들은 한참 전에 담배를 털어서 끄고 실내로 피신했다.

"다 젖었어요." 여자가 방금 리피강에서 수영하고 온 사람처럼 헐떡이며 말해. 그러고선 맨팔과 맨다리를 살피더니 머리카락을 만져본다. "제기랄."

나는 여자의 반짝이는 발톱을 보며 미소를 지어.

"네. 저 위의 누군가가 무엇 때문인지는 모르지만 화가 났나보네요. 네." 나는 다시 번화가를 보면서 말해. 화난 사람이 착하고 고상한 내 아내가 아니기를 바라며.

"음, 그 빌어먹을 자식이 누구인지 모르겠지만 목을 조르고 싶네요." 여자가 말하더니 나를 스쳐지나 호텔로 들어가면서 예전에 기어스틱이 그랬던 것처럼 몸을 흔들어 빗물을 털어내. 그 방법이 더 쉽지 않을까? 누가 내 목을 손으로 감싸면 나는 아무것도 안 해도 되잖아. 제가 안 그랬습니다, 라고 천국의 문 앞에서 성 베드로에게 말할 수 있지. 머리가 푹 젖고 태닝이 세로로 지워진 다른 사람이 한 짓입니다.

번화가 저 너머 하늘에서 섬광이 번득인다. 하느님이 가구를 다 옮기실 때까지 나는 머릿속으로 수를 세지. 빌어먹게 커다란 옷장이야. 소리가 얼마나 굉장한지. 여섯, 여섯까지 세자 머리 위에서 천둥이 울린다.

나는 밖으로 한걸음 내디뎌. 눈을 감고 그 울부짖음 속에서 고개를 든다. 비에 흠뻑 젖으니 기분이 정말 좋아. 걱정과 의심이 전부 씻겨나가는구나. 나는 전류 같은 비에서 에너지를 얻어 춤을 추기 시작한다. 거짓말 하나 안 보태고 빗속에서 발이 저절로 철썩거리며 코러스 라인처럼 발을 높이 차올려. 지금 여기에는 볼 사람이 아무도 없기에 나는 바보처럼 무릎을 높이 들고 다리를 뻗지. 물론 사람들이 창가에서 지켜볼 수도 있지만 그런 생각은 전혀 하지 않아. 발뒤꿈치를 맞부딪치려 시도하지만 우리 목장의 늙은 암소처럼 땅에서 벗어나지 못하는구나. 하지만 머릿속으로는 성공했어, 진 켈리처럼 경쾌하게 뒤꿈치를 맞부딪쳤지. 그런 다음 빙글빙글 돈다. 비를 한 방울 한 방울 전부 흡수해. 저 깊이, 뼛속까지 흠뻑 젖지. 중력이 나를 끌어당기자 나는 벽으로 달려든다. 숨을 헐떡이고 깔깔 웃으면서. 호흡을 가다듬으려 애쓰면서. 몸을 숙이고 손으로 무릎을 짚어.

비가 잦아들더니 갑자기 뚝 그친다. 마치 큰 실수였던 것처럼. 그래서 원래 덮치려고 했던 곳으로 옮겨간 것처럼. 잠시 침묵이 감돈다. 눈 내리는 날 같은 침묵이야. 나는 한 손을 쫙 펴서 벽을 짚고 꼿꼿하게 몸을 일으켜. 눈을 감자 침묵이 나를 감싼다. 나는 그 차분함을 들이마신다. 삐걱거리는 뼈와 안달하는 근육까지 차분함이 스며들어. 차분함이 훑고 지나가자 진정이 돼. 앞쪽 거리의 다른 술집에서 목소리가 드문드문 새어나와. 사람들이 인사를 하고 시동을 켜는구나. 폭우에 호되게 혼난 마을이 되살아나면서 흥청망청한 토요일 밤이 다시 시작된다. 자동차 경적이 울리고 시원한 밤공기 속에서 사람들이 팔을 흔들어.

그래—여기서 내가 할일은 끝났다. 내 인생을 상자에 넣어 깔끔하게 싸서 분류하고 라벨을 붙였어. 축하의 밤도 끝났다. 무슨 일이든 내가 마음을 먹으면 막을 수 없지.

복도 저 끝에서 밴드가 최선을 다하고 있어. 여기서도 그들이 애쓰는 소리가 웅얼웅얼 들린다. 모르는 곡조이지만 그래도 음을 따라서 머릿속으로 만든 가사를 흥얼거려. 밤 열한시, 아무 문제도 없어. 이제 갈 시간이야, 할말이 너무 많아. 내 재능에 빙긋 웃음이 나는구나. 이제 문이 열리고 사람들이 나와. 비 몇 방울이 무서워서 도망친 겁쟁이들. 나는 사람들을 헤치며 안으로 다시 들어간다. 프런트에서 잠시 멈춰 주머니에 손을 넣고 왼쪽 문을 흘깃거려. 저쪽 방들을 거쳐야 하지.

"아, 여기 계셨군요, 해니건 씨." 스베틀라나가 다가오면서 부르는 바람에 나는 깜짝 놀란다. "가신 줄 알았어요. 사방을 다 찾아다녔잖아요. 이거 놓고 가셨어요."

나는 스베틀라나가 들고 있는 제퍼슨 병을 본다.

"음, 똑똑하기도 하지."

"에밀리가 보면 안 돼요. 쫓겨나기 싫단 말이에요. 아무튼 해니건 씨 때문에 쫓겨나진 않을래요."

나는 웃으며 병을 받는다.

"이제 어디로 가세요, 춤추러 가요?" 스베틀라나가 장난기 어린 미소를 지으며 물어.

"아니, 난 이제 됐어. 나랑 이 녀석은 운명과 약속이 있거든." 내가 술병을 보며 말하지.

"잘 생각하셨어요, 저 밴드 말이에요." 스베틀라나가 가까이 다가와서 몸을 숙이고 내 귓가에 말한다. "이름이 '리듬 킹스'래요. 이유를 모르겠어요. 리듬이 전혀 없는데. 힐리빌리 음악만 하잖아요. 전 힐리빌리가 싫어요."

스베틀라나의 h 발음은 목 깊숙한 곳에서 나오는 특이한 발음이야. 시간을 끌다가 내뱉지. 그 소리가 내 귀를 간지럽힌다. 나는 그녀에게 마지막으로 웃어준 다음 걸음을 옮기지만, 문을 열기 전에 다시 스베틀라나를 불러.

"스베틀라나, 고마워." 내가 병을 들고 말한다.

그녀가 미소를 지어. "다음에는 기네스 마셔요. 병째로요, 알겠죠?"

"병째로. 이제 아는군." 내가 어깨로 문을 밀면서 말한다. 안으로 들어간 나는 잠시 멈춰 서서 문이 다시 닫히는 소리에 귀를 기울여. 그런 다음 돌아서서 유리 너머로 스베틀라나가 바에 들어가는 모습을 지켜보지.

난 엘리베이터를 타지 않기 때문에 계단으로 가서 올라가기 시작한다.

"엘리베이터를 왜 안 타는 건지." 세이디는 나의 불신을 일축하며 말하곤 했어.

"미리 말해두는데, 영화 〈타워링〉이랑은 아무 상관 없어." 나는 입술을 삐죽거리는 세이디를 보며 대답했지. "진짜야. 멀허다트에 어떤 남자가 살았는데—"

"아, 멀허다트에 사는 남자 말이지." 세이디가 아케이드게임이라도 하는 것처럼 엘리베이터 버튼을 누르며 말했어.

"그래! 멀허다트에 사는 남자가 엘리베이터를 탔다가 추락하는 바람에 다리에 알 수 없는 상해를 입어서 평생 못 고쳤다고." 내가 세이디의 옆얼굴을 보면서 말했지만 세이디는 나도 멀허다트에 사는 불쌍한 남자도 믿지 않아. "그렇게 자꾸 누른다고 빨리 안 와." 내가 말했지. 나는 계단을 한 단씩 올라가면서 세이디에게 확실히 들리도록 목소리를 높였다. 한 단씩 디딜 때마다 불공평하다며 투덜거렸지.

빌어먹을 멀허다트 남자!

우리가 알지도 못하는 남자 때문에 말다툼을 몇 번이나 했을까? 나는 그런 어처구니없는 말다툼이 무엇보다도 그립다.

옷이 비에 흠뻑 젖어서 다리가 무겁다. 나는 기대했던 바보다 느린 속도로 계속 올라가. 너무나 가깝지만 빌어먹게 멀구나. 한 층 올라갈 때마다 난간 끝에 기대서서 그냥 여기 선 채로 자버릴까 생각한다. 하지만 두개골 속에서 내 두뇌가 울퉁불퉁한 손가락으로 톡톡 두드려.

'아직 아니야.' 나의 두뇌가 말해. '아직 아니라고.'

7장

오늘밤에 나는 죽을 것이다. 그래. 드디어 말했다. 이제 너도 알게 됐구나. 하지만 나는 그 생각을 하기는커녕 그 말을 듣고 싶지도 않아. 죽고 싶지 않아서가 아니라 뒤에 남을 사람들에게 미안해서. 너한테 말이다, 케빈. 넌 나에게 더 나은 대우를 받을 자격이 있는데.

나는 침실 바깥에 서서 문을 살펴본다. 대단한 문이야, 눈길을 끌 만해. 내가 말하는 대단하다는 건 아일랜드에서 흔히 쓰듯이 그럭저럭 나쁘지 않다는 뜻이 아니라 웅장하다는 뜻이야. 마호가니로 만들었어. 크고 단단해. 매끄럽게 바니시를 칠한 표면을 손으로 쓸어보고 경건하게 톡톡 두드려본다. 오늘밤 내내 아버지의 파이프에 부딪쳤던 열쇠도 크고 훌륭해. 카드키 따위가 아니야. 이 아름다운 열쇠는 절대 잃어버릴 일이 없어, 그건 분명하지.

열쇠를 돌려 문을 열자 깨끗하게 세탁한 시트 냄새가 난다. 나는 문간에 선 채 눈을 감고 집중해. 몇 초만 지나면 사라질 테니 최대한 만끽하고 싶다. 이제 더이상 냄새가 안 나고 나는 안으로 들어가 이 완벽한 방을 둘러본다.

사주식 침대에 주름 하나 없는 하얀 리넨이 깔려 있구나. 침대에 걸린 커튼은 창문에 걸린 커튼과 어울려. 짙은 자주색 주름 커튼이 그 비용의 무게만큼 묵직하게 바닥으로 떨어진다. 크림색 바탕에 자주색 꽃무늬 베개가 세 겹으로 놓여 있다. 침대 끝에 마호가니 옷장이 서 있어. 침대 왼쪽 창문 가까이에 책상이 있고 물 한 병과 잔 하나가 놓여 있다. 스탠드를 켜니 낡은 가구지만 잘 관리했다는 것을 알겠어. 반짝반짝 빛나도록 닦았구나. 나를 등진 의자가 곡선을 그리는 책상 가장자리 밑으로 들어가 있는데, 녹색 가죽을 의자 틀에 황동 못으로 고정해놓았다. 침대 오른쪽의 안락의자는 등받이가 높고 팔걸이가 널찍하고 지금까지—팔십사 년 동안—줄곧 나를 기다린 것처럼 귀퉁이에 가만히 앉아 있어.

내 손이 위스키 병을 침대 옆 사물함 위에 쾅 내려놓는다. 일부러 그런 건 아니었어. 거리를 잘못 계산했을 뿐이다. 그 소리에 나도 깜짝 놀랐어.

"쉿." 내가 말해. "사람들이 올지도 몰라. 지금 로버트가 널 나한테서 빼앗으려고 계단을 달려올라오고 있을지도 모른다고. 조용히 해."

나는 흠뻑 젖은 재킷을 벗어서 침대에 던진다. 주변을 둘러보며 흐릿해진 기억을 더듬어 네 결혼식 날 밤의 그림자를 찾아. 넌 그날을 어제처럼 기억할까, 아니면 네 머릿속에서도 반쯤 지워졌을까? 방이 이렇게 굉장했나, 이렇게 사치스럽고 고상했나? 나는 두터운 카펫에 발이 쑥 빠지는 것을 느끼며 침대를 빙 둘러서 창가로 간다. 춤추기 좋은 바닥은 아니지만 그래도 나는 자세를 잡고 그녀와 왈츠를 추지. 스텝을 밟으며 움직이자 나의 리드에 따라서 구부러지는 그녀의 등이 느껴진다.

"잘 자요. 세이디. 잘 자요, 세이디. 꿈에서 봐요." 내 지친 목소리가 노래한다.

"아이린." 상상 속에서 그녀가 항의해. "노래 가사는 세이디가 아니라 아이린이잖아."

하지만 난 세이디의 말을 듣지 않고 우리는 계속 춤을 춰. 왈츠를 추는 동안 우리의 일생이 주마등처럼 지나간다. 하나 둘 셋, 콧노래를 하다가 말이 튀어나와버린다. 세이디와 춤을 추면서 우리 인생에서 좋았던 때와 나빴던 때를, 그리고 인생에서 가장 많은 부분을 차지하는 이도 저도 아니었던 때를 스쳐지나가지. 나는 행복한 바보처럼 싱긋 웃는다. 점점 더 빨리 돌면서 커튼을 스치고, 모서리에 부딪칠 뻔하고, 의자와 부딪히고, 내 기억 속 필름에 담긴 순간들을 빠르게 내달리지. 빙글빙글 돌다가 결국 부드러운 솜털 이불에 안착한다. 지쳐서 숨을 헐떡거리고, 머리 위에서 천장이 빙빙 돌아. 나는 눈을 꽉 감아. 비단처럼 부드러운 이불이 나를 감싸고 놔주려 하지 않아. 이불의 품이 너무 유혹적이어서 나는 깜빡 잠이 들 것만 같다.

하지만 두개골 속에서 내 두뇌가 톡톡 두드려. 나는 신음하며 항의하지. 내 양심은 들은 척도 하지 않고 죄책감을 자극해서 날 움직인다. 나는 몸을 굴려 엎드리고, 새하얀 이불에 침을 흘려. 팔이 나를 일으키지. 암소가 된 기분이야, 그 정도로 몸이 무거워.

나는 내 유물을 꺼낸다. 재킷에서 사진이 나와. 토니와 나, 세이디와 너. 아버지의 파이프. 위안이 되는 매끄러움을 마지막으로 느끼려고 손으로 쓸어본다. 세이디의 머리핀 파우치. 잠시 코에 댔다가 안경과 핸드폰과 함께 내려놓는다.

나는 손수건을 찾으려 바지 주머니를 뒤적여. 어디 있지? 빌어먹을, 어디 간 거야? 손이 마구 뒤적이지만 없어. 떨어뜨렸나? 어디에? 바에 앉아 있을 때? 화장실에서? 손은 내 옷을, 재킷을 더듬고 뇌는 오늘밤의 기억을 복기해. 그러다보니 힐러리에게 손수건을 준 기억이 떠오른다. 내 손가락이 구멍에 숨어 있는, 내 손이 닿자 재빨리 도망가는 비닐봉지를 알아본다. 작은 알약 서른 개. 나는 봉지를 꺼내서 손가락을 넣고 안에 든 내용물을 침대에 쏟아. 노란색, 파란색, 분홍색. 나는 알약을 센다. 하나부터 서른까지 전부 다. 나는 일어나 욕실로 가서 수건을 가져온 다음 책상에 깔고, 물병과 잔이 떨어지지 않도록 조심스럽게 안쪽으로 밀어놓는다. 그리고 침대에서 알약을 가져와 수건으로 싸고 물병으로 두드리기 시작해. 체중을 실어 누를 때마다 울음이 터져. 나 자신도 놀라게 한 눈물이 얼굴을, 목을 타고 흘러내려서 가슴을 적신다. 어디 한번 실컷 흘러봐라. 지금은 멈추지 않을 테니까. 충분하다는 생각이 들자 나는 수건 안의 내용물을 책상에 흔들어 쏟고, 색색의 가루를 가장자리 쪽으로 전부 모아서 잔에 쓸어담는다. 눈물도, 알약도 전부 밑으로 떨어진다. 뚝, 뚝. 나는 자리에 앉아 그것을, 내 사랑과 마음의 혼합물을 바라보지. 여전히 나를 위해 울면서. 나는 이 세상을 뒤로하고 떠나고 싶은 열망이 가득하지만 또 그만큼 망설인다.

알약은 더블린에서 구했다. 원래는 의사를 속여서 약을 좀 타내려고 했지. 하지만 의사가 내 말을 믿지 않았어. 나한테 상담사를 소개해주려 하더구나. 빌어먹을 상담사를 말이다.

나는 더블린에서 기조를 생각보다 빨리 찾아냈다. 기린처럼 키가 크고 왼손에 지미 헨드릭스 문신이 있었지. 물론 데이비드는 방황하던 청소년 시절에 대해 내가 왜 그렇게 꼬치꼬치 캐묻는지 몰랐을 거야. 갤리 바라는 술집에 들어갔더니 기조가 구석 칸막이 자리에 앉아 있었어. 나는 낡고 좀먹은 외투를, 벨트에 고정시킨 엽총을 숨길 만큼 긴 외투를 입었지. 카우보이모자와 말만 있으면 딱이었는데.

"없는 물건이 없다고 들었는데." 내가 기조에게 말했어. 그 옆에 또다른 남자애가 앉아 있었지, 데코 아니면 에이모였을 거야. 우리가 딱히 통성명을 한 건 아니었거든. 기조가 아주 힘차게 나를 일으켜 밖으로 끌어냈어. 내 겨드랑이에 손을 찔러넣고 문밖으로 밀었지.

"무슨 짓이야? 저기서 그런 말을 하면 어떡해. 당신 때문에 출입금지당한다고." 그가 술집 뒷골목에서 나를 놓아주며 말했어. 피가 솟구치더군. 나는 머릿속으로 되뇌었지. 그래봐야 이놈이 뭘 어쩌겠어? 총으로 쏘기밖에 더하겠어? 그러면 오히려 잘된 거 아냐?

"난 데이비드의 친구야, 데이비드 플린." 나는 겨우 이 말밖에 못했어. 하느님이 날 용서하시길. 데이비드가 평생 몰라야 할 텐데.

"데이비드? 꺼져. 소식 끊긴 지가 언젠데. 아빠가 돌아가셨다던데."

예의바른 청년이었어.

"원하는 건 뭐든 줄 수 있어, 할아버지." 내가 어떤 곤경에 처했는지 설명하자 기조가 말했다. "거액을 낼 의향만 있다면." 이 말을 하면서 어찌나 깔깔대던지. 물론 난 내가 뭘 원하는지도 몰랐어, 최종적으로 어떤 결과가 나와야 하는지만 알았지. 뒷골목에서 쓰레기와 쓰고 버린 콘돔과 함께 반시간 정도 기다렸더니 약속대로 기조가 돌아왔다.

"아미오드, 디그, 젭이야. 으깨서 섞어. 술이랑 같이 삼켜. 그러면 꽥 가는 거지. 아디오스, 아미고." 나는 그가 내민 작은 봉지를 받아서 자리를 떴어. 이용 후기를 썼다면 기조는 별 다섯 개를 받았을 거다.

나는 여전히 약에, 이 일에, 나 자신에게 매료된 채 잔 속의 으깬 약을 흔든다.

편지는 없다, 케빈. 편지를 쓰자면 저녁 내내 걸렸을 거야. 대신 네가 내 목소리를 들어주면 좋겠다. 이게 정말 내가 원하는 일이라는 걸 알아주면 좋겠어. 내 목소리. 네 엄마가 이 목소리 때문에 나와 사랑에 빠졌다고 말했던가?

"정말 깊고 듣기 좋아." 결혼하고 얼마 안 됐을 때 세이디가 말했지. "우리가 처음 만났을 때 난 눈을 감고 당신 목소리를 종일 들을 수도 있었어." 상상해보렴.

나는 침대에서 네 사진과 핸드폰, 안경을 챙겨서 책상에 올려놓는다. 수건은 개서 모서리 쪽으로 밀어놨어. 제퍼슨 위스키, 약, 핸드폰, 사진—전부 내 앞에 놓여 있다. 나는 안경을 쓴다. 드디어 준비가 됐어.

빨간 버튼을 누르자 내 입에서 지쳤지만 흔들림 없는 목소리가 나온다.

"아들아, 나다—아빠다. 이제 나는, 음…… 죽을 거다. 너도 알지만 난 편지 같은 건 안 쓰잖니. 지금까지 내 편지를 몇 통이나 받았냐, 응? 아니, 편지는 너랑 네 엄마가 썼지. 두 사람은 글을 아주 잘 써. 물론 엄마한테는 편지를 받았겠지.

아들아, 내가 정말 미안해한다는 걸 알아주면 좋겠구나. 죽어서가, 떠나서가 아니고, 물론 나는…… 쉽지 않으리란 건 안다. 하지만 이런 아버지여서 미안하다는 말을 하고 싶은 거야. 내가 더 잘할 수 있었다는 거 안다. 정말로. 더 열심히 귀를 기울이고 너라는 사람과 네가 이룬 것을 조금 더 우아하게 받아들일 수도 있었을 텐데. 사실 난 네가 정말 대단하다고 생각했다. 너라는 사람, 네가 가진 선함, 너의 밝음, 너의 명석함. 네가 이렇게 크고 건장하고 똑똑한 남자로 자라는 모습을 지켜봤기 때문에 네 옆에 서면 내가 초라하게 느껴진다.

네 기사를 빠짐없이 읽었다고 꼭 말해주고 싶구나. 솔직히 시간은 오래 걸렸지만 지난 이 년 동안 네 기사를 전부 다 읽었다. 심지어 네 엄마를 살짝 흉내내서 전부 찾아봤다. 그래, 네 이름을 구글에서 검색했어. 네가 나오더구나. 너에 대한 내용이 어찌나 많던지 믿을 수가 없었다. 확실히 넌 사방에 있었어. 나에 대해서도 검색해봤지만 없더구나. 나는 내 나름의 방식으로 너를 찾았다. 인쇄물과 화면에서 너를 만났어. 다 안다고, 너의 명석함과 다정함을 다 안다고 이제야 말해서 미안하다. 나는 전부 알고 전부 사랑한다―널 사랑한다.

후회되는 일이 있단다, 케빈. 넌 어렸을 때 단 한순간도 밭에 있기 싫어했지만 그래도 토요일마다 내 옆에서 일을 했지. 하지만 나는 한 번도 너를 칭찬해주지 않았어. 그리고 네 엄마가 죽은 다음에 너를 멀리했지. 그건…… 그건 잘못이었어.

이런, 너에게 우는 모습은 보이지 않으려 했는데 결국 울고 마는구나…… 에헴, 에헴…… 미안하다.

나는 오늘밤 네가 준 제퍼슨을 마셨다. 정말 아름다운 술이야. 너를 위해 건배했다. 네 엄마와 노노 이모와 어린 몰리와 토니를 위해서도 건배했어.

내가 죽는 건 나의 선택임을 네가 알았으면 좋겠다, 케빈. 내 삶은 괜찮았다. 그러니 이건 비극이 아니야. 내가 병에 걸리거나 요양원에 들어가기 싫어하는 건 너도 알지. 난 그럴 순 없다, 케빈. 그런데 내가 보기에 우리는 그쪽으로 나아가고 있어. 솔직해지렴, 이편이 나아.

네 엄마의 장례식 날 로절린이 네 손을 잡았던 게 기억난다. 로절린은 좋은 여자야. 지금까지 내가 로절린을 제대로 인정하지 않았다는 거 안다. 로절린에게 지금 또 네 손을 잡아주라고, 내 부탁이라고 전해주렴.

우리 어여쁜 애덤과 커트리나에게 깊은, 가장 깊은 사랑을 보낸다. 두 아이가 어렸을 때 내가 괴팍한 할아버지 역할을 잘했다는 거 안다. 내 입맞춤을 전해주고 할아버지랑 할머니가 지켜볼 거라고 말해주렴.

유언장은 다 정리됐다. 로버트가 너에게 줄 유언장을 가지고 있어. 전부 손써놨다. 땅이랑 집은 팔고 내가 가진 사업 지분도 전부 처리했어. 수익은 전부 네 거야. 은행 계좌 여러 개에 들어 있다. 물론 애덤과 커트리나 이름으로 된 통장은 빼고. 난 너에게 골칫거리를 남기기 싫었다. 이제 다 됐다. 넌 네 삶을 살면 돼.

물론 호텔, 이 호텔 문제가 있다. 절반은 내 소유지. 얘기하자면 긴데, 에밀리가 네게 말해줄 거다. 결혼식 날 봤던 에밀리를 기억하겠지, 착한 숙녀야. 나는 에밀리가 호텔을 가지면 좋겠구나, 케빈. 호텔을 돌려주는 거야. 에밀리의 어머니가 뭐라고 할지도 모르지만. 그러고서 에밀리가 하고 싶은 대로 하면 돼. 그게 제일 좋은 방법이야. 그 문제에 대해서는 에밀리한테 전부 설명해주라고 전해놓으마. 지금 너한테 군이 번거롭게 자세한 이야기를 할 필요는 없지. 하지만 하나 말할 게 있다. 네 신랑 들러리였던 로절린의 남동생 말이다. 이름은 기억나지 않지만 나중에 그를 에밀리에게 소개해줘라. 둘이 잘 어울릴 거라는 예감이 들어. 그리고 데이비드라는 녀석에게도 돈을 좀 남겼다. 로버트가 데이비드에 대해 설명해줄 거야.

난 이제 네 엄마를 만날 준비가 됐다. 다시 세이디와 함께할 준비가 됐어. 위험하지, 나도 알아. 어쩌면 천국은 없을지도 몰라. 어쩌면 세이디가 나를 두 팔 벌려 환영하지 않을지도 모르고. 하지만 뭐든 세이디가 없는 이 삶보다는 나을 거다. 지난 이 년은 엉망이었어. 세이디를 잃은 고통이 뼛속 깊이 느껴졌지. 매일 아침, 매일 매시간 세이디의 죽음을 끌어안고 다녔다. 최악은 어느 날 아침에 일어나면 내 기억에서 세이디가 영영 사라질 것이라는 두려움이었다. 아들아, 난 그건 정말 견딜 수가 없어. 세이디가 없으면 나는 지금의 절반도 안 되는 사람이야. 난 준비가 됐다. 이제 상상 속에서가 아니라 진짜 내 손으로 세이디의 손을 잡을 준비가 됐어.

그러니까 아들아, 난 이것밖에 안 되는 사람인 것 같아. 좋으나 싫으나 이게 나야. 잘살아라, 아들아. 계속 열심히 삶을 일구렴. 넌 정말 잘할 거야. 그리고 고맙다, 케빈. 이 오랜 세월 동안 나를 나로 살게 해줘서 고마워.

이것만 알아다오―네가 나를 필요로 하면 항상 네 곁에서 귀를 기울이고 있을 거라는 걸. 사랑한다, 케빈. 로절린의 손을 잡으렴. 이제 안녕."

침묵이 내려앉고 나는 '종료' 버튼을 누른다. 그리고 네 사진을 뒤집어 내 핸드폰 위에 올려둔다. 아까 사진 뒷면에 메시지를 적어두었다. **케빈에게―재생을 누르렴.** 이제 잘 시간이다. 나는 내 알약과 네 위스키와 함께 침대로, 나에게는 과분한 이 시트 위로 올라간다.

위스키 먼저.

나는 침대에 올라가면서 생긴 파문 때문에 흔들리는 잔을 허벅지에 기대놓고 뚜껑을 연다. 그리고 한숨을 쉬어. 문으로 달려갈 마지막 기회. 이 아름다운 약을 변기에 넣고 물을 내릴 마지막 기회야.

안 그러냐?

내 손이 잔을 찾자 나는 잔을 들어 약을 삼키기 시작한다. 그다음에는 다시 위스키. 그러고는 다시 삼키고 마시고 삼키고 마시고. 술을 부어서 삼켜. 이제 똑바로 눕는다. 잔이 드디어 비었으니.

마지막으로 눈을 감고 나는 세이디를 부른다.

"세이디, 거기 있어? 준비됐어? 나야—모리스. 나 이제 집에 가도 될까?"

옮긴이 **허진**

서강대학교 영어영문학과와 이화여자대학교 통번역대학원 번역학과를 졸업했다. 옮긴 책으로 조지 오웰의 『조지 오웰 산문선』, 샐리 루니의 『친구들과의 대화』, 엘리너 와크텔의 인터뷰집 『작가라는 사람』(전2권), 지넷 윈터슨의 『시간의 틈』, 도나 타트의 『황금방울새』, 마틴 에이미스의 『런던 필즈』와 『누가 개를 들여놓았나』, 할레드 알하미시의 『택시』, 나기브 마푸즈의 『미라마르』, 아모스 오즈의 『지하실의 검은 표범』, 클레어 풀리의 『금주 다이어리』 등이 있다

모리스 씨의 눈부신 일생

초판 인쇄 2023년 11월 6일
초판 발행 2023년 11월 20일

지은이 앤 그리핀
옮긴이 허진

펴낸곳 복복서가(주)
출판등록 2019년 11월 12일 제2019-000101호
주소 03720 서울특별시 서대문구 연희로 28길 3
홈페이지 www.bokbokseoga.co.kr
전자우편 edit@bokbokseoga.com
마케팅 문의 031) 955-2689

ISBN 979-11-91114-52-2 03840